余秋雨定稿合集

文化苦旅
千年一叹
行者无疆

中国文脉
君子之道
修行三阶
极品美学

老子通释
周易简释
佛典选释
文典一览
山川翰墨

借我一生
门孔
暮天归思
余之诗
冰河（小说及剧本）
空岛·信客（小说）

世界戏剧学
中国戏剧史
观众心理学
艺术创造学

北大授课
境外演讲
台湾论学

附集：语录和文辑
大美可追（余秋雨的文化美学）
内在的星空（余秋雨人文创想）

文化苦旅

【三十年纪念版】

余秋雨　著

A BITTERSWEET JOURNEY
THROUGH CULTURE

北京联合出版公司
Beijing United Publishing Co.,Ltd.

余秋雨简介

中国当代文学家、美学家、史学家、探险家。

一九四六年八月生，浙江人。早在"文革"灾难时期，针对以"样板戏"为旗号的文化极端主义，勇敢地潜入外文书库建立了《世界戏剧学》的宏大构架。灾难方过，及时出版，至今三十余年仍是这一领域的权威教材。

二十世纪八十年代中期，因三度全院民意测验皆位列第一，被推举为上海戏剧学院院长，并出任上海市中文专业教授评审组组长，兼艺术专业教授评审组组长。曾任复旦大学美学博士答辩委员会主席、南京大学戏剧博士答辩委员会主席。获"国家级突出贡献专家"、"上海十大高教精英"、"中国最值得尊敬的文化人物"等荣誉称号。

在担任高校领导职务六年之后，连续二十三次的辞职终于成功，开始孤身一人寻访中华文明被埋没的重要遗址。所写作品，往往一发表就哄传社会各界，既激发了对"集体文化身份"的确认，又开创了"文化大散文"的一代文体。李光耀先生说："二十世纪后期，海外华人重新对中华文化产生感动，主要是由于余秋雨先生的书。"

二十世纪末，冒着生命危险贴地穿越数万公里考察了巴比伦文明、克里特文明、希伯来文明、阿拉伯文明、印度文明、波斯文明等一系列重要的文化遗址。他是迄今全球唯一完成此举的人文学者，一路上对当代世界文明做出了全新思考和紧迫提醒，在海内外引起广泛关注，被国际媒体选为"跨世纪十大国际人物"之一。

他所写的大量书籍，长期位居全球华文书排行榜前列。在台湾，他囊括了白金作家奖、桂冠文学家奖、读书人最佳书奖等多个文学大奖。在大陆，获鲁迅文学奖、全国优秀教材一等奖、上海文学艺术大奖。前些年，上海市民海选"改革开放三十年影响最大的一本文学书"，结果是《文化苦旅》。多年来有不少报刊频频向全国不同年龄的读者调查"谁是你最喜爱的当代写作人"，他每一次都名列前茅。二〇一八年他在网上开播中国文化史博士课程，尽管内容浩大深厚，收听人次却超过了九千万。

几十年来，他自外于一切社会团体和各种会议，不理会传媒间的种种谣言讹诈，集中全部精力，以独立知识分子的身份完成了"空间意义上的中国"、"时间意义上的中国"、"人格意义上的中国"、"哲思意义上的中国"、"审美意义上的中国"等重大专题的研究，相关著作多达五十余部，其中包括《老子通释》、《周易简释》等艰深的基础工程。联合国教科文组织、北京大学等机构一再为他颁奖，表彰他"把深入研究、亲临考察、有效传播三方面合于一体"，是"文采、学问、哲思、演讲皆臻高位的当代巨匠"。

自二十一世纪初开始，赴美国国会图书馆、联合国总部、哈佛大学、耶鲁大学、哥伦比亚大学等处演讲中国文化，反响巨大。二〇〇八年，上海市教育委员会颁授成立"余秋雨大师工作室"；二〇一二年，中国艺术研究院设立"秋雨书院"。

二〇一八年五月，"远见·天下文化事业群"赴上海颁授奖匾，铭文为"余秋雨——华文世界最具影响力的一支笔"。

现任上海图书馆理事长。（陈羽）

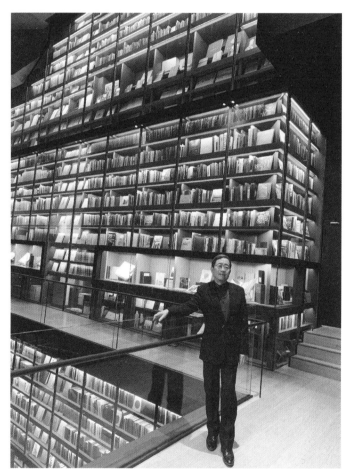

作者近影。二〇一九年十一月二十一日，马兰摄。

目 录

三十年纪念版附辑

三十年序

《文化苦旅》出版已经三十年了。今天这一版，带有纪念性质。

三十年来，这本书的印刷量，实在无法统计。东方出版中心、中信出版社、中华书局、长江文艺出版社、湖南文艺出版社、山东教育出版社等很多出版机构，都先后出过这本书。作家出版社介入此书较晚，好像是初版二十几年后的事了，照理高波已过，但也很快给我颁授了《文化苦旅》丛书发行450万册的"超级畅销书纪念奖杯"。其实，这还只是在正规渠道。有趣的是，经常有不少重要人物拿出早已读旧了的这本书要我签名，我一看，几乎都是盗版。据调查，此书盗版本的销量，是正版的整整十八倍。

面对这么庞大的读者群体，我为自己作为一个华文作家而深感自豪。沧海星辰般的黝黑眼神，注视着自己笔下流出的那一些汉字，这是世上其他文字的写作者无法想象的盛景。

然而这种自豪又牵连出了一种心理亏欠：我一直没

有把这本书的"背后故事"告诉读者。以前总认为文本就是一切，文本之外的事情即使再重要，也只该藏在作者心底。现在看到几代读者超常的热情，就明白自己不必那么矜持。那些重要的"背后故事"其实也是《文化苦旅》的一部分，很多读者可能都愿意听听。

"背后故事"可分三段来讲。

第一段：苦心远旅。

我年轻时，经受了社会思潮的剧烈转折。先是面对长久的极左封闭，我冒险写出了一系列论述世界人文科学的著作与之对峙。这个规模不小的基础工程在改革开放初期获得了极高的社会评价，我也因此被推举为上海戏剧学院院长，还担任几所著名大学的博士学位答辩委员会主席。本来，我很可以在这样的位置上延续风光，安适度日，却遇到了一个精神裂谷。

原来，改革开放引发了全方位的对比性反思，而当时的中国确实还处处贫困，又随时可见政治运动所遗留的伤痕。在这种情况下，海内外某些群落对中国文化做出了整体质疑，"丑陋的中国人"、"民族的劣根性"等论调不绝于耳。

反思是必要的，说一些过头的话也很正常。但是，当贬斥的对象扩大为一个庞大族群的整体，那就违反了我对世界文化和中国文化进行宏观思考的基本理智。

就在这时，我读到了英国哲学家罗素（Bertrand Russell）对中国的论述。罗素曾在二十世纪二十年代初到中国考察，当时的中国，备受欺凌，一片破败，让人看不到希望。但是，这位哲学家却说：

进步和效率使我们富强，却被中国人忽视了。但是，在我们骚扰他们之前，他们还国泰民安。

白种人有强烈的支配别人的欲望，中国人却有不想统治他国的美德。正是这一美德，使中国在国际上显得虚弱。其实，如果世界上有一个国家自豪得不屑于打仗，这个国家就是中国。如果中国愿意，它能成为世界上最强大的民族。

不管中国还是世界，文化最重要。只要文化问题能解决，无论中国采取什么样的政治体制和经济体制，我都接受。

说实话，读到"在我们骚扰他们之前，他们还国泰民安"时，我有点鼻酸。因为这个判断恰恰来自于那个向中国发动鸦片战争的国家，这个论点重新描绘了历史图谱。

其实罗素对中国历史了解不多，却显现出如此公平的见识。这种态度具有巨大的诱惑力，催促我必须为自己的文化做一点事。

于是，我决定摆脱已有的名誉地位，辞职二十三次终于成功，单身来到甘肃高原。当时宣布的目的是"穿越百年血泪，寻找千年辉煌"，而我内心的目标却更加艰深，那就是让中国人找到"集体文化身份"。这件事，五四新文化运动的斗士们没有做，因此使那场运动比不过欧洲的文艺复兴。

若有可能，我还想在文化考察中来思考一个问题：为什么罗素说"如果中国愿意，它能成为世界上最强大的民族"？

要说服自己和别人，理由必须感性、具体，而不能用套话、大话自欺欺人。因此，我独自在沙漠里行走，去寻找一个个伟大的遗址。而且，首先必须是文化遗址，因为罗素说了，"文化最重要"。

寻找遗址，就像拉着一批批不信任我们的人来到曾经发生过事情的现场，用实地、实景、实迹，让他们不能不驻足。

多数遗址一定已经荒落，那就给过去的伟大加上了悲怆。悲怆的伟大更加伟大，因为它们承载着历史的重量。

我会在伟大和悲怆之间不断掂量，看看有哪些遗址还能让今天的中国人心头一热。

当时，多数同行都拥挤在出国、升职、下海的闸门口，而我却背过身去，成了一个"逆行者"，披着一件薄棉袄，穿着一双旧胶鞋，在无人的荒野间细细寻觅。

终于，在一间间乡村小旅馆，我用竹竿圆珠笔开始记述。一些今天的读者非常熟悉，而当时的读者大多陌生的地名，如都江堰、鸣沙山、莫高窟、西域喀什、上京龙泉府、黄州赤壁、青云谱、承德山庄、宁古塔、平遥票号、天一阁、鹿回头、岳麓书院、西江苗寨等等，一一郑重地出现在我的笔下。

随之，拜水文化、西域文化、异族文化、魏晋文化、石窟文化、流放文化、晋商文化、藏书文化、科举文化、书院文化、生态文化、废墟文化等等，也逐一被勾勒。与这些文化相关，我又恭敬地请出了许多缥缈的身影。

这些地点，这些文化，这些身影，以前虽然也有史籍论及，但几乎都没有被完整地描述过。这也就是说，我完成了一次首创意义上的"文化踩点"。这些点，埋藏着中华民族的精神穴位。

我在寻找这些点的过程中，总是由惊讶而投入苦思。苦思的结果，几乎与传统的历史观念都不一样，这么多不一样，使我领悟到文化思维正面临着一次根本性的大转型。那么，怎么才能让广大读者也参与这种大转型呢？我采用了一种特别的文体，那就是用细声慢语的质朴叙事，来牵引宏观的诗情。我相信，即使是陌生人，也很难拒绝质朴的真情。

这就可以进入"背后故事"的第二段了：**意外轰动**。

当这些在小旅馆写的文章以《文化苦旅》的标题在巴金主编的《收获》杂志发表并出版后，形成了远远出乎意料的轰动。上文已提到惊人的印刷量，那还是指大陆，而更让人诧异的，是全球华文世界的超常热情。

特别是台湾地区，当时与大陆还有重重隔阂，互不了解，但这本书却把隔阂全部穿越了。据著名诗人和出版家隐地先生说，《文化苦旅》以最快的速度进入了"本岛的家家户户"。《文化苦旅》中的文章还被收入了当地教科书，这对大陆作者来说是一个史无前例的突破。在年轻人中间，则兴起了一种时尚，叫作"到绿光咖啡屋听巴赫读余秋雨"，一群台湾作家还以这个书名出版了专著。

写作《丑陋的中国人》一书的柏杨先生在台北见到了我，一见面他就说："两个字，羡慕。羡慕你以大规模的文化遗迹考察，重新定义了中国人。"

"重新定义了中国人"，这件事当然远远超出了文化界，影响了很多意想不到的重要人物。例如，制造芯片的"台积电"董事长张忠谋先生写了自传，专请我写序言；中国国民党荣誉主席连战和夫人的"破冰之旅"记述，也邀我写序言。

此外，一些华人聚居的国家也一次次邀我演讲，每场都人满为患。李光耀先生说，二十世纪后期海外华人重新对中华文化产生感动，主要是因为这本书。

这些盛况并没有让我得意，却让我强烈感受到了各地华人的心理饥渴。他们本来也有很多书可读，却一直期待着有人能用千年实证，唤起长埋心底的生存尊严。而这种生存尊严，就是能够超越种种隔阂的文化。

因此，我知道接下来该做什么了。我顺势应邀到东京召开的联合国"世界文明大会"上演讲"中华文化的非侵略本性"，又到纽约联合国总部大厦演讲"中华文化的八大长寿基因"。这些演讲都引起了不小的震动，甚至成为联合国网站的"第一要闻"。

这样的势头必然会触犯到国际间的某种势力，于是就有"背后故事"的第三段了：**风波来去**。

让世界各地华人找到了"共同的精神遗址"，这对那些靠着对立来谋生的人来说，简直是釜底抽薪。因此，这么一本温和的散文书，成了他们的绊脚石。

但是，要直接否定一部大家喜欢的文学作品很困难，唯一的办法是避开作品，制造谣言，形成风波，掩埋作品。这是他们轻车熟路的专业。

发起者，是一个至今活跃在美国的政治人物。

主导者，是香港的《苹果日报》。该报直到2009年5月才公开发文呈示自己的这个身份。

实施者，是广州的一份报纸和一群老人。这些老人几乎都是十年内乱中的风云人物。选他们，实在是主导者的一片苦心。因为他们只想趁人们年久失忆，用栽赃的方式来洗白自己的历史，而他们的唯一专长就是以"大批判"的方式任意泼污。这种"颠覆名人"的阵仗很能吸引读者，一时在传媒间气势不小。我也如他们所愿，成了"有争议人物"，引动海内外瞩目。

然而，早在风波刚起之时，香港一位著名作家就说："纵然闹成这样，《文化苦旅》还是《文化苦旅》。"

就连香港著名经济学家张五常先生也发表长文，申述了同样的意思。

正是在风波之中，香港一批教授为香港市民开列"古今中外必读书"八十本，《文化苦旅》居然也在其中。后来应民众要求减到五十本，它还在。可见，《苹果日报》在香港也难以侵凌高层文化。

风波终于过去了，所有的谣言都已不攻自破。几个参与造谣的老人突然产生了法律担忧，意识到自己可能已经犯下了诽谤罪，先后拐弯抹角地向我道歉。我托人转告，本人不会起诉，他们尽可以安度晚年。

风波过去，原因很多，我只想强调其中两点——

一、丑，永远不是美的对手。我写这本书，始终追求着一种宁静而又弘深的东方大美，而那些诽谤文章，总是躲闪着一种嫉世之丑。朗朗天道，渺渺人心，最终都会站在美的一边。

《文化苦旅》已经证明，我所要的美，只能产生于个体生命在长天大地间的探寻和创造。整个过程，都要避免与丑纠缠。因为一纠缠就会减损了个体生命，淡却了长天大地，即使没有向丑屈服，也会沦于平庸。因此我自始至终，只让书本安然微笑，不做任何争辩。后来只在《门孔》一书中写了一篇介绍风波的文章，轻松地向读者做了一个交代。

二、这么多年过去，中国文化已经可以不在乎一切侮辱。连自己人也认为"丑陋"的时代，大致结束。这，也是风波终于过去的大背景。

经历了这场风波，我更明白了，有力而又有效地阐释中华文化，是当今世界的头等大事。因此，下狠心冒着生命危险考察了人类各大古文化的遗址，来与中华文化对比，写出了《千年一叹》《行者无疆》等著作，被国际媒体称为"当代世界走得最远的人文学者"。然后，又系统地以国际观念和现代观念解析中华文化元典，写了一整套"基建性"的学术著作。最大规模的考察和写作，几乎占据了我的全部时间，使我没有可能参加任何社会交往，仍然是远离热闹，独自寻路。这一切，都是《文化苦旅》的后续脚印。

当年出行，是为了寻找古代的脚印。现在，又要寻找当年的脚印了。

这本书，就是三十年前的脚印。

突然想起我写的几句诗，与这些脚印有关——

路途荒凉，

我无鞭无缰，

却听到远年的马蹄细碎，胡笳低响。

唐诗的断句总有点凉，

原来沙地都是未化的霜。

其实我大半辈子的人生路，都是这样走过来的。

余秋雨于辛丑年秋月

都江堰

一

一位年迈的老祖宗，没有成为挂在墙上的画像，没有成为写在书里的回忆，而是直到今天还在给后代挑水、送饭，这样的奇事你相信吗？

一匹千年前的骏马，没有成为泥土间的化石，没有成为古墓里的雕塑，而是直到今天还踯躅在家园四周的高坡上，守护着每一个清晨和夜晚，这样的奇事你相信吗？

当然无法相信。但是，由此出现了极其相似的第三个问题——

一个两千多年前的水利工程，没有成为西风残照下的废墟，没有成为考古学家们的难题，而是直到今天还一直执掌着亿万人的生计，这样的奇事你相信吗？

仍然无法相信，但它真的出现了。

它就是都江堰。

这是一个不大的工程，但我敢说，把它放在全人类文明奇迹的第一线，也毫无愧色。

世人皆知万里长城，其实细细想来，它比万里长城更激动人心。万里长城当然也非常伟大，展现了一个民族令人震惊的意志力。但是，万里长城的实际功能历来并不太大，而且早已废弛。都江堰则不同，有了它，旱涝无常的四川平原成了天府之国，每当中华民族有了重大灾难，天府之国总是沉着地提供庇护和濡养。有了它，才有历代贤臣良将的安顿和向往，才有唐宋诗人出川入川的千古华章。说得近一点儿，有了它，抗日战争时的中国才有一个比较稳定的后方。

它细细渗透，节节延伸，延伸的距离并不比万里长城短。或者说，它筑造了另一座万里长城。而一查履历，那座名声显赫的万里长城还是它的后辈。

二

我去都江堰之前，以为它只是一个水利工程罢了，不会有太大的游观价值。只是要去青城山玩，要路过灌县县城，它就在近旁，就趁便看一眼吧。因此，在灌县下车，心绪懒懒的，脚步散散的，在街上胡逛，一心只想看青城山。

七转八弯，从简朴的街市走进了一个草木茂盛的所在。脸面渐觉滋润，眼前愈显清朗，也没有谁指路，只是本能地向更滋润、更清朗的去处去。

忽然，天地间开始有些异常，一种隐隐然的骚动，一种还不太响却一定是非常响的声音，充斥周际。如地震前兆，如海啸将临，如山崩即至，浑身骤起一种莫名的紧张，又紧张得急于趋附。

不知是自己走去的还是被它吸去的，终于陡然一惊，我已站在伏龙观前——眼前，急流浩荡，大地震颤。

即便是站在海边礁石上，也没有像在这里这样强烈地领受到水的魅力。海水是雍容大度的聚汇，聚汇得太多太深，茫茫一片，让人忘记它是切切实实的水、可掬可捧的水。这里的水却不同，要说多也不算太多，但股股叠叠都精神焕发，合在一起比赛着飞奔的力量，踊跃着喧嚣的生命。

这种比赛又极有规矩，奔着奔着，遇到江心的分水堤，唰的一下裁割为二，直蹿出去，两股水分别撞到了一道坚坝，立即乖乖地转身改向，再在另一道坚坝上撞一下，于是又根据筑坝者的指令来一番调整……

也许水流对自己的驯顺有点儿恼怒了，突然撒起野来，猛地翻卷咆哮，但越是这样，越是显现出一种更壮丽的驯顺。已经咆哮到让人心魄俱夺，也没有一滴水溅错了方向。

水在这里，吃够了苦头，也出足了风头，就像一大拨翻越各种障碍的马拉松健儿，把最强悍的生命付之于规整，付之于企盼，付之于众目睽睽。

看云看雾看日出各有胜地，要看水，万不可忘了都江堰。

三

这一切，首先要归功于遥远的李冰。

四川有幸，中国有幸，公元前三世纪出现过一项并不惹人注目的任命：李冰任蜀郡守。

据我所知，这项任命与秦统一中国的宏图有关。本以为只有把四川作为一个富庶的根据地和出发地，才能从南线问鼎长江流域。然而，这项任命到了李冰那里，却从一个政治计划变成了一个生态计划。

他要做的事，是浚理，是消灾，是滋润，是灌溉。

他是郡守，手握一把长锸，站在滔滔江边，完成了一个"守"字的原始造型。

没有资料可以说明他作为郡守在其他方面的才能，但因为有过他，中国也就有了一种冰清玉洁的行政纲领。

中国后来官场的惯例，是把一批批杰出学者选拔为无所专攻的官僚，而李冰却因官位而成了一名实践科学家。

他当然没有在哪里学过水利。但是，以使命为学校，竭力钻研几载，他总结出治水三字经（"深淘滩，低作堰"）、八字真言（"遇弯截角，逢正抽心"），直到二十世纪仍是水利工程的圭臬。

他的这点学问，永远水汽淋漓。而比他年轻的很多典籍却早已风干，松脆得难以翻阅。

他没有料到，他治水的韬略很快被偷换成了治人的谋略。他没有料到，他想灌溉的沃土都将成为战场。他只知道，这个人种要想不灭绝，就必须要有清泉和米粮。

他大愚，又大智。他大拙，又大巧。他以田间老农的思维，进入了最清澈的人类学思考。

他未曾留下什么生平故事，只留下硬扎扎的水坝一座，让人们去猜想。

人们到这儿一次次纳闷：这是谁啊？死于两千年前，却明明还在指挥水流。站在江心的岗亭前，"你走这边，他走那边"的吆喝声、劝诫声、慰抚声，声声入耳。

李冰在世时已考虑事业的承续，命令自己的儿子做三个石人，镇于江间，测量水位。李冰逝世四百年后，也许三个石人已经损缺，汉代水官重造高及三米的"三神石人"以测量水位。这"三神石人"其中一尊，居然就是李冰的雕像。

这位汉代水官一定是承接了李冰的伟大精魂，竟敢把自己尊敬的祖师放在江中用于镇水测量。他懂得李冰的心意，唯有那里才是其最合适的岗位。

石像终于被岁月的淤泥掩埋。二十世纪七十年代出土时，有一尊石像头部已经残缺，手上还紧握着长锸。有人说，那是李冰的儿子。

即使不是，我仍然把他看成是李冰的儿子。一位现代女作家见到这尊塑像怦然心动——"没淤泥而蔼然含笑，断颈项而长锸在握"，她由此向现代官场衮衮诸公诘问：活着或死了，应该站在哪里？

出土的石像现正在伏龙观里展览。人们在轰鸣如雷的水声中向他们默默祭奠。在这里，我突然产生了对中国历史的某种乐观：只要李冰的精魂不散，李冰的儿子会代代繁衍。轰鸣的江水，便是至圣至善的遗言。

四

看到了一条横江索桥。桥很高，桥索由麻绳、竹篾编成。跨上去，桥身就猛烈摆动。越是犹像进退，摆动就越大。

在这样高的地方偷看桥下，一定会神志慌乱。但这是索桥，到处漏空，由不得你不看。一看之下，先是惊吓，后是惊叹。

脚下的江流，从那么遥远的地方奔来，一派义无反顾的决绝势头，挟着寒风，吐着白沫，凌厉锐进。我站得这么高还能感觉到它的砭肤冷气，估计是从雪山赶来的吧。但是，再看桥的另一边，它硬是化作许多亮闪闪的河渠，一片慈眉善目。人对自然力的调理，居然做得这么爽利。如果人类做什么事都这么爽利，地球早已是另一副模样。

都江堰调理自然力的本事，被近旁的青城山做了哲学总结。

青城山是道教圣地，而道教是唯一在中国土生土长的大宗教。道教汲取了老子和庄子的哲学，把水作为教义的象征。水，看似柔顺无骨，却能变得气势滚滚，波涌浪叠，无比强大；看似无色无味，却能挥洒出茫茫绿野，累累硕果，万紫千红；看似自处低下，却能蒸腾九霄，为云为雨，为虹为霞……

看上去，是人在治水；实际上，却是人领悟了水，顺应了水，听从了水。只有这样，才能天人合一，无我无私，长生不老。

这便是道。

道之道，也就是水之道，天之道，生之道。因此，也是李冰之道、都江堰之道。道无处不在，却在都江堰做了一次集中呈现。

因此，都江堰和青城山相邻而居，互相映衬，彼此佐证，成了研修中国哲学的最浓缩课堂。

那天我带着都江堰的浑身水气，在青城山的山路上慢慢攀登。忽见一道观，进门小憩。道士认出了我，便铺纸研墨，要我留字。我当即写下了一副最朴素的对子：

拜水都江堰

问道青城山

我想，若能把"拜水"和"问道"这两件事当作一件事，那么，也就领悟了中华文化的一大秘密。

秋雨注

此文被收入中国大陆、香港和台湾地区中学语文课本。"5·12"大地震发生后，我在第一时间赶到受灾严重的都江堰，见到学校的废墟上有很多破残的课本，我蹲下身去细看，居然正巧看到了课本上的这篇文章。更让我惊讶的是，那些倒地破损的公共汽车车身上，也印有我写的对联"拜水都江堰，问道青城山"。原来，这两句话已经成为这个城市的形象口号。在巨大灾难中数度看到自己的文字，感受到一种切身的伤痛。我在废墟边站起身来，手上拿着破残的课本。我快速擦去眼泪，立即决定在灾区捐建三个学生图书馆。

道士塔

一

　　莫高窟门外，有一条河。过河有一片空地，高高低低建着几座僧人圆寂塔。塔呈圆形，状近葫芦，外敷白色。我去时，有几座已经坍弛，还没有修复。只见塔心是一个个木桩，塔身全是黄土，垒在青砖基座上。夕阳西下，朔风凛冽，整个塔群十分凄凉。

　　有一座塔显得比较完整，大概是修建年代比较近吧。好在塔身有碑，移步一读，猛然一惊：它的主人，竟然就是那个王圆箓！

　　再小的个子，也能给沙漠留下长长的身影；再小的人物，也能让历史吐出重重的叹息。王圆箓既是小个子，又是小人物。我见过他的照片，穿着土布棉衣，目光呆滞，畏畏缩缩，是那个时代随处可以见到的一个中国平民。他原是湖北麻城的农民，在甘肃当过兵，后来为了谋生做了道士。几经转折，当了敦煌莫高窟的家。

　　莫高窟以佛教文化为主，怎么会让一个道士来当家？中国的民间信仰本来就是羼杂互融的，王圆箓几乎是个文盲，对道教并不专精，对佛教也不抵拒，却会主持宗教仪式，又会化缘募款，由他来管管这一片冷窟荒庙，也算正常。

　　但是，世间很多看起来很正常的现象常常掩盖着一个可怕的黑洞。

莫高窟的惊人蕴藏，使王圆箓这个守护者与守护对象之间产生了文化等级上的巨大的落差。这个落差，就是黑洞。

我曾读到潘絜兹先生和其他敦煌学专家写的一些书，其中记述了王道士的日常生活。他经常出去化缘，得到一些钱后，就找来一些很不高明的当地工匠，先用草刷蘸上石灰把精美的古代壁画刷去，再抡起铁锤把塑像打毁，用泥巴堆起灵官之类，因为他是道士。但他又想到这里毕竟是佛教场所，于是再让那些工匠用石灰把下寺的墙壁刷白，绘上唐代玄奘到西天取经的故事。他四处打量，觉得一个个洞窟太憋气了，便要工匠们把它们打通。大片的壁画很快灰飞烟灭，成了走道。做完这些事，他又去化缘，准备继续刷，继续砸，继续堆，继续画。

这些记述的语气都很平静，但我每次读到，脑海里也总像被刷了石灰一般，一片惨白。我几乎不会言动，眼前一直晃动着那些草刷和铁锤。

"住手！"我在心底呼喊，只见王道士转过脸来，满脸困惑不解。我甚至想低声下气地恳求他："请等一等，等一等……"但是等什么呢？我脑中依然一片惨白。

二

一九〇〇年六月二十二日（农历五月二十六日），王道士从一个姓杨的帮工那里得知，一处洞窟的墙壁里面好像是空的，里边可能还隐藏着一个洞穴。两人挖开一看，嗬，果然一个满满实实的藏经洞！

王道士完全不明白，此刻，他打开了一扇轰动世界的门户。一门永久性的学问，将靠着这个洞穴建立。无数才华横溢的学者，将为这个洞穴耗尽终生。而且，从这一天开始，他的实际地位已经直蹿而上，比世界上很多著名博物馆馆长还高。但是，他不知道，他不可能知道。

他随手拿了几个经卷到知县那里鉴定，知县又拿给其他官员看。官员中有些人知道一点轻重，建议运到省城，却又心疼运费，便要求原地封存。在这个过程中，消息已经传开，有些经卷已经流出，引起了在新疆的一些外国人士的注意。

当时，英国、德国、法国、俄国等列强，正在中国的西北地区进行着一场考古探险的大拼搏。这个态势，与它们瓜分整个中国的企图紧紧相连。因此，我们应该稍稍离开莫高窟一会儿，看一看全局。

就在王道士发现藏经洞的前几天，在北京，英、德、法、俄、美等外交使团又一次集体向清政府递交照会，要求严惩义和团。恰恰在王道士发现藏经洞的当天，列强决定联合出兵——这就是后来攻陷北京，迫使朝廷外逃，最终又迫使中国赔偿四亿五千万两白银的"八国联军"。

时间，怎么会这么巧？

好像是北京东交民巷外国使馆里的一个决定，立即刺痛了一个庞大机体的神经系统。于是，西北沙漠中一个洞穴的门，霎时打开了。

更巧的是，仅仅在几个月前，甲骨文也被发现了。

我想，藏经洞与甲骨文一样，最能体现一个民族的文化自信。因此，必须猛然出现在这个民族即将失去自信的时刻。

即使是巧合，也是一种伟大的巧合。

遗憾的是，中国学者不能像解读甲骨文一样解读藏经洞了，因为那里的经卷已被悄悄转移。

三

产生这个结果，是因为莫高窟里三个男人的见面。

第一个就是"主人"王圆箓，不多说了。

第二个是匈牙利人斯坦因，刚加入英国籍不久，此时受印度政府和大英博物馆指派，到中国的西北地区考古。他博学、刻苦、机敏、能干，其考古专业水准堪称世界一流，却又具有一个殖民主义者的文化傲慢。他精通七八种语言，却不懂中文，因此引出了第三个人——翻译蒋孝琬。

蒋孝琬长得清瘦文弱，湖南湘阴人。这个人是中国十九世纪后期出现的买办群体中的一个。这个群体在沟通两种文明的过程中常常备受心灵煎熬，又两面不讨好。我一直建议艺术家们在表现中国近代题材的时候不要放过这种桥梁式的悲剧性典范。但是，蒋孝琬好像是这个群体中的异类，他几乎没有感受到任何心灵煎熬。

斯坦因到达新疆喀什时，发现聚集在那里的外国考古学家们有一个共识，就是千万不要与中国学者合作。理由是，中国学者一到关键时刻，例如，在关及文物所有权的当口上，总会在心底产生"华夷之防"的敏感，给外国人带来种种阻碍。但是，蒋孝琬完全不是这样，那些外国人告诉斯坦因："你只要带上了他，敦煌的事情一定成功。"

事实果然如此。从喀什到敦煌的漫长路途上，蒋孝琬一直在给斯坦因讲述中国官场和中国民间的行事方式。到了莫高窟，所有联络、刺探、劝说王圆箓的事，都是蒋孝琬在做。

王圆箓从一开始，就对斯坦因抱着一种警惕、躲闪、拒绝的态度。蒋孝琬蒙骗他说，斯坦因从印度过来，是要把当年玄奘取来的经送回原处去，为此还愿意付一些钱。

王圆箓像很多中国平民一样，对《西游记》里的西天取经故事既熟悉又崇拜，听蒋孝琬绘声绘色地一说，又看到斯坦因神情庄严地一次次焚香拜佛，竟然心有所动。因此，当蒋孝琬提出要先"借"几个"样本"看看时，王圆箓虽然迟疑、含糊了很久，但终于还是塞给了他几个经卷。

于是，又是蒋孝琬，连夜挑灯研读那几个经卷。他发现，那正巧是玄奘取来的经卷的译本。这几个经卷，明明是王圆箓随手取的，居然果真与玄奘有关。王圆箓知道后，激动地看着自己的手指，似乎听到了佛的旨意。洞穴的门，向斯坦因打开了。

当然，此后在经卷堆里逐页翻阅选择的，也是蒋孝琬，因为斯坦因本人不懂中文。

蒋孝琬在那些日日夜夜所做的事，也可以说成是一种重要的文化破读，因为这毕竟是千年文物与能够读懂它的人的第一次隆重相遇。而且，事实证明，蒋孝琬对中国传统文化有着广博的知识、不浅的根底。

那些寒冷的沙漠之夜，斯坦因和王圆箓都睡了，只有他在忙着。睡着的两方都不懂得这一堆堆纸页上的内容，只有他懂得，由他做出取舍裁断。

就这样，一场天下最不公平的"买卖"开始了。斯坦因用极少的钱，换取了中华文明长达好几个世纪的大量文物。而且由此形成惯例，各国冒险家们纷至沓来，满载而去。

有一天王圆箓觉得斯坦因实在要得太多了，就把部分挑出的文物又搬回到藏经洞。斯坦因要蒋孝琬去谈判，打算用四十块马蹄银换回那些文物。没想到，蒋孝琬谈判的结果，居然只花了四块就解决了问题。斯坦因立即赞扬他，说这是又一场"中英外交谈判"的胜利。

蒋孝琬一听，十分得意。我对他的这种得意有点儿厌恶。因为他应该知道，自从鸦片战争以来，所谓的"中英外交谈判"意味着什么。我并不奢望他在心底会对当时已经极其可怜的父母之邦产生一点点惭愧，而只是想，这种桥梁式的人物如果把一方河岸完全扒塌了，他们以后还能干什么。

由此我想，对那些日子莫高窟里的三个男人，我们还应该多看几眼。前面两个一直遭世人非议，而最后一个总是被轻轻放过。

比蒋孝琬更让我吃惊的是，近年来中国文化界有一些评论者一再宣称，斯坦因以考古学家的身份取走敦煌藏经洞的文物并没有错，是正大光明的事业，而像我这样耿耿于怀，却是"狭隘的民族主义"。

是"正大光明"吗？请看斯坦因自己的回忆：

深夜我听到了细微的脚步声，那是蒋在侦察，看是否有人在我的帐篷周围出现。一会儿他扛了一个大包回来，那里装有我今天白天挑出的一切东西。王道士鼓足勇气同意了我的请求，但条件很严格，除了我们三个外，不得让任何人得知这笔交易，哪怕是丝毫暗示。

从这种神态动作，你还看不出他们在做什么吗？

四

斯坦因终于取得了九千多个经卷、五百多幅绘画，打包装箱就整整花了七天时间。最后打成了二十九个大木箱，原先带来的那些骆驼和马匹不够用了，又雇来了五辆大车，每辆都拴上三匹马来拉。

那是一个黄昏，车队启动了。王圆箓站在路边，恭敬相送。斯坦因"购买"这二十九个大木箱的稀世文物，所支付给王圆箓的全部价钱，我一直不忍心写出来，此刻却不能不说一说了。那就是，三十英镑！但是，这点钱对王圆箓来说，毕竟比他平时到荒村野郊去化缘来的，多得多了。因此，他认为这位"斯大人"是"布施者"。

斯坦因向他招过手，抬起头来看看天色。

一位年轻诗人写道，斯坦因看到的，是凄艳的晚霞。那里，一个古老民族的伤口在流血。

我又想到了另一位年轻诗人的诗——他叫李晓桦，诗是写给下令火烧圆明园的额尔金勋爵的：

    我好恨

    恨我没早生一个世纪

    使我能与你对视着站立在

    阴森幽暗的古堡

    晨光微露的旷野

    要么我拾起你扔下的白手套

    要么你接住我甩过去的剑

    要么你我各乘一匹战马

> 远远离开遮天的帅旗
>
> 离开如云的战阵
>
> 决胜负于城下

对于斯坦因这些学者，这些诗句也许太硬。但是，除了这种办法，还有什么方式能阻拦他们呢？

我可以不带剑，也不骑马，只是伸出双手做出阻拦的动作，站在沙漠中间，站在他们车队的正对面。

满脸堆笑地走上前来的，一定是蒋孝琬。我扭头不理他，只是直视着斯坦因，要与他辩论。

我要告诉他，把世间文物统统拔离原生的土地，运到地球的另一端收藏展览，是文物和土地的双向失落、两败俱伤。我还要告诉他，借口别人管不好家产而占为己有，是一种掠夺……

我相信，也会有一种可能，尽管概率微乎其微——我的激情和逻辑终于压倒了斯坦因，于是车队果真被我拦了下来。

那么，接下来该怎么办呢？当然应该送交京城。但当时，藏经洞文物不是也有一批送京的吗？其情景是，没有木箱，只用席子捆扎，沿途官员缙绅伸手进去就取走一把。有些官员还把大车赶进自己的院子里精挑细选，择优盗取。盗取后又怕到京后点数不符，便把长卷撕成几个短卷来凑数搪塞。

当然，更大的麻烦是，那时的中国处处军阀混战，北京更是乱成一团。在兵丁和难民的洪流中，谁也不知道脚下的土地明天将会插上哪家的军旗。几辆装载古代经卷的车，怎么才能通过？怎样才能到达？

那么，不如叫住斯坦因，还是让他拉到伦敦的博物馆里去吧。但我当然不会这么做。我知道斯坦因看出了我的难处，因为我发现，被迫留下了车队而离去的他，正一次次回头看我。

我假装没有看见，只用眼角余光默送他和蒋孝琬慢慢远去，终于消失在黛褐色的山丘后面。然后，我再回过身来。

长长一排车队，全都停在苍茫夜色里，由我掌管。但是，明天该去何方？

这里也难，那里也难，我左思右想，最后只能跪倒在沙漠里，大哭一场。

五

一九四三年十月二十六日，八十二岁的斯坦因在阿富汗的喀布尔去世。

此时是中国抗日战争进行得最艰苦的日子。中国，又一次在生死关头被世人认知，也被自己认知。

在斯坦因去世的前一天，伦敦举行"中国日"活动，博物馆里的敦煌文物又一次引起热烈关注。

在斯坦因去世的同一天，中国历史学会在重庆成立。

我知道，处于弥留之际的斯坦因不可能听到这两个消息。

有一件小事让我略感奇怪，那就是斯坦因的墓碑铭文：

马尔克·奥莱尔·斯坦因

印度考古调查局成员

学者、探险家兼作家

通过极为困难的印度、中国新疆、波斯、伊拉克之行，扩展了知识领域

他平生带给西方世界最大的轰动是敦煌藏经洞，为什么在墓碑铭文里故意回避了，只提"中国新疆"？敦煌并不在新疆，而是在甘肃。

我约略知道此间原因。那就是，他在莫高窟的所作所为，已经受到文明世界越来越严厉的谴责。

阿富汗的喀布尔，是斯坦因非常陌生的地方。整整四十年他一直想进去而未被允许，刚被允许进入，却什么也没有看到就离开了人世。

他被安葬在喀布尔郊区的一个外国基督教徒公墓里，但他的灵魂又怎么能安定下来？

直到今天，这里还备受着贫困、战乱和宗教极端主义的包围。而且，蔓延四周的宗教极端主义，正好与他信奉的宗教完全对立。小小的墓园，是那样孤独、荒凉和脆弱。

我想，他的灵魂最渴望的，是找一个黄昏，再潜回敦煌去看看。

如果真有这么一个黄昏，那么，他见了那座道士塔，会与王圆箓说什么呢？

我想，王圆箓不会向他抱怨什么，却会在他面前稍稍显得有点儿趾高气扬。因为道士塔前，天天游人如潮，虽然谁也没有投来过尊重的目光。而斯坦因的墓地前，永远阒寂无人。

莫高窟

一

三六六年，有一位僧人在敦煌东南方鸣沙山东麓的断崖上开始开凿石窟，后来代代有人继续，这就成了著名的莫高窟。

佛教在印度传播之初，石窟是僧人修行的场所，却不在里边雕塑和描绘佛像。后来到了犍陀罗时期，受到亚历山大东征时带来的希腊雕塑家们的影响，开始开凿佛像石窟。因此，人们往往可以从那里发现希腊雕塑的明显痕迹。

佛教从印度一进入中国，立即明白这是一个需要用通俗的形象来讲故事的国度。结果，以人类的几大文明为背景，一代代的佛像都在石窟里深刻而又通俗地端庄着，微笑着，快乐着，行动着，苦涩着，牺牲着。渐渐地，这一切都与中国历史接通了血脉。

莫高窟，便是其中的典型。

二

看莫高窟，不是看死了一千年的标本，而是看活了一千年的生命。

让人惊奇的是，历来在莫高窟周边的各种政治势力，互相之间打得你死我活，却都愿意为莫高窟做一点好事。

北魏的王室、北周的贵族都对莫高窟的建造起了很大的作用，更不必说隋代、初唐、盛唐时莫高窟的欢快景象了。连"安史之乱"以后占领敦煌的吐蕃势力，以及驱逐吐蕃势力的张议潮军队，本是势不两立的敌人，却也都修护了莫高窟。

五代十国时期的曹氏政权对莫高窟贡献很大，到宋代，先后占领这一带的西夏政权和蒙古政权，也没有对莫高窟造成破坏。莫高窟到元代开始衰落，主要是由于蒙古军队打通了欧亚商贸路线，丝绸之路的作用减弱，敦煌变得冷清了。

为什么那么多赳赳武将、权谋强人都会在莫高窟面前低下头来？我想，宗教的力量和时间的力量足以让那些燥热的心灵冷却下来，产生几分敬畏。他们突然变得像个孩子，一路撒野下来，到这里却睁大了眼睛，希望获得宗教裁判和时间裁判。

在这个过程中，更值得关注的是全民参与。佛教在莫高窟里摆脱了高深的奥义，通俗地展现因果报应、求福消灾、丰衣足食、繁衍子孙等内容，与民众非常亲近。除了壁画和雕塑外，莫高窟还是当地民众举行巡礼斋会的活动场所，也是享受日常娱乐的游览场所。但是，这种大众化趋向并没有使它下降为一个乡村庙会，因为敦煌地区一直拥有不少高僧大德、世族名士、博学贤达，维系着莫高窟的信仰主体。

于是，在莫高窟，我常常走神。不明亮的自然光亮从洞窟上方的天窗中淡淡映入，壁画上的人群和壁画前的雕塑融成了一体，在一片朦胧中似乎都动了起来。在他们身后，仿佛还能看到当年来这里参加巡礼的民众，一群又一群地簇拥着身穿袈裟的僧侣。还有很多画工、雕塑家在周边忙碌。这么多人渐渐走了，又来了一批。一批一批构成一代，一代一代接连不断。

也有了声音：佛号、磬钹声、诵经声、木鱼声、旌旗飘荡声、民众笑语声，还有石窟外的山风声、流水声、马蹄声、驼铃声。

看了一会儿，听了一会儿，我发觉自己也被裹卷进去了。身不由己，踉踉跄跄，被人潮所挟，被声浪所融，被一种千年不灭的信仰所化。

这样的观看是一种晕眩，既十分陶醉又十分模糊。因此，我不能不在闭馆之后的黄昏，在人群全都离去的山脚下独自徘徊，一点点地找回记忆、找回自己。

晚风起了，夹着细沙，吹得脸颊发疼。沙漠的月亮分外清冷，山脚前有一泓泉流，在月色下波光闪烁。总算，我的思路稍见头绪。

三

记得每进一个洞窟，我总是抢先走到年代标示牌前，快速地算出年龄，然后再恭敬地抬起头来。

年龄最高的，已经一千六百多岁，在中国历史上算是十六国时期的作品。壁画上的菩萨还是西域神貌，甚至还能看出从印度起身时的样子。深线粗画，立体感强，还裸着上身，余留着恒河岸边的热气。另一些壁画，描绘着在血腥苦难中甘于舍身的狠心，看上去有点儿恐怖，可以想见当时世间的苦难气氛。

接下来应该是我非常向往的魏晋南北朝了：青褐的色泽依然浑厚，豪迈的笔触如同剑戟。中原一带有那么多潇洒的名士傲视着乱世，此时洞窟里也开始出现放达之风，连菩萨也由粗短身材变得修长活泼。某些形象，一派秀骨清相，甚至有病态之美，似乎与中原名士们的趣味遥相呼应。

不少的场面中出现了各种乐器，我叫不全它们的名字。

有很多年轻的女子衣带飘飘地飞了起来，是飞天。她们预示出全方位舞动的趋势，那是到了隋代。一个叫维摩诘的居士被频频描绘，让人联想到当时一些士族门阀企图在佛教理想中提升自己。壁画上已经找不到苦行，只有华丽。连病态之美也消失了，肌肤变得日渐圆润。那些雕塑略显腿短头大，马背上的历练，使他们气定神闲。

整个画面出现了扬眉吐气般的欢乐，那只能是唐代。春风浩荡，万物苏醒，连禽鸟都是舞者，连繁花都卷成了图案。天堂和人间连在了一起，个个表情生动，笔笔都有创造。女性越来越占据主导地位，而且不管是菩萨还是供养人，都呈现出充分的女性美。由于自信，他们的神情反而更加恬静、素淡和自然。画中的佛教道场已经以净土宗为主，启示人们只要念佛就能一起进入美好的净土。连这种简明的理想，也洋溢着只有盛唐才有的轻快和乐观。

唐代画面中的那些世间人物，不管是盔甲将军、西域胡商，还是壮硕力士、都督夫人，都神采飞扬、炯炯有神。更难得的是，我在这些人物形象中分明看到了吴道子画派的某种骨力，在背景山水中发现了李思训、李昭道父子那一派的辉煌笔意。欢乐，就此走向了经典。走向了经典还在欢乐，一点儿也没有装腔作态。

除了壁画，唐代的塑像更是风姿无限。不再清癯，不再呆板，连眉眼嘴角都洋溢着笑意，连衣褶薄襞都流泻得像音乐一般。

唐代洞窟中的一切都不重复，也不刻板。我立即明白，真正的欢乐不可能重复，就像真正的人性容不得刻板。结果，唐代的欢乐诱发了长久的欢乐，唐代的人性贴合了永恒的人性，一切都融合得浑然一体。恍惚间，热闹的洞窟里似乎什么也没有了，没有画，没有雕塑，没有年代，也没有思考，一切都要蒸腾而去，但又哪里也不想去，只在这里，在洞窟，在唐代。

突然，精神一怔，我看到了一个异样的作品，表现了一个尽孝报恩的故事。与一般同类故事不同，这个佛家弟子是要帮助流亡的父母完成复国事业。我心中立即产生一种猜测，便俯身去看年代标示牌——果然，创作于"安史之乱"之后。

"安史之乱"，像一条长鞭，哗啦一声把唐代划成了两半。敦煌因为唐军东去讨逆而被吐蕃攻陷，因此，壁画中帮助流亡父母完成复国事业的内容，并非虚设。

悲壮的意志刻在洞壁上，悲惨的岁月刻在大地上，赫赫唐代已经很难再回过神来。此后的洞窟，似乎一个个活气全消。也有看上去比较热闹的场面，但是，模仿的热闹只能是单调。

在单调中，记得还有一个舞者背手反弹琵琶的姿态，让我眼睛一亮。

再看下去，洞窟壁画的内容越来越世俗，连佛教题材也变成了现实写生，连天国道场也变成了家庭宅院，连教义演讲也变成了说书人的故事会。当然这也不错，颇有生活气息，并让我联想到了中国戏剧史上的瓦舍和诸宫调。

唐宋之间，还算有一些呆滞的华丽；而到了宋代，则走向了一种冷漠的贫乏。对此，我很不甘心。宋代，那是一个让中国人拥有苏东坡、王安石、司马光、朱熹、陆游、李清照、辛弃疾的时代啊，在敦煌怎么会是这样？我想，这与河西走廊上大大小小的政权纷争有关。在没完没了的轮番折腾中，文化之气受阻，边远之地只能消耗荒凉。

到了元代，出现了藏传密宗的壁画，题材不再黏着于现实生活，出现了一种我们不太习惯的神秘和恐怖。但是笔触精致细密，颇具装饰性，使人想到唐卡。

这是几个强悍民族互窥互征的时代，蒙古文化和西藏文化在这一带此起彼伏。倒是有一个欧洲旅行家来过之后向外面报告，这里的一切还算安定，他就是马可·波罗。

明清时期的莫高窟，已经没有太多的东西可以记住。

四

当我在夜色中这么匆匆回想一遍后，就觉得眼前这个看上去十分寻常的"小山包"，实在是一个奇怪的所在。

它是河西走廊上的一个博物馆，也是半部中国艺术史，又是几大文明的交会点。它因深厚而沉默，也许，深厚正是沉默的原因。

但是，就像世界上的其他事情一样，兴旺发达时什么都好说，一到了衰落时期，一些争夺行动便接连而至。

二十世纪二十年代，莫高窟曾经成为白俄士兵的滞留地。那些士兵在洞窟里支起了锅灶，生火做饭，黑烟和油污覆盖了大批壁画和雕塑。他们还用木棒蘸着黑漆，在壁画上乱涂乱画。

这些士兵走了以后，不久，一群美国人来了。他们是学者，大骂白俄士兵的胡作非为，当场立誓，要拯救莫高窟文物。他们的"拯救"方法是，用化学溶剂把壁画粘到纱布上剥下墙壁，带回美国去。

为首的是两位美国学者，我要在这里记一下他们的名字：一位是哈佛大学的兰登·华尔纳，一位是宾夕法尼亚博物馆的霍勒斯·杰恩。

兰登·华尔纳带回美国的莫高窟壁画引起轰动，他非常后悔自己当初没有带够化学溶剂，因此又来了第二次。这次他干脆带来了一名化学溶剂的调配专家，眼看就要在莫高窟里大动手脚。

但是，他后来在回忆录里写道，这次在莫高窟遇到了极大的麻烦：

> 事态变得十分棘手，约有几十个村民放下他们的工作，从大约十五公里外的地方跑来监视我们的行动……以便有理由对我们进行袭击，或者用武力把我们驱逐出境。

结果，他们只是拍了一些遗迹的照片，什么也无法拿走。化学溶剂更是一滴也没有用。

后来华尔纳在美国读到一本书，是他第二次去莫高窟时从北京雇请一位叫陈万里的翻译写的。这才知道，那些村民所得到的信息正是这位翻译透露的。陈万里先生到敦煌的第二天，就借口母亲生病离开了华尔纳，其实是向村民通报美国人准备干什么了。

为此，我要向这位陈万里先生致敬。

一位名不见经传的普通知识分子，加上几十个他原先不可能认识的当地村民，居然在极短的时间内做成了这么一件大事。对比之下，我看那些不负责任的官员，以及那些助纣为虐的翻译，还怎么来寻找遁词？

陈万里先生不仅是翻译，还是一位医生和学者。中国另有一位姓陈的学者说过一句话："敦煌者，吾国学术之伤心史也。"这位陈先生叫陈寅恪，后来两眼完全失去了视力。

陈寅恪先生看不见了，我们还张着眼。陈万里先生和村民没有来得及救下的那些莫高窟文物，还在远处飘零。既然外人如此眼热，可见它们确实是全人类的精粹，放在外面也罢了。只是，它们记录了我们历代祖先的信仰和悲欢，我们一有机会总要赶过去探望它们，隔着外国博物馆厚厚的玻璃，长久凝视，百般叮咛。

莫高窟被那些文物拉得很长很长，几乎环绕了整个地球。那么，我们的心情也被拉长了，随着唐宋元明清千年不枯的笑容，延伸到整个世界。

沙原隐泉

沙漠中也会有路的，但这儿没有。

远远看去，有几行歪歪扭扭的脚印。

顺着脚印走吧？不行，被人踩过了的地方反而松得难走。只能用自己的脚，去走一条新路。回头一看，为自己长长的脚印高兴。不知这行脚印，能保存多久？

挡眼是几座巨大的沙山。只能翻过它们，别无他途。上沙山实在是一项无比辛劳的苦役。刚刚踩实一脚，稍一用力，脚底就松松地下滑。用力越大，陷得越深，下滑也愈加厉害。才踩几脚，已经气喘，不禁恼怒。

我在浙东山区长大，在幼童时已经能够欢快地翻越大山。累了，一使蛮劲，还能飞奔峰巅。这儿可万万使不得蛮劲。软软的细沙，既不硌脚，也不让你磕撞，只是款款地抹去你的全部气力。你越发疯，它越温柔，温柔得可恨至极。无奈，只能暂息雷霆之怒，把脚底放松，与它厮磨。

要噌噌噌地快步登山，那就不要到这儿来。有的是栈道，有的是石阶，千万人走过了的，还会有千万人走。只是，那儿不给你留下脚印——属于你自己的脚印。来了，那就认了吧，为沙漠行走者的公规，为这些美丽的脚印。

心气平和了，慢慢地爬。沙山的顶越看越高，爬多少它就高多少，简直像儿时追月。

已经担心今晚的栖宿。狠一狠心，不宿也罢，爬！再不理会那高远的目标了，何必自己惊吓自己。它总在的，看也在，不看也在，那么，看又何益？

还是转过头来打量一下自己已经走过的路吧。我竟然走了那么长，爬了那么高！脚印已像一条长不可及的绸带，平静而飘逸地画下了一条波动的曲线，曲线一端，紧系脚下。

完全是大手笔，不禁钦佩起自己来了。

不为那越来越高的山顶，只为这已经画下的曲线，爬。

不管能抵达哪儿，只为已耗下的生命，爬。

无论怎么说，我始终站在已走过的路的顶端——永久的顶端，不断浮动的顶端，自我的顶端，未曾后退的顶端。

沙山的顶端是次要的。爬，只管爬。

脚下突然平实，眼前突然空阔，怯怯地抬头四顾——山顶还是被我爬到了。

完全不必担心栖宿，西天的夕阳还十分灿烂。

夕阳下的绵绵沙山是无与伦比的天下美景。光与影以最畅直的线条进行分割，金黄和黛赭都纯净得毫无斑驳，像用一面巨大的筛子筛过了。日夜的风，把风脊、山坡塑成波荡，那是极其款曼平适的波，不含一丝涟纹。

于是，满眼皆是畅快，一天一地都被铺排得大大方方、明明净净。

色彩单纯到了圣洁，气韵委和到了崇高。

为什么历代的僧人、信众、艺术家偏偏要选中沙漠沙山来倾注自己的信仰，建造了莫高窟、榆林窟和其他洞窟？站在这儿，我懂了。我把自身的顶端与山的顶端合在一起，心中鸣起了天乐般的梵呗。

刚刚登上山脊时，已发现山脚下尚有异象，舍不得一眼看全。待放眼鸟瞰一过，此时才敢仔细端详。那分明是一湾清泉，横卧山底。

动用哪一个藻饰词，都会是对它的亵渎。只觉它来得莽撞，来得怪异，安安静静地躲藏在本不该有它的地方，让人的眼睛看了很久还不大能够适应。再年轻的旅行者，也会像慈父心疼女儿一样叫一声：这是什么地方，你怎么也跑来了！

是的，这无论如何不是它该来的地方。要来，该来一道黄浊的激流，但它是这样清澈和宁谧。或者，来一个大一点儿的湖泊，但它是这样纤瘦和婉约。按它的品貌，该落脚在富春江畔、雁荡山间，或是从虎跑到九溪的树荫下。

漫天的飞沙，难道从未把它填塞？夜半的飓风，难道从未把它吸干？这里可曾出没过强盗的足迹，借它的甘泉赖以为生？这里可曾蜂聚过匪帮的马队，在它身边留下一片污浊？

我胡乱想着，随即又愁云满面。怎么走近它呢？我站立峰巅，它委身山底。向着它的峰坡，陡峭如削。此时此刻，刚才的攀登，全化成了悲哀。

向往峰巅，向往高度，结果峰巅只是一道刚能立足的狭地。不能横行，不能直走，只享一时俯视之乐，怎可长久驻足安坐？上已无路，下又艰难，我感到从未有过的孤独与惶恐。

世间真正温煦的美色，都熨帖着大地，潜伏在深谷。君临万物的高度，到头来只构成自我嘲弄。我已看出了它的讥谑，于是怯怯地来试探下削的陡坡。

咬一咬牙，狠一狠心。总要出点事了，且把脖子缩紧，歪扭着脸上肌肉把脚伸下去。一脚，再一脚，整个骨骼都已准备好了一次重重的摔打。

然而，奇了，什么也没有发生。才两脚，已出溜下去好几米，又站得十分稳当。不前摔，也不后仰，一时变作了高加索山头上的普罗米修斯。

再稍用力，如入慢镜头，跨步若舞蹈，只十来下，就到了山底。

实在惊呆了：那么艰难地爬了几个时辰，下来只是几步！想想刚才伸脚时的悲壮决心，哑然失笑。康德说，滑稽是预期与后果的严重失衡，正恰是这种情景。

来不及多想康德了，急急向泉水奔去。

一湾不算太小，长可三四百步，中间最宽处相当于一条中等河道。水面之下，漂动着丛丛水草，使水色绿得更浓。竟有三只玄身水鸭，轻浮其上，带出两翼长长的波纹。真不知它们如何飞越万里关山，找到这儿。水边有树，不少已虬根曲绕，该有数百岁高龄。

总之，一切清泉静池所应该有的，这儿都有了。至此，这湾泉水在我眼中又变成了独行侠——在荒漠的天地中，全靠一己之力，张罗出了一个可人的世界。

树后有一陋屋，正迟疑，步出一位老尼，手持悬项佛珠，满脸皱纹布得细密而宁静。

她告诉我，这儿本来有寺，毁于二十年前。我不能想象她的生活来源，讷讷地问，她指了指屋后一条路，淡淡说：会有人送来。

我想问她的事情自然很多。例如，为何孤身一人长守此地，什么年岁初来这里。终是觉得对于佛家，这种追问过于钝拙，掩口作罢。目光又转向这脉静池，答案应该都在这里。

茫茫沙漠，滔滔流水，于世无奇。唯有大漠中如此一湾，风沙中如此一静，荒凉中如此一景，高坡后如此一跌，才深得天地之韵律、造化之机巧，让人神醉情驰。

以此推衍，人生、世界、历史，莫不如此。给浮嚣以宁静，给躁急以清冽，给高蹈以平实，给粗犷以明丽。唯其这样，人生才见灵动，世界才显精致，历史才有风韵。

因此，老尼的孤守不无道理。当她在陋室里听够了一整夜惊心动魄的风沙呼啸时，明晨，就可以借着明净的水色把耳根洗净。当她看够了泉水的湛绿，抬头，即可望望灿烂的沙壁。

山，名为鸣沙山；泉，名为月牙泉。皆在敦煌境内。

阳关雪

中国历史，较多关注文化人的官场身份。但奇怪的是，当峨冠博带早已零落成泥之后，那一杆竹管毛笔偶尔涂画的诗文，却有可能镌刻山河，雕镂人心，永不漫漶。

我曾有缘，在黄昏的江船上仰望过白帝城，在浓洌的秋霜中登临过黄鹤楼，还在一个除夕的深夜摸到了寒山寺。我的周围人头济济，可以肯定，绝大多数人的心头，都回荡着那几首不必引述的古诗。

人们来寻景，更来寻诗。这些诗，他们在孩提时代就能背诵。孩子们的想象，诚恳而逼真。因此，这些城，这些楼，这些寺，早在心头自行搭建。

待到年长，当他们刚刚意识到有足够脚力的时候，也就给自己负上了一笔沉重的宿债，焦渴地企盼着对诗境实地的踏访，为童年，为想象，为无法言传的文化归属。

有时候，这种焦渴，简直就像对失落的故乡的寻找，对离散的亲人的查访。

文人的魔力，竟能把偌大一个世界的生僻角落，变成人人心中的故乡。他们薄薄的青衫里，究竟藏着什么法术呢？

今天，我冲着王维的那首《渭城曲》，去寻阳关了。出发前曾在下榻的县城向老者打听，回答是："路又远，也没什么好看的。这雪一时下不停，别去受这个苦了。"我向他鞠了一躬，转身钻进雪里。

一走出小小的县城，便是沙漠。除了茫茫一片雪白，什么也没有，连一个褶皱也找不到。在别地赶路，总要在每一段为自己找一个目标，盯着一棵树，赶过去，然后再盯着一块石头，赶过去。在这里，睁疼了眼也看不见一个目标，哪怕是一片枯叶、一个黑点。于是，只好抬起头来看天。

从未见过这样完整的天，一点儿没有被吞食、被遮蔽，边沿全是挺展展的，紧扎扎地把大地罩了个严实。

有这样的地，天才叫天；有这样的天，地才叫地。在这样的天地中独个儿行走，侏儒也变成了巨人；在这样的天地中独个儿行走，巨人也变成了侏儒。

天竟晴了，风也停了，阳光很好。没想到沙漠中的雪化得这样快，才片刻，地上已见斑斑沙底，却不见湿痕。

天边渐渐飘出几缕烟迹，并不动，却在加深。疑惑半晌，才发现，那是刚刚化雪的山脊。

地上有一些奇怪的凹凸，越来越多，终于构成了一种令人惊骇的铺陈。我猜了很久，又走近前去蹲下身来仔细观看，最后得出结论：那全是远年的坟堆。

这里离县城已经很远，不大会成为城里人的丧葬之地。这些坟堆被风雪所蚀，因年岁而塌，枯瘦萧条，显然从未有人祭扫。它们为什么会有那么多，又排列得那么密呢？比较合理的解释，这里是古战场。

我在望不到边际的坟堆中茫然前行，心中浮现出如雨的马蹄，如雷的呐喊，如注的热血。随之，更多的图像接连而来：中原慈母的白发，江南春闺的遥望，湖湘稚儿的夜哭；故乡柳荫下的诀别，将军咆哮时的怒目，丢盔弃甲后的军旗……这一切，随着一阵烟尘，又一阵烟尘，都飘散远去。

我相信，死者临死时都面向着朔北敌阵的，但他们又很想在最后一刻回过头来，给熟悉的土地投注一个目光。于是，他们扭曲地倒下了，化作一座座沙堆。

远处已有树影。疾步赶去，树下有水流，沙地也有了高低坡斜。登上一个坡，猛一抬头，看见不远的山峰上有荒落的土墩一座，我凭直觉确信，这便是阳关了。

树愈来愈多，开始有房舍出现。这是对的，重要关隘所在，屯扎兵马之地，不能没有这些。转几个弯，再直上一道沙坡，爬到土墩底下，四处寻找，近旁正有一碑，上刻"阳关古址"四字。

这是一个俯瞰四野的制高点。北风浩荡万里，直扑而来，踉跄几步，方才站住。脚是站住了，却分明听到自己牙齿打战的声音。呵一口热气到手掌，捂住双耳用力蹦跳几下，才定下心来睁眼。

这儿的雪没有化，当然不会化。所谓古址，已经没有什么故迹，只有近处的烽火台还在，这就是刚才在下面看到的土墩。土墩已坍了大半，可以看见一层层泥沙，拌和着一层层苇草。苇草飘扬出来，在千年之后的寒风中抖动。

向前俯视，是西北的群山，都积着雪，直伸天际。我突然觉得自己是站在大海边的礁石上，那些山，全是冰海冻浪。

王维的笔触实在温厚。对于这么一个阳关，他仍然不露惊骇之色，而只是淡雅地写道："劝君更尽一杯酒，西出阳关无故人。"他瞟了一眼渭城客舍窗外青青的柳色，看了看友人已打点好的行囊，微笑着举起了酒杯。

这杯酒，友人一定是毫不推却、一饮而尽的。

这便是唐人风范。他们多半不会声声悲叹，执袂劝阻。他们的目光放得很远，他们的人生道路铺展得很广。告别是经常的，步履是放达的。这种神貌，在李白、高适、岑参那里，焕发得愈加豪迈。由此联想到，在南北各地的古代造像中，唐人造像一看便可识认，形体那么健美，目光那么平静，笑容那么肯定，神采那么自信。

可惜，在唐代之后，九州的文风渐渐刻板。阳关，再也难以享用温醇的诗句。西出阳关的文人越来越少，只有陆游、辛弃疾等人一次次在梦中抵达，倾听着穿越沙漠冰河的马蹄声。但是，梦毕竟是梦，他们都在梦中死去。

即便是土墩、石城，也受不住见不到诗人的寂寞。阳关坍弛了，坍弛在一个民族的精神疆域中。它终成废墟，终成荒原。身后，沙坟如潮；身前，寒峰如浪。谁也不能想象，这儿，一千多年之前验证过人生旅途的壮美、艺术情怀的宏广。

这儿应该有几声胡笳和羌笛的，如壮汉啸吟，与自然浑和，却夺人心魄。可惜它们后来都不再欢跃，成了兵士们心头的哀音。既然一个民族都不忍听闻，它们也就消失在朔风之中。

回去吧，时间已经不早，怕还要下雪。

西域喀什

一

　　一个中国古代文人不管漂泊何处，晚年最大的向往就是回归故乡。这事到了近代那些具有世界历史视野的学者那里就不一样了，他们会把时间和空间浓缩，然后拄着拐杖站在书房的窗口看着远方。他们在想：如果生命能够重来一次，我最希望投生何处？

　　我很想知道几位大学者对这个问题的答案，排在第一的是英国历史学家汤因比（Arnold Joseph Toynbee）。因为正是他洋洋洒洒的著作，最早让我了解了世界各地的不同历史形态。

　　但是，他已经去世三十多年，似乎并没有留下这方面的答案。我，只能在他的著作中猜测。猜测了几处，都没有把握。

　　终于，我突然知道，他曾经在一次对话中，留下了答案。

　　他说，如果生命能够重来一次，他希望生活在中国古代的西域。因为，那是一个文化汇聚的福地。

　　他所说的西域，是指中国新疆塔里木河、叶尔羌河一带。

二

　　我每次去新疆，总会想起汤因比的选择。

西域，这是一个伟大的地名。汉武帝派张骞"通西域"，这一壮举，是整个汉代对世界历史的杰出贡献。从此，人类各大文明在那里发生了最大规模的汇集、交流和融合。

本来，无论是印度文明、波斯文明、巴比伦文明、阿拉伯文明，还是再远一点儿的埃及文明、希腊文明、罗马文明等等，都自成规模、自享尊荣，很难放得下架子来与其他文明主动融合，除非用战争的方式来收纳别人。因此，各大文明都在万分警惕地防范着来自别处的铁骑战火。但是，商品流通的诱惑太大了，旅行者口中的描述太吸引人了，因此，彼此都悄悄地产生了一种不约而同的渴望：要找一个地方，展开各大文明之间的非战争交往。

这个地方需要具备两个条件：一、必须是一个地广人稀的所在，离各大文明的首府都比较遥远，使谁也感受不到威胁；二、所有的旅行团队最想靠近的那个文明，有一种让大家放心的宽容精神。

能够满足这两个条件的地方，在古代世界的地面上只有一个，那就是西域。于是，在天山、昆仑山和塔里木盆地之间的茫茫大漠，终于成了各大文明沟通的巨大平台。看似最缺少文化的地方，变成了最热闹的文化集市。一场场古代的世博会、交易会、嘉年华，不断地在西域开幕又闭幕，闭幕又开幕。

这么一想，觉得汤因比的选择，实在很有道理。

古代由西域通向整个亚洲腹地，有北疆的草原之路和南疆的丝绸之路。丝绸之路又分南、北两路，然后在一个地方会合，翻越帕米尔高原而继续前去。两条丝绸之路的会合处，是西域开发最早的城郭叫"疏勒"，也就是现在中国最西的城市喀什，又叫喀什噶尔。

这是历来所有的旅行家、探险家、行脚僧、商贸者都必须停步的地方。不管是出去还是进来，都已经承受过严酷的生死考验，而前面，可能是帕米尔，也可能是塔克拉玛干，考验更大。因此，要在这里收拾一下好不容易捡回来的一条命，然后重新豁命前行。

对很多人来说，这里是生命的最后一站；对另一些人来说，这又是豪迈壮行的新起点。不管是终点还是起点，都是英雄们泼酒祭奠之处。喀什的每一寸空气，都熔铸过男子汉低哑的喉音。

世界在这里渴望着被一次次走通，而高原在这里却显得寸步难行。一位高大的当地汉子在昆仑山脚下对我说："在这里，地远路险，从有些村子到乡里去，骑毛驴也要走七天。一个妻子最大的愿望是去一趟县城，丈夫不让，说这么漂亮的女人走那么久，怎么还回得来？几十年后丈夫去世，妻子也走不动了。"

但是，这些妻子和丈夫都看到了，总有一些人从他们村边走过。是去乡里吗？是去县城吗？难道，还有更远的地方？

最近，我和妻子又一次去了喀什。一路上饱满的感觉无与伦比，我只想重复多年前说过的一句话：如果你想研究的历史不是一般的历史而是"大历史"，如果你想从事的文学不是一般的文学而是"大文学"，那么，请务必多去西域，多去新疆，多去喀什。

三

两千多年前张骞通西域的时候，已经发现喀什有非常像样的商贸市场。后来，出任汉朝"西域都护"的班超，又曾把这里当作安定西域的大本营，他自己一住就是十几年。

班超在这里的时候，当地民众在精神文化上还停留于萨满巫术的原始自然宗教。但是，就在班超走后不久，一件重大的文化事件把这里裹卷进去了：印度的佛教开始向中国大规模传播，这里成了一条最主要的走廊。

对于佛教东传这件事，我一直认为是人类文化史上的一个特大事件。原因是，作为被传入一方的中国大地，自从诸子百家之后已经实现了超浓度的精神自足，似乎一切思维缝隙都已填满，怎么可能如此虔诚地接受万里关山之外一种全然陌生的文明呢？但是，由于印度文明和中华文明的双向高贵，又痛又痒的防范心理居然被一步步克服。首感痛痒的地方，应该就在喀什；首度克服的地方，应该也在喀什。

磨合了两百年，到了四世纪，这儿已经成了一个佛教繁盛之地，留下的古迹和事迹都很多。例如，那位在中国佛教史上堪比玄奘的鸠摩罗什，就曾在十二岁时到这里学习小乘佛教长达两年，后来也在这里，遇到了精通大乘佛教的来自莎车的王子参军兄弟二人，开始转向大乘佛教，并终生传习。而莎车，现在也属喀什地区。尽管喀什的佛教主流一直是小乘，鸠摩罗什不得不离开，但这儿是他的精神转型地。

在鸠摩罗什之后不久，法显西行取经也经过这里，惊叹这里的法会隆重。后来玄奘取经回来时由于经卷落水破损，也曾在这里停留一段时间补抄。

在九世纪至十三世纪的喀喇汗王朝时期，喀什表现了很高的文化创造能力，向世界贡献了第一部用纯粹回鹘文写成的长篇叙事诗《福乐智慧》和精心巨著《突厥语大词典》。这是两部极重要的维吾尔文化经典，跟着它们，还有不少优秀的著作产生。喀什，因创建经典而闪现出神圣的光彩。

其实，伊斯兰教在七世纪传入中国时，也以喀什为前沿。在这里落地生根几百年后，才向北疆传播。喀什地区的伊斯兰教文物不胜枚举，因为直到今天这儿的主要信仰还是这个宗教。千余年来天天被虔诚的仪式滋润着，即便是遗迹也成了生活，因此看上去都依然神采奕奕。

到过这里的欧洲旅行家马可·波罗曾经记述，基督教的一个教派聂斯托利派，即中国所称的"景教"，在这里也不乏信奉者，而且礼拜完满，尽管这个教派早在五世纪已在罗马被取缔。对此，作为意大利人的马可·波罗就很敏感。同样，在古代波斯早被取缔的祆教（拜火教），在这一带的民间也曾风行，致使《南唐书》说疏勒地区"俗奉祆神"。

总之，几千年来，喀什不仅是商品贸易的集散地，也是精神文化的集散地。集散范围很大，近至中亚、南亚，远至西亚、欧洲。如果说，西域是几大文明的交汇中心，那么，喀什则是中心的中心。

这个地位，自古以来一直具有，却只是默默地存在于各国商人心中。到了十九世纪，世界在空间和时间上获得新的自觉，喀什的重要性再一次被广泛瞩目。当时很多全球顶级的学者都坚信，这一带必定留下了诸多文明的重大脚印，因此都不远万里纷纷赶来。正如日本探险家橘瑞超所说的那样："这是中亚地区政治、商业的中心，自古以来就为世人所知，至今到中亚旅行的人，没有不介绍喀什的。"

到十九世纪末、二十世纪初，中国内忧外患，水深火热，差一点儿被列强彻底瓜分了。但是，即使到了这个时候，一个以亚洲腹地为目标的考古学家如果没有来过喀什，还是会像一个毕业生的文凭上没有盖过校长的签名印章。

历史，很容易被遗忘，却又很难被彻底遗忘。在那些迷乱的夜晚，正当一批批外来的酒徒在沙丘上狂欢喧嚣的时候，他们脚下，沙丘寂寞一叹，冷然露出某个历史大器的残角，似乎在提醒他们，这是什么地方。

四

一八八一年四月，俄国驻喀什领事馆开张，本来这很正常，但奇怪的是，领事馆里有六十名哥萨克骑兵。这些骑兵每天早晚两次列队穿越市区的大广场到城东河边操练，还向围观的人群表演刀术、马术、射击术。俄国驻喀什的领事很有学问，名叫彼得罗夫斯基，一个英国学者曾这样描述他：

> 彼得罗夫斯基是个能干、傲慢、狡猾而精于诱惑的家伙，任职的二十一年间对中国官员使尽了阴谋恐吓、威胁、利诱、收买、强迫之伎俩。他的目的便是将新疆最西部的绿洲从中国瓜分出去，使俄国得以控制通往印度后门的战略性山口。
>
> （珍妮特·米斯基：《斯坦因：考古与探险》）

俄国要控制通往印度的后门，显然是在挑衅英国。当时，英国不仅在印度实行殖民统治，而且已经控制了昆仑山、兴都库什山、阿姆河以南的多数地区，怎么会允许俄国来插手？因此，后起的英国驻喀什总领事馆占地面积，是俄国领事馆的整整两倍，而且也比英国自己在乌鲁木齐的领事馆豪华很多。一位英国记者写道：

> 在大英帝国与沙皇俄国争夺中亚的五十多年大角逐中，喀什一直是大英帝国最前沿的一个阵地。在那场大角逐中，大英帝国为了在亚洲取得政治和经济的主导权，与沙皇俄国进行过漫长而又扑朔迷离的争斗。在大英帝国驻喀什领事馆上飘扬的那面英国国旗，是印度到北极之间唯一的一面。

> （彼得·霍布科克：
> 《一位外交官夫人对喀什噶尔的回忆·前言》）

就在那队哥萨克骑兵和那面英国国旗天天都在喀什对峙的时候，一些考古学者也来到了这座城市。斯文·赫定来了，并从这里出发，发现了千年前的古城丹丹乌里克，又考察了塔里木河和罗布泊的迁徙遗址。斯坦因也来了，顺着斯文·赫定的成果进一步发现了"希腊化的佛教艺术"犍陀罗的遗存，又发现了楼兰遗址……这一系列文物，从不同方向展示了这片土地在古代无与伦比的重要性。

考古文物可分为两类。第一类随着古代的结束而结束，第二类却可以延伸到现代。西域发现的文物，大多属于第二类。它们像古代智者留下的一排排巨大的数学公式，证明着几个大空间之间的必然联系，以及把这种必然联系打通的实际可能。因此，就在这些西域考古大发现之后，历史学家威尔斯做出判断："直到今天我才开始明白，塔里木河流域比约旦河流域和莱茵河流域更为重要。"

正是这种判断，使得喀什城里那队哥萨克骑兵和那面英国国旗更加抖擞起来。两国的领事，都会殷勤地接待那些考古学家，希望他们为帝国的现代野心提供更多的古代理由。

但是，从种种记录来看，那些考古学家对于两位领事除了感谢之外并不抱有太多的尊敬。他们毕竟深谙历史，比眼前披着外交套装的情报政客更知道轻重。他们来到沙漠深处，只要见到一点点古代的痕迹就会急速地跪下双腿，用双手轻轻地扒挖，细细地拂拭。很久很久，还跪在那里。

如果仅仅从动作上看，考古学家，是在代表现代人跪身谢恩。

无言的大地，有多少地方值得我们跪身，又有多少地方需要我们谢恩。

五

在中华文明的诸多"老祖宗"中，在形态和气度上最让人震撼的，是西域。

这个说法也许会使别的"老祖宗"侧目，那实在对不起了，但我实在不是随口赞誉。请想一想，天山、昆仑山和塔克拉玛干大沙漠，这几宗真正的天下巨构，只需窥得其中任何一角，就足以让世人凝神屏息。但在这里，却齐齐地排列在一起、交接在一起、呼应在一起，这会是什么景象？

一连串无可超越的绝境，一重重无与伦比的壮美，一系列无法复制的伟大，包围着你，征服着你，粉碎着你，又收纳着你。你失去了自己，好不容易重新找回，却是另一个你。

在天山、昆仑山面前，其他"老祖宗"所背靠的三山五岳，就有点儿像盆景了。在塔克拉玛干大沙漠面前，其他"老祖宗"所吟咏的大漠孤烟、长河落日，也有点儿太孩子气了。

到喀什，不能按照内地休闲的习惯，选择那些人群密集的旅游景点。应该选择的，是乔戈里峰、慕士塔格冰川和奥依塔克冰川、红其拉甫口岸、亚克艾日克烽火台，以及处处散布的千年胡杨林和夕阳下的沙漠。我和妻子则非常着迷莎车的《十二木卡姆》，每次都听得情醉神驰。难怪躲得那么僻远的它，早已被堂皇地列入世界非物质文化遗产名录。它让我联想到，在隋唐年间轰动长安的疏勒乐和龟兹乐。不错，在中国古代最伟大王朝的雄伟和声中，占据极高引领地位的，大多是西域乐舞。

由此想到，在喀什之外，新疆还有不少西域名胜值得一再拜访，例如龟兹（现在的库车）、于阗（现在的和田）、高昌、交河等地。有足够体力的，还可以狠狠心去一下楼兰、米兰、尼雅遗址。

在叶尔羌河畔，一位本地官员已经摆好了毛笔和宣纸，要我题写几个字，准备刻在山壁上。我问他写哪几个字，他说——

昆仑第一城

我说："你们这儿，随口一说就气势非凡。"

写完，我的目光越过层层叠叠的胡杨林和绕山云，远眺昆仑山上的天路。那条天路，通向西藏阿里地区。

突然发现，在连绵的雪峰之上，竟然冒出缕缕白烟，飘向蓝天。

难道，那里还有人间的生活？

"那么高的云层之上，怎么会有白烟？"我问。

主人说，那不是白烟，而是高天风流吹起了山顶积雪。

原来如此。但转念一想，我刚刚的疑惑，历代旅行者也一定产生过。他们猜测着，判断着。没有人烟的地方何来人烟？他们多半找不到人询问，带着疑惑离开，然后又回头，看了又看。

那么，这神奇的"白烟"，也就成了一面面逗引远方客人的白色旗幡。

废井冷眼

一

这儿的秋天已经很冷。

七个乞丐般的老人用麻绳捆住自己身上又脏又破的棉袍子，挑着柴担经过一片荒地。领头那个看到走在最后的老人艰难地拖着步子，就说："大伙坐下歇一歇吧！"

不远处有几块很大的石头，大家就走过去，放下柴担坐在石头上。坐下才觉得，这石头太平整、太巨大了，有两个老人便站起来，围着石头走了几圈，又蹲下身去细看石头上的纹路。另外三个也站了起来，看了石头再看整个荒地，快速走出几步又低头回来。

大家始终没有说话，但从表情看，都像换了一个人。眼睛亮了，眉头皱了，身板直了。

——这几个老人，是清代被流放到东北地区的南方大学者。他们都曾经是科举考试的考官，当时全国知识界的最高精英，由于几次不明不白的"科场案"被问罪。好些同事已经被杀，他们死里逃生被判"流放宁古塔"。宁古塔，也就是现在黑龙江省的宁安市。

流放往往牵涉家人，几千里地的拖枷步行，妻女都殒命在半途。他们这些文弱书生到了流放地立即成了服苦役的奴隶，主要的劳役是烧石灰窑和养马，天天挨打受辱，食不果腹。

在苦役中，第一年，他们想得最多的是科场案的冤屈，希望哪一天远处出现一匹快马，送来平反昭雪的恩旨。整整一年，眼都看酸了，也没有见到这样的快马。第二年，他们不再惦念平反的事，想得最多的是家乡的父母和死于半途的妻女。第三年，他们发觉自己几乎已经成了地道的苦力，就不断背诵过去所学的诗文来自救。第四年，连自救都放弃了，什么也不再想，只把自己当作完全不识字的草民。

幸好，这一带果然荒草遍地，人烟稀少，没有一座破庙、一张门贴，能够引起他们对文化的记忆而徒生伤感。

但是，今天的这几块石头，唤醒了他们心中一个早已封闭的角落。

他们立即做出判断，这是柱础。但从体量看，柱子极大，只能是宫殿。从荒芜的状态看，应该废弛了几百年，甚至上千年了。

这是什么宫殿？哪一个年代的事儿？他们快速地走进脑海深处已经蒙尘多年的书库，粗粗翻阅，再细细翻阅……

他们谁也不讲话。只是，伸手细摸石头上的刻纹后互相看了一眼，举头远眺四周地形后又互相看了一眼。那目光，当年在翰林院里出现过，彼此非常熟悉。

每个人都深感奇怪，原以为忘了多年的一切，为什么顷刻都回来了呢？

二

不一会儿，老人们又挑起柴担上路。

打破沉默的是那个走在最后的老人，他只轻轻吐了四个字："李白醉书。"

立即有一个老人接口："渤海国！"

老人们想到的，是一个流传已久的故事。

唐朝收到了一封来自一个藩国的信，但是信上的文字，大家都不认识。传阅了好些天，上上下下都摇头，这对于很讲排场的宗主国大唐来说，有点儿丢人。担任秘书监的贺知章突然想到，自己的朋友李白有可能认识这种文字，因为李白出生胡地，又漫游四方，见多识广。他一说，唐玄宗下令把李白找来。

李白是在一张酒桌边被找到的，喝得已经有点儿程度了。来到殿上，见过皇上，便看那信。一看就笑，那文字他果然认识。他一句句翻译给唐玄宗听，唐玄宗嘱他立即用同一种文字写回信，也好顺便炫耀一下大唐人才济济，通晓各种文字。

李白一听皇上的意图，有点儿得意。趁着酒兴未过，想在殿上摆摆谱了。他斜眼一看周围站立的人物，便对皇上说，写回信可以，但要杨国忠替自己磨墨，高力士替自己脱靴。皇上一听，点头同意了。于是，权势赫赫的杨国忠和高力士就苦笑着上前，围着李白忙开了。

问题是，这到底是哪个藩国写来的信，使皇帝那么重视？

渤海国。

清代流放的老人们猜对了。他们后来还把这次半路发现，写在自己的笔记上。曲曲折折多少年，被我看到。

其实，渤海国是李白出生前两三年才成立的，几乎与李白同龄。建立者，是靺鞨族的粟末部首领大祚荣。按历史记载，唐玄宗登基后不久就册封大祚荣为"左骁卫员外大将军"、"渤海郡王"、"忽汗州都督"。那个政权按唐朝体制运行，通用语言是汉文。难道，李白读到的那封信写于他们通用汉文之前？难道，正是这种不便，使他们开始学习汉文？

当然，也许，李白醉书的故事只是故事。

但是不管怎么说，渤海国不是故事，那个庞大的废墟不是故事。

清代流放者看到的废墟，是渤海国的首府，即"上京龙泉府"。

三

我去上京龙泉府遗址的次数很多。原因是，我历史研究的重点之一，是北方少数民族的起落更迭。

我首先看到的是外城的城墙墙基，那是两米多高的夯土基座，宽达十来米，像一道天然生成的大堤坝，绵延到远处。

这个基座上面，原本应有一方方巨大的砖石砌成的雄伟高墙。可惜这儿不是吴哥窟所藏身的原始森林，而是敞亮开阔的东北平原，一座废弃的城市很难保存住一点什么，能用人力拿得走的一切都被人们拿走了。一代又一代，角角落落都被搜寻得干干净净，连清代流放者看到的大石也不见了，就剩下这一道泥土夯成的基座，生着草，长着树，静静地待着。

再往里走，看到了同样是拿不走的城门台基和柱础。昔日都城的规模，已影影绰绰地可以想见。

从遗址看，上京龙泉府由外城、内城、宫城三重环套组成，外城周长三十余里。全城由一条贯通南北的宽阔大道分成东西两区，又用十余条主要街道分隔成许多方块区域，果然是长安城的格局和气派。

京城的北半部，是统治者办公和居住的宫城，城墙周长五里。从遗址、遗物看，内城中排列过五座金碧辉煌的宫殿。东墙外则是御花园，应该有湖泊，有亭榭，有假山。

宫城中一个最完整的遗物，是文献上查得到的一口井，叫"八宝琉璃井"。井壁由玄武岩石砌成，几乎没有任何损坏。

我在井口边上盘桓良久，想象着千余年来在它身边发生的一切。我伸头一看，它波光一闪，就像是一只看得太多而终于看倦了的冷眼。

一个管理人员告诉我，从种种材料看，这座城市在八世纪至九世纪可能是亚洲最大的都市之一。当时，它不仅是渤海国的诸城之首，而且是东北亚地区的贸易枢纽，把遥远的长安和日本连成一条经济通道。

人们从一个简单的比较，就可推断出当时这座城市的繁华。在城西和城北的牡丹江上，发现了五座宽阔的跨江大桥的桥墩遗迹。而如今，数万人的现代生活，只一座桥就绰绰有余。想一想，当日该是何等景象！

这样一座城市，真会消失得如此彻底？

为了索解这个问题，我在古书堆里研究了不少时间，发现有关渤海国的记载不多。《旧唐书》《新唐书》中有一点，日本、韩国也保存了一些旁佐性资料，都比较零星。这个政权本身并没有留下片言只语，就像一个没有留下遗嘱的亡故者，只能靠着一些邻居们的传言来猜测了，而且，那些邻居也早已枯萎。

直到现在，我掌握的材料还不足以写成一篇完整的论文，只能描画一种粗疏的图像。

大体来说，从大祚荣、唐玄宗、李白那个时代的交往开始，渤海国成了充分汲取了大唐文明的自治藩国。当然，也成了东北大地上最先进的一个政权。这种地位，隐伏着巨大危险。

危险首先来自内部。

毕竟刚刚从相当原始的游牧生态过来，任何较大的进步都会让原来一起奋斗的首领们跟不上，造成一次次冲突。不少首领反目成仇、举刀威胁，甚至重返丛林。在很长一段时间，主张接受大唐文明的先进分子必然是孤独的悲剧人物。他们很可能被看成是数典忘祖的"亲唐派"，但唐朝，又未必把他们当作自己人。

在这一点上，唐玄宗时期渤海国的大门艺就是一个典型的例子。他的哥哥一度是渤海国的统治者，一直想与唐朝作对，他争执几次无效，就逃到唐朝来了。哥哥便与唐朝廷交涉，说："我弟弟大门艺对抗军令躲到了你们这儿，你们应该帮我把他杀了。"

唐玄宗当然不能杀大门艺，但又不能得罪实际掌权的哥哥，左思右想，便用了一个计谋。他派了几名外交官到渤海国，对那位哥哥说："大门艺走投无路来找我，我杀掉他说不过去，但你的意思我们也该尊重，因此已经把他流放到烟瘴之地岭南。"

本来事情也就过去了，不想那几个外交官在渤海国住的时间长了说漏了嘴，透露出大门艺并未被流放。于是那位哥哥火了，写信给唐玄宗表示抗议。唐玄宗只能说那几个外交官胡言乱语，并把他们处分了。

历史学家司马光后来在《资治通鉴》中对此事做过有趣的批评，大意是说：唐朝对于自己的隶属国应该靠威信来使它们心悦诚服。渤海国那位弟弟为了阻止一场反唐战争来投靠你，你应该有胆量宣告他是对的，没有罪，而哥哥则是错的，即便不去讨伐，也要是非分明。不想唐玄宗既没有能力制服那位哥哥，又不能堂堂正正地保护那位弟弟，竟然像市井小人一样要弄骗人伎俩，结果被人反问得抬不起头来，只好对自己的外交官不客气，实在是丢人现眼（参见《资治通鉴》卷二一三）。

司马光说得不错，但他太书生气了。历史上，除了少数伟大人物的响亮行为外，多数政治都是现实的。唐玄宗管理庞大的朝廷事务已经十分吃力，他怎么会为一种远离自己的权力之争，付出太大的代价？

于是，那位可怜的大门艺只能在长安城里躲躲藏藏，怕被渤海国的人发现，怕暴露唐玄宗为他编制的谎言。他寄情故乡，故乡容不了他；他亲近唐朝，唐朝帮不了他。

让他稍感安慰的是，由于他和别人的努力，渤海国还是逐渐领受了唐文明的光照。更由于自然规律，保守势力一批批老去，连他们的子孙也被唐文明吸引。因此，终于迎来了九世纪的大仁秀时代（819—830）。

大仁秀时代的渤海国在各方面都达到鼎盛，被称为"海东盛国"。一度，这儿的"上京龙泉府"和中华版图西边的长安城，一东一西，并立于世，成为整个亚洲的两大文明重镇。

乍一看，渤海国内部的危险解除了。那就转过身来，看看外部的危险吧。

周围的部落，仍然未脱游牧习性，因此与渤海国形成了巨大的反差。反差带来了羡慕与趋附，但在羡慕和趋附背后，却藏着强烈的嫉妒和仇恨。九世纪前期的渤海国器宇轩昂，但包围着它的，却是大量越来越闪烁的目光。它拥挤的街道太刺激那些渴望人烟的马蹄了，它显赫的名声太撩拨那些企盼成功的山民了，它如潮的财宝太吸引那些背囊寒薄的骑手了。

于是，那一天终于到来。来得出乎意料，又来得理所当然。大仁秀时期才过去一百年，九二六年，渤海国竟一下子被契丹所灭。

人们会问：作为渤海国的宗主，唐朝为什么不出手来帮它一把？

答案是：在十九年前，唐朝已先于渤海国灭亡。

其实，即使唐朝没有灭亡，也帮不了。"安史之乱"之后，气象已失，门阀林立，哪里还管得上东北亚的一个自治藩国？

四

在人类历史上，一切高度文明的城堡被攻克后，下场总是特别悲惨。

因为胜利者知道，城堡里边已经形成了一种远远高于自己的文明秩序。攻下来后，无法控制，无法融入，无法改造，除了毁灭，别无他途。

入城的契丹人骑在马上四处打量，他们发现，不仅是市民的眼神和脸色那么冷漠，就连城砖和街石都在反抗。一种复仇的气氛弥漫四周，抓不住，又赶不走。

于是他们在掠取财物后下令：腾出都城，举国南迁，然后放一把火，把整个城市烧掉。

我们现在无法描述那场大火，无法想象一座亚洲大都市全部投入火海之后的怕人情景，更无法猜度无数过惯了大城市繁华生活的渤海人被迫拖儿带女踉踉跄跄南下时，回头看这场大火时的心情和眼光。

记得当地的考古工作者告诉我，发掘遗址时，总能看到一些砖块、瓦片、石料这些不会熔化的东西竟然被烧得黏结在一起，而巨大的路石也因被火烧烤而处处断裂。

这场火不知前后烧了多长时间。我伸头看过的那口八宝琉璃井的井水，当时一定也烧沸了，很快又烧干了。然后，在到处还是火焦味的时候，大雪又把一切覆盖。

怪不得，我第一次来考察时在井口伸头，看到的是一副把一切都看倦了的千年冷眼。

其实，匆匆地来了又匆匆地走了的契丹人，也正在开启自己的一部历史。我在研究北魏王朝的时候关注过他们，当时他们游牧在辽河上游。唐朝也曾草草地为他们设立过"松漠都督府"，唐灭亡后，耶律阿保机统一契丹后称帝。因此，他们来进攻渤海国时，还是一个很"新鲜"的政权。后来他们又改为辽，与五代、北宋都打过交道，也学习了汉文化的很多东西，发生过不少恩怨故事，而在一一二五年，为金朝所灭。

他们被灭亡的时候，离他们灭亡渤海国，正好两百年。

至于灭亡他们的金朝，年龄更短，只存世一百二十年。灭亡金朝的，是蒙古和南宋。当然大家知道，后来南宋又被蒙古灭了。

……

那么多次的灭亡，每一次，都少不了熊熊大火吧？都少不了那一口口烧沸了，又烧干了的古井、老井、废井吧？

地下总有水源，它们渐渐又都有了波光。但伸头一看，与我在渤海国遗址看到的一样，冷眼，总是冷眼。

我一直在猜测，那几个清代的流放犯，状如乞丐的大学者，那天歇脚的时候有没有看到那口老井。

如果看到了老井，看到了冷眼，我想，他们一定会陷入沉思。他们对那段历史并不陌生，但也一定会对一座名城只剩下几方石料、一口废井的景象而深感震撼。我相信他们在震撼之余会对自己的遭遇更加达观。在如此废墟面前，科场案的曲直、亲人们的屈死，只是变成了历史褶皱中的微尘。

历史很漠然，在多数情况下不讲曲直，不讲感情。比历史更漠然的是自然，这几个老人去担柴的地方，正是一个火山口。面对火山口，时间的尺度更惊人了。相比之下，朝代的更迭以百年计，火山的动静以万年计。

其实，火山口也是一个废井。它的冷眼，连地球都不寒而栗。

杭州宣言

一

《马可·波罗游记》曾极力称赞，杭州是世界上既高贵又美丽的城市。杭州之外，中国还有很多别的美丽。

于是，很多航海家把这本游记放在自己的驾驶台上，向大海进发。由此开始，欧洲完成了地理大发现。

航海家们没有抵达杭州，但杭州一直隐隐约约地晃动在他们的心理罗盘之上。

马可·波罗的话，为什么这样值得信赖？

因为，他来自欧洲人心目中最美丽的城市威尼斯，对于城市美景有足够的评判眼光。

其实，马可·波罗来杭州时，这座城市已经承受过一次不小的破坏。在他到达的十几年前，杭州作为南宋的首都沦陷于元军之手。一场持续了很多年的攻守之战终于结束，其间的放纵、发泄可想而知。尽管后来的十几年有所恢复，但与极盛时的国都相比毕竟不可同日而语。就这样，仍然既高贵又美丽，那就不难想象未被破坏时的情景了。

二

杭州的美丽，已经被历代文人倾注了太多的描写词汇。这是世间一切大美必然遇到的悲剧。人们总以为大美也可以被描写，因此总让它们沉陷在一大堆词汇之间。而这些词汇，同样可以描写小美、中美、平庸之美、勉强之美、夸饰之美。这情景，就像一位世界等级的歌唱家被无数嘈杂的歌喉包围。

为此，这篇文章要做一个试验，放弃描写，只说杭州之美是怎么被创造、被守护的。

杭州这地方，本来并没有像黄山、九寨沟、长白山天池、张家界那样鬼斧神工般的天然美景。一个浅浅的小海湾，被潮汐和长江带来的泥沙淤积，时间长了就不再与外海流通，形成了一个咸水湖。在这种咸水湖中，水生植物会越长越多，而水则会渐渐蒸发减少，慢慢就会变成沼泽地，然后再变成盐碱地。这是被反复证实了的自然规则。

因此，杭州后来能变得这样美丽，完全是靠人力创造。

首先，人们为那个咸水湖浚通了淡水河（武林水）的水源，使它渐渐变成淡水湖，这便是西湖。然后，建筑防海大塘，抵御海潮肆虐，这便是钱塘。

七世纪初隋炀帝开凿大运河，通达杭州，使杭州一下子成了一个重要城市。由于居民增多，这个城市的用水必须取用西湖的淡水，便在八世纪挖通了连接西湖水源的"六井"，使杭州这座城市与西湖更加相依为命。

九世纪二十年代，大诗人白居易任杭州刺史。但他不是来写诗，而是来做事的。他遇到的问题是，西湖边上有很多农田等待西湖灌溉，而西湖中间已出现大片苇草地，蓄水量已经大为减少。于是，他认真地研究了"蓄"和"泄"之间的关系，先是挖深湖底，修筑一道高于原来湖面的堤坝，大大增加西湖的蓄水量。然后，再根据灌溉的需要定量泄水。此外，他还把民用的"六井"疏浚了一下。

白居易在这里展现的，完全是一个水利学家和城建专家的风姿。这时候，他已年过半百，早就完成《长恨歌》、《琵琶行》、《秦中吟》、《新乐府》，无可置疑地成了整部中国文学史上极少数的巨匠之一。但他丝毫没有在这种文化身份里傲慢，而是成天忙忙碌碌地指挥湖中的工程。

大诗人在这里用泥土和石块写诗，把笔墨吟诵交给小诗人。他自己的诗句，只是躲在水草间、石缝里掩口而笑，绝不出声，以防小诗人们听到了颓然废笔。

三

真正把杭州当作永恒的家，以天然大当家的身份把这座城市系统整治了的，是十世纪的吴越王钱镠。这是一个应该记住的名字，因为他是中国历史上少有的城市建筑大师。他名字中的这个"镠"字，很多人会念错，那就有点儿对不起他。镠，读音和意义都与"鎏"相同，一种成色很好的金子，记住了。

这块"金子"并不是一开始就供奉在深宫锦盒里的。他长期生活在社会底层，贩过私盐，喜好拳射，略懂卜问，在唐朝后期担任过地方军职，渐成割据势力。唐朝覆灭后中国进入五代十国时期，钱镠创立吴越国，为"十国"之一。这是一个东南小国，北及苏州，南及福州，领土以现在的浙江省为主，中心就是杭州。

钱镠治国，从治水开始。他首先以最大的力量来修筑杭州外围的海堤。原先的石板海堤早已挡不住汹涌海潮，他便下令编造很长的竹笼装填巨石，横以为塘，又以九重巨木为柱，打下六层木桩，以此为基础再筑"捍海塘"，效果很好。此外又在钱塘江沿口筑闸，防止海水倒灌。这一来，作为杭州最大的生态威胁被降伏了，人们称他"海龙王"。

海管住了，再对湖动手。他早就发现，西湖遇到的最大麻烦就是葑草壅塞、藻荇蔓延，此刻便以一个军事指挥官的风格设置了大批"撩湖兵"，又称"撩浅军"、"撩清卒"。几种称呼都离不开一个"撩"字，因为他们的任务就是撩，撩除葑草藻荇，顺便清理淤泥。这些人员都是军事编制，可见钱镠把这件事情完全是当作一场大仗在打了，一场捍卫西湖的大仗。

除了西湖，苏州边上的太湖当时大部分也属于吴越国。太湖大，因此他又向太湖派出了七千多个"撩湖兵"。太湖直到今天还在蔓延的同类生态灾难，钱镠在一千多年前就采取了强有力的措施。除了太湖，他还疏浚了南湖和鉴湖。

总之，他与水"摽"上了，成了海水、湖水、江水的"冤家"，最终又成了它们的"亲家"。

治水是为了建城。钱镠对杭州的建设贡献巨大。筑子城、腰鼓城，对城内的街道、房屋、河渠进行了整体规划和修建，又开发了周围的山，尤其是开通慈云岭，在钱塘江和西湖之间打开了一条通道。此外还建塔修寺，弘扬佛教，又对城内和湖边的各种建筑提出了美化要求。

作为一个政治人物，钱镠还非常注意属地的安全，避开各种政治灾难，以"保境安民"为宗旨。他本有一股顽泼的傲气，但是不与强权开战，故意看小自己、看大别人，一路秉承着"以小事大"的方针，并把这个方针作为遗嘱。到了他的孙子钱俶，北方的宋朝已气势如虹，行将统一中原，钱俶也就同意把吴越国纳入宋朝版图。这种方略，既体现了一个小国的智慧，又保全了一个大国的完整。

而且，也正因为这样，安静、富足、美丽的杭州后来也就有可能被选为南宋国都，成为当时中国的首席大城市。

钱镠这个人的存在，让我们对中国传统的历史观念产生了一些疑问。他，不是抗敌名将、华夏英烈，不是乱世枭雄、盛世栋梁，不是文坛泰斗、学界贤哲，因此很难成为历史的焦点、百世的楷模。他所关注的，是民众的福祉、一方的平安、海潮的涨落、湖水的浊清。为此，他甚至不惜放低政治上的名号、军事上的意气。

当中国历史主要着眼于朝廷荣显的时候，他没有什么地位；而当中国历史终于把着眼点更多地转向民生和环境的时候，他的形象就会一下子凸显出来。因此，前些年我听说杭州市郑重地为他修建了一座钱王祠，就觉得十分欣慰，因为这也是历史良知的一项修复工程。

四

杭州实在是太幸运了，居然在这座城市成为南宋国都之前，还迎来过一个重要人物，那就是苏东坡。

苏东坡两度为官杭州。第一次是三十多岁时任杭州通判，第二次是五十多岁时任杭州知州。与白居易一样，他到这座城市里来的时候也没有显出旷世诗人的模样，而是变成了一位彻彻底底的水利工程师——甚至，比白居易还彻底。

他不想在杭州结诗社，开笔会，建创作基地，办文学评奖。他甚至不想在杭州写诗，偶尔写了一首"水光潋滟晴方好"，在我看来只是一个寻常的比喻，算不得成功之作。他仅仅是随口吟过，根本不会放在心上。他那忧郁的眼神，捕捉到了西湖的重大危机。如果一定要把西湖比作美女西施，那么，这位美女已经病入膏肓，来日无多。

诗人的职责是描写美女将死时的凄艳，而苏东坡则想救她。因此，他宁肯不做诗人，也要做个真正的男人。

他发现，第一次来杭州做通判时，西湖已经被葑草藻荇埋塞了十分之三；而当第二次来做知州时，已经被埋塞了一半；从趋势看，再过二十年，西湖将全然枯竭，不复存在。

没有了西湖，杭州也将不复存在。这是因为，如果湖水枯竭，西湖与运河的水资源平衡将会失去，咸潮必将顺着钱塘江倒灌，咸潮带来的泥沙将会淤塞运河，而供给城市用水的"六井"也必将归于无用，市民受不了咸水之苦又必将逃散……那么，杭州也就成了一座废城。

不仅杭州成为一座废城，杭州周围农田也将无从灌溉，而淡水养殖业、酿酒业、手工业等也都将一一沦丧。国家重要的税收来源地，也就会随之消失。

面对这么恐怖的前景，再潇洒的苏东坡也潇洒不起来了。他上奏朝廷，多方筹集工程款项，制定周密的行动方案，开始了大规模的抢救工程。他的方案包括这样几个方面：

第一，湖中埋塞之处已被人围垦成田的，下令全部废田还湖；

第二，深挖西湖湖底，规定中心部位不准养殖菱藕，以免湖底淤积；

第三，用挖出的大量葑泥筑一道跨湖长堤，堤中建造六座石桥使湖水流通，这就是"苏堤"；

第四，在西湖和运河之间建造堰闸，做到潮不入湖；

第五，征用千名民工疏浚运河，保证漕运畅通；

第六，把连通西湖和"六井"的输水竹管更换成石槽瓦筒结构，使输水系统长久不坏，并新建二井。

这些事情，仅仅做一件就已经兴师动众，现在要把它们加在一起同时推进，简直把整个杭州城忙翻了。

杭州人谁都知道，这位总指挥叫苏东坡；但谁都忘了，这个苏东坡就是那个以诗文惊世的苏东坡！

苏东坡之后的杭州和西湖，容光焕发，仿佛只等着做国都了。至于真的做了国都，我就不想多说了，已有不少文字记载，无非是极度的繁华、极度的丰富、极度的奢侈，又加上极度的文雅。杭州由此被撑出了极度气韵，西湖随之也极度妩媚。

宋代虽然边患重重，但所达到的文明程度却是中国古代的最高峰，文化、科技、商业、民生，都让人叹为观止。这一切，都浓浓稠稠地集中在杭州了，杭州怎能不精彩？

然而，这种精彩也容易给人造成误会，以为这一切都是天造地设，本来就应该这样。很少有人想到，全部精彩都维系在一条十分脆弱的生态茎脉上，就像一条摇摆于污泥间的荷枝，支撑着田田的荷叶、灿烂的荷花。为了救护这条时时有可能折断的生态茎脉，曾经有多少人赤脚苦斗在污泥塘里。

五

先有生态而后有文化，这个道理，一直被杭州雄辩地演绎着。雄辩到什么程度？那就是：连最伟大的诗人来到这里也无心写诗，而是立即成了生态救护者。

杭州当然也有密集的文化，但我早就发现，什么文化一到杭州就立即变成了一种景观化、生态化的存在。且不说灵隐寺、六和塔、葛岭、孤山如何把深奥的佛教、道教转化成了山水美景，更让我欢喜的是，连一些民间故事也被杭州铺陈为动人的景观。

最惊人的当然是《白蛇传》里的白娘娘。杭州居然用一池清清亮亮的湖水，用一座宜雨宜雪的断桥，用一座坍而又建的雷峰塔，来侍奉她。

她并不包含太多我们平常所说的那种"文化"。她甚至连人也不是，却愿意认认真真做一个人。她是妖，也是仙，因此什么事情都难不着她。但当她只想做一个人，一个普普通通的人时，那就难了。

这个故事本身就是对中国历史的一种诘难。中国历史，历来"两多一少"：一是多妖，以及与此近似的魔、鬼、奸、逆；二是多仙，以及与此近似的神、圣、忠、贤。这两个群落看似界限森严却时时可以转换。少的是人，与妖与仙都不同的人。因此，白娘娘要站在人和非人的边缘上郑重告诉世间的人：人是什么。民间故事的这个构想，惊心动魄。

杭州似乎从一开始就知道了这个民间故事的伟大，愿意为它创制一个巨大的实景舞台。这个实景舞台永远不会拆卸，年年月月提醒人们：为什么人间这么值得留恋。

像《白蛇传》的故事一样，杭州的要义是追求人间之美。人间之美的基础，是生态之美，尤其是自然生态之美。

在杭州，如果离开了自然生态之美，什么文化都不成气象。

这与我们平常所熟悉的中国历史和中国文化的主旨，有很大差别。

六

我到杭州的最大享受之一，是找一个微雨的黄昏，最好是晚春季节，在苏堤上独自行走。堤边既没有碑文、对联，也没有匾额、题跋，也就是没有文字污染，没有文本文化对于自然生态的侵凌和傲慢，只让一个人充分地领略水光山色、阴晴寒暑。这是苏东坡安排下的，筑一道长堤让人们有机会摆脱两岸的一切，走一走朝拜自然生态之路。我觉得杭州的后人大致理解了他的这个意图，一直没有把苏堤做坏。

相比之下，现在中国很多地方有点儿做坏了。总是在古代文化中寻找自己这个地方可以傲视别的地方的点点滴滴理由，哪里出过几个进士，便大张旗鼓地筑屋刻石。如果出了一个作家，则干脆把家乡的山水全都当作了他作品的插图。大家全然忘了，不管是进士还是作家，他们作为文化人也只是故乡的儿子。在自然生态面前，他们与所有的乡亲一样谦卑和渺小。

近年来杭州的建设者秉承这座城市的传统，不找遥远的古代理由，不提空洞的文化口号，只是埋头疏浚西湖水源，一次次挖淤清污，把西湖的面积重新扩大到马可·波罗见到时的规模。重修完杨公堤，打理好新西湖，又开发了一个大大的西溪湿地，表达出杭州人在生态环境上的痴迷。

这一来，杭州就呈现出了一个贯通千年的人文宣言。这个宣言，曾经由钱镠主导，由白居易、苏东坡参加起草，由白娘娘从旁润饰，又由今天的建设者们接笔续写。

宣言的内容，很复杂，又很简单：关于自然，关于生态，关于美丽，关于人间。

我对杭州，现在只剩下一个最小的建议了：找一个合适的角落，建一座马可·波罗的雕像。雕像边上立一块碑，把他最早向世界报告的那些有关杭州的句子，用中文、意大利文和英文镌刻出来。而且，一定要注明年代。

因为这些句子，悄悄地推动过那些远航船队，因此也推动了世界。

黄州突围

一

这便是黄州赤壁，或者说是东坡赤壁。赭红色的陡坡直逼着浩荡大江，坡上有险道可供俯瞰，江面有小船可供仰望。

地方不大，但一俯一仰之间就有了气势，有了伟大与渺小的比照，有了时间和空间的交错，因此也就有了冥思的价值。

苏东坡走过的地方很多，其中不少地方远比黄州美丽。但是，他却把黄州当作最重要的人生驿站。这一切，决定于他来到这里的原因和心态。

他从监狱里走来，带着一个极小的官职，实际上以一个流放罪犯的身份走来。他带着官场和文坛泼给他的浑身脏水走来，他满心侥幸又满心绝望地走来。他被人押着，远离自己的家眷，没有资格选择黄州之外的任何一个地方，只能朝着这个当时还很荒凉的小镇走来。

他很疲倦，他很狼狈。出汴梁，过河南，渡淮河，进湖北，抵黄州。萧条的黄州没有给他预备任何住所，他只得在一所寺庙中住下。他擦一把脸，喘一口气，四周一片静寂，连一个朋友也没有。他闭上眼睛摇了摇头。

二

人们有时也许会傻想，像苏东坡这样让中国人共享千年的大文豪，应该是他所处的时代的无上骄傲，他周围的人一定会小心地珍惜他，虔诚地仰望他，总不愿意去找他的麻烦吧？

事实恰恰相反，越是超时代的文化名人，往往越不能相容于他所处的具体时代。中国世俗社会的机制非常奇特，它一方面愿意播扬和哄传一位文化名人的声誉，利用他、榨取他、引诱他，另一方面却又把他视为异类，迟早会排拒他、糟践他、毁坏他。起哄式的传扬，转化为起哄式的贬损，两种起哄都起源于自卑而狡黠的觊觎心态。

苏东坡到黄州来之前正陷入一个被文学史家称为"乌台诗案"的案件中。这个案件的具体内容是特殊的，但集中反映了文化名人在中国社会中的普遍遭遇，很值得说一说。

为了不使读者把注意力耗费在案件的具体内容上，我们不妨先把案件的底交代出来。即便站在朝廷的立场上，这也完全是一个莫须有的可笑事件。一群大大小小的文化官僚硬说苏东坡在很多诗中流露了对政府的不满和不敬，方法是对他诗中的词句做上纲上线的诠释，搞了半天连神宗皇帝也不太相信——他在将信将疑之间，几乎不得已地判了苏东坡的罪。

在中国古代的皇帝中，宋神宗并不算坏。他没有迫害苏东坡的企图。他的祖母光献太皇太后甚至竭力要保护苏东坡，而他又是尊重祖母的。在这种情况下，苏东坡不是非常安全吗？然而，完全不以神宗皇帝和太皇太后的意志为转移，名震九州的苏东坡还是下了大狱。这一股强大而邪恶的力量，很值得研究。

使神宗皇帝动摇的，是突然之间批评苏东坡的言论几乎不约而同地聚合到了一起。他为了维护自己尊重舆论的形象，不能为苏东坡说话了。

那么，批评苏东坡的言论为什么会不约而同地聚合在一起呢？我想最简要的回答是他弟弟苏辙说的那句话："东坡何罪？独以名太高。"

他太出色、太响亮，能把四周的笔墨比得十分寒碜，能把同代的文人比得有点儿狼狈，于是引起一部分人酸溜溜的嫉恨，然后你一拳我一脚地糟践，这几乎是不可避免的。在这场可耻的围攻中，一些品格低劣的文人充当了急先锋。

例如，舒亶。

这人可称为"检举揭发专业户"，在揭发苏东坡的同时他还揭发了另一个人，那人正是以前推荐他做官的大恩人。这位大恩人给他写了一封信，拿了女婿的课业请他提意见、加以辅导，这本是朋友间正常的小事往来，没想到他竟然忘恩负义，给皇帝写了一封莫名其妙的检举揭发信，说"我们两人都是官员，我又在舆论领域，他让我辅导他女婿总不大妥当"。皇帝看了他的检举揭发信，也就降了那个人的职。

就是这么一个人，与何正臣等人相呼应，写文章告诉皇帝，苏东坡到湖州上任后写给皇帝的感谢信中"有讥切时事之言"。苏东坡的这封感谢信皇帝早已看过，没发现问题；舒亶却"苦口婆心"地一款一款分析给皇帝听：苏东坡正在反您呢，反得可凶呢，而且已经反到了"流俗翕然，争相传诵，忠义之士，无不愤惋"的程度！"愤"是愤苏东坡，"惋"是惋皇上。有多少忠义之士在"愤惋"呢？他说是"无不"，也就是百分之百，无一遗漏。这种数量统计完全无法验证，却能使注重社会名声的神宗皇帝心头一咯噔。

又如，李定。

这是一个曾因母丧之后不服孝而引起人们唾骂的高官，他对苏东坡的攻击最凶。他归纳了苏东坡的许多罪名，但我仔细鉴别后发现，他特别关注的是苏东坡早年的贫寒出身、现今在文化界的地位和社会名声。这些都不能列入犯罪的范畴，但他似乎压抑不住地对这几点表示出最大的愤慨。

他说苏东坡"起于草野垢贱之余"，"初无学术，滥得时名"，"所为文辞，虽不中理，亦足以鼓动流俗"，如此等等。苏东坡的出身引起他的不服且不去说它，硬说苏东坡不学无术、文辞不好，实在使我惊讶不已。但他如果不这么说，也就无法断言苏东坡的社会名声是"滥得"。总而言之，李定的攻击在种种表层理由里边显然埋藏着一个最核心的元素：妒忌。

无论如何，诋毁苏东坡的学问和文采毕竟是太愚蠢了。但是，妒忌一深就会失控，他只会找自己最痛恨的部位来攻击，已顾不得哪怕是装装样子的合理性了。

又如，王珪。

这是一个比较跋扈和虚伪的人。他凭着资格自认为文章天下第一，实际上他写诗作文绕来绕去都离不开"金玉锦绣"这些字眼，大家暗暗掩口而笑，他还自我感觉良好。现在，一个苏东坡名震文坛，他当然要想尽一切办法来对付。

有一次他对皇帝说："苏东坡对皇上确实有二心。"皇帝问："何以见得？"他举出苏东坡一首写桧树的诗中有"蛰龙"二字为证。皇帝不解，说："诗人写桧树，和我有什么关系？"他说："写到了龙还不是写皇帝吗？"皇帝倒是头脑清醒，反驳道："未必，人家叫诸葛亮还叫卧龙呢！"

又如，李宜之。

这又是另一种特例。做着一个芝麻绿豆小官，在安徽灵璧县听说苏东坡以前为当地一个园林写的一篇园记中，有劝人不必热衷于做官的词句，竟也写信向皇帝检举揭发。他在信中分析说，这种思想会使人们缺少进取心，也会影响取士。看来这位李宜之除了心术不正之外，智力也大成问题，你看他连诬陷的借口都找得不伦不类。但是，在没有理性法庭的情况下，再愚蠢的指控也能成立，因此这对散落全国各地的"李宜之"们构成了一个鼓励。

为什么档次这样低下的人也会挤进来围攻苏东坡？当代苏东坡研究者李一冰先生说得很好："他也来插上一手，无他，一个默默无闻的小官，若能参加一件扳倒名人的大事，足使自己增重。"

从某种意义上说，他的这种目的确实也部分地达到了，例如，我今天写这篇文章竟然还会写到李宜之这个名字，便完全是因为他参与了对苏东坡的围攻。

我的一些青年朋友根据他们对当今世俗心理的体察，觉得李宜之这样的人未必是为了留名于历史，而是出于一种可称作"砸窗子"的恶作剧心理。晚上，一群孩子站在一座大楼前指指点点，看谁家的窗子亮就捡一块石子扔过去，谈不上什么目的，只图在几个小朋友中间出点风头而已。

我觉得我的青年朋友们把李宜之看得过于现代派，也过于城市化了。李宜之的行为主要出于一种政治投机，听说苏东坡有点儿麻烦，就把麻烦闹得大一点儿，反正对内不会负道义责任，对外不会负法律责任，乐得投井下石、撑顺风船。这样的人倒是没有胆量像舒亶、李定和王珪那样首先向一位文化名人发难，说不定前两天还在到处吹嘘在什么地方有幸见过苏东坡，硬把苏东坡说成是自己的朋友甚至老师呢。

又如——我真不想写出这个名字，但再一想又没有讳避的理由，还是写出来吧——沈括。这位在中国古代科技史上占有不小地位的著名科学家也因嫉妒而伤害过苏东坡，批评苏东坡的诗中有讥讽政府的倾向。如果他与苏东坡是政敌，那倒也罢了，问题是他们曾是好朋友，他所提到的诗句正是苏东坡与他分别时手录近作送给他留作纪念的。这实在有点儿不是味道了。历史学家们分析，这大概与皇帝在沈括面前说过苏东坡的好话有关，沈括心中产生了一种默默的对比。另一种可能是他深知王安石与苏东坡政见不同，就站到了王安石一边。但王安石毕竟是一个讲究人品的文化大师，重视过沈括，但最终却觉得沈括不可亲近。当然，不可亲近并不影响我们对沈括科学成就的肯定。

围攻者还有一些，我想，举出这几个也就差不多了，苏东坡突然陷入困境的原因已经可以大致看清，我们也领略了一组超越时空的中国式批评者的典型。他们中的任何一个人要单独搞倒苏东坡都很难，但是在社会上没有一种强大的反诽谤、反诬陷机制的情况下，一个人探头探脑的冒险会很容易地招来一堆凑热闹的人，于是七嘴八舌地组合成一种舆论。

苏东坡开始很不在意。有人偷偷告诉他，他的诗被检举揭发了，他先是一怔，后来还幽默地说："今后我的诗不愁皇上看不到了。"但事态的发展却越来越不幽默，一○七九年八月二十七日，朝廷派人到湖州的州衙来逮捕苏东坡。苏东坡得知风声，便不知所措。

文人终究是文人。他完全不知道自己犯了什么罪，从来者气势汹汹的样子看，估计会被处死，他害怕了，躲在后屋里不敢出来。朋友说，躲着不是办法，人家已在前面等着了，要躲也躲不过。

正要出来，他又犹豫了：出来该穿什么服装呢？已经犯了罪，还能穿官服吗？朋友说，什么罪还不知道，还是穿官服吧。

苏东坡终于穿着官服出来了，朝廷派来的差官装模作样地半天不说话，故意要演一个压得人气都透不过来的场面出来。苏东坡越来越慌张，说："我大概把朝廷惹恼了，看来总得死，请允许我回家与家人告别。"

差官说："还不至于这样。"便叫两个差人用绳子捆扎了苏东坡，像驱赶鸡犬一样上路了。家人赶来，号啕大哭，湖州城的市民也在路边流泪。

长途押解，犹如一路示众。可惜当时几乎没有什么传播媒介，沿途百姓不认识这就是苏东坡。贫瘠而愚昧的国土上，绳子捆扎着一个世界级的伟大诗人，一步步行进。苏东坡在示众，整个民族在丢人。

全部遭遇还不知道半点起因。苏东坡只怕株连亲朋好友，在途经太湖和长江时几度想投水自杀，由于看守严密而未成。

当然也很可能成，那么，江湖淹没的将是一大截特别明丽的中华文明。文明的脆弱性就在这里，一步之差就会全盘改易。而把文明的代表者逼到这一步之差境地的，则是一群小人。

一群小人能做成如此大事，只能归功于中国的独特国情。

小人牵着大师，大师牵着历史。小人顺手把绳索重重一抖，于是大师和历史全都成了罪孽的化身。一部中国文化史，有很长时间一直把诸多文化大师捆押在被告席上，而法官和原告大多是一群挤眉弄眼的小人。

究竟是什么罪？审起来看！

怎么审？打！

一位官员曾关在同一监狱里，与苏东坡的牢房只有一墙之隔，他写诗道：

> 却怜比户吴兴守，
>
> 诟辱通宵不忍闻。

通宵侮辱到了其他犯人也听不下去的地步，而侮辱的对象竟然就是苏东坡！

请允许我在这里把笔停一下。我相信一切文化良知都会在这里战栗。中国几千年间有几个像苏东坡那样可爱、高贵而有魅力的人呢？但可爱、高贵、魅力之类往往既构不成社会号召力也构不成自我卫护力，真正厉害的是邪恶、低贱、粗暴，它们几乎战无不胜、攻无不克、所向无敌。现在，苏东坡被它们抓在手里搓捏着——越是可爱、高贵、有魅力，搓捏得越起劲。

温和柔雅如林间清风、深谷白云的大文豪，面对这彻底陌生的语言系统和行为系统，不可能做任何像样的辩驳。他一定变得非常笨拙，无法调动起码的言辞，无法完成简单的逻辑推断。他在牢房里的应对，绝对比不过一个普通的盗贼。

因此，审问者们愤怒了，也高兴了：原来这么个大名人竟是草包一个！你平日的滔滔文辞被狗吃掉了？看你这副熊样还能写诗作词？纯粹是抄人家的吧！

接着就是轮番扑打，诗人用纯银般的嗓子哀号着，哀号到嘶哑。这本是一个只需要哀号的地方，你写那么美丽的诗就已荒唐透顶了，还不该打？打，打得你"淡妆浓抹"，打得你"乘风归去"，打得你"密州出猎"！

开始，苏东坡还试图拿点儿正常逻辑顶几句嘴。审问者咬定他的诗里有讥讽朝廷的意思，他说："我不敢有此心，不知什么人有此心，造出这种意思来。"

但是，苏东坡的这一思路招来了更凶猛的侮辱和折磨。当诬陷者和办案人完全合成一体、串成一气时，只能这样。

终于，苏东坡经受不住了，经受不住日复一日、通宵达旦的连续逼供。他想闭闭眼、喘口气，唯一的办法就是承认。于是，他以前的诗中有"道旁苦李"，是在说自己不被朝廷重视；诗中有"小人"字样，是讥刺当朝大人。特别是苏东坡在杭州做官时兴冲冲去看钱塘潮，回来写了咏弄潮儿的诗"吴儿生长狎涛渊"，据说竟是在影射皇帝兴修水利！

这种大胆联想，连苏东坡这位浪漫诗人都觉得实在不容易跳跃过去，因此在承认时还不容易"一步到位"。审问者有本事耗时间一点点逼过去，案卷记录上经常出现的句子是："逐次隐讳，不说情实，再勘方招。"苏东坡全招了，同时他也就知道自己必死无疑了。

他一心想着死。他觉得连累了家人，对不起妻子，又特别想念弟弟。他请一位善良的狱卒带了两首诗给苏辙，其中有这样的句子："是处青山可埋骨，他年夜雨独伤神。与君世世为兄弟，更结来生未了因。"

埋骨的地点，他希望是杭州西湖。

不是别的，是诗句，把他推上了死路。我不知道那些天他在铁窗里是否痛恨诗文。

没想到，就在这时，隐隐约约地，一种散落四处的文化良知开始汇集起来了——他的读者们慢慢抬起了头，要说几句对得起自己内心的话了。

很多人不敢说，但毕竟还有勇敢者；他的朋友大多躲避了，但毕竟还有侠义人。

杭州的父老百姓想起他在当地做官时的种种美好行迹，在他入狱后公开做了解厄道场，求告神明保佑他。

狱卒梁成知道他是大文豪，在审问人员离开时尽力照顾他的生活，连每天晚上的洗脚热水都准备了。

他在朝中的朋友范镇、张方平不怕受到牵连，写信给皇帝，说他在文学上"实天下之奇才"，希望宽大。

他的政敌王安石的弟弟王安礼也仗义执言，对皇帝说，"自古大度之君，不以言语罪人"，如果严厉处罚了苏东坡，"恐后世谓陛下不能容才"。

最动情的是那位我们前文提到过的太皇太后，她病得奄奄一息，神宗皇帝想大赦犯人来为她求寿，她竟说："用不着去赦免天下的凶犯，放了苏东坡一人就够了！"

最直截了当的是当朝左相吴充，有次他与皇帝谈起曹操，皇帝对曹操评价不高。吴充立即接口说："曹操猜忌心那么重还容得下祢衡，陛下怎么容不下一个苏东坡呢？"

对这些人，不管是狱卒还是太皇太后，我们都要深深感谢。他们有意无意地在验证着文化的感召力。就连那盆洗脚水，也充满了文化的热度。

据王巩《甲申杂记》记载，那个带头诬陷、调查、审问苏东坡的李定，整日得意扬扬。有一天他与满朝官员一起在崇政殿的殿门外等候早朝时，向大家叙述审问苏东坡的情况。他说："苏东坡真是奇才，一二十年前的诗文，审问起来都记得清清楚楚！"

他以为，对这么一个哄传朝野的著名大案，一定会有不少官员感兴趣。但奇怪的是，他说了这番引逗别人提问的话之后，没有一个人搭腔，没有一个人提问，崇政殿外一片静默。

他有点儿慌神，故作感慨状，叹息几声，回应他的仍是一片静默。

这静默算不得抗争，也算不得舆论，但着实透着点儿高贵。相比之下，历来许多诬陷者周围常常会出现一些不负责任的热闹，以嘈杂助长了诬陷。

就在这种情势下，皇帝释放了苏东坡，将其贬谪黄州。黄州对苏东坡的重要性，不言而喻。

三

我很喜欢读林语堂先生的《苏东坡传》，但又觉得他把苏东坡在黄州的境遇和心态写得太理想了。其实，就我所知，苏东坡在黄州还是很凄苦的，优美的诗文是一种挣扎和超越。

苏东坡在黄州的生活状态，已在他自己写给李端叔的一封信中描述得非常清楚。

信中说：

> 得罪以来，深自闭塞，扁舟草屦，放浪山水间，与樵渔杂处，往往为醉人所推骂，辄自喜渐不为人识。平生亲友，无一字见及，有书与之亦不答，自幸庶几免矣。

我初读这段话时十分震动，因为谁都知道苏东坡这个平素乐呵呵的大名人是有很多很多朋友的。日复一日的应酬，连篇累牍的唱和，几乎成了他生活的基本内容，他一半是为朋友们活着。但是，一旦出事，朋友们不仅不来信，而且也不回信了。

他们都知道苏东坡是被冤屈的，现在事情大体已经过去，却仍然不愿意写一两句哪怕是问候起居的安慰话。苏东坡那一封封用美妙绝伦、光照中国书法史的笔墨写成的信，千辛万苦地从黄州带出去，却换不回一丁点儿友谊的信息。

我相信这些朋友都不是坏人，但正因为不是坏人，更让我深长地叹息。

总而言之，原来的世界已在身边轰然消失，于是一代名士也就混迹于樵夫渔民间不被人认识。原本这很可能换来轻松，但他又觉得远处仍有无数双眼睛注视着自己，只能在寂寞中惶恐。即使这封无关宏旨的信，他也特别注明不要给别人看。

日常生活，在家人接来之前，大多是白天睡觉，晚上一个人出去溜达；见到淡淡的土酒也喝一杯，但绝不喝多，怕醉后失言。

他真的害怕了吗？也是也不是。他怕的是麻烦，而绝不怕大义凛然地为道义、为百姓，甚至为朝廷、为皇帝捐躯。他经过"乌台诗案"已经明白，一个人蒙受了诬陷，即便是死也死不出一个道理来。

你找不到慷慨陈词的目标，你抓不住从容赴死的理由。你想做个义无反顾的英雄，不知怎么一来把你打扮成了小丑；你想做个坚贞不屈的烈士，闹来闹去却成了一个深深忏悔的俘虏。

无法洗刷，无处辩解，更不知如何来提出自己的抗议、发表自己的宣言。这确实很接近柏杨先生所说的"酱缸文化"，一旦跳到里边，怎么也抹不干净。

苏东坡怕的是这个，没有哪个高品位的文化人会不怕。但他的内心仍有无畏的一面，或者说灾难使他更无畏了。

他给李常的信中说：

> 吾侪虽老且穷，而道理贯心肝，忠义填骨髓，直须谈笑于死生之际……虽怀坎于时，遇事有可尊主泽民者，便忘躯为之，祸福得丧，付与造物。

这么真诚的勇敢，这么洒脱的情怀，出自天真了大半辈子的苏东坡笔下，是完全可以相信的。但是，让他在何处做这篇人生道义的大文章呢？没有地方，没有机会，没有观看者，也没有裁决者，只有一个把是非曲直、忠奸善恶染成一色的大酱缸。于是，苏东坡刚刚写了上面这几句，支颐一想，又立即加一句："此信看后烧毁。"

这是一种真正精神上的孤独无告。对于一个文化人，没有比这更痛苦的了。那阕著名的《卜算子》，用极美的意境道尽了这种精神遭遇：

缺月挂疏桐，漏断人初静。时见幽人独往来，缥缈孤鸿影。
惊起却回头，有恨无人省。拣尽寒枝不肯栖，寂寞沙洲冷。

正是这种难言的孤独，使他彻底洗去了人生的喧闹，去寻找无言的山水，去寻找远逝的古人。在无法对话的地方寻找对话，于是对话也一定会变得异乎寻常。

像苏东坡这样的灵魂竟然寂静无声，那么，迟早会突然冒出一种宏大的奇迹，让这个世界大吃一惊。

然而，现在他即便写诗作文，也不会追求社会轰动了。他在寂寞中反省过去，觉得自己以前最大的毛病是才华外露、缺少自知之明。

他想，一段树木靠着瘿瘤取悦于人，一块石头靠着晕纹取悦于人，其实能拿来取悦于人的地方，恰恰正是它们的毛病所在，它们的正当用途绝不在这里。我苏东坡三十余年来想博得别人叫好的地方也大多是我的弱项所在。例如，从小为考科举学写政论、策论，后来更是津津乐道于历史是非、政见曲直。做了官以为自己真的很懂得这一套了，其实我又何尝懂呢？直到一下子面临死亡才知道，我是在炫耀无知。三十多年来最大的弊病就在这里。现在终于明白了，到黄州的我是觉悟了的我，与以前的苏东坡是两个人。（参见《答李端叔书》）

苏东坡的这种自省，不是一种走向乖巧的心理调整，而是一种极其诚恳的自我剖析，目的是想找回一个真正的自己。他在无情地剥除自己身上每一点异己的成分，哪怕这些成分为他带来过官职、荣誉和名声。

他渐渐回归于清纯和空灵。在这一过程中，佛教帮了他大忙，使他习惯于淡泊和静定。艰苦的物质生活，又使他不得不亲自垦荒种地，体味着自然和生命的原始意味。

这一切，使苏东坡经历了一次整体意义上的脱胎换骨，也使他的艺术才情获得了一次蒸馏和升华。他，真正地成熟了——与古往今来许多大家一样，成熟于一场灾难之后，成熟于灭寂后的再生，成熟于穷乡僻壤，成熟于几乎没有人在他身边的时刻。

幸好，他还不年老，他在黄州期间是四十四岁至四十八岁，对一个男人来说，正是最重要的年月，今后还大有可为。中国历史上，许多人觉悟在过于苍老的暮年，刚要享用成熟所带来的恩惠，脚步却已踉跄蹒跚。与他们相比，苏东坡真是好命。

成熟是一种明亮而不刺眼的光辉，一种圆润而不腻耳的音响，一种不再需要对别人察言观色的从容，一种终于停止向周围申述求告的大气，一种不理会哄闹的微笑，一种洗刷了偏激的淡漠，一种无须声张的厚实，一种并不陡峭的高度。勃郁的豪情发过了酵，尖利的山风收住了劲，湍急的溪流汇成了湖，结果——

引导千古杰作的前奏已经鸣响，一道神秘的天光射向黄州，《念奴娇·赤壁怀古》和《前赤壁赋》、《后赤壁赋》马上就要产生。

山庄背影

一

我们这些人，对清代总有一种复杂的情感阻隔。记得很小的时候，历史老师讲到"扬州十日"、"嘉定三屠"时，眼含泪花，这是清代的开始；而讲到"火烧圆明园"、"戊戌变法"时又有泪花了，这是清代的尾声。年迈的老师一哭，孩子们也跟着哭。清代历史，是小学中唯一用眼泪浸润的课程。从小种下的怨恨，很难化解得开。

老人的眼泪和孩子们的眼泪拌和在一起，使这种历史情绪有了一种最世俗的力量。我小学的同学全是汉族，没有满族。因此很容易在课堂里获得一种共同语言，好像汉族理所当然是中国的主宰，你满族为什么要来抢夺呢？抢夺去了能够弄好倒也罢了，偏偏越弄越糟，最后几乎让外国人给瓜分了。于是，在闪闪泪光中，我们懂得了什么是汉奸、什么是卖国贼、什么是民族大义、什么是气节。我们似乎也知道了中国之所以落后于世界列强，关键就在于清代后期的腐败无能，而辛亥革命的启蒙者们重新点燃汉人对这个清朝的仇恨，提出"驱除鞑虏，恢复中华"的口号，又是多么有必要、多么让人解气。清朝终于被推翻了，但至今在很多中国人心里，它仍然是一种冤孽般的存在。

年长以后，我开始对这种情绪产生警惕。因为无数事实证明：在我们中国，许多情绪化的社会评判规范，虽然堂而皇之地传之久远，却包含着极大的不公正。我们缺少人类普遍意义上的价值启蒙，因此这些情绪化的社会评判规范大多是从封建正统观念引申出来的，带有很大盲目性。

先是姓氏正统论，刘汉、李唐、赵宋、朱明……在同一姓氏的传代系列中所出现的继承人，哪怕是昏君、懦夫、色鬼、守财奴、精神失常者，都是合法而合理的；而外姓人氏若有觊觎，即便有一千条一万条道理，也站不住脚，真伪、正邪、忠奸全由此划分。由姓氏正统论扩而大之，就是民族正统论。这种观念要比姓氏正统论复杂得多，你看辛亥革命的闯将们与封建主义的姓氏正统论势不两立，却也需要大声宣扬民族正统论，便是例证。

汉族当然非常伟大，没有理由要受到外族的屠杀和欺凌。问题是，不能由此而把汉族等同于中华，把中华历史的正义、光亮、希望全部压在汉族一边。与其他民族一样，汉族也有大量的污浊、昏聩和丑恶，它的统治者曾一再地把整个中国历史推入死胡同。在这种情况下，历史有可能做出超越汉族正统论的选择，而这种选择又未必是倒退。

为此，我要写写承德的避暑山庄。清代的史料成捆成扎，把这些留给历史学家吧，我们，只要轻手轻脚地绕到这个消夏的别墅里去偷看几眼也就够了。

二

承德的避暑山庄是清代皇家园林，又称"热河行宫"、"承德离宫"，虽然闻名史册，但久为禁苑，又地处塞外，历来光顾的人不多。我去时，找了山庄背后的一个旅馆住下。那时正是薄暮时分，我独个儿走出住所大门，对着眼前黑黝黝的山岭发呆。查过地图，这山岭便是避暑山庄北部的最后屏障，就像一把罗圈椅的椅背。在这张罗圈椅上，休息过一个疲惫的王朝。

奇怪的是，整个中华版图都已归属了这个王朝，为什么还要把这把休息的罗圈椅放到长城之外呢？清代的帝王们在这张椅子上面南而坐的时候，都在想些什么呢？

月亮升起来了，眼前的山壁显得更加巍然怆然。北京的故宫把几个不同的朝代混杂在一起，谁的形象也看不真切；而在这里，远远地、静静地、纯纯地、悄悄地，躲开了中原王气，藏下了一个不羼杂的清代。它实在对我产生了一种巨大的诱惑，从第二天开始，我便一头埋到了山庄里边。

山庄很大，本来觉得北京的颐和园已经大得令人咋舌了，它竟比颐和园还大整整一倍，据说装下八九个北海公园是没有问题的。我想不出国内还有哪个古典园林能望其项背。山庄里面，除了南部的宫殿外，还有开阔的湖区、平原区和山区。尤其是山区，几乎占了整个山庄的八成，这让游惯了别的园林的人很不习惯。园林是用来休闲的，何况是皇家园林，大多追求方便平适，有的也会堆几座小山装点一下。哪有像这儿的，硬是圈进莽莽苍苍一大片真正的山岭来消遣？这个格局，包含着一种需要我们抬头仰望、低头思索的审美观念和人生观念。

山庄里有很多楹联和石碑，上面的文字大多由皇帝们亲自撰写。他们当然想不到多少年后会有我们这些陌生人闯入他们的私家园林来读这些文字。这些文字是他们写给后辈继承人看的。我踏着青苔和蔓草，辨识和解读着一切能找到的文字，连藏在山间树林中的石碑都不放过。一路走去，终于可以有把握地说：山庄的营造，完全出自一代政治家在精神上的强健。

首先是康熙。他是走了一条艰难而又成功的长途才走进山庄的，到这里来喘口气，应该。

他一生的艰难都是自找的。他的父辈本来已经给他打下了一个很完整的江山，他八岁即位，十四岁亲政，年纪轻轻一个孩子，坐享其成就是了，能在如此辽阔的疆土、如此兴盛的运势前做些什么呢？他稚气未脱的眼睛，竟然疑惑地盯上了两个庞然大物：一个是朝廷中最有权势的辅政大臣鳌拜，一个是自恃当初领清兵入关有功、拥兵自重于南方的吴三桂。平心而论，对于这样与自己的祖辈、父辈都有密切关系的重要政治势力，有几人能下得了决心去动手？但康熙却向他们，也向自己挑战了。他，十六岁上干净利落地除了鳌拜集团，二十岁开始向吴三桂开战，花八年时间，征战取得彻底胜利。

他等于把到手的江山重新打理了一遍，使自己从一个继承者变成了创业者。他成熟了，眼前几乎已经找不到什么对手，但他还是经常骑着马，在中国北方的山林草泽间徘徊，这是他祖辈崛起的所在，他在寻找着自己的生命和事业的依托点。

他每次都要经过长城。长城多年失修，已经破败。对着这堵历代帝王切切关心的城墙，他想了很多。他的祖辈是破长城进来的，没有吴三桂也绝对进得了，那么长城究竟有什么用呢？堂堂一个朝廷，难道就靠这些砖块去保卫？但是如果没有长城，他们的防线又在哪里呢？他思考的结果，可以从一六九一年他的一份上谕中看出个大概。

那年五月，古北口总兵官蔡元向朝廷提出，他所管辖的那一带长城"倾塌甚多，请行修筑"，康熙竟然不同意，他的上谕是：

> 秦筑长城以来，汉、唐、宋亦常修理，其时岂无边患？明末我太祖统大兵长驱直入，诸路瓦解，皆莫能当。可见守国之道，唯在修德安民。民心悦则邦本得，而边境自固，所谓"众志成城"者是也。如古北、喜峰口一带，朕皆巡阅，概多损坏，今欲修之，兴工劳役，岂能无害百姓？且长城延袤数千里，养兵几何方能分守？

说得实在是很有道理。

康熙希望能筑起一座无形的长城。对此，他有硬的一手和软的一手。硬的一手是在长城外设立"木兰围场"，每年秋天，由皇帝亲自率领王公大臣、各级官兵一万余人去进行大规模的"围猎"，实际上是一种声势浩大的军事演习。这既可以使王公大臣们保持住勇猛、强悍的人生风范，又可顺便对北方边境起一个威慑作用。"木兰围场"既然设在长城之外的边远地带，离北京就很有一点距离，如此众多的朝廷要员前去秋猎，当然要建造一些大大小小的行宫，而热河行宫就是其中最大的一座。

软的一手是与北方边疆的各少数民族建立起一种常来常往的友好关系，他们的首领不必长途进京，也能在长城之外找到与清廷交谊的场所，以及各自的宗教场所，这就是热河行宫和它周围的寺庙群要承担的另一种重大功能。

总之，软硬两手最后都汇集到这一座行宫、这一个山庄里来了，说是避暑，说是休息，意义却又远远不止于此。把复杂的政治目的转化为一片幽静闲适的园林、一圈香火缭绕的寺庙，这不能不说是康熙的大本事。

康熙几乎每年立秋之后都要到"木兰围场"参加一次为期二十天的秋猎，一生共参加了四十八次。每次围猎，情景都极为壮观。先由康熙选定逐年轮换的狩猎区域，然后就搭建一百七十多座大帐篷为"内城"、二百五十多座大帐篷为"外城"，城外再设警卫。第二天拂晓，八旗官兵在皇帝的统一督导下集结围拢。在上万官兵的齐声呐喊下，康熙一马当先，引弓射猎，每有所中便引来一片欢呼。然后，扈从大臣和各级将士也紧随康熙射猎。

康熙身强力壮，骑术高明，围猎时智勇双全，弓箭上的功夫更让王公大臣由衷惊服，因而他本人的猎获就很多。

晚上，营地上篝火处处，肉香飘荡，人笑马嘶，而康熙还必须回到帐篷里批阅每天疾驰送来的奏章文书。

康熙一生打过许多著名的仗，但在晚年，他最得意的还是自己打猎的成绩，因为这纯粹是他个人生命力的验证。一七一九年康熙自"木兰围场"行猎后返回避暑山庄时，曾兴致勃勃地告谕御前侍卫：

朕自幼至今，凡用鸟枪弓矢获虎一百三十五，熊二十，豹二十五，猞猁狲十，麋十四，狼九十六，野猪一百三十二，哨获之鹿数百，其余围场内随便射获诸兽不胜记矣。朕曾于一日内射兔三百一十八，若庸常人，毕世亦不能得此一日之数也。

这笔流水账，他说得很得意，我们读得也很高兴。身体的强健和精神的强健是连在一起的，须知中国历史上多的是病恹恹的皇帝，他们即便再"内秀"，却何以面对如此庞大的国家？

由于强健，他有足够的精力处理复杂的西藏事务和蒙古事务，解决治理黄河、淮河和疏通漕运等大问题，而且大多很有成效，功泽后世。由于强健，他还愿意勤奋地学习，结果不仅武功一流，"内秀"也十分了得，成为中国历代皇帝中特别有学问，也特别重视学问的一位。

谁能想得到呢，这位清朝帝王竟然比明代历朝皇帝更热爱汉族传统文化。大凡经、史、子、集、诗、书、音律，他都下过一番功夫，其中对朱熹哲学钻研最深。他亲自批点《资治通鉴纲目大全》，还下令访求遗散在民间的善本珍籍加以整理，大规模组织人力编辑出版了卷帙浩繁的《古今图书集成》和字典辞书，文化气魄铺天盖地。直到今天，我们研究中国古代文化还离不开那些重要的工具书。在他倡导的文化气氛下，涌现了一大批优秀的文史专家。在这一点上，很少有哪个朝代能与康熙朝相比肩。

以上讲的还只是我们所说的"国学"，可能更让现代读者惊异的是他的"西学"。因为即使到了现代，在我们印象中，国学和西学虽然可以沟通，但在同一个人身上深谙两边的毕竟不多。然而早在三百年前，康熙皇帝竟然在北京故宫和承德避暑山庄认真研究了欧几里得几何学，经常演算习题，又学习了法国数学家巴蒂的《实用和理论几何学》，并比较了它与欧几里得几何学的差别。他的老师是当时来中国的一批西方传教士，但后来他的演算比传教士还快。以数学为基础，康熙又进而学习了西方的天文、历法、物理、医学，与中国原有的这方面知识比较，取长补短。在自然科学问题上，中国官僚和外国传教士经常发生矛盾，康熙从不袒护中国官僚，也不主观臆断，而是靠自己认真学习，几乎每次都做出了公正的裁断。

这一切，居然与他所醉心的"国学"互不排斥，居然与他一天射猎三百一十八只野兔互不排斥，居然与他一连串重大的政治行为、军事行为、经济行为互不排斥！

我并不认为康熙给中国带来了根本性的希望，他的政权也做过不少坏事，如臭名昭著的文字狱之类。我想说的只是，在中国历代帝王中，这位少数民族出身的帝王具有异乎寻常的生命力，他的人格比较健全。

有时，个人的生命力和人格会给历史留下重重的印记。与康熙相比，明代的许多皇帝都活得太不像样了，鲁迅说他们是"无赖儿郎"，的确有点儿像。尤其让人生气的是明代万历皇帝（*神宗*）朱翊钧，在位四十八年，亲政三十八年，竟有二十五年时间躲在深宫之内不见外人的面，完全不理国事，连内阁首辅也见不到他，不知在干什么。他聚敛的金银如山似海，但当辽东起事、朝廷束手无策时问他要钱，他死也不肯拿出来，最后拿出一个无济于事的小零头，竟然都是因窖藏太久变黑发霉、腐蚀得不能见天日的银子。这是一个失去了人格支撑的心理变态者，但他又集权于一身，明朝怎能不垮？他死后还有后代继位，但明朝已在他的手里败定了。康熙与他正相反，把生命从深宫里释放出来，在旷野、猎场和各个知识领域挥洒，避暑山庄就是他这种生命方式的一个重要吐纳点。

三

康熙与晚明帝王的对比，避暑山庄与万历深宫的对比，当时的汉族知识分子当然也感受到了，心情比较复杂。

开始，大多数汉族知识分子都坚持抗清复明，甚至在赳赳武夫们纷纷掉头转向之后，一群柔弱的文人还宁死不屈。文人中也有一些著名的变节者，但他们往往也承受着深刻的心理矛盾和精神痛苦。

我想这便是文化的力量。一切军事争逐都是浮面的，而事情到了要摇撼某个文化生态系统的时候才会真正变得严重起来。

一个民族、一个国家、一个人种，其最终意义不是军事的、地域的、政治的，而是文化的。当时江南地区好几次重大的抗清事件，都起于"削发"之事，即汉人历来束发而清人强令削发，甚至到了"留头不留发，留发不留头"的地步。头发的样式看来事小，却关及文化生态。结果，是否"毁我衣冠"的问题成了"夷夏抗争"的最高爆发点。

这中间，最能把事情与整个文化系统联系起来的是文化人，最懂得文明和野蛮的差别，并把"鞑虏"与野蛮连在一起的也是文化人。老百姓的头发终于被削掉了，而不少文人还在拼死坚持。著名大学者刘宗周住在杭州，自清兵进杭州后便绝食，二十天后死亡；他的门生、另一位著名大学者黄宗羲投身于武装抗清行列，失败后回余姚家乡事母、著述；又一位著名大学者顾炎武，武装抗清失败后便开始流浪，谁也找不着他，最后终老陕西……这些宗师如此强硬，他们的门生和崇拜者们当然也多有追随。

但是，事情到了康熙那儿却发生了一些微妙的变化。文人们依然像朱耷笔下的秃鹰，以"天地为之一寒"的冷眼看着朝廷，而朝廷却奇怪地流泻出一种压抑不住的对汉文化的热忱。开始大家以为是一种笼络人心的策略，但从康熙身上看，好像不完全是。

他在讨伐吴三桂的战争还没有结束的时候，就迫不及待地下令各级官员以"崇儒重道"为目的，向朝廷推荐"学行兼优、文词卓越"的士子，由他亲自主考录用，称作"博学鸿词科"。

这次被保荐、征召的共一百四十三人，后来录取了五人。其中有傅山、李颙等人被推荐了却宁死不应考。傅山被人推荐后又被强抬进北京，他见到"大清门"三字便滚倒在地，两泪直流。如此行动举止，康熙不仅不怪罪，反而免他考试，任命他为"中书舍人"。他回乡后不准别人以"中书舍人"称他，但这个时候说他对康熙本人还有多大仇恨，大概谈不上了。

李颙也是如此，受到推荐后称病拒考，被人抬到省城后竟以绝食相抗，众人只得作罢。这事发生在康熙十七年，康熙本人二十五岁。没想到二十五年后，年过半百的康熙西巡时还记得这位强硬的学人，要召见他。李颙没有应召，但心里毕竟已经很过意不去了，派儿子李慎言做代表应召，并送自己的两部著作《四书反身录》和《二曲集》给康熙。这件事带有一定的象征性，表示最有抵触的汉族知识分子也开始与康熙和解了。

与李颙相比，黄宗羲是大人物了。康熙对黄宗羲更是礼敬有加，多次请黄宗羲出山未能如愿，便命令当地巡抚到黄宗羲家里，把黄宗羲写的书认真抄来，送入宫内以供自己拜读。这一来，黄宗羲也不能不有所感动。与李颙一样，自己出面终究不便，便由儿子代理。黄宗羲让自己的儿子黄百家进入皇家修史部门，帮助完成康熙交下的修《明史》的任务。你看，即便是原先与清廷不共戴天的黄宗羲、李颙他们，也觉得儿子一辈可以在康熙手下好生过日子了。这不是变节，也不是妥协，而是一种文化生态意义上的开始认同。既然康熙对汉文化认同得那么诚恳，汉族文人为什么就完全不能与他认同呢？

黄宗羲不是让儿子参加康熙下令编写的《明史》吗？编《明史》这事给汉族知识界震动不小。康熙任命了大历史学家徐元文、万斯同、张玉书、王鸿绪等负责此事，要他们根据《明实录》如实编写，说"他书或以文章见长，独修史宜直书实事"。他还多次要大家仔细研究明代晚期破败的教训，引以为戒。汉族知识界要反清复明，而清廷君主竟然亲自领导着汉族的历史学家在冷静研究明代了。这种研究又高于反清复明者的思考水平，那么，对峙也就不能不渐渐化解了。《明史》后来成为整个二十四史中写得较好的一部，这是直到今天还要承认的事实。

当然，也还余留着几个坚持不肯认同的文人。例如，康熙时代浙江有个叫吕留良的学者，在著书和讲学中还一再强调孔子思想的精义是"尊王攘夷"。这个提法，在他死后被湖南一个叫曾静的落第书生看到了，很是激动，赶到浙江找到吕留良的儿子和学生几人，筹划反清。

这时康熙也早已过世，已是雍正年间，这群文人手下无一兵一卒，能干成什么事呢？他们打听到川陕总督岳钟琪是岳飞的后代，想来肯定能继承岳飞遗志来抗击外夷，就派人带给他一封策反的信，眼巴巴地请他起事。

这事说起来已经有点儿近乎笑话。岳飞抗金到那时已隔着整整一个元朝、整整一个明朝，清朝也已过了八九十年，算到岳钟琪身上都是多少代的事啦，居然还想着让他凭着一个"岳"字拍案而起，中国书生的昏愚和天真就在这里。

岳钟琪是清朝大官，做梦也没有想到过要反清，接信后虚假地应付了一下，理所当然地报告了雍正皇帝。雍正下令逮捕了这个谋反集团，又亲自阅读了书信、著作，觉得其中有好些观点需要自己写文章来与汉族知识分子辩论。他认为有过康熙一代，已有足够的事实证明清代统治者并不差，可为什么还有人要对抗清廷？于是这位皇帝亲自编了一部《大义觉迷录》颁发各地，而且特免肇事者曾静等人的死罪，让他们专到江浙一带去宣讲。

雍正的《大义觉迷录》写得颇为诚恳。他的大意是：不错，我们是夷人，我们是"外国"人，但这是籍贯而已，天命要我们来抚育中原生民，被抚育者为什么还要把华、夷分开来看？你们所尊重的舜是东夷之人、文王是西夷之人，这难道有损于他们的圣德吗？吕留良这样著书立说的人，将前朝康熙皇帝的文治武功、赫赫盛德都加以隐匿和诬蔑，实在是不顾民生国运只泄私愤了。外族入主中原，可能反而勇于为善，如果著书立说的人只认为生在中原的君主不必修德行仁也可享有名分，而外族君主即便励精图治也得不到褒扬，外族君主为善之心也会因之而懈怠，受苦的不还是中原百姓吗？

雍正的这番话带着明显的委屈情绪，而且是给父亲康熙打抱不平，也真有一些动人的地方。但他的整体思维显然比不上康熙，口口声声说自己是"外国"人、"夷人"，在一些前提性的概念上把事情搞复杂了。他的儿子乾隆看出了这个毛病，即位后把《大义觉迷录》全部收回，列为禁书，杀了被雍正赦免的曾静等人，开始大兴文字狱。

除了华、夷之分的敏感点外，其他地方雍正倒是比较宽容、有度量，听得进忠臣贤士们的尖锐意见和建议，因此在执政的前期，做了不少好事，国运可称昌盛。这样一来，即便存有异念的少数汉族知识分子也不敢有什么想头，到后来也真没有什么想头了。其实本来这样的人已不可多觅，雍正和乾隆都把文章做过了头。真正第一流的大学者，在乾隆时代已经不想做反清复明的事情。

乾隆靠着人才济济的智力优势，靠着康熙、雍正给他奠定的丰厚基业，也靠着他本人的韬略雄才，做起了中国历史上福气最好的大皇帝。承德避暑山庄，他来得最多，总共逗留的时间很长，因此他的踪迹更是随处可见。乾隆也经常参加"木兰秋猎"，亲自射获的猎物也极为可观，但他的主要心思却放在边疆征战上。避暑山庄和周围的外八庙内，记载这种征战成果的碑文极多。

这种征战与汉族的利益没有冲突，反而弘扬了中国的国威，连汉族知识界也引以为荣，甚至可以把乾隆看成是华夏圣君了。但我细看碑文之后却产生一个强烈的感觉：有的仗迫不得已，打打也可以，但多数战争的必要性深可怀疑——需要打得这么大吗？需要反复那么多次吗？需要杀得如此残酷吗？

好大喜功的乾隆把他的所谓"十全武功"雕刻在避暑山庄里乐滋滋地自我品尝，这使山庄回荡出一些燥热而又不祥的气氛。在满、汉文化对峙基本上结束之后，这里洋溢着的是中华帝国的自得情绪。

一七九三年九月十四日，一个英国使团来到避暑山庄，乾隆以盛宴欢迎，还在山庄的万树园内以大型歌舞和焰火晚会招待，避暑山庄一片热闹。英方的目的是希望乾隆同意他们派使臣常驻北京，在北京设立洋行；希望中国开放贸易口岸，在广州附近拨一些地方让英商居住；又希望英国货物在广州至澳门的内河流通时能获免税和减税的优惠。本来，这些都是可以谈判的事，但对于居住在避暑山庄、一生喜欢用武力炫耀华夏威仪的乾隆来说，却不存在任何谈判的可能。

他给英国国王写了信，信的标题是"赐英吉利国王敕书"。信内对一切要求全部拒绝，说"天朝尺土俱归版籍，疆址森然，即岛屿沙洲，亦必划界分疆，各有专属"；"从无外人等在北京城开设货行之事"；"此与天朝体制不合，断不可行"。至今有人认为这几句话充满了爱国主义的凛然大义，与以后清廷签订的卖国条约不可同日而语。对此，我实在不敢苟同。

本来康熙早在一六八四年就已开放海禁，在广东、福建、浙江、江苏分设四个海关欢迎外商来贸易。过了七十多年，乾隆反而关闭其他海关只许外商在广州贸易。外商在广州也有许多可笑的限制，例如，不准学说中国话、买中国书，不许坐轿，更不许把妇女带来，等等。

康熙向传教士学西方自然科学，关系不错，而乾隆却把天主教给禁了。

乾隆在避暑山庄训斥外国帝王的朗声言辞，使这座园林掺杂进了某种凶兆。

四

我在山庄松云峡乾隆诗碑的西侧，读到了他儿子嘉庆写的一首诗。嘉庆即位后经过这里，看到父亲那些得意扬扬的诗作后不禁长叹一声：父亲的诗真是深奥，而我这个做儿子的却实在觉得肩上的担子太重了！（"瞻题蕴精奥，守位重仔肩。"）

嘉庆一生都在面对内忧外患，最后不明不白地死在避暑山庄。

道光皇帝继嘉庆之位时已近四十岁，没有什么才能，只知艰苦朴素，穿的裤子还打过补丁。朝中大臣竞相模仿，穿了破旧衣服上朝，一眼看去，这个朝廷已经没有多少气数了。

父亲死在避暑山庄，畏怯的道光也就不愿意去那里了，让它空关了几十年。他有时想想也该像祖宗一样去打一次猎，打听能不能不经过避暑山庄就可以到"木兰围场"，回答说没有别的道路，他也就不去了。像他这么个可怜巴巴的皇帝，似乎本来就与山庄和打猎没有缘分。鸦片战争已经爆发，他忧愁的目光只能一直注视着南方。

避暑山庄一直关到一八六〇年九月，突然接到命令，咸丰皇帝要来，赶快打扫。咸丰这次来时带的银两特别多，原来是来逃难的，英法联军正威胁着北京。咸丰这一来就不走了，东走走西看看，庆幸祖辈留下这么个好地方让他躲避。他在这里又批准了好几份丧权辱国的条约，但签约后还是不走，直到一八六一年八月二十二日死在这儿，差不多住了近一年。

咸丰一死，避暑山庄热闹了好些天，各种政治势力围着遗体进行着明明暗暗的较量。一场被历史学家称为"辛酉政变"的行动方案在山庄的几间屋子里制定。然后，咸丰的灵柩向北京起运，浩浩荡荡。避暑山庄的大门，又一次紧紧地关住了。而在这支浩浩荡荡的队伍中间，很快站出来一个二十七岁的青年女子，她将统治中国数十年。

她就是慈禧，离开了山庄后再也没有回来。不久她又下了一道命令，说热河避暑山庄已经几十年不用，殿亭各宫多已倾圮，只是咸丰皇帝去时稍稍修治了一下，现在咸丰已逝，众人已走，"所有热河一切工程，着即停止"。

这个命令，与康熙不修长城的谕旨前后辉映，却又辉映成了一种反讽。康熙的"长城"也终于倾塌了，荒草凄迷，暮鸦回翔，旧墙斑驳，霉苔处处，而大门却紧紧地关着。

关住了那些宫殿房舍倒也罢了，还关住了那么些苍郁的山、晶亮的水。显然，清王朝终于把它丢弃了。被丢弃了的它很可怜，丢弃了它的清王朝更可怜，连一把罗圈椅也坐不到了。

后来慈禧在北京重修了一个颐和园，与避暑山庄"对峙"。塞外朔北的园林不会再有对峙的能力和兴趣，它似乎已属于另外一个时代。热河的雄风早已吹散，清朝从此阴气重重、劣迹斑斑。

当一个新的世纪来到的时候，一大群汉族知识分子向这个政权发出了毁灭性声讨。避暑山庄，在这个时候是一个邪恶的象征，老老实实躲在远处，尽量不要叫人发现。

五

清王朝灭亡后，社会震荡，世事忙乱。直到一九二七年六月二日，大学者王国维先生在颐和园投水而死，才让全国智者肃然沉思。

王国维先生的死因众说纷纭，我们且不管它，只知道这位汉族文化大师拖着清代的一条辫子，自尽在清代的皇家园林里，遗嘱为"五十之年，只欠一死；经此世变，义无再辱"。

他不会不知道明末清初为汉族人是束发还是留辫之争发生过惊人的血案，他不会不知道刘宗周、黄宗羲、顾炎武这些大学者的慷慨行迹，他更不会不知道按照世界历史的进程，社会巨变乃属必然。但是，他还是死了。

我赞成陈寅恪先生的说法，王国维先生并不是死于政治斗争、人事纠葛，而是死于一种文化：

> 凡一种文化值衰落之时，为此文化所化之人，必感苦痛，其表现此文化之程量愈宏，则其所受之苦痛亦愈甚；迨既达极深之度，殆非出于自杀无以求一己之心安而义尽也。

(《王观堂先生挽词并序》)

王国维先生实在无法把文化与清廷分割开来。在他的书架里，《古今图书集成》、《康熙字典》、《四库全书》、《红楼梦》、《桃花扇》、《长生殿》、乾嘉学派、纳兰性德都历历在目，每一本、每一页都无法分割。在他看来，在他身边殒灭的，是一个文化意义上的古典时代。

他，只想留在古典时代。

我们记得，在康熙手下，汉族高层知识分子经过剧烈的心理挣扎已开始与朝廷建立文化认同，没有想到的是，当康熙的事业破败之后，文化认同还未消散。为此，王国维先生要以生命来祭奠它。他没有从心理挣扎中找到希望，死得可惜又死得必然。

知识分子总是不同寻常，他们总要在政治、军事的折腾之后表现出长久的文化韧性。文化变成了他们的生命，只有靠生命来拥抱文化了，别无他途。明末以后是这样，清末以后也是这样。

文化的极度脆弱和极度强大，都在王国维先生纵身投水的扑通声中呈现无遗。

王国维先生到颐和园这也还是第一次，是从一个同事处借了五元钱才去的。颐和园门票六角，死后口袋中尚余四元四角。他去不了承德，也推不开山庄紧闭的大门。

今天，我面对着避暑山庄的清澈湖水，却不能不想起王国维先生的面容和身影。我轻轻地叹息一声：一个风云数百年的朝代，总是以一群强者英武的雄姿开头，而打下最后一个句点的，却常常是一些文质彬彬的凄怨灵魂。

秋雨注

这篇文章发表于一九九三年，后来被中国评论界看成是全部"清宫电视剧"的肇始之文。"清宫电视剧"拍得不错，但整体历史观念与我有很大差别。我对清代宫廷的看法，可参见本书另一篇《宁古塔》。

宁古塔

一

东北终究是东北，现在已是盛夏的尾梢，江南的西瓜早就收藤了，而这里似乎才刚刚开旺，大路边高高低低地延绵着一堵用西瓜砌成的墙，瓜农们还在从绿油油的瓜地里一个个捧出来往上面堆。买了一个在路边啃起来，一口下去，竟是我平生很少领略过的清爽和甘甜。

这片土地，竟然会蕴藏着这么多的甘甜吗？

我提这个问题的时候心头不禁一颤，因为我正站在从牡丹江到镜泊湖去的半道上，脚下是黑龙江省宁安市，清代称为"宁古塔"的所在。只要对清史稍有涉猎的读者都能理解我的心情。在漫长的数百年间，不知有多少"犯人"的判决书上写着："流放宁古塔。"

有那么多的朝廷大案以它作为句点，因此"宁古塔"这三个字成了全国官员心底最不吉利的符咒。任何人都有可能一夜之间与这里产生终身性的联结，就像堕入一个漆黑的深渊，不大可能再泅得出来。金銮殿离这里很远又很近，因此这三个字常常悄悄地潜入高枕锦衾间的噩梦，把那么多的人吓出一身身冷汗。

清代统治者特别喜欢流放江南人，因此这块土地与我的出生地也有着很深的缘分。几百年前的江浙口音和现在的一定会有不少差别吧，但是，云还是这样的云，天还是这样的天。

地可不是这样的地。有一本叫作《研堂见闻杂录》的书上写到，当时的宁古塔几乎不是人间的世界。流放者去了，往往半道上被虎狼恶兽吃掉，甚至被饿昏了的当地人分而食之，能活下来的不多。当时另有一个著名的流放地叫尚阳堡，也是一个让人毛骨悚然的地方，但与宁古塔一比，尚阳堡还有房子可住，还能活得下来，简直好到天上去了。也许有人会想，有塔的地方总该有点儿文明的遗留吧？这就搞错了。宁古塔没有塔，这三个字完全是满语的音译，意为"六个"（"宁古"为"六"，"塔"为"个"），据说很早的时候有兄弟六人在这里住过，而这六个人可能还与后来的清室攀得上远亲。

由宁古塔又联想到东北其他几个著名的流放地，例如，今天的辽宁沈阳（当时称盛京）、辽宁开原（当时称尚阳堡）、黑龙江齐齐哈尔（当时称卜魁）等处。我，又想来触摸中国历史身上某些让人不大舒服的部位了。

二

中国古代历朝对犯人的惩罚，条例繁杂，但粗粗说来无外乎打、杀、流放三种。打是轻刑，杀是极刑，流放"不轻不重"，嵌在中间。

打的名堂就很多，打的工具、方式和数量都不一样。民间罪犯姑且不论，即便在朝堂之上，也时时刻刻晃动着被打的可能。再道貌岸然的高官，再斯文儒雅的学者，从小接受"非礼勿视"的教育，举手投足蕴藉有度，刚才站到殿堂中央来讲话时还细声慢气地调动一连串深奥典故，用来替代一切世俗词汇，突然不知是哪句话讲错了，立即被一群宫廷侍卫按倒在地，在众目睽睽之下被一五一十地打将起来。苍白的肌肉，殷红的鲜血，不敢大声发出的哀号，乱作一团的白发，强烈地提醒着端立在一旁的其他文武官员：你们说到底只是一种生理性的存在，用思想来辩驳思想，以理性来面对理性，从来没有那回事儿。

杀的花样就更多了。我早年在一本旧书中读到嘉庆朝廷如何杀戮一个行刺者的具体记述，好几天都吃不下饭。后来我终于对其他杀人花样也有所了解了，真希望我们下一代不要再有人知道这些事情。当时的朝廷施刑者把死这件事情变成一个可供细细品味、慢慢咀嚼的漫长过程。在这一过程中，组成人的一切器官和肌肤全部成了痛苦的由头，因此受刑者只能怨恨自己竟然是个人。我相信，这是人类成为人类以来最为残酷的自戕游戏，即便是豺狼虎豹在一旁看了也会瞠目结舌。

残忍，对统治者来说，首先是一种恐吓，其次是一种快感。越到后来，恐吓的成分越来越少，而快感的成分则越来越多。这就变成了一种心理毒素，扫荡着人类的基本尊严。统治者以为这样便于统治，却从根本上摧残了人性、人道基础，后果非常严重。

现在可以说说流放了。

当时流放东北的江南人和中原人，常常不仅株连全家，而且祸及九族，所有远远近近的亲戚，甚至包括邻里，全都成了流放者，往往是几十人、百余人的队伍，浩浩荡荡。

这些几天前还是锦衣玉食的人家都已被查抄，家产财物荡然无存，而且到流放地之后做什么也早已定下，如"赏给出力兵丁为奴"、"给披甲人为奴"，等等，连身边的孩子也都已经是奴隶。一路上怕他们逃走，便枷锁千里。我在史料中见到这样一条记载：明宣德八年，一次有一百七十名犯人流放到东北，死在路上的就有三分之二，到东北只剩下五十人。

好不容易到了流放地，这些奴隶被分配给了主人，主人见美貌的女性就随意糟蹋，怕其丈夫碍手碍脚就先把丈夫杀了。流放人员那么多用不了，选出一些女的卖给娼寮，选出一些男的去换马。

最好的待遇是在所谓"官庄"里做苦力，当然也完全没有自由。照清代被流放的学者吴兆骞记述，"官庄人皆骨瘦如柴"，"一年到头，不是种田，即是打围、烧石灰、烧炭，并无半刻空闲日子"。

在一本叫《绝域纪略》的书中描写了流放在那里的江南女子汲水的镜头："春余即汲，霜雪井溜如山，赤脚单衣悲号于肩担者，不可纪，皆中华富贵家裔也。"

在这些可怜的汲水女里面，肯定有着不少崔莺莺和林黛玉，昨日的娇贵矜持根本不敢回想。

康熙时期的诗人丁介写过这样两句诗：

南国佳人多塞北，

中原名士半辽阳。

这里该包含着多少真正的大悲剧啊！诗句或许会有些夸张，但当时中原各省在东北流放地已经到了"无省无人"的地步是确实的。据李兴盛先生统计，单单清代东北流人（其概念比流放犯略大），总数在一百五十万以上。普通平民百姓很少会被流放，因而其间"名士"和"佳人"的比例确实不低。

如前所说，这么多人中，很大一部分是株连者。那些远亲，可能根本没见过当事人，他们的亲族关系要通过老一辈曲曲折折的比画才能勉强厘清，现在却一股脑儿都被赶到了这儿。在统治者看来，所有的人都不是个人，只是长在家族大树上的叶子，一片叶子看不顺眼了，证明从根上就不好，于是把这一棵大树连根儿拔掉。我看"株连"这两个字的原始含义就是这样来的。

树上叶子那么多，不知哪一片会出事而祸及自己，更不知自己的一举一动什么时候会危害到整棵大树，于是只能战战兢兢，如临深渊，如履薄冰。

既然大树上没有一片叶子敢于面对风的吹拂、露的浸润、霜的飘洒，那么，整个树林也便成了没有风声鸟声的死林。

三

我常常设想，那些当事人在东北流放地遇见了以前从来没有听见过、这次却因自己而罹难的远房亲戚，该会说什么话，有何种表情，而那些远房亲戚又会做什么反应。

当事人极其内疚是毫无疑问的，但光内疚够吗？而且内疚什么呢？他或许会解释一下案情，但他真能说得清自己的案情吗？

最说不清楚的是那些文人，不小心沾上了文字狱、科场案，一夜之间成了犯人。

文字狱的无法说清已有很多人写过，不想再说什么了。科场案是针对科举考试中的作弊嫌疑而言的，牵涉面更大。

依我看，科场中真作弊的有，但是很大一部分是被恣意夸大甚至无中生有的。例如，一六五七年发生过两个著名的科场案，被杀、被流放的人很多。我们不妨选其中较严重的一个即所谓"南闱科场案"稍稍多看几眼。

一场考试过去，发榜了，没考上的士子们满腹牢骚，议论很多。被说得最多的是考上举人的安徽青年方章钺，他可能与主考大人是远亲，即所谓"联宗"吧，理应回避，不回避就有可能作弊。

落第考生的这些道听途说被一位官员听到了，就到顺治皇帝那里奏了一本。顺治皇帝闻奏后立即下旨，正副主考一并革职，把那位考生方章钺捉来严审。

这位安徽考生的父亲叫方拱乾，也在朝中做着官，上奏说他们家从来没有与主考大人联过宗，联宗之说是误传，因此用不着回避，以前几届也考过，朝廷可以调查。

本来这是一件很容易调查清楚的事情，但麻烦的是，皇帝已经表了态，而且已把两个主考革职了，如果真的没有联过宗，皇帝的脸往哪儿搁？

因此朝廷上下一口咬定，他们两家一定联过宗，不可能不联宗，没理由不联宗，为什么不联宗，不联宗才怪呢！既然肯定联过宗，那就应该在子弟考试时回避，不回避就是犯罪。

刑部花了不少时间琢磨这个案子，再琢磨皇帝的心思，最后心一横，拟了个处理方案上报，大致意思无非是，正副主考已经激起圣怒，被皇帝亲自革了职，那就干脆处死算了，把事情做到底别人也就没话说了；至于考生方章钺，朝廷不承认他是举人，作废。

这个处理方案送到了顺治皇帝那里。大家原先以为皇帝也许会比刑部宽大一点儿，做点儿姿态，没想到皇帝的回旨极其可怕：正副主考斩首，没什么客气的。还有他们统领的其他所有考官到哪里去了？一共十八名，全部绞刑，家产没收，他们的妻子儿女一概罚作奴隶。听说已经死了一个姓卢的考官？算他幸运，但他的家产也要没收，他的妻子儿女也要去做奴隶。还有，就让那个安徽考生不做举人算啦？不行，把八个考取的考生全都收拾一下，他们的家产也应全部没收，每人狠狠打上四十大板。更重要的是，他们这群考生的父母、兄弟、妻子，要与这几个人一起，全部流放到宁古塔！（参见《清世祖实录》卷一百二十一）

这就是典型的中国古代判决，处罚之重，到了完全离谱的程度。这二十个考官应该是当时中国第一流的学者，居然不明不白地被全部杀掉，他们的家属随之遭殃。

那些考生的家属在长途跋涉中想到前些天身首异处的那二十来个大学者，心也就平下来了——比上不足比下有余，何况人家那么著名的人物临死前也没吭声，要我冒出来喊冤干啥？

这是中国人面临最大的冤屈和灾难时的惯常心理逻辑。一切理由都没什么好问的，就算是遇到了一场自然灾害。

四

灾难，对于常人而言也就是灾难而已，但对文人而言就不一样了。在灾难降临之初，他们会比一般人更紧张、更痛苦，但在渡过这一关口之后，他们中一部分人，开始面对灾难寻找生命的底蕴。以前的价值系统不得不被逐一解构，甚至解构得比较彻底。

流放者都会记得宋金战争期间，南宋的使臣洪皓和张邵被金人流放到黑龙江的事迹。洪皓和张邵算得上为大宋朝廷争气的了，在捡野菜充饥、拾马粪取暖的情况下还凛然不屈。

出人意料的是，这两人在东北为宋廷受苦受难十余年，好不容易回来后却立即遭受贬谪。倒是金人还比较尊敬这两位与他们作对的使者，每次宋廷有人来总要打听他们的消息，甚至对他们的子女给予照顾。

这种事例，使后来的流放者们陷入深思：既然朝廷对自己的使者都是这副模样，那它真值得大家为它守节效忠吗？我们过去头脑中认为至高无上的一切，真是那样有价值吗？

顺着这一思想脉络，东北流放地出现了一个奇迹：不少被流放的清朝官员与反清义士结成了好朋友，甚至到了生死莫逆的地步。

当官衔、身份、家产一一被剥除时，剩下的就是生命对生命的直接呼唤。著名的反清义士函可，在东北流放时最要好的那些朋友李裀、魏琯、季开生、李呈祥、郝浴、陈掖臣等人，几乎都是被贬的清朝官吏。但他却以这些人为骨干，成立了一个"冰天诗社"。

函可的这些贬官朋友，在个人人品上都算不错。例如，李裀获罪是因为上谏朝廷，指陈当时的"逃人法"立法过重，株连太多；魏琯因上疏主张一个犯人的妻子"应免流徙"而自己反被流徙；季开生是谏阻皇帝到民间选美女；郝浴是弹劾吴三桂骄横不法……总之，都比较善良和正直。

函可与他们结社是在顺治七年，那个时候，江南很多知识分子还在以仕清为耻，因此是看不起仕清反被清害的汉族官员的。但函可却以毫无障碍的心态发现了他们的善良与正直，把他们作为一个个有独立人品的个人来尊重。

政敌不见了，对立松懈了，只剩下一群赤诚相见的朋友。

有了朋友，再大的灾害也会消去大半；有了朋友，再糟的环境也会风光顿生。

我敢断言，在漫长的中国古代社会中，最珍贵、最感人的友谊必定产生在朔北和南荒的流放地，产生在那些蓬头垢面的文士中间。其他那些著名的友谊佳话，外部雕饰太多了。

除了流放者之间的友谊外，外人与流放者的友谊也有一种特殊的重量。

在株连之风极盛的时代，与流放者保持友谊是一件十分危险的事。何况地处遥远，在当时的交通和通信条件下要维系友谊又非常艰难。因此，流放者们完全可以凭借往昔友谊的维持程度，来重新评验自己原先置身的世界。

元朝时，浙江人骆长官被流放到东北，他的朋友孙子耕竟从杭州一路相伴到东北。清康熙年间，兵部尚书蔡毓荣获罪流放黑龙江，他的朋友上海人何世澄不仅一路护送，而且陪着他在黑龙江住了两年多才返回江南。

让我特别倾心的，是康熙年间顾贞观为把自己的老友吴兆骞从东北流放地救出来的那番苦心。

顾贞观知道老友在边荒时间已经很长，吃足了各种苦头，很想晚年能赎他回来让他过几天安定日子，为此他愿意叩拜一座座朱门来集资。但这事不能光靠钱，还要让当朝最有权威的人点头。他好不容易结识了当朝太傅明珠的儿子纳兰容若。纳兰容若是一个人品和文品都不错的人，也乐于帮助朋友，但对顾贞观提出的这个要求却觉得事关重大，难以点头。

顾贞观没有办法，只得拿出他因思念吴兆骞而写的词作《金缕曲》两首给纳兰容若看。两首词的全文是这样的：

季子平安否？便归来，平生万事，那堪回首！行路悠悠谁慰藉？母老家贫子幼。记不起，从前杯酒。魑魅搏人应见惯，总输他，覆雨翻云手。冰与雪，周旋久。　　泪痕莫滴牛衣透，数天涯，依然骨肉，几家能够？比似红颜多命薄，更不如今还有。只绝塞，苦寒难受，廿载包胥承一诺，盼乌头马角终相救。置此札，君怀袖。

我亦飘零久。十年来，深恩负尽，死生师友。宿昔齐名非忝窃，试看杜陵消瘦。曾不减，夜郎僝僽。薄命长辞知己别，问人生，到此凄凉否？千万恨，为君剖。　　兄生辛未吾丁丑，共些时，冰霜摧折，早衰蒲柳。词赋从今须少作，留取心魂相守。但愿得，河清人寿。归日急翻行戍稿，把空名料理传身后。言不尽，观顿首。

不知读者诸君读了这两首词作何感想，反正纳兰容若当时刚一读完就声泪俱下，对顾贞观说："给我十年时间吧，我当作自己的事来办，今后你完全不用再叮嘱我了。"

顾贞观一听急了："十年？他还有几年好活？五年为期，好吗？"

纳兰容若擦着眼泪点了点头。

经过很多人的努力，吴兆骞终于被赎了回来。

我常常想，今天东北人的豪爽、好客、重友情、讲义气，一定与流放者们的精神遗留有某种关联。流放，创造了一个味道浓厚的精神世界，使我们得惠至今。

五

在享受友情之外，流放者还想干一点儿自己想干的事情。由于气候和管理方面的原因，流放者也有不少空余时间。有的地方，甚至处于一种放任自流的状态，这就给了文化人一些机会。

我，总可以做一点儿别人不能替代的事情吧？总可以有一些高于捡野菜、拾马粪、烧石灰的行为吧？想来想去，这种事情和行为，都与文化有关。因此，这也是一种回归，不是地理意义上的而是文化意义上的回归。

比较常见的是教书，例如，洪皓曾在晒干的桦叶上默写出"四书"，教村人子弟；张邵甚至在流放地开讲《周易》，"听者毕集"；函可作为一位佛学家，利用一切机会传授佛法。

其次是教耕作和商贾，例如，杨越就曾花不少力气在流放地传播南方的农耕技术，教当地人用"破木为屋"来代替原来的"掘地为屋"；又让流放者用随身带的物品与当地土著交换渔牧产品，培养了初步的市场意识；同时，又进行文化教育。他几乎是全方位地推动了这块土地上文明的进步。

文化素养更高一点儿的流放者则把东北作为自己进行文化考察的对象，并把考察结果留诸文字，至今仍为地域文化研究者所钟爱。例如，方拱乾所著《宁古塔》，吴桭臣所著《宁古塔纪略》，张缙彦所著《宁古塔山水记》，杨宾所著《柳边纪略》，英和所著《龙沙物产咏》，等等。这些著作，具有很高的历史学、地理学、风俗学、物产学等多方面的学术价值。

我们知道，中国古代的学术研究除了郦道元、李时珍、徐霞客等少数例外，多数习惯于从书本到书本，缺少野外考察精神，致使我们的学术传统至今还常缺乏实证意识。这些流放者却在艰难困苦之中克服了这种弊端，写下了中国学术史上让人惊喜的一页。

他们脚下的这块土地，给了他们那么多严酷的陌生，那么多绝望的辛酸，但他们却无意怨恨它，而是用温热的手掌抚摸着它，让它感受文明的热量，使它进入文化的史册。

在这方面，有几个代代流放的南方家族所起的作用特别大。例如，清代浙江的吕留良家族，安徽的方拱乾、方孝标家族，浙江的杨越、杨宾父子等。近代国学大师章太炎先生在民国初年曾说到因遭文字狱而世代流放东北的吕留良（吕用晦）家族的贡献："后裔多以塾师、医药、商贩为业。土人称之曰老吕家，虽为台隶，求师者必于吕氏，诸犯官遣戍者，必履其庭，故土人不敢轻，其后裔亦未尝自屈也。""齐齐哈尔人知书，由吕用晦后裔谪戍者开之。"

说到方家，章太炎说："初，开原、铁岭以外皆胡地也，无读书识字者。宁古塔人知书，由孝标后裔谪戍者开之。"（《太炎文录续编》）当代历史学家认为，太炎先生的这种说法，史实可能有所误，评价可能略嫌高，但肯定两个家族在东北地区文教上的启蒙之功，是完全不错的。

一个家族世世代代流放下去，对这个家族来说是莫大的悲哀，但他们对东北的开发事业却进行了一代接一代的连续性攻坚。他们是流放者，但他们实际上又成了老资格的"土著"。我认为，在文化意义上，他们是英勇的占领者。

六

我希望上面这些叙述不至于构成这样一种误解，以为流放这件事从微观来说造成了许多痛苦，而从宏观来说却并不太坏。

不。从宏观来说，流放无论如何也是对文明的一种摧残。部分流放者从伤痕累累的苦痛中挣扎出来，手忙脚乱地创造出了那些文明，并不能给流放本身增色添彩。且不说多数流放者不再有什么文化创造，即便是我们在上文中评价最高的那几位，也无法成为我国文化史上的第一流人才。

第一流人才可以受尽磨难，却不能让磨难超越基本的生理限度和物质限度。尽管屈原、司马迁、曹雪芹也受了不少苦，但宁古塔那样的流放方式却永远也出不了《离骚》、《史记》和《红楼梦》。

文明可能产生于野蛮，却绝不喜欢野蛮。我们能熬过苦难，却绝不赞美苦难。我们不害怕迫害，却绝不肯定迫害。

部分文人之所以能在流放的苦难中显现人性、创建文明，本源于他们内心的高贵。他们的外部身份可以一变再变，甚至终身陷于囹圄，但内心的高贵却未曾全然销蚀。这正像有的人，不管如何追赶潮流或身居高位，却总也掩盖不住内心的卑贱。

毫无疑问，最让人动心的是苦难中的高贵。凭着这种高贵，人们可以在生死存亡线的边缘上吟诗作赋，可以用自己的一点温暖去化开别人心头的冰雪，继而可以用屈辱之身去点燃文明的火种。他们为了文化和文明，可以不顾物欲利益，不顾功利得失，义无反顾，一代又一代。

我站在这块古代称为宁古塔的土地上，长时间地举头四顾又终究低下头来，向一些远年的灵魂祭奠——为他们大多来自浙江、上海、江苏、安徽那些我很熟悉的地方，更为他们在苦难中的高贵。

抱愧山西

一

十余年前的某一天，我在翻阅一堆史料的时候大吃一惊，便急速放下手上的其他工作，专心致志地研究起来。很长一段时间，我查检了一本又一本的书籍，阅读了一篇又一篇的文稿，终于将信将疑地接受了这样一个结论：在十九世纪乃至以前相当长的时期内，中国最富有的省份不是我们现在可以想象的那些地区，而竟是山西。直到二十世纪初，山西仍是中国的金融贸易中心。北京、上海、广州、武汉等城市里那些比较像样的金融机构，最高总部大抵都在山西平遥县和太谷县几条寻常的街道间。这些大城市，只不过是腰缠万贯的山西商人小试身手的码头而已。

山西商人之富，有许多数字可以引证，本文不做经济史的专门阐述，姑且省略了吧。反正在清代全国商业领域，人数最多、资本最厚、散布最广的是山西人；每次全国性募捐，捐出银两数最大的是山西人；要在全国排出最富的家庭和个人，最前面的一大串名字大多也是山西人；甚至，在京城宣告歇业回乡的各路商家中，携带钱财最多的又是山西人。

按照我们往常的观念，富裕必然是少数人残酷剥削多数人的结果。

但事实是，山西商业的发达、豪富人家的消费，大大提高了所在地的就业幅度和整体生活水平。那些大商人都是在千里万里间的金融流通过程中获利的，并不构成对当地人民的剥削。因此与全国相比，当时山西城镇民众的一般生活水平也不低。

有一份材料有趣地说明了这个问题。一八二○年，文化思想家龚自珍在《西域置行省议》一文中提出了一个大胆的政治建议。他认为自乾隆末年以来，民风腐败，国运堪忧，城市中"不士、不农、不工、不商之人，十将五六"，因此建议把这种无业人员大批西迁，再把一些人多地少的省份如河北、河南、山东、陕西、江西、福建等地的民众大规模西迁，使之无产变为有产、无业变为有业。他觉得内地只有两个地方可以不考虑（"毋庸议"）西迁：一是江浙一带，那里的人民筋骨柔弱，吃不消长途跋涉；二是山西省——

山西号称海内最富，土著者不愿徙，毋庸议。

（《龚自珍全集》，上海人民出版社，第一○六页）

龚自珍这里所指的不仅仅是富商，也包括土生土长的山西百姓。

其实，细细回想起来，即便在我本人有限的见闻中，可以验证山西之富的信号也曾屡屡出现，可惜我把它们忽略了。例如，现在苏州有一个规模不小的"中国戏曲博物馆"，我多次陪外国艺术家去参观，几乎每次都让客人们惊叹不已。尤其是那个精妙绝伦的戏台和观剧场所，连贝聿铭这样的国际建筑大师都视为奇迹。但整个博物馆的原址却是"三晋会馆"，即山西人到苏州来做生意时的一个聚会场所。说起来苏州也算富庶繁华的了，没想到山西人轻轻松松来盖了一个会馆就把风光占尽。记得当时我也曾为此发了一阵呆，却没有往下细想。

又如，翻阅宋氏三姊妹的多种传记，总会读到宋霭龄到丈夫孔祥熙家乡去的描写，于是知道孔祥熙这位国民政府的财政部长也正是从山西太谷县走出来的。美国人罗比·尤恩森写的那本传记中说："霭龄坐在一顶十六个农民抬着的轿子里，孔祥熙则骑着马。但是，使这位新娘大为吃惊的是，在这次艰苦的旅行结束时，她发现了一种前所未闻的最奢侈的生活……因为一些重要的银行家住在太谷，所以这里常常被称为'中国的华尔街'。"我初读这本传记时也曾经在这些段落间稍稍停留，却没有去琢磨让宋霭龄这样的人物吃惊、被美国传记作家称为"中国的华尔街"，意味着什么。

看来，山西之富在我们上一辈人的心目中一定是常识，我们的误解完全是出于对历史的无知。在我们这一辈，产生这种误解的远不止我一人。

因此，好些年来，我一直小心翼翼地期待着一次山西之行。

二

我终于来到了山西。为了平定一下慌乱的心情，我先把一些著名的常规景点看完，最后才郑重其事地逼近我心里埋藏的那个大问号。

我的问号吸引了不少山西朋友，他们陪着我在太原一家家书店的角角落落寻找有关资料。黄鉴晖先生所著的《山西票号史》是我自己在一个书架的底层找到的，而那部洋洋一百二十余万言、包罗着大量账单报表的大开本《山西票号史料》则是一直为我开车的司机李文俊先生从一家书店的库房里"挖"出来的，连他也因每天听我在车上讲这讲那知道了我的需要。

待到资料搜集得差不多，我就在电视编导章文涛先生、歌唱家单秀荣女士等一批山西朋友的陪同下，驱车向平遥和祁县出发了。在山西最红火的年代，财富的中心并不在省会太原，而在平遥、祁县和太谷，其中又以平遥为最。

朋友们都笑着对我说，虽然全车除了我之外都是山西人，但这次旅行的向导应该是我，原因只在于我读过比较多的史料。

连"向导"也是第一次来，那么这种旅行自然也就成了一种寻找。

我知道，首先该找的是平遥西大街上中国第一家专营异地汇兑业务的"票号"——大名鼎鼎的"日昇昌"的旧址。这是今天中国大地上各式银行的"乡下外祖父"。

听我说罢，大家就对西大街上每一个门庭仔细打量起来。

这一打量不要紧，才两三家，我们就已经被一种从未领略过的气势所压倒。这实在是一条神奇的街，精雅的屋宇接连不断，森然的高墙紧密呼应。经过一两百年的风风雨雨，处处已显出苍老，但风骨犹在，竟然没有太多的破败和潦倒。

街道并不宽，每个体面门庭的花岗岩门槛上都有两道很深的车辙印痕，可以想见当年这儿是如何车水马龙地热闹。这些车马来自全国各地乃至国境之外，驮载着金钱，驮载着风险，驮载着扬鞭千里的英武气概，驮载着远方的风土人情和方言，驮载出一个南来北往经济血脉的大流畅。

西大街上每一个像样的门庭我们都走进去了，乍一看都像是气吞海内的"日昇昌",仔细一打听又都不是。直到最后,看到平遥县文物局立的一块说明牌,才认定"日昇昌"的真正旧址。被一个机关占用着,但房屋结构基本保持原样,甚至连当年的匾额楹联还静静地悬挂着。

我站在这个院子里凝神遥想:就是这儿,在几个聪明的山西人的指挥下,古老的中国终于有了一种大范围的异地货币汇兑机制,卸下了实银运送重担的商业流通,被激活了。

我知道,每一家被我们怀疑成"日昇昌"的门庭当时都在做着近似的文章,不是大票号就是大商行。如此密集的金融商业构架必然需要更大的城市服务系统来配套,其中包括旅馆业、餐饮业和娱乐业,当年平遥城会繁华到何等程度,约略可以想见。

我很想找山西省的哪个领导部门建议,下一个不大的决心,尽力恢复平遥西大街的原貌。

因为基本的建筑都还保存完好,只要洗去那些现代涂抹,便会洗出一条充满历史厚度的老街,洗出山西人上几个世纪的自豪。

恢复西大街后,如果力量允许,应该再设法恢复整个平遥古城。平遥的城墙、街道还基本完好,如果能恢复,就可以成为中国明清时代中小型城市的一个标本。

平遥西大街是当年山西商人的工作场所,那他们的生活场所又是什么样的呢?离开平遥后我们来到了祁县的乔家大院,一踏进大门就立即理解了当年宋霭龄女士在长途旅行后大吃一惊的原因。我到过全国各地的很多大宅深院,但一进这个宅院,记忆中的诸多名园便立即显得过于柔雅小气。万里驰骋收敛成一个宅院,宅院的无数飞檐又指向着无边无际的云天。钟鸣鼎食不是靠着先祖庇荫,而是靠着不断地创业。因此，这个宅院没有任何避世感、腐朽感或诡秘感，而是处处呈现出一代巨商的人生风采。

为此，我在阅读相关资料的时候经常抬起头来想象：创建了"海内最富"奇迹的人们，你们究竟是何等样人，是怎么走进历史又从历史中消失的呢？

我只在《山西票号史料》中看到过一幅模糊不清的照片："日昇昌"票号门外，为了拍照，端然站立着两个白色衣衫的年长男人，仪态平静，似笑非笑。这就是你们吗？

三

山西平遥、祁县、太谷一带，自然条件并不好，没有太多的物产。经商的洪流从这里卷起，重要的原因恰恰在于这一带客观环境欠佳。

万历《汾州府志》卷二记载："平遥县地瘠薄，气刚劲，人多耕织少。"

乾隆《太谷县志》卷三说，太谷县"民多而田少，竭丰年之谷，不足供两月。故耕种之外，咸善谋生，跋涉数千里，率以为常。士俗殷富，实由此焉"。

读了这些疏疏落落的官方记述，我不禁对山西商人深深地敬佩起来。

家乡那么贫困、那么拥挤，怎么办呢？可以你争我夺，蝇营狗苟；可以自甘潦倒，忍饥挨饿；可以埋首终身，聊以糊口；当然，也可以破门入户，抢掠造反。按照我们所熟悉的历史观，过去的一切贫困都出自政治原因，因此唯一值得称颂的道路只有让所有的农民都投入政治性的反抗。

但是，在山西的这几个县，竟然有这么多农民做出了完全不同于以上任何一条道路的选择。

他们不甘受苦，却又毫无政权欲望。他们感觉到了拥挤，却又不愿意倾轧乡亲同胞。他们不相信不劳而获，却又不愿将一生的汗水都向一块狭小的泥土上灌浇。

他们把迷惘的目光投向家乡之外的辽阔天地，试图用一个男子汉的强韧筋骨走出另外一条摆脱贫困的大道。他们多数没有多少文化，却向中国传统的文化观念，提供了一些另类思考。

他们首先选择的，正是"走西口"。口外，驻防军、垦殖者和游牧者需要大量的生活用品，塞北的毛皮又吸引着内地的贵胄之家，商事往返一出现，还呼唤出大量旅舍、客店、饭庄……总而言之，口外确实能创造出很大的生命空间。

自明代"承包军需"和"茶马互市"，很多先驱者已经做出了出关远行的榜样。从清代前期开始，山西农民"走西口"的队伍越来越大，于是我们都听到过的那首民歌也就响起在许多村口、路边：

哥哥你走西口，

小妹妹我实在难留。

手拉着哥哥的手，

送哥送到大门口。

哥哥你出村口，

小妹妹我有句话儿留：

走路走那大路的口，

人马多来解忧愁。

紧紧地拉着哥哥的袖，

汪汪的泪水肚里流。

只恨妹妹我不能跟你一起走，

只盼哥哥你早回家门口。

……

我怀疑，我们以前对这首民歌的理解过于肤浅了。我怀疑，我们直到今天也未必有理由用怜悯的目光去俯视这一对对年轻夫妻的离别。

听听这些多情的歌词就可明白，远行的男子在家乡并不孤苦伶仃。他们不管是否成家，都有一份强烈的爱恋，都有一个足可生死与之的伴侣。他们本可过一种艰辛而温馨的日子了此一生，但他们还是狠狠心踏出了家门。他们的恋人竟然也都能理解，把绵绵的恋情从小屋里释放出来，交付给朔北大漠。

哭是哭了，唱是唱了，走还是走了。我相信，那些多情女子在大路边滴下的眼泪，为山西终成"海内最富"的局面播下了最初的种子。

这不是臆想。你看乾隆初年山西"走西口"的队伍中，正挤着一个来自祁县乔家堡村的贫苦的青年农民，他叫乔贵发，来到口外一家小当铺里当了伙计。就是这个青年农民，开创了乔家大院的最初家业。

乔贵发和他后代所开设的"复盛公"商号，奠定了整整一个包头市的商业基础，以致出现了这样一句广泛流传的民谣："先有复盛公，后有包头城。"

谁能想到，那一个个擦一把眼泪便匆匆向口外走去的青年农民，竟然有可能成为一座偌大的城市、一种宏伟的文明的缔造者！因此，当我看到山西电视台拍摄的专题片《走西口》以大气磅礴的交响乐来演奏这首民歌时，不禁热泪盈眶。

山西人经商当然不仅仅是"走西口"，到后来，他们东南西北几乎无所不往了。由"走西口"到闯荡全中国，多少山西人一生都颠簸在漫漫长途中。当时交通落后、邮递不便，其间的辛劳和酸楚也实在是说不完。一个成功者背后隐藏着无数的失败者，在宏大的财富积累后面，山西人付出了极其昂贵的人生代价。黄鉴晖先生记述过乾隆年间一些山西远行者的辛酸故事——

临汾县有一个叫田树楷的人从小没有见过父亲的面，他出生的时候父亲就在外面经商，一直到他长大，父亲还没有回来。他依稀听说，父亲走的是西北一路，因此就下了一个大决心，到陕西、甘肃一带苦苦寻找、打听。整整找了三年，最后在酒泉街头遇到一个山西老人，竟是他的父亲。

阳曲县的商人张瑛外出做生意，整整二十年没能回家。他的大儿子张廷材听说他可能在宣府，便去寻找他，但张廷材去了多年也没有了音信。小儿子张廷榏长大了再去找父亲和哥哥，找了一年多没有找到，盘缠用完了，成了乞丐。在行乞时他遇见一个农民，似曾相识，仔细一看竟是哥哥。哥哥告诉他，父亲的消息已经打听到了，在张家口卖菜。

交城县徐学颜的父亲远行关东做生意二十余年杳无音信。徐学颜长途跋涉到关东寻找，一直找到吉林省东北端的一个村庄，才遇到一个乡亲。乡亲告诉他，他父亲早已死了七年。

……

不难想象，这一类真实的故事可以没完没了地讲下去，一切"走西口"、闯全国的山西商人，心头都埋藏着无数这样的故事。于是，年轻恋人的歌声更加凄楚了：

哥哥你走西口，

小妹妹我苦在心头，

这一走要去多少时候，

盼你也要白了头！

被那么多失败者的故事重压着，被恋人凄楚的歌声拖牵着，山西商人却越走越远。他们要走出一个好听一点儿的故事，他们迈出的步伐既悲怆又沉静。

四

义无反顾地出发，并不一定能到达预想的彼岸，在商业领域尤其如此。

山西商人全方位的成功，与他们良好的人格素质有关。

我接触的材料不多，只是朦胧感到，山西商人在人格素质上至少有以下几个方面十分引人注目——

其一，坦然从商。

做商人就是做商人，没有什么遮遮掩掩、羞羞答答的。这种心态，在我们中国长久未能普及。士、农、工、商，是人们心目中的社会定位序列，商人处于末位，虽不无钱财却地位卑贱，与仕途官场几乎绝缘。为此，许多人即便做了商人也竭力打扮成"儒商"，发了财则急忙办学，让子弟正正经经做个读书人。在这一点上可以构成对比的是安徽商人，本来徽商也是一支十分强大的商业势力，完全可与山西商人南北抗衡。但徽州民风又十分重视科举，使一大批很成功的商人在后代的人生取向上进退维谷。

这种情景在山西没有出现，小孩子读几年书就去学着做生意了，大家都觉得理所当然。最后连雍正皇帝也认为山西的社会定位序列与别处不同，竟是：第一经商，第二务农，第三行伍，第四读书（**见雍正二年对刘于义奏疏的朱批**）。

在这种独特的心理环境中，山西商人对自身职业没有太多的精神负担，把商人做纯粹了。

其二，目光远大。

山西商人本来就是背井离乡的远行者，因此经商时很少有空间框范，而这正是商业文明与农业文明的本质差异。整个中国版图都在其视野之内，谈论天南海北就像谈论街坊邻里，这种在地理空间上的心理优势，使山西商人最能发现各个地区在贸易上的强项和弱项、潜力和障碍，然后像下一盘围棋一样把它——走通。

你看，当康熙皇帝开始实行满蒙友好政策、停息边陲战火之后，山西商人反应最早，很快知道自己该干什么了。面向蒙古、新疆乃至西伯利亚的庞大商队组建起来了，光"大盛魁"的商队就拴有骆驼十万头。商队带出关的商品必须向华北、华中、华南各地采购，因而他们又把整个中国的物产特色和运输网络掌握在手中。

又如，清代南方以盐业赚钱最多，但盐业由政府实行专卖，许可证都捏在两淮盐商手上，山西商人本难插足。但他们不着急，只在两淮盐商资金紧缺的时候给予慷慨借贷，条件是稍稍让给他们一点盐业经营权。久而久之，两淮盐业便越来越多地被山西商人所控制。可见山西商人始终凝视着全国商业大格局，不允许自己在哪个重要块面上有缺漏。人们可以称赞他们"随机应变"，但对"机"的发现，正由于视野的开阔、目光的敏锐。

当然，最能显现山西商人目光的，莫过于一系列票号的建立了。他们先人一步看出了金融对于商业的重要，于是就把东南西北的金融脉络梳理通畅，稳稳地把自己放在全国民间钱财流通主宰者的地位上。我想，拥有如此的气概和谋略，大概与三晋文明的长久陶冶有关，我们只能抬头仰望了。

其三，讲究信义。

山西商人能快速地打开大局面，往往出自结队成帮的群体行为，而不是偷偷摸摸的个人冒险。

只要稍一涉猎山西的商业史料，便立即会看到一批又一批的所谓"联号"。或是兄弟，或是父子，或是朋友，或是乡邻，组合成一个有分有合、互通有无的集团势力，大模大样地铺展开去，不仅气势压人，而且呼应灵活、左右逢源，构成一种商业大气候。

其实，山西商人即便对联号系统之外的商家也会尽力帮助。其他商家借了巨款而终于无力偿还，借出的商家便大方地一笔勾销，这样的事情对山西商人来说，不足为奇。

例如，我经常读到这样一些史料：有一家商号欠了另一家商号白银六万两，到后来实在还不起了，借入方的老板就到借出方的老板那里磕了个头，说明困境，借出方的老板就挥一挥手，算了事了；一个店欠了另一个店千元现洋，还不起，借出店为了照顾借入店的自尊心，就让他象征性地还了一把斧头、一个箩筐，哈哈一笑也算了事。

山西人机智而不小心眼，厚实而不排他，不愿意为了眼前小利而背信弃义，这可称之为"大商人心态"——在南方商家中虽然也有，但不如山西坚实。

众所周知，当时我国的金融信托事业还没有公证机制和监督机制，即便失信也几乎不存在惩处机制，一切全都依赖信誉和道义。金融信托事业的竞争，说到底是信誉和道义的竞争。在这场竞争中，山西商人长久地处于领先地位，他们能给远远近近的异乡人一种极其稳定的可靠感，这实在是很了不得的事情。

其四，严于管理。

山西商人最早发迹的年代，全国商业、金融业的管理基本上处于无政府状态。例如，众多的票号就从来不必向官府登记、领执照、纳税，也基本上不受法律的约束。面对这么多的自由，山西商人却没有表现出放纵习气，而是加紧制定行业规范和经营守则，通过严格的自我约束，在无序中求得有序。因为他们明白，无序的行为至多得益于一时，不能立业于长久。

我曾恭敬地读过清代许多山西商家的"号规"，内容不仅严密、切实，而且充满智慧，即便从现代管理学的眼光去看也很有价值，足可证明在当时山西商人中已经出现了一批真正的管理专家。例如，规定所有的职员必须订立从业契约，并划出明确等级，收入悬殊，定期考察升迁；高级职员与财东共享股份，到期分红，使整个商行在利益上休戚与共、情同一家；总号对于遍布全国的分号容易失控，因此制定分号向总号和其他分号的报账规则，以及分号职工的汇款、省亲规则……凡此种种，使许多山西商号的日常运作越来越正规。一代巨贾也就不必在管理上手忙脚乱，分得出精力去开拓新的领域了。

以上几个方面，不知道是否大体勾勒出了山西商人的人格素质？不管怎么说，有了这几个方面，当年"走西口"的小伙子们也就像模像样地掸一掸身上的尘土，堂堂正正地走进了一代中国富豪的行列。

何谓山西商人？我的回答是："走西口"的哥哥回来了，回来在一个十分强健的人格水平上。

五

然而，一切逻辑概括总带有"提纯"后的片面性。实际上，只要再往深处窥探，山西商人的人格素质中还有脆弱的一面。

他们人数再多，在整个中国还是一个稀罕的群落；他们敢作敢为，却也经常遇到自信的边界。他们奋斗了那么多年，却从来没有遇到过一个能够代表他们说话的思想家。他们的行为缺少高层理性力量的支撑，他们的成就没有被赋予雄辩的历史理由。几乎所有的文化学者都一直在躲避着他们。他们已经有力地改变了中国社会，但社会改革家们却一心注目于政治，把他们冷落在一边。

说到底，他们只能靠钱财发言，但钱财的发言在当时又是那样缺少道义力量，究竟能产生多少社会效果呢？没有外在的社会效果，也就难以抵达人生的大安详。

是时代，是历史，是环境，使这些商业实务上的成功者没能成为历史意志的觉悟者，他们只能是一群缺少皈依的强人，一拨精神贫乏的富豪，一批在根本性的大问题上还不能掌握得住自己的掌柜。

他们的出发地和终结点都在农村，当他们成功发迹而执掌一大门户时，封建家长制是他们可追慕的唯一范本。于是他们的商业人格不能不自相矛盾乃至自相分裂，有时还会做出与创业时判若两人的作为。在我看来，这正是山西商人在风光数百年后终于困顿、迷乱、内耗、败落的内在原因。

在这里，我想谈一谈几家票号历史上一些不愉快的人事纠纷。

最大的纠纷发生在日昇昌总经理雷履泰和副总经理毛鸿翙之间。毫无疑问，两位都是那个时候堪称全国一流的商业管理专家，一起创办了日昇昌票号，因此也是中国金融史上一个新阶段的开创者，都应该名垂史册。雷履泰气度恢宏，能力超群，又有很大的交际魅力，几乎是天造地设的商界领袖；毛鸿翙虽然比雷履泰年轻十七岁，却也是才华横溢、英气逼人。两位强人撞到了一起，开始时亲如手足、相得益彰，但在事业获得成功之后却不可避免地遇到了一个中国式的大难题：究竟谁是第一功臣？

一次，雷履泰生了病在票号中休养，日常事务不管，但遇到大事还要由他拍板。这使毛鸿翙觉得有点儿不大痛快，便对财东老板说："总经理在票号里养病不太安静，还是让他回家休息吧。"财东老板就去找了雷履泰，雷履泰说："我也早有这个意思。"当天就回家了。

过几天财东老板去雷家探视，发现雷履泰正忙着向全国各地的分号发信，便问他干什么。雷履泰说："老板，日昇昌票号是你的，但全国各地的分号却是我安设在那里的，我正在一一撤回来好交代给你。"

老板一听大事不好，立即跪在雷履泰面前，求他千万别撤分号。雷履泰最后只得说："起来吧，我估计让我回家也不是你的主意。"老板求他重新回票号视事，雷履泰却再也不去上班。老板没办法，只好每天派伙计送酒席一桌、银子五十两。

毛鸿翙看到这个情景，知道自己不能再在日昇昌待下去了，便辞职去了蔚泰厚布庄。

这事件乍一听都会为雷履泰叫好，但转念一想又觉得不是味道。是的，雷履泰获得了全胜，毛鸿翙一败涂地，然而这里无所谓是非，只是权术。用权术击败的对手是一段辉煌历史的共创者，于是这段历史也立即破残。中国许多方面的历史总是无法写得痛快淋漓、有声有色，很大一部分原因就在于这种代表性人物之间必然会产生恶性冲突。商界的竞争较量不可避免，但一旦脱离业务的轨道，在人生的层面上把对手逼上绝路，总与健康的商业动作规范相去遥遥。

毛鸿翙当然也要咬着牙齿进行报复。他到了蔚泰厚之后，就把日昇昌票号中两个特别精明能干的伙计挖走并委以重任，三个人配合默契，把蔚泰厚的业务快速地推上了新台阶。雷履泰气恨难纾，竟然写信给自己的各个分号，揭露被毛鸿翙勾走的两名"小卒"出身低贱，只是汤官和皂隶之子罢了。

事情做到这个份儿上，这位总经理已经很失身份，但他还不罢休，不管在什么地方，只要一有机会就拆蔚泰厚的台。例如，由于雷履泰的谋划，蔚泰厚的苏州分店就无法做成分文的生意。这就不是正常的商业竞争了。

最让我难过的是，雷、毛这两位智商极高的杰出人物在钩心斗角中采用的手法越来越庸俗，最后竟然都让自己的孙子起一个与对方一样的名字，以示污辱——雷履泰的孙子叫雷鸿翙，而毛鸿翙的孙子则叫毛履泰！

这种污辱方法当然是纯粹中国化的，我不知道他们在憎恨敌手的同时是否还爱惜儿孙，也不知道他们用这种名字呼叫孙子的时候会用一种什么样的口气和声调。

可敬可佩的山西商人啊，难道这是你们给后代的遗赠？你们创业之初的吞天豪气和动人信义都到哪里去了？怎么会让如此无聊的诅咒来长久地占据你们日渐苍老的心？

也许，最终使他们感到温暖的还是早年跨出家门时听到的那首《走西口》。但是，庞大的家业也带来了家庭内部情感关系的复杂化，《走西口》所吐露的那种单纯性已不复再现。据乔家后裔回忆，乔家大院的内厨房偏院中曾有一位神秘的老妪专干粗活，玄衣愁容，旁若无人，但气质又绝非用人。

有人说，这就是"大奶奶"，主人的首席夫人。主人与夫人产生了什么麻烦，谁也不清楚，但毫无疑问，当他们偶尔四目相对时，当年《走西口》的旋律立即就会走音。

写到这里我已经知道，我所碰撞到的问题虽然发生在山西却又远远超越了山西。由这里发出的叹息，应该属于我们父母之邦更广阔的天地。

六

当然，我们不能因此而把山西商人败落的原因全然归之于他们自身。一两家铺号的兴衰，自身的原因可能至关重要；而牵涉到山西无数商家的整体败落，一定会有更深刻、更宏大的社会历史原因。

首先是因为中国近代社会的极度动荡。一次次激进的暴力冲撞，表面上都有改善民生的口号，实际上却严重地破坏了各地的商业活动，往往是"死伤遍野"、"店铺俱歇"、"商贾流离"。山西票号不得不撤回分号，龟缩回乡。有时也能发一点儿"国难财"，例如，太平天国时官方饷银无法解送，只能赖仗票号；八国联军时朝廷银库被占，票号也发挥了自己的作用。但是，当国家正常的经济脉络已被破坏时，这种临时的风光也只能是昙花一现。

二十世纪初，英、美、俄、日的银行在中国各大城市设立分支机构，清政府也随之创办大清银行，开始邮电汇兑。票号遇到了真正强大的对手，完全不知怎么应对。辛亥革命时随着一个个省份的独立，各地票号的存款者纷纷排队挤兑，而借款者又不知逃到哪里去了，山西票号终于走上了末路。

走投无路的山西商人傻想，新当政的北洋军阀政府总不会见死不救吧，便公推六位代表向政府请愿，希望政府能贷款帮助，或由政府担保向外商借贷。政府对请愿团的回答是：山西商号信用久孚，政府从保商恤商考虑，理应帮助维持，可惜国家财政万分困难，他日必竭力斡旋。

满纸空话，一无所获，唯一落实的决定十分出人意料：政府看上了请愿团首席代表范元澍，发给月薪两百元，委派他到破落了的山西票号中物色能干的伙计到政府银行任职。这一决定如果不是有意讽刺，那也足以说明这次请愿活动是真正地惨败了。国家财政万分困难是可信的，山西商家的最后一线希望彻底破灭。"走西口"的旅程，终于走到了终点。

于是，人们在一九一五年三月份的《大公报》上读到了一篇发自山西太原的文章，文中这样描写那些——倒闭的商号：

> 彼巍巍灿烂之华屋，无不铁扉双锁，黯淡无色。门前双眼怒突之小狮，一似泪涔涔下，欲作河东之吼，代主人鸣其不平。前月北京所宣传倒闭之日昇昌，其本店耸立其间，门前尚悬日昇昌金字招牌，闻其主人已宣告破产，由法院捕其来京矣。

这便是一代财雄们的下场。

七

有人觉得山西票号乃至整个晋商的败落是理所当然，没有什么可惋惜的。但是，问题在于，在它们败落之后，中国在很长时间之内并没有找到新的经济活力，并没有创建新的富裕和繁华。

社会改革家们总是充满了理想和愤怒，一再宣称要在血火之中闯出一条壮丽的道路。他们不知道，这条道路如果是正道，终究还要与民生接轨，那里，晋商骆驼队留下的辙印仍清晰可辨。

在没有明白这个道理之前，社会改革家们一直处于两难的困境之中。他们立誓要带领民众摆脱贫困，而要用革命的手段摆脱贫困，最简单的办法就是剥夺富裕。要使剥夺富裕的行为变得合理，又必须把富裕和罪恶画上等号。当富裕和罪恶真的画上等号了，他们的努力也就失去了通向富裕的目标，因为那里全是罪恶。这样一来，社会改革的船舶也就成了无处靠岸的孤舟，时时可能陷入沼泽，甚至沉没。

中国的文人学士更加奇怪。他们鄙视贫穷，又鄙视富裕，更鄙视商业，尤其鄙视由农民出身的经商队伍。他们喜欢大谈"天下兴亡，匹夫有责"，却从来没有把"兴亡"两字与民众生活、社会财富连在一起，好像一直着眼于朝廷荣衰，但朝廷对他们又完全不予理会。他们在苦思冥想中听到有骆驼队从窗外走过，声声铃铛有点儿刺耳，便伸手关住了窗户。

山西商人创造过中国最庞大的财富，居然，在中国文人浩如烟海的著作中，几乎没有留下什么记述。

一种庞大的文化如此轻慢一种与自己有关的庞大财富，以及它的庞大的创造群体，实在不可思议。

为此，就要抱着惭愧的心情，在山西的土地上多站一会儿。

秋雨注

此文发表于一九九三年，距今已经超过二十年了。发表时被评为中国第一篇向海内外报告晋商和清代商业文明的散文。由这篇文章，我拥有了无数山西朋友。平遥民众为了保护我在文章中记述的城内遗迹，在古城外面兴建市民新区，作为搬迁点。市民新区竟命名为"秋雨新城"，真让我汗颜。更有趣的是，有一度外地几个嫉妒者对我发起了规模不小的诽谤，山西的出版物也有涉及，但很快就有山西学者在报纸上发表文章《山西应该对得起余秋雨》。厚道的山西人立即围起了一道保护我的墙，让我非常感动。

风雨天一阁

一

已经决定，明天去天一阁。

没有想到，这天晚上，台风袭来，暴雨如注，整个宁波城都在柔弱地颤抖。第二天上午来到天一阁时，只见大门内的前后天井、整个院子，全是一片汪洋。打落的树叶在水面上翻卷，重重砖墙间透出湿冷冷的阴气。

是宁波市文化局副局长裴明海先生陪我去的。看门的老人没想到局长会在这样的天气陪着客人前来，慌忙从清洁工人那里借来半高筒雨鞋要我们穿上，还递来两把雨伞。但是，院子里积水太深，才下脚，鞋筒已经进水，唯一的办法是干脆脱掉鞋子，挽起裤管蹚水进去。

本来浑身早已被风雨搅得冷飕飕的了，赤脚进水立即通体一阵寒噤。就这样，我和裴明海先生相扶相持，高一脚低一脚地向藏书楼走去。

我知道天一阁的分量，因此愿意接受上苍的这种安排，剥除斯文，剥除悠闲，脱下鞋子，卑躬屈膝，哆哆嗦嗦，恭敬朝拜。今天这里没有其他参观者，这个朝拜仪式显得既安静，又纯粹。

二

　　作为一个藏书楼，天一阁的分量已经远远超过它的实际功能。它是一个象征，象征意义之大，不是几句话能够说得清楚。

　　人类成熟文明的传承，主要是靠文字。文字的选择和汇集，就成了书籍。如果没有书籍，那么，我们祖先再杰出的智慧、再动听的声音，也早已随风飘散，杳无踪影。大而言之，没有书籍，历史就失去了前后贯通的缆索，人群就失去了远近会聚的理由；小而言之，没有书籍，任何个体都很难超越庸常的五尺之躯，成为有视野、有见识、有智慧的人。

　　中国很早就发明了纸和印刷术。书，已经具备了一切制作条件的书，照理应该大量出版、大量收藏、大量传播。但是，实际情况并不是这样，它遇到了太多太多的生死冤家。

　　例如，朝廷焚书。这是一些统治者为了实行思想专制而采取的野蛮手段。可叹的是，早在纸质书籍出现之前，焚书的传统已经形成，那时焚的是竹简、木牍、帛书。自秦始皇、李斯开头，后来有不少统治者都有焚书之举，更不必说清代文字狱所连带的毁书惨剧了。

　　又如，战乱毁书。中国历史上战火频频，逃难的人要烧书，占领的人也要烧书。史籍上出现过这样的记载：董卓之乱，毁书六千余车；西魏军攻破江陵时，一日之间焚书十四万卷；隋朝末年农民起义，焚书三十七万卷；唐朝末年农民起义，焚书八万卷……

　　再如，水火吞书。古代运书多用船只，汉末和唐初都发生过大批书籍倾覆在黄河中的事件。突发的洪水也一次次地淹没过很多藏书楼。比水灾更严重的是火灾，宋代崇文院的火灾，明代文渊阁的火灾，把皇家藏书烧成灰烬。至于私家藏书毁于火灾的，更是数不胜数。除水火之外，虫蛀、霉烂也是难于抵抗的自然因素，成为书的克星。

凡此种种，说明一本书要留存下来，非常不易。它是那样柔弱脆薄，而扑向它的灾难，一个个都是那么强大、那么凶猛、那么无可抵挡。

两百年的积存，可散之于一旦；三千里的搜聚，可焚之于一夕。这种情景，实在是文明命运的缩影。在血火刀兵的历史主题面前，文明几乎没有地位。在大批难民和兵丁之间，书籍的功用常常被这样描写："藉裂以为枕，爇火以为炊。"也就是说，书只是露宿时的垫枕、做饭时的柴火。要让它们保存于马蹄烽烟之间，几乎没有可能。

说起来，皇家藏书比较容易，规模也大，但是，这种藏书除了明清时期编辑辞书时有用外，平日无法惠泽文人学士，几乎没有实际功能，又容易毁于改朝换代之际。因此，民间藏书就成了一种重要的文化传承方式。民间藏书，搜集十分艰难，又没有足够力量来抵挡各种灾祸，因此注定是一种悲剧行为。明知悲剧还勇往直前，这便是民间藏书家的人格力量。

天一阁，就是这种人格力量的物态造型。在现存的古代藏书楼中，论时间之长，它是中国第一，也是亚洲第一。由于意大利有两座文艺复兴时代的藏书楼也被保存下来了，比它早一些，因此它居于世界第三。

三

天一阁的创始人范钦，诞生于十六世纪初期。

如果要在世界坐标中做比较，那么，我们不妨知道：范钦出生的前两年，米开朗琪罗刚刚完成了雕塑《大卫》；范钦出生的同一年，达·芬奇完成了油画《蒙娜丽莎》。

范钦的一生，当然不可能像米开朗琪罗和达·芬奇那样踏出新时代的步伐，而只是展现了中国明代优秀文人的典型历程。他在很年轻的时候就通过一系列科举考试而做官，很快尝到了明代朝廷的诡谲风波。他是一个正直、负责、能干的官员，到任何一个地方做官都能打开一个局面，却又总是被牵涉到高层的人事争斗。我曾试图用最简明的语言概述一下他的仕途升沉，最后却只能放弃，因为那一个接一个的政治旋涡太奇怪，又太没有意义了。我感兴趣的只有这样几件事——

他曾经被诬告而"廷杖"入狱。廷杖是一种极具羞辱性的刑罚。在堂堂宫廷的午门之外，在众多官员的参观之下，他被麻布缚曳，脱去裤子，按在地上，满嘴泥土，重打三十六棍。受过这种刑罚，再加上几度受诬、几度昭雪，一个人的"心理筋骨"就会出现另一种模样。后来，他作为一个成功藏书家所表现出来的惊人意志和毅力，都与此有关。

他的仕途，由于奸臣的捉弄和其他原因，一直在频繁而远距离地滑动。在我的印象中，他做官的地方，至少有湖北、江西、广西、福建、云南、陕西等地，当然还要到北京任职，还要到宁波养老。大半个中国，被他摸了个遍。

在风尘仆仆的奔波中，他已开始搜集书籍，尤其是以地方志、政书、实录、历科试士录为主。当时的中国，经历过了文化上登峰造极的宋代，刻书、印书、藏书，在各地已经形成风气，无论是朝廷和地方府衙的藏书，书院、寺院的藏书，还是私人藏书，都相当丰富。这种整体气氛，使范钦有可能成为一个成熟的藏书家。但他又有独特的眼光和见识，找到了自己的特殊地位。那就是，不必像别人藏书那样唯宋是瞻、唯古是拜，而是着眼社会资料，着眼散落各地而很快就会遗失的地方性文件。他的这种选择，使他在藏书家中变得不可替代。

官，还是认认真真地做。朝廷的事，还是小心翼翼地对付。但是，作为一名文官，每到一地他不能不了解这个地方的文物典章、历史沿革、风土习俗。见到当地的官员缙绅，需要询问的事情大多也离不开这些内容。谈完正事，为了互表风雅，更会集中谈书。这一切，大抵是古代文官的寻常生态，不同的是，范钦把书的事情做认真了。

一天公务，也许是审问了一宗大案，也许是厘清了几笔财务，而他最感兴趣的，是差役悄悄递上的那个蓝布包袱，是袖中轻轻拈着的那份待购书目。他心里明白，这是公暇琐事、私人爱好，不能妨碍了朝廷正事。但是当他历尽宦海风浪终于退休之后就产生了疑惑：做官和藏书，究竟哪一项更重要？

我们站在几百年后远远看去则已经毫无疑惑：对范钦来说，藏书是他的生平主业，做官则是业余。

四

范钦对书的兴趣，已到了痴迷的程度。

痴迷是不讲理由的。中国历史上痴迷书籍的人很多，哪怕忍饥挨冻，也要在雪夜昏暗的灯光下手不释卷。这中间，因为喜欢书中的诗文而痴迷，那还不算真正的痴迷；不问书中的内容而痴迷，那就又上了一个等级。

我觉得范钦对书的痴迷，属于后一种。他本人的诗文，我把能找到的都找来读了，甚觉一般，因此不认为他会对书中的诗文有特殊的敏感。他所敏感的，只是书本身。

于是，只有他，而不是才情比他高的文学家，才有这么一股粗拙强硬的劲头，把藏书的事业做得那么大、那么好、那么久。

他在仕途上的历练，尤其是在工部负责各种宫府、器杖、城隍、坛庙的营造和修理的实践，使他有能力把藏书当作一项工程，这又是其他藏书家做不到的了。

不讲理由的痴迷，再加上工程师般的精细，这就使范钦成了范钦，天一阁成了天一阁。

五

藏书家遇到的真正麻烦大多是在身后。范钦面临的最大问题是如何把自己的意志行为变成一种不可动摇的家族遗传。不妨说，天一阁真正堪称悲壮的历史，开始于范钦死后。我不知道保住这座楼的使命对范氏家族来说，算是一种光耀门庭的荣幸，还是一场绵延久远的苦役。

范钦在退休归里之后，一方面用更大的劲头搜集书籍，使藏书数量大大增加；一方面则冷静地观察着自己的儿子能不能继承这些藏书。

范钦有两个儿子：范大冲和范大潜。他对这两个儿子都不太满意，但比较之下还是觉得范大冲要好得多。他早就暗下决心，自己死后，什么财产都可以分，唯独这一楼的藏书却万万不可分。书一分，就不成气候，很快就会耗散。但是，如果把书全给一个儿子，另一个儿子会怎么想？

范钦决定由大儿子范大冲单独继承全部藏书，同时把万两白银给予小儿子范大潜，作为他不分享藏书的代价。没想到，范大潜在父亲范钦去世前三个月先去世了。

范大冲得到一楼藏书，虽然是父亲的毕生心血，但实际上既不能变卖，又不能开放，完全是把一项沉重的义务扛到了自己肩上。

一五八五年的秋天，范钦在过完自己八十大寿后的第九天离开人世。藏书家在弥留之际一再打量着范大冲的眼睛，不知道儿子能不能把藏书的事业坚持到最后，如果能，那么，孙子呢？孙子的后代呢？

他不敢想下去了。

六

就这样，一场没完没了的接力赛开始了。多少年后，范大冲也会有遗嘱，范大冲的儿子又会有遗嘱……

家族传代，是一个不断分裂、异化、自立的生命过程，让后代接受一个需要终生投入的强硬指令，十分违背生命的自在状态。让几百年之后的后裔不经自身体验就来沿袭几百年前某位祖先的生命冲动，也难免有许多憋气的地方。不难想象，天一阁藏书楼对于许多范氏后代来说几乎成了一个宗教式的朝拜对象，只知要诚惶诚恐地维护和保存，却不知是为什么。

我可以肯定，此间埋藏着许多难以言状的心理悲剧和家族纷争。这个在藏书楼下生活了几百年的家族，非常值得同情。

后代子孙免不了会产生一种好奇，楼上究竟是什么样的呢？到底有哪些书，能不能借来看看？亲戚朋友更会频频相问，这个藏书秘府，能不能让我们看上一眼呢？

范钦和他的继承者们早就预料到这种可能，而且预料藏书楼就会因为这种点滴可能而崩塌，因而已经预防在先。他们给家族制定了一个严格的处罚规则，最重要的处罚是不许参加祭祖大典，这就意味着在家族血统关系上亮出了"黄牌"。

处罚规则标明：子孙无故开门入阁者，罚不与祭三次；私领亲友入阁及擅开书橱者，罚不与祭一年；擅将藏书借出外房及他姓者，罚不与祭三年；因而典押事故者，除追惩外，永行摈逐，不得与祭。

在这里，不得不提到那个我每次想起都感到难过的故事了。据谢堃《春草堂集》记载，范钦去世后两百多年，宁波知府丘铁卿家里发生了一件事情。他的内侄女是一个酷爱诗书的女子，听说天一阁藏书宏富，两百余年不蛀，全靠夹在书页中的芸草。她只想做一枚芸草，夹在书本之间。于是，她天天用丝线绣刺芸草，把自己的名字也改成了"绣芸"。

父母看她如此着迷，就请知府做媒，把她嫁给了范家后人。她原想做了范家的媳妇总可以登上天一阁了。但她哪里想到，范家有规矩，严格禁止妇女登楼。

由此，她悲怨成疾，抑郁而终。临死前，她连一个"书"字也不敢提，只对丈夫说："连一枚芸草也见不着，活着做甚？你如果心疼我，就把我葬在天一阁附近，我也可暝目了！"

今天，当我抬起头来仰望天一阁这栋楼的时候，首先想到的是钱绣芸那抑郁的目光。在既缺少人文气息又没有婚姻自由的年代，一个女孩子想借着婚姻来多读一点儿书，其实是在以自己的脆弱生命与自己的文化渴求斡旋。她失败了，却让我非常感动。

七

从范氏家族的立场来看，不准登楼，不准看书，委实也出于无奈。只要开放一条小缝，终会裂成大缝。但是，永远地不准登楼、不准看书，这座藏书楼存在于世的意义又何在呢？这个问题，每每使范氏家族陷入困惑。

范氏家族规定，不管家族繁衍到何等程度，开阁门必得各房一致同意。阁门的钥匙和书橱的钥匙由各房分别掌管，组成一环也不可缺少的连环。如果有一房不到，就无法接触到任何藏书。

就在这时，传来消息，大学者黄宗羲先生想要登楼看书！这对范家各房无疑是一个震撼。

黄宗羲是"吾乡"余姚人，与范氏家族没有任何血缘关系，照理是不能登楼的。但无论如何，他是靠自己的人品、气节、学问而受到全国思想学术界深深钦佩的巨人，范氏家族也早有所闻。他在治学过程中已经到绍兴钮氏"世学楼"和祁氏"澹生堂"去读过书，现在终于想来叩天一阁之门了。他深知范氏家族的森严规矩，但他还是来了，时间是康熙十二年，即一六七三年。

出乎意料，范氏家族竟一致同意黄宗羲登楼，而且允许他细细地阅读楼上的全部藏书。黄宗羲长衣布鞋，悄然登楼了。铜锁在一具具打开，一六七三年成为天一阁历史上特别有光彩的一年。

黄宗羲在天一阁翻阅了全部藏书，把其中流通未广者编为书目，并另撰《天一阁藏书记》留世。由此，这座藏书楼便与一位大学者的名字联结起来，广为传播。

从此以后，天一阁有了一条可以向真正的大学者开放的新规矩，但这条规矩的执行还是十分苛严。在此后近两百年的时间内，获准登楼的大学者也仅有十余名，其中有万斯同、全祖望、钱大昕、袁枚、阮元、薛福成等。他们的名字，都上得了中国文化史。

这样一来，天一阁终于显现了本身的存在意义，尽管显现的机会是那样小。

直到乾隆决定编纂《四库全书》，天一阁的命运发生了重大变化。

乾隆谕旨各省采访遗书，要全国藏书家，特别是江南的藏书家积极献书。天一阁进呈珍贵古籍六百余种，其中有九十六种被收录在《四库全书》中，有三百七十余种被列入存目。乾隆非常感谢天一阁的贡献，多次褒扬奖赐，并授意新建的南北主要藏书楼都仿照天一阁的格局营建。

天一阁因此而大出其名，尽管上献的书籍大多数没有发还，但在国家级的"百科全书"中，在钦定的藏书楼中，都有了它的生命。我曾看到好些著作文章中称乾隆下令为《四库全书》献书是天一阁的一大浩劫，颇觉言之有过。连堂堂皇家编书都不得不大幅度地动用天一阁的珍藏，家族性的收藏变成了一种行政性的播扬，这证明天一阁获得了大成功，范钦获得了大成功。

八

天一阁终于走到了近代，这座古老的藏书楼开始了自己新的历险。

先是太平军进攻宁波时当地小偷趁乱拆墙偷书，然后当作废纸论斤卖给造纸作坊。曾有一人高价从作坊买去一批，却又遭大火焚毁。

这就成了天一阁此后命运的先兆，它现在遇到的问题已不是让不让某位学者上楼的问题了，竟然是窃贼和偷儿成了它最大的对手。

一九一四年，一个叫薛继渭的偷儿奇迹般地潜入书楼，白天无声无息，晚上动手偷书，每日只以所带枣子充饥，东墙外的河上有小船接运所偷书籍。这一次几乎把天一阁的一半珍贵书籍给偷走了，它们渐渐出现在上海的书铺里。

薛继渭这次的偷窃与太平天国时的那些小偷不同，不仅数量巨大、操作系统，而且最终与上海的书铺挂上了钩。近代都市的书商用这种办法来侵吞一个古老的藏书楼，我总觉得其中蕴涵着某种象征意义。

一架架书橱空了，钱绣芸小姐哀怨地仰望终身而未能上的楼板，黄宗羲先生小心翼翼地踩踏过的楼板，现在，只留下偷儿吐出的一大堆枣核在上面。

当时主持商务印书馆的张元济先生听说天一阁遭此浩劫，并得知有些书商正准备把天一阁藏本卖给外国人，便立即拨巨资抢救。他所购得的天一阁藏书，保存于东方图书馆的"涵芬楼"里。涵芬楼因有天一阁藏书的润泽而享誉文化界，当代不少文化大家都在那里汲取过营养。但是，众所周知，它最终竟又全部焚毁于日本侵略军的炸弹之下。

没有焚毁的，是天一阁本身。这幢楼像一位见过世面的老人，再大的灾难也承受得住。但它又不仅仅是承受，而是以满脸的哲思注视着一切后人，姓范的和不是姓范的，看他们一次次低下头去又仰起头来。

　　只要自认是中华文化的后裔，总想对这幢老楼做点儿什么，而不忍让它全然沦为废墟。因此，二十世纪三十年代、五十年代、六十年代、八十年代，天一阁被一次次大规模地修缮和完善着。它，已经成为现代文化良知的见证。

　　登天一阁的楼梯时，我的脚步非常缓慢。我不断地问自己：你来了吗？你是哪一代的中国书生？

三峡

一

顺长江而下，三峡的起点是白帝城。这个头开得真漂亮。

对稍有文化的中国人来说，知道三峡也大多是以白帝城开头的。李白那首名诗，在小学课本里就能读到。

我首读此诗时不到十岁，上来第一句就有误解。"朝辞白帝彩云间"，"白帝"当然是一个人，李白一大清早与他告别。这位帝王着一身编白的银袍，站立在山石之上。

他既然穿着白衣，年龄就不会很大。高个，瘦削，神情忧郁而安详。清晨的寒风舞弄着他的飘飘衣带，绚丽的朝霞烧红了天际，与他的银袍相互辉映，让人满眼都是光色流荡。

他没有随从和侍卫，独个儿起了一个大早。诗人远行的小船即将解缆，他还在握着手细细叮咛。

他的声音在飘荡回响，但他的话语很难听得清楚，好像来自另一个世界。他就住在山头的小城里，管辖着这里的丛山和碧江。

多少年后，我早已知道童年时的误解是多么可笑，但当我真的坐船经过白帝城的时候，依然虔诚地抬着头，寻找着银袍与彩霞。船上的广播员正在吟诵着这首诗，又放出了《白帝托孤》的录音。猛地，山水、历史、童年的臆想、美丽的潜藏，涌成一团，把人震呆。

《白帝托孤》是京剧，说的是战败的刘备退到白帝城郁闷而死，把儿子和政事全都托付给诸葛亮。抑扬有致的声腔飘浮回旋，撞在湿漉漉的山岩间，弥漫着一种失败的苍凉。

我想，白帝城本来就熔铸着两种声音、两番神貌：李白与刘备，诗情与战火，天真与沉郁。它脚下，是为这两个主题日夜争辩着的滔滔江流。

华夏河山，可以是尸横遍野的疆场，也可以是诗来歌往的乐土。可怜的白帝城多么劳累，清晨刚刚送走了李白们的轻舟，夜晚还得迎接刘备们的马蹄。只是时间一长，这片山河对诗人们的庇佑力日渐减弱，他们的船楫时时搁浅，他们的衣带经常熏焦，他们由高迈走向苦吟，由苦吟走向无声。

中国，还留下几个诗人？

幸好还留存了一些诗句，留存了一些记忆。幸好还有那么多的中国人记得，有那么一个早晨，有那么一位诗人，在白帝城下悄然登舟。

他刚刚摆脱了一项政治麻烦，精神恢复了平静。他没有任何权势，也没有任何随从。如此平凡而寒碜的出行，却被记住千年，而且还要被记下去，直至地老天荒。这里透露了一个民族的饥渴：他们本来应该拥有更多这样平静而诗化的早晨。

在李白的时代，有很多诗人在这块土地上来来去去。他们的身上并不带有政务和商情，只带着一双锐眼、一腔诗情，在山水间周旋，与大地结亲，写出一行行毫无实用价值的诗句，在朋友间传观吟唱，已是心满意足。他们把这种行迹当作一件正事，为之而不怕风餐露宿、长途苦旅。

结果，站在盛唐的中心地位的，不是帝王，不是贵妃，不是将军，而是这些诗人。余光中《寻李白》诗云：

> 酒入豪肠，七分酿成了月光
>
> 余下的三分啸成剑气
>
> 绣口一吐，就半个盛唐

盛唐时代的诗人，既喜欢四川的风土文物，又向往下游的开阔文明，长江就成了他们生命的便道，不必下太大的决心就解缆问桨。脚在何处，故乡就在何处；水在哪里，道路就在哪里。

一到白帝城，他们振一振精神，准备着一次生命对自然的强力冲撞，在冲撞中捡拾诗句。

只能请那些蜷缩在黄卷青灯间搔首苦吟的人不要再写那么多诗了，他们那模样本不属于诗人。诗人在三峡的木船上，刚刚告别白帝城。

二

告别白帝城，便进入了长约两百公里的三峡。在水路上，两百公里可不算一个短距离，但是，这里所汇聚的力度和美色，即便铺排开去两千公里，也不会让人厌倦。

瞿塘峡、巫峡、西陵峡，每一个峡谷都浓缩得密密层层，再缓慢的行速也无法将它们化解开来。连临照万里的太阳和月亮，在这里也挤挨不上。对此，一千五百年前的郦道元说得最好：

> 两岸连山，略无阙处。重岩叠嶂，隐天蔽日，自非亭午夜分，
> 不见曦月。

（《水经注》）

他还用最省俭的字句刻画过三峡春冬之际的"清荣峻茂"、晴初霜旦的"林寒涧肃"，使后人再难调动描述的词汇。

过三峡本是寻找不到词汇的。只能老老实实，让飕飕阴风吹着，让滔滔江流溅着，让迷乱的眼睛呆着，让一再要狂呼的嗓子哑着。什么也甭想，什么也甭说，让生命重重实实地受一次惊吓。千万别从惊吓中醒过神来，清醒的人都消受不住三峡。

因此，船过三峡，拥挤的船舷上居然一片静寂，没人说笑，没人指点，没人尖叫。

静寂的身边突然响起了轻轻的"咿哦"声，那是巫山的神女峰到了。

神女在山峦间侧身而立，给满船惊吓住了的人们带来了一点儿宽慰。

人们在她身上倾注了最瑰丽的传说，以便与自然精灵们争胜。说她帮助大禹治过水，说她夜夜与楚襄王幽会，说她在行走时有环佩鸣响，说她云雨归来时浑身异香。但是，传说归传说，她毕竟只是巨石一柱、险峰一座，只是自然力对人类的一个幽默安慰。

又是诗人首先看破。几年前，江船上仰望神女峰的无数旅客中，有一位女子突然掉泪。她终于走向船舱，写下了这些诗行：

美丽的梦留下美丽的忧伤

人间天上，代代相传

但是，心

真能变成石头吗

……

沿着江岸

金光菊和女贞子的洪流

正煽动新的背叛

与其在悬崖上展览千年

不如在爱人肩头痛哭一晚

（舒婷:《神女峰》）

　　船外，王昭君的家乡过去了。也许是这里的激流把这位女子的心扉冲开了，她顾盼生风，绝世艳丽，却甘心远嫁草原。她为中国历史疏通了一条像三峡一般的险峻通道。

　　船外，屈原故里过去了。也许是这里的奇峰交给他一副傲骨，这位诗人问天索地，最终投身汨罗江，一时把那里的江水，也搅成了三峡的波涛。

　　看来，从三峡出发的人，无论是男是女，都比较怪异，都有可能卷起一点儿旋涡，发起一些冲撞，而且冲撞得无比瑰丽。

　　明天一早，我们这艘满载旅客的航船，会又一次鸣响结束夜航的汽笛，悄然驶进朝霞，抵达一个码头。然后，再缓缓起航。没有告别，没有激动，没有吟唱。

秋雨注

要把漫漫苦旅写成一篇篇文章，每一篇都必须有一二个停驻点，否则就有"流泛"之弊。但是，这一篇却成了例外，因为三峡无论在空间上还是在时间上，都是险峻奔涌的流动体，很难让笔墨在何处稍稍滞留。

出乎意外，正是由于这篇文章，我受邀为三峡题写了两个石碑，一是"三峡之巅"，二是"千古诗迹白帝城"。石碑镌刻得很精致，我的笔墨能以这种方式在那里停驻，日夜守护着神话般的美丽，真是莫大荣幸。

白发苏州

一

两千多年前，世界上已经有几座不错的城市。但是，这些城市都一一相继沦为废墟。人类的文明地图，一直在战火的余烬中不断改变。往往是，越是富贵的所在，遭受的抢掠越是严重，后景越是荒凉。

不必说多次被夷为平地的巴格达和耶路撒冷，看看一些正常的城市也够让人凄伤。

公元前后，欧洲最早的旅行者看到乱草迷离的希腊城邦遗迹，声声长叹。六世纪，罗马城衰落后的破巷、泥坑、脏水，更让人无法面对……

有哪一座城市，繁华在两千多年前而至今依然繁华，中间几乎没有中断？

我想，那个城市在中国，它的名字叫苏州。

不少学者试图提升苏州的自信，把它说成是"东方的威尼斯"。我听到这样的封号总是哑然失笑，因为当苏州精致的花岗石码头上船楫如梭的时候，威尼斯还是一片沼泽荒滩。

二

苏州是我常去之地。海内美景多的是，唯苏州，能给我一种真正的休憩。柔婉的言语，姣好的面容，精雅的园林，幽深的街道，处处给人以感官上的宁静慰藉。现实生活常常搅得人心智烦乱，而苏州的古迹会让你定一定情怀。有古迹必有题咏，大多是古代文人的感叹。看得多了，也便知道，这些文人大多也是来休憩的。他们不想在这儿创建伟业，但在外面事成事败之后，却愿意到这里来住住。苏州，是中国文化宁谧的后院。

我有时不禁感叹，做了那么长时间的后院，苏州在中国文化史上的地位是不公平的。京城史官的眼光很少在苏州停驻，从古代到近代，吴侬软语与玩物丧志同义。

这里没有森然殿阙，只有园林。这里摆不开战场，徒造了几座城门。这里的曲巷通不过堂皇的官轿，这里的民风不崇拜肃杀的禁令。

这里的流水太清，这里的桃花太艳，这里的弹唱有点儿撩人，这里的小食太甜，这里的女人太俏，这里的茶馆太多，这里的书肆太密，这里的书法过于流丽，这里的绘画不够苍凉遒劲，这里的诗歌缺少易水壮士低哑的喉音。

于是，苏州面对着种种冷眼，默默地端坐着，迎来送往，安分度日；却也不愿意重整衣冠，去领受那份王气。反正已经老了，去吃那种追随之苦做甚？

三

说来话长，苏州的委屈，两千多年前已经受了。

当时正是春秋晚期，苏州一带的吴国和浙江的越国打得难解难分。其实吴、越本是一家，两国的首领都是外来的冒险家。先是越王勾践击败吴王阖闾，然后又是继任的吴王夫差击败越王。越王利用计谋卑怯称臣，实际上发愤图强，终于在十年后卷土重来，成了春秋时代最后一个霸主。

这事在中国差不多人所共知，原是一场分不清是非的混战，可惜后人只欣赏越王的计谋和忍耐，嘲笑吴王的该死。千百年来，越国的首府一直被称颂为"报仇雪耻之乡"，那么苏州呢？当然是"亡国亡君之地"。

细想吴越混战，最苦的是苏州百姓。吴越间打的几次大仗，有两次是野外战斗，一次在嘉兴南部，一次在太湖洞庭山，而第三次则是越军攻陷苏州，所遭惨状一想便知。早在越王用计期间，苏州人已连续遭殃。越王用煮过的稻子当作种子上贡吴国，吴国用以撒种，颗粒无收，灾荒由苏州人民领受。越王怂恿吴王享乐，亭台楼阁建造无数，劳役由苏州人民承担。最后，亡国奴的滋味，又让苏州人民品尝。

传说越王计谋中还有重要一项，就是把越国的美女西施进献给吴王，诱使他荒淫无度，懒理国事。计成，西施却被家乡来的官员投沉江中，因为她已与"亡国"二字相连，霸主最为忌讳。

苏州人心肠软，他们不计较这位顶着"越国间谍"身份的姑娘给自己带来过多大的灾害，只觉得她可怜，真真假假地留着她的大量遗迹来纪念。据说今日苏州西郊灵岩山顶的灵岩寺，便是当初西施居住的所在，吴王曾名之"馆娃宫"。灵岩山是苏州一大胜景，游山时若能遇到几位热心的苏州老者，他们还会细细告诉你，何处是西施洞，何处是西施迹，何处是玩月池，何处是吴王井，处处与西施相关。

你看，当越国人一直为报仇雪耻的传统而自豪的时候，他们派出的西施姑娘却被对方民众照顾着、清洗着、梳理着、辩解着，甚至供奉着。

苏州人甚至还不甘心于西施姑娘被人利用后又被沉江的悲剧。明代梁辰鱼作《浣纱记》，让西施完成任务后与原先的情人范蠡泛舟太湖而隐遁。这确实是善良的，但这么一来，又产生了新的尴尬：这对情人既然原先已经爱深情笃，那么西施后来在吴国的奉献，就与人性过于相悖。

前不久一位苏州作家给我看他的一部新作，写勾践灭吴后，越国正等着女英雄西施凯旋，但西施已经真正爱上了自己的夫君吴王夫差，甘愿陪着他一同流放边荒。

这还比较合理。

我也算一个越人吧，家乡曾属会稽郡管辖。无论如何，我钦佩苏州的见识和度量。

四

吴越战争以后，苏州一直没有发出太大的音响。千年易过，直到明代，苏州突然变得坚挺起来。

对于遥远京城的腐败专权，竟然是苏州人反抗得最为厉害：先是苏州织工大暴动，再是东林党人反对魏忠贤。朝廷特务在苏州逮捕东林党人时，遭到苏州全城的反对。柔婉的苏州人这次是踏着血泪冲击，冲击的对象是皇帝最信任的"九千岁"。这件事情结束后，苏州人把五位抗争时牺牲的普通市民葬在虎丘山脚下，立了墓碑，让他们安享山色和夕阳。

这次浩荡突发，使整整一部中国史都对苏州人另眼相看。这座古城怎么啦？脾性一发，让人再也认不出来。说他们含而不露，说他们忠奸分明，说他们大义凛然，苏州人只笑一笑，又去过原先的日子。园林依然这样纤巧，桃花依然这样灿烂。

明代是中国古代实行文化专制主义最严重的时期，但那时的苏州却打造出了一片比较自由的小天地。明代的苏州人可享受的东西多得很，他们有一大批才华横溢的昆曲专家，他们有万人空巷的虎丘山曲会，他们还有唐伯虎和仇英的绘画。再后来，又有了一个金圣叹。

如此种种，又让京城的朝廷文化深深皱眉。轻柔悠扬，潇洒偶傥，放浪不羁，艳情漫漫，这似乎都不是圣朝气象。就拿那个名声最大的唐伯虎来说吧，自称江南第一才子，也不干什么正事，却看不起大小官员，只知写诗作画，不时拿几幅画到街上出卖。

> 不炼金丹不坐禅，
>
> 不为商贾不耕田。
>
> 闲来写幅青山卖，
>
> 不使人间造孽钱。

这样过日子，怎么能不贫病交困呢？然而苏州人似乎挺喜欢他，亲亲热热地叫他"唐解元"，在他死后把桃花庵修葺保存，还传播一个"三笑"故事让他多了一桩艳遇。

唐伯虎的精神等级，我们且不去论他。无论如何，他为中国增添了几页非官方文化。道德和才情的平衡木实在让人走得太累，他有权利躲在桃花丛中做一个真正的艺术家。中国这么大，历史这么长，金碧辉煌的色彩层层涂抹，够沉重了，涂几笔浅红淡绿，加几分俏皮洒脱，才有活气，才有活活泼泼的中国文化。

五

一切都已过去了，不提也罢。现在我只困惑，人类最早的城邑之一，会不会淹没在后生晚辈的时尚之中？

山水还在，古迹还在，似乎精魂也有不少留存。最近一次去苏州，重游寒山寺，撞了几下钟，看到国学大师俞樾题写的诗碑，想到他所居住的曲园。曲园为新开，因有俞樾先生的后人俞平伯先生等捐赠，原物原貌，适人心怀。曲园在一条狭窄的小巷里，由于这个普通门庭的存在，苏州一度成为晚清国学重镇。几十年后，又因为章太炎先生定居苏州，这座城市的学术地位更是毋庸置疑，连拥有众多高等学府的北京、上海、南京这样的大城市，也不能不投来恭敬的目光。

我一直认为，大学者更适合于住小城市，因为大城市会给他们带来很多繁杂的消耗。但是，他们选择小城市的条件又比较苛刻，除了环境的安静、民风的简朴外，还需要有一种渗透到墙砖街石间的醇厚韵味，能够与他们的学识和名声对应起来。这样的小城市，中国各地都有，但在当时，苏州是顶级之选。

漫步在苏州的小巷中是一种奇怪的体验：一排排鹅卵石，一级级台阶，一座座门庭。门都关闭着，让你去猜想它的蕴藏，猜想它很早以前的主人。想得再奇也不要紧，两千多年的时间，什么事情都可能发生。

如今的曲园，辟有一间茶室。巷子太深，门庭太小，来人不多。茶客皆操吴侬软语，远远听去，似乎有所争执，又继以笑声。苏州人的笑声很响、很长。

未几，茶客们起身了，他们在门口拱手作揖，转过身去，消失在狭窄的小巷里。

我也沿着小巷回去。依然是光光的鹅卵石，依然是座座关闭的门庭。

我突然有点儿害怕，怕哪个门庭突然打开，拥出来几个人：若是长衫旧褂，我会感到有点儿悲凉；若是时髦牛仔，我又会觉得有点儿惶恐。

该是什么样的人？我们等着看吧。

两千多年的小巷给了我们一个暗示，那就是：不管看到什么，都应该达观。是的，达观，笑声很响又很长的达观。

天涯眼神

一

几年前读到一篇外国小说，作家的国别和名字已经忘记，但基本情节还有印象。

一对亲亲热热的夫妻，约了一位朋友到山间去野营狩猎，一路上丈夫哼着曲子在开车，妻子和朋友坐在后座。但突然，丈夫嘴上的曲子戛然而止，因为他在后视镜中瞥见妻子的手和朋友的手悄悄地握在一起。

丈夫眩晕了，怒火中烧又不便发作，车子开得摇晃不定，他恨不得出一次车祸三人同归于尽。好不容易到了野营地，丈夫一声不吭骑上一匹马独个儿去狩猎了，他发疯般地纵马狂奔，满心都是对妻子和朋友的痛恨。他发现了一头鹿，觉得那就是自己不忠诚的妻子的借体，便握缰狠追，一再举枪瞄准。那头鹿当然拼命奔逃。

不知道追了多远，跑了多久，只知道耳边生风、群山疾退，直到暮色苍茫。突然那头鹿停步了，站在一处向他回过头来。他非常惊讶，抬头一看，这儿是山地的尽头，前面是深不可测的悬崖。鹿的目光清澈而美丽，无奈而凄凉。

他木然地放下猎枪，颓然回缰，早已认不得归去的路了，只能让马驮着一步步往前走。不知走了多久，忽然隐隐听到远处一个女人呼喊自己的名字。走近前去，在朦胧月光下，妻子脸色苍白，她的目光清澈而美丽，无奈而凄凉。

我约略记得，这篇小说在写法上最让人注目的是心理动态和奔驰动态的漂亮融合，但对我来说，挥之不去的是那头鹿面临绝境时猛然回首的眼神。

这种眼神对全人类都具有震撼力，一个重要证据是，中国居然也有一个相似的民间故事。

故事发生在海南岛，一个年轻的猎手也在追赶着一头鹿，这头鹿不断向南奔逃，最后同样在山崖边突然停住——前面是一望无际的大海，它回过头来面对猎手，双眼闪耀出渴求生命的光彩。

猎手被这种光彩镇住，刹那两相沟通。终于，这头鹿变成一位少女，与他成婚。

这个故事的结尾当然落入了中国式的套数，但落入套数之前的那个眼神仍然十分动人。

两个故事的成立有一个根本的前提，那就是必须发生在前面已经无路可走的地方。只有在天涯海角、绝壁死谷，生命被逼到了最后的边界，一切才变得深刻。

我们海南岛真有一个山崖叫"鹿回头"，山崖前方真叫"天涯海角"，再前方便是茫茫大海。

人们知道，尽管海南岛的南方海域中还有一些零星小岛，就整块陆地而言那儿正恰是中华大地的南端。既然如此，那头鹿的回头也就回得非同小可了。

中国的帝王面南而坐，中国的民居朝南而筑，中国发明的指南针永远神奇地指向南方，中国大地上无数石狮、铁牛、铜马、陶俑也都面对南方站立着或匍匐着。这种种目光，穿过群山，越过江湖，全都迷迷茫茫地探询着碧天南海。那头美丽的鹿一回头，就把这所有的目光都兜住了。

二

海南岛很早就有人住，长期保持着一种原始生态。战国时的《尚书·禹贡》和《吕氏春秋》中所划定的九州中最南的两州是扬州和荆州，可见海南还远处于文明的边界之外。在中原，那是政治家和军事家特别繁忙的年代；而在海南岛，只听到一个个熟透的椰子从树上静静地掉下来，吧嗒、吧嗒，掉了几千年。椰树边，海涛日夜翻卷，葛藤垂垂飘拂。

大陆人比较认真地从行政眼光打量这座岛屿是在汉代。打量者是两个都被称为"伏波将军"的南征军官：西汉时的路博德和东汉时的马援。他们先后在南中国的大地上左右驰骋、开疆拓土，顺便也把这个孤悬于万顷碧波中的海岛粗粗光顾了一下，然后设了珠崖、儋耳两郡，纳入中华版图。

但是这种纳入还很潦草，土著的俚人与外来的官吏士兵怎么也合不来，一次次地爆发尖锐的冲突，连那些原先自然迁来的大陆移民也成了土著轰逐的对象。有很长一段时间，所有的外来人不得不统统撤离，挤上木船渡海返回大陆，让海南岛依然处于一种自在状态。

当然，过后又会有军人前去征服，但要在那里安安静静地待下去几乎没有可能。几番出入进退，海南岛成了一个让人害怕的地方。

前些日子为找海南的资料随手翻阅《二十五史》，在《三国志》中读到一段资料，说东吴赤乌年间统治者孙权一再南征海南岛，群臣一致拥护，唯独有一位叫全琮的浙江人竭力反对。他说：

圣朝之威，何向而不克？然殊方异域，隔绝障海，水土气毒，自古有之。兵入民出，必生疾病，转相污染，往者惧不能反，所获何可多致？

（上海古籍出版社、上海书店一九八六年版
《二十五史》第二册，《三国志》第一六八页）

孙权没有听他的，意气昂昂地派兵向海南进军了。结果是，如此遥远的路途，走了一年多，士兵死亡百分之八九十。孙权后悔了，又与全琮谈及此事，称赞全琮的先见之明。全琮说，当时君臣中有不少人也是明白的，但他们怕被当作不忠，不敢提反对意见。

三国是一个英雄的时代，而英雄也未能真正征服海南。那么，海南究竟在等待一个什么样的人物呢？

完全出乎人们意料，在孙权南征的二百多年之后，一个出生在今天广东阳江的姓冼的女子，以自己的人格魅力几乎是永久地安顿了海南。五二七年，也就是特别关心中华版图的地理学家郦道元去世的那一年，这位姓冼的女子嫁给了高凉太守冯宝，开始辅佐丈夫管起中华版图南端很大一块地面，海南岛也包括在内。丈夫冯宝因病去世，中原地区频繁的战火也造成南粤的大乱，这位已届中年的女子只得自己跨上了马背。

为了安定，为了民生，为了民族间的和睦，她几十年一直指挥若定，威柔并施。终于，她成了南粤和海南岛很大一部分地区最有声望的统治者，"冼夫人"的称呼，在椰林海滩间响亮地翻卷。

直到隋文帝统一中国，冼夫人以近似于女酋长的身份率领属下各州县集体归附，迎接中央政权派来的官员，消灭当地的反叛势力，使岭南与中原建立了空前的亲和关系。

冼夫人是个高寿的女人。如果说结婚是她从政的开始，那么到她去世，她从政长达七十余年。从中原文化的坐标去看，那是一个刘勰写《文心雕龙》、颜之推写《颜氏家训》的时代；而在他们的南方，一个女人正威震海天。

她不时回首中原，从盈盈秋波到蒙眬慈目，始终是那样和善。

没有什么资料可以让我们知道冼夫人年轻时的容貌和风采，但她的魅力不容怀疑。直到一千多年后的今天，琼州海峡两岸还有几百座冼夫人庙，每年都有纪念活动，自愿参与者动辄数十万，令人吃惊。

一种在依然荒昧背景下的女性化存在——这便是盛唐之前便已确立的海南岛形象。

三

由唐至宋，中国的人文版图渐渐南移，而海南岛首先领受的却是一些文化水准很高的被贬文官，他们为这个岛留下了很多东西。

例如，李德裕是唐朝名相李吉甫的儿子，也做过宰相，在宦海风波中数度当政，最后被贬到海南岛崖州（今琼山县）。这么一个高官的流放，势必是拖家带口的，因此李德裕的子孙就在海南岛代代繁衍，据说，今天岛上乐东县大安乡南仇村的李姓基本上都是他的后裔。在岛上住了一千多年，当然已经成了再地道不过的海南人，这些生息于椰林下的普通村民或许不知道，他们的传代系列，是在一种强烈的异乡感中开始的。

从李德裕留下的诗作看，他也注意到了海南岛的桄榔、椰叶、红槿花，但这一切反都引发起他对故乡风物的思念，结果全成了刺心的由头。他没有想到，这种生态环境远比他时时关切的政治环境重要。当他的敌人和朋友全都烟消云散之后，他的后代却要在这种生态环境中永久性地生活下去。他竟然没有擦去泪花多看一眼，永远的桄榔、椰叶、红槿花。

海南岛人把他和其他贬谪海南的四位官员尊称为"五公"进行纪念，认认真真造了庙，端端正正塑了像，一代又一代。"五公"中其他四位都产生在宋代，都是因主张抗金而被流放海南的，而且都是宰相、副宰相的级别。一时间海南来了那么些宰相，煞是有趣。主张求和的当权者似乎想对这些慷慨激昂的政敌开个"小玩笑"：你们怎么老是盯着北方疆土做抗争的文章，那就抗去吧——一下被扔到了最南面。

这"五公"先后上岛后，日子难过，心情不好，成天哀叹连连。但是，只要住长了，就会渐渐爱上这个地方。宋朝的副宰相李光在这里一住十几年，大力支持当地的教育事业，希望建设一个儒学小天地，甚至幻想要在琼州海峡架起一座长桥，把海南岛与大陆连接起来。

"五公祠"二楼的大柱上有一副引人注目的楹联，文曰：

唐宋君王非寡德

琼崖人士有奇缘

意思是，这些人流放到海南岛，不是唐宋君王缺德，而是给了我们海南岛一种莫大缘分。这番语句，出于海南人之手，真是憨厚之至，我仰头一读就十分感动。

在被贬海南岛的大人物中，比"五公"更有名的还是那位苏东坡。苏东坡被流放到海南岛时已六十多岁，原先他总以为贬谪到远离京城、远离故乡的广东惠州也就完了，辛辛苦苦在那里造了一栋房，把家人一一接过来聚居；谁知刚喘一口气，又一声令下要他渡海。苏东坡想，已经这么老了，到了海南先做一口棺材，再找一块墓地，安安静静等死，葬身海外算了。他一到海南，衣食住行都遇到严重困难。他自己耕种，自己酿酒，想写字还要自己制墨，忧伤常常爬上心头。然而，他毕竟是他，很快在艰难困苦中抬起了那双特别善于发现生趣、发现美色的眼睛，开始代表中华文化的最高层次，来评价海南岛。

他发现海南岛其实并没有传闻中的所谓毒气，明言"无甚瘴也"。他在流放地凭吊了冼夫人庙，把握住了海南岛的灵魂。由此伸发开去，他对黎族进行了考察，还朝拜了黎族的诞生地黎母山。

苏东坡在海南过得越来越兴致勃勃。他经常喝几口酒，脸红红的，孩子们还以为他返老还童了：

寂寂东坡一病翁，

白须萧散满霜风。

> 小儿误喜朱颜在，
>
> 一笑那知是酒红。

有时酒没有了，米也没有了，大陆的船只好久没来，他便掐指算算房东什么时候祭灶。因为他与房东已成了朋友，一祭灶，就能吃得好一点儿。

他还有好几位黎族朋友，经常互相往访。遇到好天气，他喜欢站在朋友的家门口看行人；下雨了，他便借了当地的椰笠、木屐穿戴上回家，一路上妇女、孩子看他的怪模怪样哈哈大笑，连狗群也向着他吠叫。他冲着妇女、孩子和狗群发问："笑我怪样子吧？叫我怪样子吧？"

有时他喝酒半醉，迷迷糊糊地去拜访朋友，孩子们口吹葱叶迎送，他只记得自己的住处在牛栏西面，就一路寻着牛粪摸回去。

苏东坡在海南岛居留三年后遇赦北归，归途中吟了两句诗：

> 九死南荒吾不恨，
>
> 兹游奇绝冠平生。

海南之行，竟是他一生中最奇特、也最有意思的一段遭遇。文化大师如是说，海南岛也对得起中国文化史了。

对海南岛来说，无论是"五公"的恨，还是苏东坡的冤，它都不清楚。它只有滋润的风，温暖的水，畅快的笑，洁白的牙齿，忽闪的眼。大陆的人士来了，不管如何伤痕斑斑，先住下，既不先听你申诉，也不陪着你叹息，只让你在不知不觉间稍稍平静，然后过一段日子试试看。

来了不多久就要回去，挥手欢送；盼不到回去的时日，也尽管安心。回去时已经恢复名誉为你高兴，回去时依然罪名深重也有轻轻慰抚。

初来时是青年是老年在所不计，是独身是全家都可安排。离开时要彻底搬迁为你挎包抬箱，要留下一些后代继续生活，更悉听尊便，椰林下的木屋留着呢。

这一切，使我想到淳朴的村妇，以及她们身上的母性美。

四

宋朝的流放把海南搞得如此热闹，海南温和地一笑；宋朝终于气数尽了，流亡将士拥立最后一个皇帝于南海崖山，后又退踞海南岛抗元，海南接纳了他们，又温和地一笑；不久元朝将领完全占领海南，海南也接受了，依然温和地一笑。

在这兵荒马乱的年月间，有一个非常琐碎的历史细节肯定不会引起任何人注意：有一天，一艘北来的航船在海南岛南端的崖州靠岸，船上走下来一名来自江苏松江（**今属上海**）乌泥泾的青年女子。

她哆哆嗦嗦，言语不通，唯一能通的也就是那温和的一笑。当地的黎族姊妹回以一笑，没多说什么就把她安顿了下来。

这位青年女子原是个童养媳，为逃离婆家的凌辱躲进了一条船，没想到这条船走得那么远，更没想到她所到达的这个言语不通的黎族地区恰恰是当时中国和世界的纺织圣地。女人学纺织天经地义，她在黎族姊妹的传授下很快也成了纺织高手。

一过三十年，她已五十出头，因思乡心切带着棉纺机具坐船北归。她到松江老家后被人称为黄道婆，因她，一种全新的纺织品驰誉神州大地。四方人士赞美道："松郡棉布，衣被天下。"

黄道婆北返时元朝灭宋朝已有十七八年。海南给予中原的，不是旧朝的残梦，不是勃郁的血性，而只是纤纤素手中的缕缕棉纱、柔柔布帛。改朝换代的是非曲直很难争得明白，但不必争论的是，我们每一个人的前辈都穿过棉衣棉布，都分享过海南岛的那种"女性文明"。

五

元代易过，到了明代，海南岛开始培育出土生土长的文化名人。宋代流放者当年在教育事业上的播种，终于有了收成。

最著名的自然是邱濬。还在少年时代，这个出生在海南岛琼山下田村的聪明孩子已经吟出过一首以五指山为题的诗。让人吃惊的不是少年吟诗，而是这首诗居然把巍巍五指山比作一只巨大无比的手，撑起了中华半壁云天，不仅在云天中摘星、弄云、逗月，而且还要远远地指点中原江山！

果然，后来邱濬科举高中，仕途顺达，官至礼部尚书、户部尚书、文渊阁大学士、武英殿大学士，不仅学问渊博，而且政绩卓著，官声很好。多年前我在《中国戏剧史》中严厉批评过他写的传奇《五伦全备记》，我至今仍不喜欢这个剧本，但当我接触了不少前所未见的材料之后，却对他的人品有了更多的尊重。他官做得越大越思念家乡，那番情意，让我十分动心。

孝宗皇帝信任他，喜欢与他下棋，据说他有一次刚下一步棋就在口中念念有词："将军——海南钱粮减三分。"皇帝以为是民间下棋的口头禅，也跟着念叨，没想到皇帝一念，邱濬就立即下跪谢恩——君无戏言，海南赋税也就减免三分。即便这事带点儿玩闹性质，年迈的大臣为了故乡扑通跪下的情景还是颇为感人。

邱濬晚年思乡病之严重，在历代官场中是罕见的。七十岁的老人絮絮叨叨、没完没了，一辈子"治国平天下"的豪情销蚀得差不多了，心中只剩下那个温柔宁静的海岛。

邱濬最终死于北京，回海南的只是他的灵柩。他的曾孙叫邱郊，在村子里结识了一个在学问上很用功的朋友，经常来往。这位朋友的名字后来响彻九州——海瑞。

海瑞体现了一种无所畏惧的阳刚风骨，甚至身后数百年依然让人害怕，让人赞扬。与邱濬一样，海瑞对家乡也是情深意笃：罢了官，就回家乡安静住着；复了职，到了哪儿都要踮脚南望。海瑞最后也像邱濬一样死于任上，灵柩回乡抬到琼山县滨涯村时缆绳突然神秘地绷断，于是就地安葬。

邱濬和海瑞这两位同村名人还有一个共同点，他们都是幼年丧父，完全由母亲一手带大。我想这也是他们到老都对故乡有一种深刻依恋的原因，尽管那时他们的母亲早已不在。冲天撼地的阳刚，冥冥中仍然偎依在女性的怀抱。

正当邱濬和海瑞在官任上苦思家乡的时候，家乡的不少百姓却由于种种原因挥泪远航，向南洋和世界其他地方去谋求生路，从天涯走向更远的天涯。这便形成了明清两代不断增加的琼侨队伍。

海南的风韵，从此在世界各地播扬。

不管走得多远，关键时刻还得回来。一八八七年五月，海南岛文昌县昌洒镇古路园村回来一位年轻的华侨。他叫宋耀如，专程从美洲赶来看看思念已久的家乡。他每天手摇葵扇在路口大树下乘凉，很客气地与乡亲们聊天，住了一个多星期便离开了。后来才知道，这是他在操办人生大事前特到家乡来默默地请一次安。

他到了上海即与浙江余姚的女子倪桂珍结婚，他们的三个女儿将对中国的一代政治生活产生重大影响。

宋氏三姊妹谁也没有忘记自己是海南人，但是，她们一辈子浪迹四海，谁也没能回去。有一天，宋庆龄女士遇见一位原先并不认识的将军，听说将军是海南文昌人就忍不住脱口叫了一声"哥哥"，将军也就亲热地回叫这位名扬国际的高贵女性"妹妹"。后来，远在台湾的宋美龄女士为重印清朝咸丰八年的《文昌县志》郑重其事地执笔题写了书名。

对她们来说，家乡，竟成了真正难以抵达的天涯。

只能贸然叫一声哥哥，只能怅然写一个书名，但是，她们作为海南女性的目光，却给森然的中国现代史带来了不少水气、不少温馨。

六

读者从以上叙述中已经可以感到，我特别看重海南历史中的女性文明和家园文明。我认为这是海南的灵魂。

你看，不管这座岛的实际年龄是多少，正儿八经把它纳入中华文明的是那位叫冼夫人的女性；海南岛对整个中国的各种贡献中，最大的一项是由一位叫黄道婆的女性完成的；直到现代，还出了三位海南籍的姊妹名播远近。使我深感惊讶的是，这些女性几乎都产生在乱世，越是乱世越需要女性；因此也总是在乱世，海南岛一次次对整个中国发挥着独特的功能。

女性文明很自然地派生出了家园文明。苏东坡、李光他们泪涔涔地来了，遇到了家园文明，很快破涕为笑；海瑞、邱濬他们气昂昂地走了，放不下家园文明，终于乐极生悲。

女性文明和家园文明的最终魅力，在于寻常形态的人间情怀，在于自然形态的人道民生。本来，这是一切文明的基础部位，不值得大惊小怪，但在中国，过于漫长的历史、过于发达的智谋、过于铺张的激情、过于讲究的排场，使寻常和自然反而变得稀有。

失落了寻常形态和自然形态，人们就长久地为种种反常的构想激动着、模拟着。怎么成为圣贤？如何做得英豪？什么叫气贯长虹？什么叫名垂青史？什么叫中流砥柱？什么叫平反昭雪？……这些堂皇而激烈的命题，一直咻咻地冒着烫人的热气，普及于社会、渗透于历史。而事实上，这些命题出现的概率究竟有多大，而且又有多少真实性呢？

幸好有一道海峡，挡住了中原大地的燥热和酷寒，让海南岛保留住了人类学意义上的基元性、恒久性存在，让人们一次次清火理气，返璞归真。

我希望，在交通日益便利的时代，海南岛不要因为急功近利而损害自然生态。现代人越是躁急就越想寻找家园，一种使精神获得慰藉的家园，一种能让大家抖落世事浮尘、如见母亲的家园，一种离开了种种伪坐标、蓦然明白自己究竟是谁的家园。只要自然生态未被破坏，海南岛就有可能成为人们的集体家园。

由于这样的家园越来越少，人们的寻找往往也就变成了追赶。世间一切高层次的旅游都具有哲学意义，看来消消停停，其实是在寻找，是在追赶。

又想起了文章开头提到的那两个追鹿的故事。是的，我们历来是驰骋于中原大地的躁急骑手，却一直不清楚自己在驱逐什么、追赶什么。现在逐渐清楚了，但空间已经不大，时间已经不多。

无论是在自然生态还是在精神生态上，前后都已经是天涯海角了。

幸好，她回头了，明眸皓齿，嫣然一笑。

于是，新世纪的故事开始了。

一个庭院

一

　　我觉得非常奇怪：为什么直到四十多年后的今天，中外研究者笔下的"文革"灾难，仍然是北京上层政治圈的一串人事更迭？其实，站远了看，当时有一些真正的大事会让今后的历史瞠目结舌，却被今天的研究者们忽略了。其中最大的一件，就是全国规模的停课废学。

　　停课废学，不仅使中华文化立即面临着中断的危险，而且向社会释放出了以青年学生为主体的大批完全失控的人群——他们快速转化成了破坏性暴力，很多悲剧便由此而生。

　　其实，那批青年学生本身承受的悲剧更大。他们虽然号称"造反"，却完全是响应当时报纸的号召赶时髦，恰恰没有任何"造反"意识。但后来，他们为此要长时间地上山下乡，而且在灾难过去之后还要背一辈子的恶名。

　　那是我十九岁那一年的夏天。我领着一批同学反对"造反"，其实也不是出于任何政治意识，只是反对他们打、砸、抢，阻止他们批斗老师。但是，"造反派"同学越来越得势，他们根据上级指示夺取了学院的领导权，成了当权者。本来围在我身边的很多同学也就转身投向他们，我变得非常孤立，因此也非常危险。正在这时，我的父亲又遭到他所在单位"造反派"的批斗，我叔叔也被迫自杀。这种家庭背景一旦被我们学院"造反派"知道，必然招致祸殃，因此我就离开学院，出走了。

当时全国交通除飞机之外全都免费向青年学生开放，说是"革命大串联"。其实"造反派"还处于刚刚掌权的兴奋和忙碌之中，怎么也舍不得离开自己的单位，因此挤在火车、汽车、轮船上的，大多是走投无路的人。当时，这样的人很多很多，因此车船上很挤很挤。我，就成了他们中间的一个。

不知道会在哪里停下，更不知道会停多久，火车常常停在荒山野岭之间一停十几个小时。不断有人要爬窗出去解手，因为车厢里的厕所也早已挤满了人，无法使用。也有学生爬到了窗外，火车突然开了，车上的同学就把他们的行李包扔下去。所有的行李包都一样，小小的，轻轻的：两件换洗衣服，一条毛巾包着三四个干馒头，几块咸酱菜。没有书，也没有笔。因为这些行李包的主人虽然还被称为"学生"，却已经没有课堂、没有黑板、没有老师。

扔行李包的事情往往发生在深夜。车下的学生们边追边呼叫，但隆隆的车轮终于把他们抛弃了。多少年来我一直在想：他们最后找到下一站了吗？那可是山险林密、虎狼出没的地方啊。

我们那趟车开到长沙就不走了。我背着小小的行李包，随着人流来到了岳麓山。到了山上，大家都拥向著名的爱晚亭。我怕挤，就在压顶的暮色下找一条僻静的山路走去，却没有目标、没有方向。

不知道走了多久，眼前出现了一堵长长的旧墙，围住了很多灰褐色的老式房舍。这是什么地方？沿墙走了几步，就看到一个边门，轻轻一推，竟能推开。我迟疑了一下就一步跨了进去。

我有点儿害怕，假装着咳嗽几声，直着嗓子叫"有人吗"，没有任何回应。但走着走着，我似乎被一种神奇的力量控制了，脚步慢了下来，不再害怕。

这儿没有任何装点，为什么会给我一种莫名的庄严感？这儿我没有来过，为什么处处透露出似曾相识的亲切？这些房子可以有各种用途，但它的原本用途是什么呢？

再大的家族的用房也用不着如此密密层层，每一个层次又排列得那么雅致和安详。这儿应该聚集过很多人，但绝对不可能是官衙或是兵营。

我在这个庭院里独个儿磨磨蹭蹭，舍不得离开。最后终于摸到一块石碑，凭着最后一点儿微弱的天光我一眼就认出了那四个大字：岳麓书院。

二

那天晚上我在月色下的岳麓书院逗留了很长时间，离开时一脸安详，就像那青砖石地、粉墙玄瓦。

我很快回了上海，学院里的情况和我家庭的处境都越来越坏。后来我又不得不到农村劳动去了，彻底远离了学校和教育。但是，奇怪的是，那个青砖石地、粉墙玄瓦的梦，却常常在脑际隐约闪动。待到图书馆重新开放，我努力寻觅有关它的点滴记载。再后来，中国走上了一条新路，我就有机会一再访问它了。

我终于明白，很多年前那次夜间潜入，让我在无意中碰撞到了中华文化存废之间的又一个十字路口：一条是燥热的死路，一条是冷清的生路。这条生路，是历代文化智者长期探索的结果，岳麓书院便是其中一个例证。

说远一点儿，早在三千三百多年前，商代已经有了比较成熟的公办学校。到了孔子，成功地创办了私学。从此，教学传统成了中华文化代代相传的命脉。到了唐代，就出现了教学等级很高的书院。宋代书院之风大盛，除了很早就开办的白鹿洞书院外，还出现了石鼓书院、嵩阳书院、应天府书院、岳麓书院、丽正书院、象山书院，等等。这些书院，有的是私办，有的是公办，更多的是"民办官助"。共同特点是，大多选址于名山胜景，且由比较著名的学者执掌校务，叫"山长"。

山长这个称呼，听起来野趣十足，与书院所在的名山对应，而且又幽默地表示对官场级别的不在意，自谦中透着自傲。我最近一次去岳麓书院，还在历任山长居住的一个叫"百泉轩"的小院落里徘徊很久，想象着山长们的心态。他们，只想好生看管着这满院的青年才俊、满山的春花秋叶，就已经足够。山下的达官贵人为了各自的文化形象，也会到山上来叩门拜见。来就来吧，请他们到书院各处走走，自己就不陪了。在山长们的眼中，他们都是学生一辈。

在山长的执掌下，书院采取比较自由的教学方法。一般由山长本人或其他教师十天半月讲一次课，其他时间以自学为主。自学中有什么问题可随时向教师咨询，或学生间互相讨论。

这样，乍一看容易放任自流，实际上书院有明确的学规，课程安排清晰有序，定期有严格的考核。此外，学生还必须把自己每日读书的情况记在"功课簿"上，山长定期亲自抽查。

课程内容以经学、史学、文学、文字学为主，也要学习应付科举考试的八股文和试帖诗。到了清代晚期，则又加入了不少自然科学方面的课程。

可以想象，这种极有弹性的教学方式，很能酿造出一种令人心醉的学习气氛，而这种气氛，有时可能比课程本身还能熏陶人、感染人。

三

书院所有课程的最终走向，是要塑造一个个品行端庄的文化人。

对于这一点，统领过白鹿洞书院和岳麓书院的大哲学家朱熹有过系统的思考。他说，人性皆善，但在社会上却分成了善的类别和恶的类别，因为每个类别里风气和习惯不同，熏染而成。只有教学，能够从根本上弘扬善的风气和习惯，让人们复归于善。他又说，教学能改变一个人的气质，使他能够从修身出发，齐家、治国。

正是出于朱熹所说的这个理想，很多杰出的学者都走进书院任教，把教书育人和自己的研究融为一体。

一一六七年八月，朱熹本人从福建崇安出发，由两名学生随行，不远千里向岳麓山走来。因为他知道比自己小三岁的哲学家张栻正主讲岳麓书院。他们以前见过面，畅谈过，但还有一些学术环节需要进一步探讨。朱熹希望把这种探讨与书院的教学联系在一起。

朱熹抵达岳麓书院后就与张栻一起进行了著名的"朱张会讲"。所谓"会讲"是岳麓书院的一种学术活动，持不同学术观点的学派在或大或小的范围里进行探讨和论辩，学生也可旁听。果然如朱熹预期的那样，会讲既推动了学术，又推动了教学。

朱熹和张栻的会讲是极具魅力的。当时一个是三十七岁，一个是三十四岁，一个徽州婺源人，一个四川绵竹人，却都已跻身中国学术文化的最前列，用高超的哲学思维探讨着人性的秘密。他们在会讲中有时连续论争三天三夜都无法取得一致意见。两种浓重的方言，一种是夹杂着福建口音的徽州话，一种是四川话，但听讲的湖南士子都毫无倦意。

除了当众会讲外，他们还私下交谈。所取得的成果是：两人都越来越佩服对方，两人都觉得对方启发了自己。

《宋史》记载，张栻的学问"既见朱熹，相与博约，又大进焉"；而朱熹则在一封信中说，张栻的见解"卓然不可及，从游之久，反复开益为多"。朱熹还用诗句描述了他们两人的学术友情：

忆昔秋风里，
寻盟湘水旁。
胜游朝挽袂，
妙语夜连床。

别去多遗恨，
归来识大方。
惟应微密处，
犹欲细商量。
…………

（《有怀南轩老兄呈伯崇择之二友二首》）

这种由激烈的学术争论所引发的深厚情谊，实在令人神往。

除了与张栻会讲外，朱熹还单独在书院讲学。当时朱熹的名声已经很大，前来听讲的人络绎不绝。不仅讲堂中人满为患，甚至听讲者骑来的马都把池水饮干了，所谓"一时舆马之众，饮池水立涸"。

朱熹除了在岳麓书院讲学外，又无法推却一江之隔的城南书院的邀请，只得经常横渡湘江。张栻怕他寂寞，愉快地陪着他来来去去。这个渡口，当地百姓后来就名之为"朱张渡"。此后甚至还经常有人捐钱捐粮，作为朱张渡的修船费用。两位教育家的一段佳话，竟如此深入地铭刻在这片山川之间。

"朱张会讲"后七年，张栻离开岳麓书院到外地任职，但没有几年就去世了，只活了四十七岁。张栻死后十四年，即一一九四年，朱熹在再三推辞而未果后，终于接受了"湖南安抚使"的职位，再度来长沙。要么不来，既然来到长沙做官，就一定要把旧游之地岳麓书院振兴起来。

这时离他与张栻"挽袂"、"连床"，已经整整隔了二十七年。两位青年才俊不见了，只剩下一个六十余岁的老人。但是今天的他，德高望重又有职有权，有足够的实力把教育事业按照自己的心意整治一番，为全国树立一个榜样。他聘请自己满意的人来具体负责书院事务，扩充招生名额，为书院置学田五十顷，并参照自己早年为庐山白鹿洞书院制定的学规颁发了《朱子书院教条》。如此有力的措施接二连三地施行下来，岳麓书院再度显现出一派繁荣。

朱熹白天忙于官务，夜间则渡江过来讲课，回答学生提问，从不厌倦。他与学生间的问答由学生回忆笔记，后来也成为学术领域的重要著作。被朱熹的学问和声望所吸引，当时岳麓书院已云集学者千余人。朱熹开讲的时候，每次都到"生徒云集，坐不能容"的地步。

每当我翻阅到这样的一些史料时总是面有喜色，觉得中国历史在战乱和权术的旋涡中，还有高洁典雅的篇章。只不过，保护这些篇章要拼耗巨大的人格力量。

就拿书院来说吧，改朝换代的战火会把它焚毁，山长的去世、主讲的空缺会使它懈弛，经济上的入不敷出会令它困顿，社会风气的诱导会让它变质，有时甚至远在天边的朝廷也会给它带来意想不到的灾难。

朝廷对于高层次的学术文化教育，始终抱着一种矛盾心理：有时会真心诚意地褒奖、赏赐、题匾；有时又会怀疑这一事业中是否会有知识分子"倡其邪说，广收无赖"，最终构成政治上的威胁。因此，历史上也不止一次地出现过由朝廷明令"毁天下书院"、"书院立即拆去"的事情。（参见《万历野获编》、《皇明大政纪》等资料）

四

种种风波，当然都会落在那些教育家头上，让他们短暂的生命去活生生地承受。说到底，风波总会过去，教育不会灭亡，但对具体的个人来说，置身其间实在需要有超人的意志。

譬如朱熹，我们前面已经说到他以六十余岁高龄重振岳麓书院时的无限风光，但实际上，他在此前此后一直蒙受着常人难以忍受的诬陷和攻击。他的讲席前听者如云，而他的内心则积贮着无法倾吐的苦水。

大约在他重返长沙前的十年时间内，他一直被朝廷的高官们攻击为"不学无术，欺世盗名，携门人而妄自推尊，实为乱人之首"。中国总有一些文人喜欢对着他们无法企及的文化大师动刀，而且总是说他们"不学无术"，又总是说他们有"政治问题"。

幸好有担任太常博士的哲学家叶适站出来说话。叶适与朱熹并不是一个学派，互相间观点甚至还很对立，但他知道朱熹的学术品格，便在皇帝面前斥责那些诬陷朱熹的人"游辞无实，谗言横生，善良受害，无所不有"，才使朱熹还有可能到长沙来做官兴学。

朱熹在长沙任内大兴岳麓书院的举动，还是没有逃过诬陷者们的注意。就在朱熹到长沙的第二年，他向学生们讲授的理学已被朝廷某些人宣判为"伪学"。再过一年，朱熹被免职，他的学生也遭逮捕。有一个叫余嚞的人甚至上奏皇帝要求处死朱熹：

> 枭首朝市，号令天下，庶伪学可绝，伪徒可消，而悖逆有所警。不然，作孽日新，祸且不测，臣恐朝廷之忧方大矣。

这个与我同姓的人，居然如此祸害一个大文化人，实在是"余门之耻"。

又过一年，"伪学"进一步升格为"逆党"。朱熹的学生和追随者都被记入"伪学逆党籍"，不断有人被拘捕。这时朱熹已经回到了福建，他虽然没有被杀，但著作被禁，罪名深重，成天看着自己的学生和朋友一个个地因自己而受到迫害，心里的滋味可想而知。

一一九七年官府即将拘捕他的得意门生蔡元定的前夕，他闻讯后当即召集一百余名学生为蔡元定饯行。席间，有的学生难得哭起来了，而蔡元定却从容镇定，表示为自己敬爱的老师和他的学说去受罪，无怨无悔。

朱熹看到蔡元定的这种神态很是感动，席后对蔡元定说：我已老迈，今后也许难与你见面了，今天晚上与我住在一起吧。

这天晚上，师生俩在一起竟然没有谈分别的事，而是通宵校订了《参同契》一书，直到东方发白。

蔡元定被官府拘捕后杖枷三千里流放，历尽千难万苦，死于道州。一路上，他始终记着那次饯行、那个通宵。

世间每个人都会死在不同的身份上，却很少有人像蔡元定，以一个地地道道的学生身份，踏上生命的最后跑道。

既然学生死得像个学生，那么教师也就更应该死得像个教师。蔡元定死的当年，一一九八年，朱熹避居东阳石洞，还是没有停止讲学。有人劝他，说朝廷对他正虎视眈眈呢，赶快别再召集学生讲课了。他笑而不答。

直到一二〇〇年，他说：我越来越衰弱了，想到那几个好学生都已死于贬所，而我却还活着，真是痛心，看来也支撑不了多久了。果然这年四月二十三日（农历三月初九），他病死于建阳。

这是一位真正的教育家之死。他晚年所受的灾难完全来自学术和教育，对此，他的学生们最清楚。当他的遗体下葬时，散落在四方的学生都不怕朝廷禁令纷纷赶来。不能来的，也在各地聚会纪念。官府怕这些学生议论生事，还特令加强戒备。

不久之后，朱熹又备受朝廷推崇——那是后话，朱熹自己不知道了。让我振奋的，不是朱熹死后终于被朝廷所承认，而是他和学生面对磨难竟然能把"教师"和"学生"这两个看似普通的称呼，展现得如此透彻。

五

对于一个真正的教育家来说，自己受苦受难不算什么。他们在接受这个职业的同时，就接受了苦难。最使他们感到难过的，也许是他们苦苦企盼的"千年教化之功"，很可能失败。

这是因为，人性、人格的造就总是生命化的，而一个人的生命又总是有限。一个生命的终结，也可以看成是几十年教学成果的断绝。这就是为什么几个学生之死会给朱熹带来那么大的悲哀。当然，被教师塑造成功的优秀学生会在社会上传播美好的能量，但这并不是教师所能有效掌握的。一定还会有很多学生成为有文化的不良之徒，不断剥蚀社会文明，使善良的教师不得不天天为之而自责。

我自己，自从四十多年前的那个傍晚闯入岳麓书院后，也终于做了教师，一做三十余年，其间还在自己毕业的母校——一所高等艺术学院担任了几年院长，说起来也算是尝过教育事业的甘苦了。我到很晚才知道，教育固然不无神圣，但并不是一项理想主义、英雄主义的事业。一个教师所能做到的事情十分有限。我们无力与各种力量抗争，至多在精力许可的年月里守住那个被称作学校的庭院，带着为数不多的学生参与一场陶冶人性、人格的文化传递，目标无非是让参与者变得更像一个真正意义上的人。但是，面对这个目标，又不能期望过高。

突然想起了一条新闻，法国有个匪徒闯进了一家幼儿园，要以引爆炸药为威胁向政府勒索钱财。全世界都在为幼儿园里孩子们的安全担心，而幼儿园的一位年轻的保育员却告诉孩子们，这是一个没有预告的游戏。她甚至把那个匪徒也解释成游戏中的人物。结果，直到事件结束，孩子们都玩得很高兴。

保育员无力与匪徒抗争，她也没有办法阻止这场灾难，她所能做的，只是在一个庭院里铺展一场温馨的游戏。

孩子们也许永远不知道这场游戏的意义，也许长大以后会约略领悟。我想，这就是教育工作的一个缩影。面对社会历史的风霜雨雪，教师掌握不了什么，只能暂时地掌握这个庭院、这间课堂、这些学生。

青云谱

一

在中国文化史上，江西的地位比较奇特。初一看，它既不响亮，也不耀眼，似乎从来没有成为全国向往的文化热土，就像河南、陕西、山东、江苏、浙江、北京、上海等地那样。但是如果细细寻访，就会发现它是多重文化经络的归置之地。儒家的朱熹和白鹿洞书院自不必说，即使是道家和佛家，江西都有领先全国的道场。在文学戏剧上，从陶渊明到汤显祖，皆是顶级气象。

总之，江西在文化上呈现出一种低调的厚实，平静的富有，不事张扬的完备。这种姿态，让我尊敬。

南昌郊外的青云谱，又为江西的蕴藏增加了一个例证。

二

青云谱原是个道院，主持者当然是个道士，但原先他却做过十多年和尚，做和尚之前他还年轻，是明朝皇室的显赫后裔。

不管他的外在身份如何变化，历史留下了他的一个最根本的身份：十七世纪晚期中国最杰出的画家。

他叫朱耷，又叫八大山人、雪个等，是明太祖朱元璋第十七个儿子朱权的后代。在朱耷出生前两百多年，朱权被徙封于南昌，这便是青云谱出现在南昌郊外的远期原因。

说起来，作为先祖的朱权虽然贵为皇子却也是一个全能的艺术家，而且也信奉道教。但是，可怜的朱耷已面临着朱家王朝的最后覆没，为道为僧，主要是一种身份遮蔽，以便躲在冷僻的地方逃避改朝换代后的政治风雨，静静地在生命绝境中用画笔营造一个精神小天地。

究竟是一个什么样的院落，能给一部艺术史提供那么多的荒凉？究竟是一些什么样的朽木、衰草、败荷、寒江，泄露着画家道袍里裹藏的孤傲？我带着这些问题去寻找青云谱，没想到青云谱竟然相当热闹。

此处不仅有汽车站，而且还有个小火车站。当日道院如今园圃葱翠，屋宇敞亮。游客以青年男女居多，他们没有在朱耷作品前长久盘桓，大多在花丛曲径间款款缓步。突然一对上了年岁的华侨夫妇被一群人簇拥着走来，说是朱耷的后代，满面戚容，步履沉重。我不无疑惑地投去一眼，心想，朱耷既做和尚又做道士，使我们对他的婚姻情况很不清楚。后来好像有过一个叫朱抱墟的后人，难道你们真是朱抱墟之后？即便是真的，又是多少代的事啦，如此凄伤的表情毕竟有点儿夸张。

这一切也不能怪谁。有这么多的人来套近乎，热热闹闹地来纪念一位几百年前的孤独艺术家，没有什么不好。然而无可奈何的是，这个院落之所以显得如此重要的原始神韵，已经很难复制。这是世界上很多名人故居开放后共同遇到的难题。

到青云谱来之前，我也经常想起他。为此，有一年我招收研究生时出过一道知识题："略谈你对八大山人的了解。"一位考生的回答是："中国历史上八位潜迹山林的隐士，通诗文，有傲骨，姓名待考。"

把八大山人说成是八位隐士我倒是有所预料，这道题目的"圈套"也在这里；把中国所有的隐士一并概括为"通诗文，有傲骨"，十分有趣；至于在考卷上写"待考"，我不禁哑然失笑了。

与这位考生一样的隔膜感，我从许多参观者的眼神里也看了出来。他们知道朱耷重要，却不知道他的作品好在哪里。这样潦倒的随意涂抹，与他们的欣赏习惯差距太大。

因此，青云谱其实是一个艰深的课堂。

三

对于中国绘画大匠如林，我个人特别倾心的，除了元代的黄公望外，就是从晚明至清这一段。朱耷就出现在这个阶段中。

在此前漫长的绘画发展历史上，当然也是佳作迭出。但是，如果要说到艺术家个体生命的强悍呈现，那就不得不把目光投向徐渭、朱耷、原济以及"扬州八怪"等人身上了。

并不是画到了人，就一定能触及生命。中国历史上有过一些很出色的人物画家，如顾恺之、阎立本、吴道子、张萱、周昉、顾闳中，等等，我都很喜欢，但总的说来，他们笔下的人物与他们自己的生命未必有直接的关联。他们强调"传神"，但主要也是"传神"地在描绘着一种异己的人物，并不是本人灵魂的酣畅传达。在这种情况下，反倒是山水画、花鸟画，更有可能展示画家的内心世界。

山水花鸟原是人物画的背景和陪衬。当它们独立出来之后，大多喜欢表现"诗中有画，画中有诗"的美学意境，基本格局比较固定。多数画家也就把心力倾注在"笔墨趣味"上了。

"笔墨趣味"能够导致高雅，但毕竟还缺少一种更强烈、更坦诚的生命激情。有没有可能出现另一种作品，让苦恼、焦灼、挣扎、痴狂在画幅中燃烧，人们一见便可以立即发现画家本人，并且从生命根本上认识他们，就像中国人在文学上认识屈原、李白，就像欧洲人在美术上认识罗丹、毕加索和凡·高？

不少学者认为，中国艺术讲究怨而不怒、哀而不伤，正好与西方艺术的分裂呼号、激烈冲突相反。对此，我一直存有怀疑。我认为，世界上的艺术分三种：一种是"顺境挥洒"，一种是"逆境长叹"，一种是"绝境归来"。中国绘画不应该永远没有第三种。

果然，到了文化专制最为严重的明清时代，它终于出现了。

很多年以前北京故宫博物院举办过一次画展，我在已经看得十分疲倦的情况下突然看到徐渭的一幅葡萄图，精神陡然一振。后来又见到过他的《水墨牡丹图》、《黄甲图》、《月竹》和《杂花图》（长卷）。他的生命奔泻在淋漓的笔墨间，后面游动着千般不驯、万般无奈。在这里仅说"笔墨趣味"，显然是远远不够了。

对徐渭我了解得比较多。他实在是一个才华横溢的大艺术家，但人间苦难也真是被他尝尽了。他由超人的清醒走向佯狂，直至有时真正的痴癫。他曾自撰墓志铭，九次自杀而未死。他还误杀过妻子，坐过六年多监狱。他厌弃人世、厌弃家庭、厌弃自身，产生了特别残酷的生命冲撞。他的作品，正是这种生命冲撞所飞溅出来的火花，正是我所说的"绝境归来"的最好写照。

明确延续着这种美学格调的，便是朱耷。他实际的遭遇没有徐渭那样惨，但作为大明皇帝的后裔，他的悲剧性感悟却比徐渭更加辽阔。

他的天地全部沉沦了，只能在纸幅上拼接一些枯枝、残叶、怪石，张罗出一种地老天荒般的残山剩水，让一些孤独的鸟、怪异的鱼暂时躲避。

这些鸟鱼完全挣脱了秀美的美学范畴，夸张地袒露其丑，以丑直锲人心，以丑傲视甜媚。它们是秃陋的、畏缩的，不想惹人，也不想发出任何音响。但它们却都有一副让整个天地都为之一寒的白眼，冷冷地看着，而且把这冷冷的看当作了自身存在的目的。

它们似乎又是木讷的、老态的，但从整个姿势看又隐含着一种极度的敏感。它们会飞动，会游弋，会不声不响地突然消失。

毫无疑问，这样的物象，走向了一种整体性的象征。

某些中国画家平素在表现花鸟虫兽时也常常追求一点儿通俗的具体象征。例如，牡丹象征什么，梅花象征什么，喜鹊象征什么，老虎象征什么，等等。这是一种层次很低的符号式对应，每每坠入陈词滥调，为高品位的画家们所鄙弃。看了朱耷的画，就知道其间的差异在哪里了。

四

比朱耷小十几岁的原济也是明皇室后裔，用他自己的诗句来说，他与朱耷都是"金枝玉叶老遗民"。人们对他比较常用的称呼是石涛、大涤子、苦瓜和尚。他虽与朱耷很要好，心理状态却有很大不同，精神痛苦没有朱耷那么深。很重要的一个原因，是他与更广阔的自然有了深入接触，悲剧意识有所泛化。

当这种悲剧意识流泻到他的笔墨之间，则呈现出一派沉郁苍茫、奇险奔放的气象，局面做得比朱耷还大。

这就使他与朱耷等人一起，与当时画坛的正统潮流形成鲜明对照，构成了很强大的时代性冲撞。有了他们，中国绘画史上种种保守、因袭、精雅、空洞的画风都显得萎弱了。

徐渭、朱耷、原济这些人，对后来的"扬州八怪"影响极大，再后来又滋养了吴昌硕和齐白石等近现代画家。中国画的一个新生代的承续系列就这样构建起来了。我深信这是中国艺术史上最有生命力的激流之一，也是中国文化在沉闷的明清之际所呈现的一种反叛。

齐白石有一段话，使我每次想起都心头一热。他说：

> 青藤（徐渭）、雪个（朱耷）、大涤子（原济）之画，能横涂纵抹，余心极服之。恨不生前三百年，或为诸君磨墨理纸。诸君不纳，余于门之外饿而不去，亦快事也。

早在齐白石之前，郑燮（板桥）就刻过一个自用印章，其文为"青藤门下走狗"。

这两件事，说起来都带有点儿痴癫劲头，而实际上却道尽了这股艺术激流在中国绘画史上多么难于遇见，又多么让人激动。

为了朝拜一种真正的艺术生命，郑、齐两位高傲了一生的艺术家，连折辱自己的生命也在所不惜了。由此可知，世上最强烈的诱惑是什么。

五

我在青云谱的庭院里就这样走走想想，也消磨了大半天时间。面对着各色各样很想亲近朱耷却又看不懂朱耷的游人，我想，事情的症结还在于我们一直没有很多强健的作品去震撼他们，致使他们常常过着一种缺少艺术激动的生活。因此说到底，还是艺术首先疏离了他们。

什么时候，我们身边能再出几个那样的画家，他们强烈的生命信号照亮广阔的天域，哪怕普通老百姓也会由衷地热爱他们；即便只是冷冷地躲在一个角落，几百年后的大师们也想倒赶过来，做他们的仆人？

什么时候，徐渭的"绝境归来"将由紫霞迎接，朱耷的孤寂心声将由青云谱就？

上海人

一

近代以来，上海人一直是中国一个非常特殊的群落。他们有许多心照不宣的生活秩序和心理规则，说得好听一点儿，可以称为"上海文明"，说得通俗一点，也可以说是"上海腔调"、"上海派头"。一个外地人到上海，不管在哪里，很快就会被辨认出来。

同样，几个上海人到外地去，往往也显得十分触目。

全国有点儿离不开上海人，又都讨厌着上海人。不管东南西北，几乎各地都对上海人没有太好的评价。精于盘算、能说会道、骄傲排外、缺少热情、吝啬自私、时髦浮滑、琐碎俗气，如此等等，加在一起，就是外地人心中的上海人。

上海人被骂的由头还有很多。比如，不止一个骚扰了全国的政治人物、帮派头子是从上海发家的，你上海人还有什么话说？不太关心政治的上海人便惶惶然不再言语，偶尔只在私底下嘀咕一句："他们哪里是上海人？都是外地来的！"

但是，究竟有多少地道的上海人？真正地道的上海人就是上海郊区的农民和渔民，而上海人又瞧不起"乡下人"。

于是，上海人陷入了一种无法自拔的尴尬。这种尴尬远不是自今日起。依我看，上海人始终是中国近代史开始以来最尴尬的一群。

二

上海人的尴尬，责任主要不在上海人。

这首先应该归因于中国文化对近代的不适应。上海人身上的半近代半传统、半国际半乡土的特质，使他们成了中国文化大家庭中的异数。照例，成为异数的命运是不好的，但上海人似乎又有点儿明白，当时的中国文化在国际近代化进程中更是异数，异异得正，因此产生了一点儿小小的得意劲儿。

在我看来，上海文明的早期代表者，在物质意义上，是十三世纪的纺织改革家黄道婆；在精神意义上，是十七世纪的官员科学家徐光启。黄道婆使上海成为一个以纺织业为中心的商贸重镇，而徐光启则以惊人的好学和包容游走在科学、国学、朝廷、外邦之间，为后代上海人的正面品质打下了很好的基础。

这实在是一个让人不敢相信的生命组合体。你看，他那么认真地向欧洲传教士们学习了西方的数学、天文学、测量学、水利学，自己参与翻译，还成了虔诚的天主教徒，但与此同时，他在朝廷为官也越做越大，当上了礼部尚书和文渊阁大学士。在双重背景的繁忙中，他还一丝不苟地编写了中国农业科学的集大成之作《农政全书》和天文历法的鼎新奠基之作《崇祯历书》。他去世时，朝廷深深哀悼、追封加谥，而他的墓前又有教会立的拉丁文碑文。这么一个贯通中西、左右逢源的大人物，在日常饮食起居上又非常节俭，未曾有过中国官场习惯的铺张浪费。

他提供了一种历史可能。那就是，中国文化在十七、十八、十九世纪遇到的最大考验是如何对待西方文明，而徐光启以自己的示范表明，如果两方面都采取明智态度，就有机会避开大规模的恶性冲突。

可惜，历史走向了另一条路。

但是，就在恶性冲突之后，西方列强在上海发现了一个信奉天主教的家族会聚地，叫徐家汇。当初徐光启的示范没有被历史接纳，却被血缘遗传了。西方人对此深感惊喜，于是，徐家汇很快成了传播西方宗教、科学、教学的中心，在上海近代化过程中起到了巨大作用。遗传，又变成了历史。

徐光启的第十六代孙是个军人，他有一个外孙女叫倪桂珍，便是名震中国现代史的宋氏三姐妹的母亲。倪桂珍远远地继承了先祖的遗风，是一个虔诚的基督教徒，而且尤其擅长数学。她所哺育的几个儿女对中国社会的巨大影响，可以看作徐光启发端的上海文明的一次重大呈示。

很久失去自信的上海人偶尔在广播电视里听到宋庆龄、宋美龄女士讲话，居然是一口地道的上海口音，感到很不习惯。因为多年来上海的"官话"，主要是山东口音和四川口音。一个上海人只要做到了副科长，噔出来的一定已经不是上海话。

由宋庆龄、宋美龄女士的口音做推想，三四百年前，在北京，徐光启与利玛窦等传教士商议各种文化事项时，操的也是上海口音。

三

对于一个严密封闭而又自以为是的中国而言，上海偏居一隅，不足为道。我们有两湖和四川盆地的天然粮仓，小小的上海缴不了多少稻米；我们有三山五岳安驻自己的宗教和美景，上海连一个峰峦都找不到；我们有纵横九州的宽阔官道，绕到上海还要兜点儿远路；我们有许多延续千年的著名古城，上海连个县的资格都年纪太轻……

但是，对于一个具有国际眼光的人而言，上海面对太平洋，背靠万里长江，可谓吞吐万汇，气势不凡。

直到十九世纪英国东印度公司的职员黎逊向政府投送了一份报告书，申述上海对新世界版图的重要性，上海便成为《南京条约》中开放通商的五口之一。一八四二年，英国军舰打开了上海。从此，事情发生了急剧的变化。上海出现了好几个面积不小的租界，西方文明挟带着种种恶浊一起席卷进来，破败的中国也把越来越多的赌注投入其间。

徐光启的后代一下子陷入了这种闹腾之中。一方面，殖民者、冒险家、暴发户、流氓、地痞、妓女、帮会一起涌现；另一方面，大学、医院、邮局、银行、电车、学者、诗人、科学家也汇集其间。黄浦江汽笛声声，霓虹灯夜夜闪烁，西装革履与长袍马褂摩肩接踵，四方土语与欧美语言交相斑驳，你来我往，此胜彼败，以最迅捷的频率日夜更替。这里是一个新兴的怪异社会，但严格说来，这里更是一个进出要道，多种激流在这里撞合、喧哗，卷成巨澜。

一代上海人，就在这种悖论中磕磕绊绊地成长起来了。

首先是遇到一个个案件。许多新兴思想家、革命者受到清政府追缉，逃到了上海的租界，于是两种法制体系冲突起来了。上海人日日看报，细细辨析，渐渐领悟了民主、人道、自由、法制、政治犯、量刑、辩论等概念的正常含义，也产生了对新兴思想家、革命者的理解和同情。

更具象征意义的是，上海的士绅、官员都纷纷主张拆去上海旧城城墙，因为它已明显地阻碍了车马行旅、金融商情。他们当时就在呈文中反复说明，拆去城墙，是"国民开化之气"的实验。当然有人反对，但几经争论，上海人终于把城墙拆除了。

与此同时，上海人拥有了与苏州私家园林完全不同的"公园"，懂得了即使晚间不出门也要缴纳公共路灯费。上海文化的重心转向报纸、出版、电影、广播和公私学校，并从一开始就走上了文化产业的道路。

后来，一场来自农村的社会革命改变了上海的历史，上海变得安静多了。走了一批上海人，又留下了大多数上海人，他们被要求与内地取同一步伐，并对内地负起经济责任。上海转过脸来，平一平心旌，开始做起温顺的"大儿子"。车间的机器在隆隆作响，上班的电车拥挤异常，大伙都累，夜上海变得寂静冷清。

为了延续"农村包围城市"的方略，大批内地农村的干部调入上海；为了防范或许会来自太平洋的战争，大批上海工厂迁向内地山区。越是冷僻险峻的山区越能找到上海的工厂，淳朴的山民指着工人的背脊笑一声："嘿，上海人！"

改革开放以来，广州人、深圳人、温州人快速富裕，腰包鼓鼓地走进上海。上海人有点儿自惭形秽，却又没有失去自尊，心想，要是我们上海人真正站起来，将是另一番景象。

也许是一种自我安慰，但我知道，他们是在守护一种经济之外的东西，那就是从近代以来逐渐形成的一系列心理品性。

四

上海人的心理品性，我想先讲三点。

第一点，也是最重要的一点，以个体自由为基础的宽容并存。

只要不侵碍到自己，上海人一般不去指摘别人的生活方式。比之于其他地方，上海人在公寓、宿舍里与邻居交往较少，万不得已几家合用一个厨房或厕所，互相间的摩擦和争吵却很频繁，因为各家都要保住自身的独立和自由。

因此，上海人的宽容并不表现为谦让，而是表现为"各管各"。

在道德意义上，谦让是一种美德；但在更深刻的文化心理意义上，"各管各"或许更贴近现代宽容观。承认各种生态独自存在的合理性，承认到可以互相不与闻问，这比原先中国文化中那种经过艰苦的道德训练而达到的谦让，更有深层意义。

为什么要谦让？因为选择是唯一的，不是你就是我，不让你就要与你争夺。这是大一统秩序下的基本生活方式和道德起点。为什么可以"各管各"？因为选择的道路很多，你走你的，我走我的，谁也不会吞没谁。这是以承认多元世界为前提的"共生契约"。

上海下层社会中也有不少喜欢议论别人的婆婆妈妈。但她们也知道，"管闲事"是被广泛厌弃的一种弊病。调到上海来工作的外地官员，常常会苦恼于如何把"闲事"和"正事"区别开来。在上海人心目中，凡是不直接与工作任务有关的个人事务，都属于别人不该管的"闲事"范畴。

上海人口语中有一句至高无上的反诘语，曰："关侬啥体？"意思是："关你什么事？"

在外地，一个姑娘的服饰受到同事的批评，她会就批评内容表述自己的观点，如"裙子短一点儿有什么不好"、"牛仔裤穿着就是方便"之类。但是一到上海姑娘这里，事情就显得异常简单：这是个人私事，即使难看透顶也与别人无关。因此，她只说一句"关侬啥体"，截断全部争执。说这句话的口气，可以是愤然的，也可以是娇嗔的，但道理却是一样。

在文化学术领域，上海学者大多不愿意去与别人"商榷"，或去迎战别人的"商榷"。文化学术的道路多得很，大家各自走着不同的路，互相遥望一下可以，干吗要统一步伐？这些年来，文化学术界多次出现过所谓"南北之争"、"海派京派之争"，但这种争论大多是北方假设的。上海人即使被"商榷"了也很少反击，他们心中回荡着一个顽皮的声音："关侬啥体？"

本于这种个体自立的观点，上海的科学文化在一开始总是具有可喜的新鲜性和独创性。但是，往往又"个体"得过了头，小里小气地不知道如何进入宏观规范，因此总是形不成合力、成不了气候。

五

上海文明的第二心理品性，是对实际效益的精明估算。

上海人不喜欢大请客，酒海肉山；不喜欢侃大山，神聊通宵；不喜欢连续几天陪伴着一位外地朋友，以示自己对友情的忠诚；不喜欢听大报告，自己也不愿意做长篇发言；上海的文化沙龙怎么也搞不起来，因为参加者一估算，赔上那么多时间得不偿失；上海人外出，即使有条件也不太乐意住豪华宾馆，因为这对哪一方面都没有实际利益……

凡此种种，都无可非议，如果上海人的精明只停留在这些地方，那就不算讨厌。

但是，在这座城市，你也可以处处发现聪明过度的浪费现象。不少人若要到市内一个较远的地方去，会花费不少时间思考和打听哪一条线路、换哪几次车的车票最为省俭，哪怕差三五分钱也要认真对待。这种事有时发生在公共汽车上，车上的旁人会脱口而出提供一条更省俭的路线，取道之精，恰似一位军事专家在选择袭击险径。车上的这种讨论常常变成一种群体性的投入，一个人的轻声询问立即引起全车一场热烈的大讨论，甚至争论得脸红脖子粗，实在是全世界各大城市都看不到的景观。公共宿舍里水电、煤气费的分摊纠纷，发生之频繁，上海很可能是全国之最。

可以把这一切都归因于贫困。但是，请注意，两方争执的金额差异，往往只是几分钱。他们在争执激动时一次次掐灭又一支支点燃的外国香烟，就抵得上争执金额的几十倍。

我发现，上海人的这种计较，大半出于对自身精明的卫护。智慧会构成一种生命力，时时要求发泄，即便对象是如此琐屑，一发泄才会感到自身的强健。这些可怜的上海人，高智商成了他们沉重的累赘。没有让他们去钻研微积分，没有让他们去设计程序图，没有让他们去操纵流水线，他们怎么办呢？去参加智力竞赛，年纪已经太大；去参加赌博，名声经济皆受累。他们只能耗费在这些芝麻绿豆小事上，虽然认真而气愤，也算一种消遣。

上海人的精明和智慧，构成了一种群体性的逻辑曲线，在这座城市的大街小巷中处处晃动、闪烁。快速的领悟力，迅捷的推断，彼此都心有灵犀一点通。电车里买票，乘客递上一角五分，绝不说到哪一站，只说"两张"，售票员立即撕下两张七分票，像是比赛着敏捷和简洁。如果乘客说"两张七分"，就有一点儿污辱了售票员的智商。你说得快，售票员的动作也快，而且满脸赞许；你说得慢，售票员的动作也慢，而且满脸不屑。

一切不能很快跟上这条群体性逻辑曲线的人，上海人总以为是"外地人"或"乡下人"，他们可厌的自负便由此而生。上海的售票员、营业员，服务态度在全国不算下等，他们让外地人受不了的地方，就在于他们常常要求所有的顾客都有一样的领悟力和推断力。凡是没有的，他们一概称之为"拎勿清"，对之爱理不理。

平心而论，这不是排外，而是对自身智慧的悲剧性执迷。

上海人的精明估算，反映在文化上，就体现为一种"雅俗共赏"的格局。上海人大多是比较现实的，不会对已逝的"国粹生态"过于痴迷，总会酿发出一种突破意识和先锋意识。他们有足够的能力涉足国内外精英文化领域，而他们的精明使他们更多地顾及现实的可行性。他们不愿意充当伤痕斑斑、求告无门的孤独英雄，也不喜欢长期处于曲高和寡、孤芳自赏的形态。

他们有一种天然的化解功能，把学理融化于世俗，让世俗闪耀出智慧。毫无疑问，这种化解也产生了大量负面效应，常常会使严谨缜密的理论懈弛，使奋发凌厉的思想圆钝，造成精神行为的疲庸。这种情况我们在上海文化中频频能够看到，而且似乎已经出现越来越严重的趋势。但是，在很多情况下，它也会使复杂的事情取得实质性进展。这可称之为文化演进的精明方式。

六

上海文明的第三心理品性，是习以为常的国际视野。

即使在过去还没有开放的时期，上海人面对国际社会的心理状态也比较平衡。他们从来没有鄙视过外国人，因此也不会害怕外国人，或表示出特别的恭敬。他们在总体上有点儿崇洋，但在气质上却不大会媚外。

中国不少城市称外国人为"老外"，这个不算尊称也不算鄙称的有趣说法，似乎挺密切，实则很生分，至今无法在上海生根。在上海人的口语中，除了小孩，很少把外国人统称为"外国人"，只要知道国籍，一般总会具体地说美国人、英国人、德国人、日本人。这说明，连一般市民，与外国人也有一种心理平等。

在我读中学的时代，中国社会几乎不与西方交往，但上海的中学对英语一直相当重视，即使当时几乎完全无用，也没有家长提出免修。

在"文革"动乱中，好像一切都灭绝了，但有几次外国古典音乐代表团悄悄来临，报纸上也没做什么宣传，不知怎么立即会卷起抢购票子的热潮。这么多外国音乐迷，原先都躲在哪儿呢？开演的时候，他们衣服整洁，秩序和礼节全部符合国际惯例，很为上海人争脸。

前些年举行贝多芬交响音乐会，难以计数的上海人竟然在凛冽的寒风中通宵排队。

两年前，我所在的学院试演著名荒诞派戏剧《等待戈多》，按一般标准，这出戏看起来十分枯燥乏味，国外不少城市演出时观众也不多。但是上海观众却能静静看完，不骂人，不议论，也不欢呼。其间肯定不少人完全看不懂，但他们知道这是一部世界名作，应该看一看，自

昨夜西风凋碧树，独上高楼，望尽天涯路。欲寄彩笺兼尺素，山长水阔知何处。

己看不懂也很自然，既不恨戏也不恨自己。一夜又一夜，这批去了那批来，平静而安详。

最讲实利的上海人在大视野的文化追求上可以不讲实利，依我看，这是上海与其他许多富裕地区的显著区别之一。

七

上海文明的心理特征还可以举出一些来，但从这几点，已经可以看出大概。

有趣的是，上海文明的承受者是一个复杂的群体。有的人居住在上海很久还未能皈依这种文明，有的人进入不久便神魂与共。这便产生了非户籍意义上，而是文化心理意义上的上海人。

无疑，上海人远不是理想的现代城市人。一部扭曲的历史限制了他们，也塑造了他们；一个特殊的方位释放了他们，又制约了他们。他们在全国显得非常奇特，在世界上也显得有点儿怪异。

在文化人格结构上，他们是缺少皈依的一群。靠传统？靠新潮？靠内地？靠国际？靠经济？靠文化？靠美誉？靠实力？靠人情？靠效率？他们的靠山似乎很多，但每一座都有点儿依稀朦胧。他们最容易洒脱出去，但又常常感到一种洒脱的孤独。

他们做过的或能做的梦都太多太多。载着满脑子的梦想，拖着踉跄的脚步。好像有无数声音在呼唤着他们，他们的才干也在浑身冲动，于是，他们陷入了真正的惶恐。

他们也感觉到了自身的陋习，憬悟到了自己的窝囊，却不知挽什么风、捧什么水，将自己洗涤。

他们已经倾听过来自黄土高原的悲怆壮歌，也已经领略过来自南疆海滨的轻快步履，他们钦羡过，但又本能地懂得，钦羡过分了，我将不是我。我究竟是谁？该做什么？整座城市陷入了思索。

前年夏天在香港参加一个国际会议，听一位中国问题专家说："我做了认真调查，敢于断言，上海人的素质和潜力，未必比世界上许多著名的城市差。"这种激励的话语，上海人已听了不止一次，越听心里越不是滋味。

每天清晨，上海人还在市场上讨价还价，还在拥挤的公共汽车上不断吵架。晚上，回到家，静静心，教导孩子把英文学好。孩子毕业了，出息不大，上海人叹息一声，抚摸一下自己斑白的头发。

八

续写上海新历史，关键在于重塑新的上海人。重塑的含义，是人格结构的调整。

对此，请允许我说几句重话。

今天上海人的人格结构，在很大的成分上是百余年超浓度繁荣和动乱的遗留。在二十世纪前期，上海人大大地见了一番世面，但无可否认，那时的上海人在总体上不是这座城市的主宰。上海人长期处于仆从、职员、助手的地位，是外国人和外地人站在第一线，承受着创业的乐趣和风险。众多的上海人处于第二线，观看着，比较着，追随着，参谋着，担心着，庆幸着，反复品尝第二线的乐趣和风险。也有少数上海人冲到了第一线，如果成功了，后来也都离开了上海。

直到今天，即便是上海人中的佼佼者，最合适的岗位仍是某家跨国大企业的高级职员，而很难成为气吞山河的第一总裁。上海人的眼界远远超过闯劲，适应力远远超过开创力。有大家风度，却没有大将风范。有鸟瞰世界的视野，却没有纵横世界的气概。

因此，上海人总在期待。他们眼界高，来什么也不能满足他们的期待，而到手的一切又都不愿意放弃。他们不知道，什么也不放弃就什么也得不到。对于自己的得不到，他们只能靠发发牢骚来聊以遣怀。牢骚也仅止于牢骚，制约着他们的是职员心态。

没有敢为天下先的勇气，没有统领全局的强悍，上海人的精明也就与怯弱相伴随。他们不会高声朗笑，不会拼死搏击，不会孤身野旅，不会背水一战。连玩也玩得很不放松，前顾后盼，拖泥带水。连谈恋爱也少一点儿浪漫色彩。

由于缺少生命感，上海人也就缺少悲剧性的体验，而缺少悲剧性体验也就缺少了对崇高和伟大的领受；他们号称偏爱滑稽，但也仅止于滑稽而达不到真正的幽默，因为他们不具备幽默所必须有的大气和超逸。于是，上海人同时失却了深刻的悲和深刻的喜，属于生命体验的两大基元对他们来说都颇为黯淡。

即便是受到全国厌弃的那份自傲气，也只是上海人对于自己生态和心态的盲目守卫，傲得琐琐碎碎、不成气派。真正的强者也有一份自傲，但是有恃无恐的精神力量使他们变得大方而豁达，不会只在生活方式、言谈举止上自我陶醉，冷眼看人。

总而言之，上海人的人格结构尽管不失精巧，却缺少一个沸沸扬扬的生命热源。于是，这个城市失去了烫人的力量，失去了浩荡的勃发。

可惜，讥刺上海人的锋芒，常常来自更落后的规范：说上海人各行其是、离经叛道；要上海人重返驯顺、重归一统。对此，胸襟中贮满了海风的上海人倒是有点儿固执，并不整个儿幡然悔悟。

暂时宁肯这样，也不要匆忙趋附。困惑迷惘一阵子，说不定不久就会站出像模像样的一群。

上海人人格结构的合理走向，应该是更自由、更强健、更热烈、更宏伟。它的依凭点是大海、世界、未来。这种人格结构的群体性体现，在中国其他城市还都没有出现过。

如果永远只有一个拥挤的职员市场，永远只是一个"新一代华侨"的培养地，那么，在未来的世界版图上，这个城市将黯然隐退。历史，从来不给附庸以地位。

失落了上海的中国，也就失落了一个时代。失落上海文明，是全民族的悲哀。

秋雨注

此文发表在二十年前。当时上海的改革开放还没有正式起步，上海人备受全国厌弃，连自己也失去了自信。因此，我在这篇文章中指出了上海人的历史地位和心理品性，从文化上对他们进行了全方位的鼓励，又指出了他们的致命弱点。文章发表后引起巨大反响，在此我要深深感谢上海市民。我对他们的严厉批评居然没有引起任何反感，这在中国各地"地域性敏感"越来越强烈的情况下，极不容易。

二十多年过去，上海这座城市已经发生了巨大变化。它在经济、金融、科技、制造、管理、治安方面的成就，举世瞩目，超出了我写这篇文章时的预期。但在文化上，却出现了让我深感遗憾的下行趋势。为什么会这样？我在《暮天归思》一书中，曾有一篇《文化的替身》略做探讨。

考古上海

一

上海的松江地区有一个广富林文化遗址，这是很多人不知道的。

上海的历史一般被说成是七百年。那是指一二九二年，元朝设立了上海县。

这是行政地理学上的概念。其实，更完整的历史应该越过这个概念大大地往前推。上海地区早在春秋战国时代，便是介乎吴、越之间的征战之地，西汉时代属海盐县，唐宋时代属华亭县。这是上海的"前史"。

但是，如果我们的目光拓展到人类生态学，那么，上海地区的"前史"就更早了。广富林文化遗址，可以确定已有四千年历史。

上海这座近代化的城市，居然出现了这么悠远的历史背景，就像车水马龙的街市后面突然出现了巨大的山影，把人吓了一跳。

广富林遗址为新石器时代长江下游的人类生态，提供了一个新的佐证。

中国进入新石器时代，大概在八九千年之前。中国现代考古学产生以后，有很长一段时间，人们对新石器时代的了解更多地集中在黄河流域，例如陕西、河南一带的仰韶文化，甘肃的马家窑文化，山东的大汶口文化，以及衍生于陕西、河南、山东的龙山文化。

为此，大家一直喜欢把黄河说成是中华文化的"母亲河"。这是对的，但并非唯一。

长江下游新石器时代文化的系统发现，是在二十世纪五十年代以后。其中良渚文化倒是早在三十年代就被发现了，但当时只认为是龙山文化的别支，到五十年代才被定名为良渚文化。

现在我们有信心说，在整个新石器时代，长江下游的文化遗址不仅丰富，而且已经可以完整地构成代代相续的系统。

据我本人的现场考察，最早的应该是我家乡余姚的田螺山文化遗址和河姆渡文化遗址。河姆渡文化遗址比较有名，开始于七千年前；田螺山文化遗址在河姆渡东边，是近几年发掘的，比河姆渡文化遗址还早了一千年左右，大约八千年前吧。

与河姆渡文化差不多时间，或稍后，浙江嘉兴一带又出现了马家浜文化。也有人认为，马家浜文化就来自河姆渡文化，渡了一条钱塘江。

又过了一千年，马家浜文化发展为崧泽文化。那就直接出现在上海地区了，中心遗址就在现在的青浦区。时间，大约在六千年前到五千五百年前。

崧泽文化终于又发展成了赫赫有名的良渚文化。良渚文化的中心遗址，在浙江杭州的余杭，时间从五千五百年前开始。正好与崧泽文化相接，延续到四千四百年前。

请看，从八千年前开始，几乎每一千年都有一种重要的文化出现，直到四千年前。长江下游的文化生态链，堪称完好。

二

良渚文化的遗址，我曾重点考察。

我一直认为，这是整个中国新石器时代最华贵生态的集中展现。除了精致的陶器和丝麻织物外，让现代人眼睛一亮的是各种精美的玉器。那些玉琮、玉璧，从造型设计到磨制雕刻技术，都达到了极高的审美等级。

由此可知，良渚社会中的上层贵族已经过着十分奢华的日子，而社会等级的划分也更明显了。这是良渚文化与它的母体崧泽文化的一个重大差别。

更重要的是，良渚文化证明，作为原始文化的核心"生活方式"，已经在很大程度上转变成"精神价值"，而"精神价值"的确认方式，是审美。

那种灵动和饱满，那种柔雅和力度，那种平衡和端庄，那种精巧和大气，直到几千年后的今天看来，仍是无法超越的经典。在现实生活中，似乎历史上的一切器物都可以超越了，唯独审美无法超越。这说明，文化中高层的精神价值、审美形态一旦出现，有可能比即时的"生活方式"更稳定、更不朽。

这种感觉，我在河南安阳面对商代的青铜器、玉器的时候也产生过，而且更加强烈。因为那儿有皇家聚集，更出气象。

其实，良渚文化的奢华在长江下游的新石器时代也不是绝无仅有。例如，安徽巢湖地区凌家滩文化中的水晶、玛瑙、玉器制品就都很精致。有的学者认为，为了寻求玉矿资源，这种奢华风尚从巢湖地区转移到太湖地区。良渚，以及早一点儿的崧泽，都属于"环太湖地区"。

但是，历史不知为何又一次出现了"黑屏期"。如此美轮美奂的良渚文化却突然崩溃了，崩溃得无影无踪。崩溃的时间，大约在四千四百年前。

在良渚文化以后，长江下游似乎进入到了一个空白时代。原来从田螺山、河姆渡、马家浜、崧泽到良渚的几千年传代系列，戛然而断。

到底发生了什么事情？不知道。

在文化史上，这是一种让人惊心动魄、屏息凝神，又哑口无言的"不知道"。

文化啊文化，你为什么来得那么完整、那么有序，又消失得那么突然？

一九五八年，上海松江农民在广富林村挖河的时候，发现一些古物。一九六一年正式进行考古发掘，被认定为良渚文化的延续。这就是说，良渚文化在崩溃之后，有一脉小小的遗留，落到了松江。

一个重大文化的依稀余音，一种在沉重的"不知道"之后的一点点"知道"，当然引人关注。

新世纪开始以来，又一次考古发掘在松江广富林地区开始。

这次考古发掘规模很大，初步结果发现，除了良渚文化的遗留，更多地看到了黄河流域龙山文化的遗迹。有一些陶器，应该来自河南、山东、安徽的交界地带。因此，广富林遗址也就不仅仅是良渚文化的余脉了，而成了一种融合了其他文化的独立存在。

三

要分析广富林文化的性质，我们还是要从良渚文化的崩溃原因上来推测。

我对于良渚文化崩溃的原因，大致有三种估计。

第一种估计，是生态原因。

邻近大海的长江下游，几千年前的洪涝灾害很容易摧毁人类还很脆弱的基本生态。从河姆渡文化开始，这一带以稻作生产为主。洪涝灾害极有可能引发海水倒灌（**后来钱塘江的海堤就是为了阻止海水频频倒灌而建造的**）。在良渚文化时代，人们还无法对付海水倒灌所造成的颗粒无收，只得四处逃命。在九死一生之中，也可能有一部分凭借着简单的木舟，去了远方。生存的机会虽然不大，但也不排除有一丝可能。遗址墓葬中可提取的 DNA，说不定能在今后的研究中追寻出惊人的线索。

如果将来哪一年，在太平洋的某个小岛上找到了良渚文化的基因留存，大家也不必奇怪。

说到生态灾难，我们不能不注意海滩边一种人类与自然纠缠的悲剧式建筑。

广富林文化遗址最显眼的，是干栏式建筑群的遗迹。干栏式建筑，我们从河姆渡文化遗迹中就能看到。这种建筑把住房筑于一排排木桩和竹桩之上，一般目的是防潮湿，防禽兽蛇虫，而重要目的是防另一种"潮"，那就是潮水。

这种干栏式建筑是一种智慧，也是一种挣扎。古人在江潮和海潮面前，采用了力所能及的自卫方法，但是，如果潮水再大一点呢？因此，干栏式建筑也是一种族群面临淹没的前兆。

从广富林遗址，似乎可以判断这是一个处于迁徙过程中的族群所在。甚至可以说，处处暴露出某种"生态逃难者"的痕迹。

正宗的良渚文化中，墓葬分类清晰有序：上层贵族有专属墓地；中、下层贵族虽无专属墓地却也在村落墓地间显而易见，而且拥有一些精美的陪葬品；而平民墓葬则以生活用品陪葬。但广富林的几处墓葬，不仅不存在统一规则，连墓主头颅的朝向都很杂乱，可见社会层级不高。或者，曾经社会层级很高的人群处于一种无可奈何的低级生态之中。

而且，从现在发掘的成果看，广富林文化延续的时间也不长，才一百多年时间吧。可见它处于一种脆弱的生态边缘，处于一种自然威胁之中。

第二种估计，是战争原因。

由那么多精美玉器装潢着的良渚文化，给自身划分了森严的等级和阶层，既强大又自傲，那就极有可能发动战争。当然，更有可能被别的群落觊觎而讨伐。

我在四川成都的金沙遗址中发现过良渚文化的玉琮，可见在遥远的古代，良渚的器物即便在良渚文化崩溃之后，也被各地君主所艳羡。艳羡管艳羡，但是不难想象，在当时的战争中，生态层次高的文化群落反而会显得软弱无力。人类历史上很多发达的文明就是如此湮灭的。

在考古现场，只要发现极度的奢侈，跟着就可能会发现灭绝的浩劫。《易经》和《老子》，就是对这种辽阔的地下世界的概括。于是，地下世界就成了地上世界的模式和预言。

松江广富林遗址中出现了明显的黄河流域的器物，这就很可能是征战的遗留。是良渚进攻了北方，还是北方进攻了良渚？都有可能。或一先一后，或回旋往返。这些问题的答案，就要期待对广富林遗址的进一步挖掘了。

广富林墓葬中有不少蜷曲的遗骸，我们还没有获得完全可信的解释。在考古挖掘中，类似的情况很多，有的还反背着手。这是一种巫术仪式吗？有可能，但我的意见，比较偏向于这是一种刑罚，而相对集中的存在，则可能与战争有关。

第三种估计，是信仰原因。

这种估计，与第一、二种估计相关。那就是，良渚文化在遇到生态灾难和战争灾难的时候，在集体精神上无法有效应付，走上了一条自我毁灭的道路。

那么，为什么会这样？一种比较可信的回答是，过于刻板而精细的社会结构，造成了控制能力的僵化。

那些精美玉器，多数是祭祀用的礼器。玉器和陶器上十分一致地刻着神人兽面神徽，证明良渚文化已摆脱了原始多神教的自然崇拜，躬行着一种以祖宗崇拜为基础的极端化神权信仰。

这种极端化神权信仰，既是文化的演进，又是文化的歧路。因为这种信仰使整个社会失去了发现危机、应对危机、战胜危机的能力。一旦有事，习惯性地依赖神权，当然只能走向灭亡。人类历史上有不少更大的文明，也正是由于这种极端化的神权信仰，而迅速破败。

可见，极端化信仰，或信仰的极端化，会放弃自身智慧，导致精神失控。

因华贵而刻板，因刻板而极端，因极端而盲目，因盲目而依赖，因依赖而低能，因低能而无措，这似乎是一种必然。

相比之下，松江广富林文化遗址中出现的黄河流域龙山文化的痕迹，却没有像良渚文化那么极端化的信仰标记。

龙山文化显得比良渚文化粗疏和落后，但又显得世俗和务实。历来，与极端化信仰相比，反倒是世俗和务实更有生命力。长江边的精致奇迹，为什么比不过黄河边的粗犷存在？这里埋藏着的兴衰玄机，至今仍有意义。

多年以来，我一直寻找着中国文明两条母亲河交融和撞击的前沿焦点。事实证明，这种寻找有些难度。约略找到一些，却又不是很早，缺少追根溯源的价值。松江广富林，是到目前为止两河文化相叠的最早遗址之一。我期待着在今后的挖掘中，能发现这方面更多的证据。

我说了，前面这几点都只是估计和推测。但粗粗一想，即便是这样，也已经具有不小的学术气象。你看，生态原因、战争原因、信仰原因，最后的结果是两条母亲河之间的文化叠加，这是一些多么重要的理论课题！对中国文化的研究，理应提升到更高的层次之上，而真正的高度又总是与始源性的探寻有关。

四

广富林文化遗址尽管现在还不太著名，而且与其他遗址相比，挖掘出来的物品也不是很多，但是，它却处于中国文化史一个极其关键的时段上。

四千年前，那是中国文化跨进成熟文明门槛的关键时刻，在中原，正值夏代。就严格意义上的"中华文明"而言，这个时段因文字、市邑、青铜器和相关制度的汇集，而成为一个重要起点。

长江下游的情况，与华夏文明的核心地区有着明显差异。那么，松江广富林，是一个绕不开的地点。

而且，这个时段，也是中国古代氏族社会逐渐解体的关键点。

总的说来，广富林文化的出现，对今天的上海文化来说有点儿突兀。上海的习惯性思维方式，缺少面对遥远古代的准备和兴趣。但是，我觉得身处文明古国，每一个大城市的合格市民都应该具备关心古代文化的基本素养，不管这种古代文化产生在什么区域，离自己的城市是近是远。

这儿所说的古代，是真正的古，也就是足以纵横数千年而不是局囿一百年，更不是开口闭口就是三十年代、民国时代、孤岛时代，而且越说越玄乎、越说越反胃。

为了摆脱琐碎和无聊，上海拥有一个长久性的考古现场是一件好事情，至少可以帮助上海人领略文化的初旨。初旨，是雄伟本性的豪迈起步。

身处生态危机频发的今天，现代上海人更可以从这些考古现场体会到数千年间曾经一再出现的生态环境威胁。然后，重新理解国际环保人士对于上海几十年后有可能面对的生态危机的提醒。

悠久的时间会经常敲响警钟：我们并不安全，尽管看起来是那么舒适和华贵。

五

以前，很多考古学家一再声明，考古学上的"文化"与一般意义上的"文化"是两回事。例如，河姆渡文化、良渚文化和广富林文化中的"文化"概念，和我们平常所说的"文化"就不一样。这种区分也许是必要的，但我今天要特别强调两者之间的共性。

考古学上的"文化"，是指由实物遗存证明的人类在地点和时间上的生态共同体。那么，一般意义上的"文化"是指什么呢？说法很多，著名的定义就有两百多种，但在我看来，应该仍然是指地点和时间上的生态共同体。

这里所说的生态，包括生活方式和精神价值两个方面。其中，什么样的生活方式能保存下来而进入文化，由精神价值的选择来决定。那么，地点和时间上的生态共同体，也就可以进一步称之为"以精神价值为核心的生态共同体"。

我把考古学上的"文化"和一般意义上的"文化"合为一体，是想以初旨为坐标，来提升一般意义上的"文化"的学术含量，防止它被大量表皮现象所肢解。现在，大家在"文化热"的潮流中，常常失去文化初旨，越讲越零碎，结果很可能以文化的名义败坏了文化。

我一直动员我的学生和其他文化界朋友稍稍关心考古，也是出于这个原因。考古，乍一看是爬剔远古时代的破残印痕，其实与当代生气勃勃的文化创造密切有关。

十九世纪的德国考古学家谢里曼（H. Schliemann）和英国考古学家伊文思（A. Evans），通过考古印证了《荷马史诗》中的描写，使人们知道千古诗情与野外挖掘的密切关系。他们也使欧洲文化重见源头、重知根脉、重获初旨。中国现代考古学开始以后，不少充满诗人情怀的文化人成了考古学家，例如王国维、罗振玉、刘鹗、郭沫若、陈梦家等等。由此可见，考古，是现代人对于自己邈远身世的大胆追寻，借以遥想祖先为什么要有文化。

江南小镇

一

　　我一直想写写这个题目，但又难于下笔。江南小镇太多了，一一拆散了看，哪一个都算不上重大名胜。但是如果全都躲开了，那就躲开了中国文化的一个生态秘密，非常可惜。

　　一说江南小镇，闭眼就能想见：一条晶亮的河道穿镇而过，几座灰白的石桥弓着背脊，黑瓦的民居挤在河边，民居的楼板底下就是河水，石阶的埠头一级级伸向水面，女人正在埠头上浣洗，离她们只有几尺远的乌篷船上正升起一缕缕炊烟，炊烟穿过桥洞飘到对岸，对岸河边上有一排又低又宽的石栏，几位老人正满脸宁静地坐在那里，看着过往船只……

　　从懂事开始，我就没有把这样的小镇当一回事。我家虽在农村，但离几个小镇都不远，走不了多久就到了，因此对它们都很熟悉。我在课堂上知道了很多重要地名，我和同学们都痴痴地想象着、向往着。听说离我们最近的小镇里有一位老大爷到过宁波和杭州，便敬若神明，远远地跟在后面学步，只奇怪他为什么到了好地方还要回来。

　　我小学毕业后到上海读中学，后来又进了大学，我们全家也搬到上海，成了地地道道的城里人。农村和小镇的事，渐渐淡忘。

但是，就在上大学的时候，遇到了一场被称为"文革"的民粹主义大劫难。父亲被关押，叔叔被害死，我作为长子不到二十岁却挑起了全家衣食重担。在波涌浪卷的口号、标语大海中，不知道明天的日子怎么过下去。

忽然被告知，必须立即到外地军垦农场服役改造。去了才知，那农场还是一片沼泽，我们必须跳到严冬的冰水里一锹锹挖土筑堤。宿舍也由自己用泥土和茅草搭建，在搭建的那些天，晚上就住在附近一个小镇的废弃仓库里。在泥地上铺一层稻草，那就是我们的床。

我十分疲惫地躺在地上，听到头边木板墙的缝隙中传来讲话的声音。懒懒地翻一下身子，从缝隙中看出去，发现那里是一个简陋的院落。小小一间屋子面对着河流，一对年轻的夫妻进进出出。他们淘米、炒菜，然后说笑几句，慢慢吃饭。他们都不漂亮，但头面干净，意态平静，可能是哪家小商店的营业员和会计吧。还没有孩子，估计是新婚，从年龄看，和我们差不多。

这个纯属小镇的景象，实在把我镇住了。我把脸贴在缝隙上，看了很久很久。

没有故事情节，没有生离死别，没有惊心动魄，有的只是平常和平静。但是，对于身处灾难中的我，却在这里发现了最渴望的境界。几年的生死挣扎不知在追求什么，这一下，如蓦然悟道，如醍醐灌顶，如荒漠遇泉，如沧海见帆，终于明白，天下灾难的发生，各有原因，而共同的结果都是破坏了日常生活的平静。直到被暴力破坏了，才更加疼惜，直到在木墙缝隙中看到图像，才彻底相信。

我躺在铺着稻草的泥地上，突然想起了莎士比亚的《麦克白》。

麦克白夫妇黑夜杀人篡权，天亮了，城堡中响起了敲门声。这敲门声与他们的行为毫无关系，很可能是送牛奶的人在敲邻近的门。但是，麦克白夫妇听到后惊恐极了。不是惊恐罪行暴露，而是惊恐黎明来临。

在黑夜城堡里，他们出于贪欲而进入可怕的梦魇，因此，只有最平常的市井声音才能把他们从梦魇中惊醒。惊醒后再反观自己，吓坏了。其实，《麦克白》演出时，台下的观众听到这黎明的敲门声也都会心里一抖，因为观众在前几个小时也进入了梦魇般的心理程序，同样被敲门声惊醒。

一百多年前有一位英国学者托马斯·德·昆西（T. De Quincey），在童年时观看《麦克白》时，很奇怪自己为什么会被最普通的敲门声所感染，长大后不断回忆、思考、研究，终于写出了一篇论文《论〈麦克白〉中的敲门声》，成了世界莎士比亚研究中的重要文献。我在大学里认真读过这篇文章，此刻又想了起来。

一想起就明白，我被一对最普通夫妻的日常生活所震撼，也是因为听到了"敲门声"。小镇的敲门声，正常生活的敲门声，笃笃笃，轻轻的，隐隐的，却灌注全身。

江南小镇的最典型画面，莫过于陈逸飞先生的油画作品《故乡的回忆》了。他画的是江苏昆山周庄，但那并不是他真正的故乡。他与我同乡，我们的另一位同乡作家三毛，一到周庄，也热泪盈眶。可见，故乡未必具体，也未必定向。只要让人听到那种敲门声，便是最深刻的故乡。

不管怎么说，既然陈逸飞先生起了头，周庄总得去一趟。

二

像多数江南小镇一样，去周庄，坐船才有味道。

我约了两个朋友，从青浦淀山湖的东南岸雇了条船，向西横插过去。走完了湖，就进入了河网地带。

在这里，纵横交错的河流就像人们可以随脚徜徉的大街小巷。一条船一家人家，悠悠地走着，丈夫在摇船，妻子在做饭，女儿在看书，神情都很安静。其中有一条船的船头坐着两个打扮光鲜的老太太，像是走亲戚去的，我们的船驶得有点儿快，把水溅到一个老太太的新衣服上了，老太太撩起衣服下摆，嗔色指了指我们。我们连忙拱手道歉，老太太立即笑了。

我们的船慢了下来，因为河道上已经越来越挤，头上掠过的石桥越来越多。已经到了一个集镇，当然，是周庄。

两岸的房屋都很老派，一眼看去，多数应该是明、清两代民居的格局，但奇怪的是，没有颓败之相。那么多兵荒马乱的岁月，好像都被删略了，瓦楞、木窗、小吃、声调，都是曾祖父们留下的，至今变化不大。沿河码头很多，那几个特别像样的码头，通向一幢幢大宅子，那气派，只能是明代的了。

找一个码头上岸，那宅子很深，叫沈厅，听说是明代初年江南首富沈万三（山）后人的住所。原来沈万三就是周庄人，一想到他，你就会觉得小镇不小。

岂止不小。想当年明太祖朱元璋定都南京，颁旨大修城墙，沈万三居然主动承担三分之一的费用。小小的周庄，就这样扛起了大大的京城。对这件事，朱元璋当然笑逐颜开，但眼角又闪过几分猜忌。

沈万三毕竟是商人，在朝野一片赞扬声中昏了头，乐颠颠地又拿出一笔钱要"犒赏军队"。

这下朱元璋发怒了："你是什么东西？军队是你犒赏得了的吗？"下令杀头，后来据说因皇后劝阻，改旨发配云南。于是，这位中国十四世纪的理财大师，再也没有回到周庄，客死遥远的戍所。

今天走在周庄的小街上，不免想起大家都想过的一个问题：沈万三那么多钱，是从哪里来的？传说很多，我比较相信，是因为海外贸易。周庄靠近长江口、杭州湾的地理位置，是我做出这样判断的原因之一。黄道婆从海南回来，刚从这里上岸，而郑和的远航，不久之后也将从这里出发。

如果真是这样，那么，江南小镇实在是气吞万里了。万里间的贸易带来了万般钱财，最后，竟把自己的生命也弃之于万里之外。

这么一想，我们必须对街边河道上的那些木船刮目相看了。一船船梦想和宏图，一船船货物和白银，一船船辛酸和眼泪，一船船押解和永别，全部在这码头上搬上搬下。

大多是夜晚，手脚很轻，话语很少，只有月亮看见了，却又躲进了云层。

承受过大发达、大富裕、大冤屈、大悲苦，小镇路上的鹅卵石被多少踉跄的脚步磨砺，早就一颗颗在微风细雨中大彻大悟。外来游人必须明白，小镇的朴实和低调，并不是因为封闭和愚钝。

三

上午看完了周庄，下午就去了另一个小镇同里。

同里比周庄挺展、精致，于是进一步明白，周庄确实被沈万三案件吓得不轻，灰帽玄衣几百年。同里没有受过那么大的惊吓，有点儿扬扬自得，尽管也很有分寸。

同里有一个"退思园"，是任兰生的私家园林，已有一百多年历史。一进门就喜欢，原因是静。

我去的时候，上海到这里还没有直达的长途汽车。苏州近一点儿，但自己有太多园林，当然很少有人过来。因此，退思园，静得只有花石鱼鸟、曲径树荫。

静，是多数古典艺术的灵魂，包括古典园林在内。现代人有能力浏览一切，却没有福分享受真正的静，因此也失却了古典灵魂。估计今天的退思园，已经不会像我去的时候那么安静了。大量外来游客为了求静而破坏了静，但这是无可奈何的事，怪不了谁，只是想起来有点儿伤心。

当时我被安静感动，连迈步都变得很轻。就这么轻轻地从西大门走进去，越走越惊讶。总以为走完这一进就差不多了，没想到一个月洞门又引出了一个新空间。而且，一进比一进更妥帖。

静而又静，加上深而又深，这就构成了一种刻意营造的隐蔽，一种由层层高墙围起来的陶渊明和林和靖。隐蔽需要山水，这个园林构建了人造的山水模型。

那么，退思园的主人任兰生是一个什么样的人呢？他是同里人，官做得不小，授资政大夫，赐内阁学士，管理过现今安徽省的很大一块地方。后来遭弹劾而落职回乡，造了这个园林。造园的费用不少，应该都来自安徽任上的吧？但是中国古代官场有一种"潜规则"，不管多少钱财，用于回乡造园了，也就不再追究。因为这证明主人已经无心京城仕途，给了别人一种安全感。或者说，用一种故意营造的退息安全，换取了同僚们的心理安全。因此，江南小镇中的这种园林，也是宫殿官衙的一种附属结构。

任兰生为了让京城同僚们更加放心，为园林起了一个宣言式的名字：退思。语出《左传》"进思尽忠，退思补过"。但任兰生强调的，只是那个"退"字。

这种官场哲学，借由一种园林美学实现，实在很有意思。今天远远看去，任兰生毕生最大的功业，就是这个园林。但是，他是主人，却不是营造者。营造者叫袁龙，我们应该记住他的名字。他是同里本地人，任兰生用他，是"就地取材"。那么多江南小镇，为什么至今仍然具有很高的游观价值？因为处处都有一个个"袁龙"。他们大多籍籍无名，只把自己的生命，遗留成了小桥流水的美学。那一进进月洞门，正是这部美学的章章节节。

四

退思园外的同里镇，还有很多古老建筑，像崇本堂、嘉荫堂、耕乐堂等等，都与隐退有关。但是，隐退于官场，并非隐退于历史，江南小镇也有可能成为时代转折的思维重镇。

例如，说得近一点儿，从十九世纪晚期到二十世纪前期，这些小镇就很有一点儿动静。

在周庄，我匆匆看了一下早年参加同盟会的叶楚伧（1887—1946）的故居。在同里，则看到了另一位同盟会会员陈去病（1874—1933）

的老宅。陈去病与柳亚子（1887—1958）一起建立过文学团体"南社"，参与过辛亥革命和反帝制复辟的运动，因此我以前也曾稍稍注意。

我知道在同里镇三元街的老宅中，陈去病组织过"雪耻学会"，发行过梁启超的《新民丛报》，还开展过同盟会同里支部的活动。秋瑾烈士在绍兴遇难后，她的密友徐自华女士曾特地赶到这里，与陈去病商量如何处置后事。当时，在这些小镇的码头上，一艘艘小船在神秘出没，船缆重重一抖，牵动着整个中国的精神前沿。

那天，陈去病又撩着长衫上船了，他是去拜访柳亚子。柳亚子住在同一个县的黎里镇。拜访回来，他用诗句记述了这次会面：

梨花村里叩重门，

握手相看泪满痕。

故国崎岖多碧血，

美人幽咽碎芳魂。

茫茫宙合将安适，

耿耿心期只尔论。

此去壮图如可展，

一鞭晴旭返中原！

这便是那些小船所负载的豪情。

因此，我们切莫小看了小镇的平静和慵懒。任兰生所说的"退思"，也有可能出现以"思"为重的时节；这篇文章开头所说的黎明的敲门声，敲的也许是历史之门。

请看眼下，满村都是梨花，刚刚下船的陈去病用手拨过花枝，找到了柳亚子的家门，他一笑，便抬起手来，去轻拍门环……

当代文人都喜欢挤在大城市里，习惯地接受全方位的"倾轧"。大家似乎什么也不缺，但仔细一想，却缺了那些河道、那些小船、那些梨花，缺了那一座座未必是江南的"江南小镇"。随之，"江南小镇"也缺了那些诗句、那些身影、那些灵魂。

也许，文化应该重敲小镇之门？小镇应该重敲文化之门？

希望有一天，打开中国的山河地图，满眼都散落着星星点点的人文光亮，到处都密布着四通八达的诗情河道。因此，人人都想整装远行，人人都想解缆系缆，人人都想轻轻敲门。

伞下侗寨

我在国内的文化考察，是从边远地区开始的。后来，随着一个个研究专题的深入，渐渐偏重于古往今来的一些发达地区。这是必要的，但也容易迷失。发达是一种聚集，聚集是一种重复，重复是一种规范，因此极有可能失去文化真正的独立性。不仅如此，聚集中常常会有智能互耗，把一个个简易的问题引向繁杂。结果，看起来文化浓度很高的地方，反而缺少本真的大文化。

于是，我又要向边远地区旅行了。

一

这是翠绿群山间的一个小盆地，盆地中间窝着一个几百户人家的村寨。村寨的房屋全是黑褐色的吊脚楼，此刻正朦胧着灰白色的雾气和炊烟。把雾气和炊烟当作宣纸勾出几笔的，是峭拔的钟楼。

钟楼底层开放通透，已经拥挤着很多村民和过路客人，因为在钟楼边的花桥上，另一些村民在唱歌，伴着芦笙。

唱歌的村民一排排站在花桥的石阶上，唱出来的是多声部自然和声，沉着、柔和、悦耳。这些村民有一年被选到法国巴黎的国际合唱节里去了，才一开口，全场屏息，第二天巴黎的报纸纷纷评论，这是中国所有歌唱艺术中最容易被西方接受的一种。

不知道法国人的这种评论是不是有点儿夸张，但从法国回来后，村民们唱得比平时更来劲了。路人远远一听就知道：嘿，侗族大歌！

不错，我是在说一个侗族村寨，叫肇兴。地图上很难找得到，因此我一定要说清它在地球上的准确方位：东经109°10′，北纬25°50′。经纬交会处，正是歌声飘出的地方。

唱歌的村民所站立的花桥，也叫"风雨桥"，很大，顶盖十分讲究，两边的桥栏是两溜长椅。不管风晨雨夕还是骄阳在天，总有不少村民坐在那里观看河景，说说笑笑。此刻，桥头的石阶变作了临时舞台，原来坐在桥栏边的村民没有起身，还是坐着，像是坐在后台，打量着自己的妻子、女儿、儿子的后脑勺。

这些站在桥头石阶上唱歌的村民中，不同年龄的妇女都穿上了盛装。中年妇女的服装比较收敛，是黑色为底的绣花衣；而站在她们前面低一级石阶上的姑娘们，则穿得华丽、精致，配上一整套银饰，光彩夺目。据说，姑娘们自己织绣多年的大半积蓄，父母亲赠予她们的未来妆奁，都凝结在这套服装中了。这里的财富不隐蔽，全都为青春在叮叮当当、闪闪烁烁。

领唱的总是中年妇女，她们的表情比较严肃，但她们的歌声在女儿辈的身上打开了欢乐的闸门。我一遍遍地听，当地的侗族朋友在我耳边轻轻地介绍着歌曲内容，听下来终于明白，这样的歌唱是一门传代的大课程。中年传教给青年，青年传教给小孩，歌是一种载体，传教着人间的基本情感，传教着民族的坎坷历史。像那首《珠郎和娘梅》的叙事长歌，就在向未婚男女传教着什么是爱情，什么是忠贞，为了爱情与忠贞应该做出什么样的抗争，付出什么样的牺牲。

歌声成了民族的默契、村寨的共识、世代的叮咛。但是，这种叮咛从来不是疾言厉色，而是天天用多声部自然和声完成。这里所说的"多声部自然和声"已不仅仅是一个音乐概念，而是不同年龄间的一种共同呼应、集体承认。

这里的课本那么欢乐，这里的课程那么简明，这里的教室那么敞亮，这里的考试那么动人。

这所永恒的学校，大多以女性为主角，男性是陪衬者，唱着雄健有力的歌，作为对母亲、妻子、女儿世代叮咛的见证。他们更以芦笙来配合，不同年龄的男子高高矮矮地吹着大小不一的芦笙，悠悠扬扬地搀扶着歌声走向远处。女性们获得了这样体贴的辅佐，唱得更畅快了。

我听一位在村寨中住了几年的外来人说，在这里，几乎每天在轻轻的歌声中醒来，又每天在轻轻的芦笙曲中睡去。我一听就点头，因为我这几天住宿的那家干净的农家旅馆，边上就是一条河，时常有一群一丝不挂的小男孩在游泳，边游边唱。在近旁洗衣服的小女孩们不唱，只向小男孩们泼水。她们是主角，是主角就不轻易开口。明天，或者后天，她们就要周周正正地站在花桥石阶的最低一级与大人们一起歌唱了。那些小男孩还站不上去，只能在一边学吹最小的芦笙。

我们平日也可能在大城市的舞台上看到侗族大歌的演出，但到这里才知道，歌唱并不是什么"余兴节目"，而是全部生活的起点和终点，全部历史的凝练和传承，全部文化的贮存和展开。

二

歌声一起，吊脚楼的扇扇窗子都推开了，很多人站在自己家的窗口听。这个画面从鼓楼这里看过去，也就成了村寨歌会的辽阔布景。

石桥、小楼、窗口，这本来也是我家乡常见的图像。岂止是我家乡，几乎整个江南都可以用这样的图像来概括。但是，今天在这里我发现了一个重大差别。江南石桥边楼房的窗口，往往有读书人在用功。夜间，四周一片黑暗，只有窗口犹亮——我历来认为，那是文明传承的灯火。

我也曾经对这样的窗口灯火产生过怀疑：那里边攻读的诗文，能有几句被窗下的乡亲知晓？如果说这些诗文的功用是浮载着书生们远走高飞，那么，又留给这里的乡亲一些什么？

答案是，这些书生不管是发达还是落魄，不管是回来还是不回来，他们诵读的诗文与故乡村庄基本无关。因此，河边窗口的灯光对于这片土地而言，永远是陌生的、暂驻的，至少，构不成当时当地的"多声部自然和声"。

侗族长期以来没有文字，因此也没有那些需要日夜攻读的诗文。他们的诗文全都变成了"不著一字"的歌唱。这初一看似乎很不文明，但是我们记得，连汉族最高水准的学者都承认，"不著一字"极有可能是至高境界。

可以相信，汉族语文的顶级大师老子、庄子、陶渊明他们如果看到侗族村寨的生活，一定会称许有加、流连忘返。

与他们不同的是，我在这里还看到了文字崇拜所造成的另一种缺陷，那就是汉族的饱学书生几乎都不善于歌舞，更无法体验其中的快乐。太重的学理封住了他们的歌喉，太多的斯文压住了他们的舞步。生命的本性原来是载歌载舞的，在他们身上却被剥夺了大半。

欧洲的文艺复兴，其实是对于人类的健全和俊美的重新确认，从奥林匹亚到佛罗伦萨，从维纳斯到大卫，文字都悄悄地让了位。相比之下，中国的书生做了相反的让位。只有在边远的少数民族地区，才会重新展现生命的本质方面。

三

花桥石阶上的歌唱一结束，有一个集体舞蹈，歌者和观者一起参加，地点就在宽敞的鼓楼底下。这时才发现，在集体舞蹈围绕的圆心，也就是在鼓楼的中央，安坐着一圈黑衣老者。

老者们表情平静，有几个抽着长长的烟杆。他们是寨老，整个村寨的管理者群体。一个村民，上了年纪，又德高望重，就有资格被选为寨老。遇到村寨安全、社会秩序、村民纠纷、节日祭祀等方面的事情，鼓楼的鼓就会击响，寨老们就会聚集在这里进行商议。寨老中又有一位召集人，商议由他主持。寨老们做的决定就是最后决定，以示权威。

寨老们议事也有既定规范。由于没有文字，这些规范成为寨老们必须熟记的"鼓词"，也就是鼓楼下的协调规则。但这种规则一点儿也不枯燥，听起来很是有趣。石干城先生曾经搜集过，我读到了一些。其中一段，说到村寨的青年男女们在游玩中谈情说爱是理所当然的，而过度骚扰和侵犯却要受到处罚，很典型地展示了鼓词的风格。且引几句：

还有第二层，

讲的是男女游玩的事。

耳边插鸡尾，拉手哆耶，

墙后弹琵琶，相依唱歌，

倚身在门边，细语悄言，

不犯规矩，理所当然。

倘有哪个男人伸脚踩右，伸手摸左，

狗用脚爬，猫用爪抓，

摸脚掐手，强摘黄花，

这类事，事轻罚酒饭，

事重罚金银，罚他一百过四两。

这种可爱的规矩，本来就包含着长辈的慈祥口气，因此很有禅性。真正处罚起来，还要看事端的性质和事主的态度，有所谓"六重六轻"之分，因此就需要寨老们来裁决了。但是，处罚也仅止于处罚，没有徒刑。因为这里的侗族自古以来都没有警察，没有监狱。

寨老不是官员，没有任何特权。他们平日与村民一样耕种，养家糊口，犯了事也一样会受到处罚。他们不享受钱物方面的补贴，却要承担不小的义务。例如，外面来了一些客人，他们就要分头接到家里招待。如果每个寨老都接待了，还有剩余的客人，一般就由那位寨老召集人负责了。

我一边听，一边看着这些黑衣长者，心想，这就是我心中长久向往的"村寨公民社会"。

道家认为，一个社会，机构越简，负累也越简，规则越少，邪恶也越少。这个原则在这里得到了最好的体现。

我所说的"村寨公民社会"，还包括另一番含义，那就是，村寨是一个大家庭，谁也离不开谁。到街上走走，总能看到很多妇女一起织一幅布的情景。这里的织布方式是要拉开很长的幅度，在任何一家的门院里都完成不了，而是需要四五家妇女联手张罗。这到底算是一家织布几家帮忙，还是本来就是几家合织？不太清楚。清楚的是，长长的棉纱把好几家人家一起织进去了。

织布是小事，遇到大一点儿的事情，各家更会当作自己家的事，共同参与。

更让外来者惊讶的是，家家户户收割的粮食都不藏在家里，大家约定放在一个地方，又都不上锁。一位在这儿出生的学者告诉我，在侗语中，根本没有作为名词或动词的"锁"的概念。

入夜，我站在一个杉木阳台上看整个村寨，所有的吊脚楼都黑乎乎地融成了一色，不分彼此。这样的村寨是真正平静的，平静得连梦都没有。只待晨光乍露时第一支芦笙从哪一个角落响起，把沉睡了一夜的歌声唤醒。

四

我所站立的杉木阳台，是农家旅馆的顶层三楼，在村寨里算是高的了。但我越来越觉得，对于眼下的村寨，任何人都不能采取居高临下的考察视角。在很多方面，它比我们的思维惯性要高得多。如果说，文化生态是一门最重要的当代课程，那么，这儿就是课堂。

当地的朋友取笑我的迷醉，便在一旁劝说："还是多走几个村寨吧。"

我立即起身，说："快！"

离肇兴不远，有一个叫堂安的寨子。我过去一看便吃惊。虽然规模比肇兴的寨子小，但山势更加奇丽，屋舍更有风味。这还了得，我的兴头更高涨了。顺着当地朋友的建议，向西走很远很远的路，到榕江县，去看另一个有名的侗寨——三宝。

一步踏入就站住了。三宝，实在太有气势。打眼也是一座鼓楼，但通向鼓楼的是一条华美的长廊，长廊两边的上沿，画出了侗族的历史和传说。村民们每天从长廊走过，也就把祖先的百代艰辛慰抚了，又把民族的千年脚力承接了。这个小小的村寨，一开门就开在史诗上，一下子抓住了自己的荷马。

鼓楼前面，隔着一个广场，有一排榕树，遒劲、苍郁、繁茂，像稀世巨人一般站立在江边。后面的背景是连绵的青山，衬着透亮的云天。这排榕树，是力量和历史的扭结，天生要让世人在第一眼就领悟什么叫伟大。我简直要代表别的地方表达一点儿嫉妒之情了：别的地方的历史遗址，全都失去了生命的绿色。

在这排大榕树的左首，也就是鼓楼的右前方，有一座不大的萨玛祠。萨玛，是侗族的大祖母，至高无上的女神。

我早就推断，侗族村寨一定还有精神皈依。即使对寨老，村民们已经给予了辈分性、威望性的服从，却还不能算是精神皈依。寨老会更替，世事会嬗变，大家还是需要有一个能够维系永久的象征性力量，现在看到了，那就是萨玛。

问过当地很多人，大家对萨玛的由来和历史说法不一，语焉不详。这是对的，任何真正的信仰都不应该被历史透析，就像再精确的尺子也度量不了夜色中的月光。

我问村里几位有文化的时尚年轻人："你们常去萨玛祠吗？"

他们说："常去。遇到心里不痛快的事就去。"

"去了就能痛快一点儿？"我问。

他们笑了，说："对，什么事只要告诉她了，都成了小事。"

就这么边说边走，我们走进了萨玛祠。

我原想，里边应该有一座塑像，却没有。

眼前是一个平台，中间有一把小小的布伞，布伞下有很多鹅卵石，铺满了整个平台，平台边沿有一圈小布人儿。

那把布伞就是萨玛。鹅卵石就是她庇荫着的子孙后代，边沿上的小布人儿是她派出来守护子孙的卫士。

老祖母连自己的形象也不愿显露出来，全然化作了庇护的心愿和责任，这让我非常感动。我想到，世间一切老祖母、老母亲其实都是这样的，舍不得留给自己一丝一毫，哪怕是为自己画个像、留个影。

于是，这把伞变大了，悬浮在整个村寨之上。

一位从小就住在萨玛祠背后的女士走过来对我说，村民想把这个祠修得大一点儿，问我能不能题写"萨玛祠"的三字匾额。

我立即答应，并深感荣幸。

世上行色匆匆的游子，不都在寻找老祖母的那把伞吗？

我还会继续寻找生命的归程，走很远的路。但是，十分高兴，在云贵高原深处的村寨里，找到了一把帮我远行的伞。是鼓楼，是歌声，是寨老，是萨玛，全都乐呵呵地编织在一起了，足以挡风避雨、滤念清心，让我静静地走一阵子。

秋雨注

这篇文章在互联网上贴出后，据贵州省黔东南旅游局的负责人来电话说，当地的外来游客量立即上升了84%，多数游客都说是看了我的文章才去的。这件事让我很高兴。真的，我很希望我们的旅游能更多地向边远地区延伸，那儿有一些被我们遗忘已久的人文课题。

蚩尤的后代

一

中国哪里美女最多，我没有做过认真比较。但是，那次去贵州省雷江县的西江苗寨，实在被一种拥挤的美丽镇住了。那天正好是这里的"吃新节"，夏收刚刚结束，新米已经上灶，大家远远近近走在一起庆祝好年成。长廊上摆着一长溜看不到头的矮桌，村民们坐在两边吃吃喝喝，长廊外面的广场上有人已经载歌载舞。这本是寻常的村寨节日，但总觉得眼前有一种不寻常的光华在飘浮，定睛一看，那一长溜矮桌边上，居然全是数不清的美艳笑容，而广场上的歌舞者和观看者，更是美不胜收。

西江苗寨很大，一千多户，四五千人，因此这种美丽很成规模。

西江苗寨的女孩子知道自己长得好，以微笑来感激别人欣赏的眼神。她们喜欢这个青山环抱的空间，不愿意让自己的美丽孤零零地到外面去流浪，因此仪态一派平和。

不少中原人士总以为，少数民族女孩子的美属于山野之美、边远之美、奇冶之美。其实不然，西江苗寨女孩子美得端正朗润，反而更接近中华文明的主流淑女形象。如果不是那套银饰叮当的民族服装，她们似乎刚从长安梨园或扬州豪宅中走出。

更让我惊讶的是，问起她们的家史血缘，她们都会嫣然一笑，说自己是蚩尤的后代。

二

实在无法把这番美丽与"蚩尤"这两个字连在一起。

蚩尤是中华文明史上第一轮大战的主要失败者。打败他的，就是我们的共同祖先黄帝。因此，蚩尤成了最早的一个"反面人物"。蚩尤有时又被通指一个部落，那么这个部落也就成了一个"反面族群"。

胜利者在拥有绝对话语权之后，总会尽力把失败了的对手妖魔化。蚩尤就是被妖魔化的第一典型。

妖魔化到什么程度？《龙鱼河图》说：蚩尤和他的兄弟都是"兽身人语，铜头铁额，食沙石子，造立兵仗刀戟大弩，威震天下"。《述异记》说："蚩尤人身牛蹄，四目六手。"《玄女传》说："蚩尤变幻多方，征风招雨，吹烟喷雾，黄帝师众大迷。"《志林》说："蚩尤作大雾弥三日，军人皆惑。"……

这些妖魔化的言辞，被《史记正义》、《太平御览》、《广博物志》、《古今注》、《初学记》等重要著作引述，影响广远。

更严重的是，黄帝的史官仓颉在创造文字的时候，用两个贬斥性的文字给这个已经妖魔化了的失败者命名，那就是"蚩尤"。有学者检索了一系列最权威的汉语词典，发现这两个字的含义不外乎悖、逆、惑、谬、乱、异、劣、笨、陋、贱。显然，其间浇铸了太多的仇恨和敌意。蚩尤，是蒙受文字"恶谥"的第一人。

直到现在，我看到一些最新出版的历史书籍，还把蚩尤说成是远古时代"横行霸道"、"蠢蠢欲动"的力量。虽然，没有提供任何证据。

在越来越多的中国人认祖归宗、确认自己是黄帝子孙的今天，这种千年舆论更加难以动摇。

因此，当我听到西江苗寨的这些女孩子轻轻说出一声"我们是蚩尤的后代"时，简直惊心动魄。

她们却在平静地微笑。这种表情，能不能给我们的思维惯性带来一点儿启发？

三

天下的笑容没有年代。那么，就让我们随着这些女孩子的笑容，再一次回到中华文明的起点。

记得我早年在一次大灾难中躲避到家乡半山一个废弃的藏书楼里读书，不合时宜地猜想过黄帝的时代。既然猜想黄帝了，当然又会随之猜想他的两个对手，炎帝和蚩尤。但奇怪的是，同是军事上的死敌，黄帝的后代愿意把炎帝与黄帝合称为华夏祖先，自认为"炎黄子孙"，却不愿意把另一个对手蚩尤也纳入其中。

这是为什么？我想，最大的可能是，在那场与蚩尤的战争中，黄帝实在打得太艰难了。

根据一些零零星星的记载，黄帝击败炎帝只是"三战"而已，而后来平定天下也只经历了"五十二战"；但与蚩尤作战，连打"七十一战"仍然无法胜利。黄帝慌了，求告九天玄女："小子欲万战万胜，万隐万匿，首当从何起？"

这个求告既考虑到了战胜一途，也考虑到了隐匿一途，可见是不大有信心了。据说是九天玄女给黄帝颁下了一道制胜的神符，也有一种说法是九天玄女派出"女魃"来改变战场的气候，帮助了黄帝。

总之，这场战争打得惨烈无比，极有可能是蚩尤获胜，那么中华历史就要全面改写。正因为如此，黄帝及其史官必须把蚩尤说成是妖魔，一来可以为黄帝的久攻不克辩解，二来可以把正义拉到自己一边，杜绝后人去设想万一蚩尤胜利的另一种前途。

杜绝后人去设想另一种前途，这个意图很真实，因为蚩尤的部族很大。他是九黎族的首领，九黎族生活在今天山东西南部、江苏北部以及山西、河北、河南的黄河流域，人口众多，当然是诛杀不尽的。因此黄帝只能向他们宣告，他们以前的首领是妖魔，现在应该归附新的统治者。

黄帝这样做并没有错，他采取的是让华夏大地归于统一的必然步骤。如果是由炎帝或蚩尤来统一，也有可能实行差不多的策略。但是，当我们切实地想一想那个戴满恶名的蚩尤的真实下场，仍然未免心动。因为他也是黄河文明的伟大创建者。

我在河南新郑主持过中央电视台直播的黄帝祭祀大典，也到陕西祭拜过黄帝陵。但是，那位蚩尤究竟魂销何方？

据《黄帝内传》记载："黄帝伐蚩尤，玄女为帝制夔牛鼓八十而一震五百里，连震三千八百里。"这里所说的里程数当然不无夸张，难以定为史实，但那场战争规模极大、地域极广、驰骋极远，则是可以想见的。

蚩尤终于战败，被擒被杀。

据《山海经·大荒南经》及郑玄注，蚩尤被黄帝擒获后戴上了木质刑具桎梏（锁脚的部分叫桎，锁手的部分叫梏），长途示众。

蚩尤被杀后，桎梏被行刑者取下弃之山野。这副桎梏本来已在长途押解中渗满血迹，此刻更是鲜血淋漓。它很快就在弃落的山野间生根了，长成一片枫树，如血似火。

从此开始，更多壮美的传说出现了。

蚩尤倒下的地方，出现了一个湖泊，湖水有血色，又有咸味。宋代科学家沈括的《梦溪笔谈》有记：

> 解州盐泽，方百二十里，久雨，四山之水悉注其中，未尝溢。大旱，未尝涸。卤色正赤，在阪泉之下，俚俗谓之"蚩尤血"。

即便这仅仅是一种传说，也气壮山河。

当然，也有学者经过考证，认为长途示众、异地处决的说法并不可靠。

《皇览·冢墓记》有记载，"蚩尤冢"在东平郡寿张县阚乡城中，高七丈，民常十月祀之，有赤气出如匹绛帛，民名为"蚩尤旗"。由此开始，连天象学中也有了"蚩尤旗"的名称，特指一种上黄下白的云。《吕氏春秋》中就有这项记录。

有一项关于那场战争的记载更让我心动不已。那天，黄帝的军队包围住蚩尤，把他从马上拉下来，锁上桎梏，蚩尤也就最后一次放开了自己战马的缰绳。这是一员战将与自己真正战友的告别。据《帝王世纪》记载，这个地方从此就有了一个豪壮的地名，叫"绝辔之野"。我曾在台湾的《历史学刊》上读到历史学者宋霖先生就这个地名写下的一段文字。这段文字出现在历史论文中似乎有点儿突兀，但我非常理解宋霖先生难以压抑的心情。他是这样写的：

> 绝辔，割断缰绳，一任曾经驮载蚩尤纵横天下的剽悍战马，在溅满鲜血积满尸体的殷红荒原上踽踽蹰蹰，在铜青色天幕映照下，伴着清冷残血的旷野中长啸悲鸣。
>
> 中华五千年文明史上的第一场大战，就此落幕。

面对着远古的浩荡之气，再严谨的学者也不得不动用浩荡之笔。在那绛红的荒昧天际，历史、传说和文学，还分不清界限。

四

我问西江苗寨的两位年轻姑娘："你们说自己是蚩尤的后代，怎么跑到这里来了？"

这是一个逗乐的问题，本来不期待回答。而且我想，她们也回答不了。

没想到她们竟然回答了："打了败仗，一路逃呗。从黄河流域逃到长江流域，再逃到这里。朝廷的官兵在追杀，我们的人越逃越少，就这样啰。"

说完又是一阵笑声。用那么轻松的表情讲述那么残酷的历史，引起了我极大的兴趣。我就进一步问："正规的史书里可没有记载蚩尤后裔向这里迁徙的事情，你们能提供一点儿证据吗？"

"有啊，"她们还是那么快乐，"我们这里有一部传唱的苗族史诗叫《枫树歌》，说我们苗族的祖先姜央就是从枫树中生出来的。我们这里世世代代崇拜枫树，不准砍伐。你知道枫树就是蚩尤的桎梏吗？"

我听了一震，连说"知道"，心中立即浮现出黄河近旁那个由桎梏化为枫树的动人场景。

她们还在说："朝廷没追上我们，写不出来；苗族没有文字，记不下来。我们只要记住枫树就可以了。"

与她们分手后，我在西江苗寨的石阶路上边走边想：我们所熟悉的文本历史，遗落了太多重要的内容。你看，连中华文明最早的胜利者和失败者的历史，也只留下了一小半。

从影影绰绰的记述中可以看到，蚩尤失败后，他的部属九黎族被黄帝做了一次大范围的整编，大致被分为善、恶两类。"善类"迁移到邹鲁之地，也就是今天山东省的南部，后来这里产生了孔子、孟子；"恶类"被流放到北方，据说与后来的匈奴有关。不管"善类"、"恶类"，都记住了自己是九黎之后，是"黎民"。我们后来习称"黎民百姓"，也与此有关。

由此可知，蚩尤的部属并不都是南逃了，而是有很大一部分被收编进了黄帝的主流文明。而且，黄帝的后裔还与蚩尤的后裔有通婚之举。黄帝的后裔夏后氏，是后来夏朝的创立者。

但是，蚩尤的部属中，确实也有不屈的一群。他们保持着失败者后裔的傲岸，背负着祭祀先祖的使命，不惜与当权者征战。历史上那个与尧的队伍战斗在丹江的"三苗"部落，就自称是蚩尤的"九黎之后"，这有可能是苗族的祖先。

三苗打不过尧，曾经被尧收编，却又时时反抗，尧就把他们流放到现在敦煌的三危山，这就是《史记·五帝本纪》所记的"迁三苗于三危"。三苗的首领兜则被流放到崇山，即今天湖南张家界市的西南，已属武陵山区。

后来，禹又与三苗打了一场历时七十天的大仗，三苗大败，从此不见于史册。

不见于史册的族群，活动更加神秘。苏雪林教授认为，屈原所写的《国殇》，就是在描写祭祀无头的战神蚩尤。我虽然觉得还缺少更多的资料佐证，但想起来也觉得热血沸腾。

这一彪不屈的男女，当然不能见容于任何朝廷。如果真如上文所说，九黎族中果真有一批人被流放到北方汇入了匈奴的行列，那么，长期与匈奴为敌的汉王朝，也就进一步贬斥蚩尤形象，追逐南逃匈奴。南逃匈奴与落脚湖南的三苗有没有会合，我们不知道，但大体可以判断，就在汉代，三苗的一部分人进入了贵州、云南一带。

历史学家章太炎、吕思勉先生曾经认为，古代的三苗未必是现在的苗族。我知道他们也是因为没有找见足够的文字记录。但是，对于一个长期没有文字的族群而言，要留下这种记录几乎没有可能。我想，如果章太炎、吕思勉先生到西江苗寨走走，听听代代相传的史诗，看看奉若神明的枫树，也许会改变一点儿看法。

五

当然，更重要的是这里年轻人对于自己祖先的坦然确认。

这种确认，早已是一种代代相续的历史遗嘱。不管在草泽荒路，还是在血泊沙场，他们都会在紧要时刻念一句："我们是蚩尤的后代！"

"我们是蚩尤的后代！"

"我们是蚩尤的后代！"

……

这是无数黑夜的生命秘语。他们根本忘了什么是委屈，也不知道需要向什么人为自己的祖先辩护。全部辩护就在这句话里，只是为了自己族群的延续生存。

终于，黑夜过去了，秘语已经可以公之于光天化日之下。

经过千年蒸馏，不再有愤恨的印痕，不再有寻仇的火气，不再有诉苦的兴致，不再有抱怨的理由。

完全出乎意料的是，光天化日之下的蚩尤后代居然那么美丽。

几千年的黑夜逃奔，不就是为了维持生存吗？最后得到的，不是"维持生存"，而是"美丽生存"。

耳边又响起了欢快的嗓音："我们是蚩尤的后代！"

我想，蚩尤在此刻是大大胜利了，胜利在西江苗寨女孩子的唇齿间。

这种胜利，彻底改变了横亘于全部历史文本之间的胜败逻辑。

她们用美丽回答了一切。

六

在离开西江苗寨前，村寨的首领，年纪尚轻的世袭"鼓藏头"唐守成把我引到一个地方，去看从雷公坪上移下来的几片青石古字碑。

雷公坪是离村寨十五公里的一处高山坪坝，那里的整个山区被看成是天下电闪雷鸣的发源地，风景绝佳。西江苗族先民曾在那里居住，后来也轮番驻扎过苗族起义军和朝廷兵士。这几片青石古字碑，每个字都近似汉字笔画，细看却全然不识。难道素称无文字的苗族也一度拥有过文字？那又是在什么时代？使用过多长时间？使用范围多大？又为何终于消失？

我弯下腰去，仔细地对比了这些文字与西夏文字的区别，然后继续做各种猜测。

我又一次深深地感叹，留在已知历史之外的未知历史实在是太多了。因此，任何一种台面上的文明，即使看上去很显赫，也不要太得意、太自恋、太张狂。现在被过于热闹地称为"国学"的汉族主流文明，也同样如此。

有位当地学人告诉我，这些古字碑曾被一位汉族学人称为"孔明碑"，因为传说诸葛亮"七擒孟获"时到过这里。我想，这位前辈学人把诸葛亮可能来过这儿的传说当作了大事，似乎那些不可识文字也只有他才能刻写。其实，比之于黄帝及其对手蚩尤的伟大抗争，诸葛亮参与过的三国打斗只是一些没有太大意义的小阵仗。蚩尤的后代好不容易在这雷声轰鸣的山谷中找到了一个奇美无比的家园，千万不要让诸葛亮不合时宜地露脸了。那古字碑，一定与他无关。

我说，不要再叫"孔明碑"了，就叫"古字碑"吧。是不是苗文，也不要轻易论定。

正说着，两个只有七八岁的苗族小女孩奔跑到我跟前，一把拉住了我的手。其中一个仰头对我说："伯伯，我们的老师说，您是一个重要的文化人。您能不能告诉我，文化人是做什么的？"

我笑了，心想这么一个大问题该怎么回答呢？我的左手和右手，分别握着这两个小女孩肉乎乎的小手。过了片刻，我弯下腰去，说："听着，文化人做的事情是，热爱全人类和自己的民族，并且因为自己，使它们更美丽。"

我要她们重复一遍。第一遍她们都没有说顺，第二遍都说顺了。

我把手从她们的小手中抽出来，轻轻地拍拍她们的脸，然后与"鼓藏头"告别，踏上了归途。

到了坡上回头一看，西江苗寨已在黄昏的山色中模糊，很快就要找不到它了。

那就赶快记住：西江苗寨，在东经108°10′与北纬26°30′的交会处。

追回天籁

一

五月的草原，还有点儿冷。

在呼伦贝尔的一间屋子里，我弯着腰，置身在一群孩子中间。他们来自草原深处，都是少数民族。我已经问过他们的年龄，在五岁到十三岁。

把他们拉到我眼前的是王纪言先生。他六岁之前也是在呼伦贝尔度过的。现在他是个大忙人，成天穿梭般地往来于世界各大都市之间，但是，不管走到哪里，只要听到一两句有关草原的歌声依稀飘过，他就会骤然停步，目光炯炯地四处搜寻。他说，有关童年的其他记忆全都模糊了，剩下的就是一些断断续续的歌声。

人人都有童年，每个童年都有歌声。但是，大多数童年的歌声过于微弱，又容易被密集的街市和匆忙的脚步挤碎。值得羡慕的是蒙古草原，只有它的歌总是舒展得那么旷远而浩荡，能把游子的一生都裹卷在里边。

我有很多学生来自草原又回到了草原，因此我有幸一次次获得奇特的体验。有一年冬天，这些学生和他们的朋友们会集在北京，占满了一家餐厅的每一张桌子，我坐在他们中间。才欢叙几句，一个学生的喉头不经意地吐出了一句低低的长调，刹那间，整个餐厅就变成了一种此起彼伏、回荡涡旋的歌咏交响。我左顾右盼，目不暇接，最后只得闭起眼睛，承受着巨大的音响笼罩。笼罩四周的已不是一句句具体的歌声，而是一种忧郁、低沉而又绵远的气压。

这样的场合我后来又多次遇到。只要是与蒙古草原的朋友们坐在一起，不必很久，歌声总会慢慢响起。

唱到最后，他们都会加一首歌，是由席慕蓉作词、乌兰托嘎作曲的《父亲的草原母亲的河》。我相信，这是席慕蓉女士写那首短诗时没有预料到的。她在诗中告诉人们，父母亲即使把家庭带到了天涯海角，也会把描摹家乡作为教育孩子的第一课。结果，她只是在诗中轻轻地喊一句"我也是高原的孩子啊"，把茫茫一片大地都感动了。

能够让一个成年人自称"孩子"的可能是很难找到的，席慕蓉找到了，因此也让一大批人找到了。

二

眼前这些孩子大多来自僻远地区。

"家中没有牛羊，有一顶蒙古包，父母给别人家放羊……"孩子们在轻声回答询问。

现在我正抓着一双小手。他，脸庞清瘦、头发凌乱的鄂温克族男孩子巴特尔道尔吉，穿着一双小马靴。刚走出队列站定，缓慢的步子立即让全场肃静。他轻轻地闭上眼睛，又轻轻地张开了嘴，一种悠长的声调随即绵延而出：

茫茫大地无声无息，

心中的母亲在祈祷上苍。

她正为我向上苍献奶，

她正遥望着远方的远方。

我的母亲，

她在远方……

声音一起，这个孩子立即失去了年龄。几百年马背上的思念和忧伤顷刻充溢屋宇，屋宇的四壁不见了，千里草原上最稚嫩和最苍老的声音都在共鸣。

这个孩子还不识五线谱和简谱，他只是在繁忙的父母嘴边捡拾到一些歌声罢了，竟然能快速地连贯成自己最初的音乐生命。站在我身边的国际著名钢琴家刘诗昆先生轻声告诉我，他的音准无懈可击。

这究竟是怎么回事？

让人吃惊的事情不断在孩子们中发生。两个月前这里路过一个蒙古国的歌手，看到孩子们在唱歌，便送给孩子们一份描写森林里各种禽鸟生态的复杂歌谱，才教唱了两遍就匆忙回国了。歌谱放在老师那里，却不知怎么丢失了，大家没法再学，深感可惜。没想到站出来一个十二岁的小女孩，巴尔虎蒙古族的阿木日其其格，她说自己在跟唱两遍的时候已经能够全部背唱，请老师拿出纸笔记录。老师惊奇地记录着。后来歌谱的原稿找到了，一做对比，居然一字不差、一音不差。

这又是怎么回事？

不仅是唱歌，连舞蹈也是如此。这些刚刚集合在一起的孩子显然没有受过任何舞蹈训练，但是，他们的动作却展现出一种天然的韵律和节奏。有一个名叫娜日格乐的布里亚特蒙古族小女孩，才九岁，一举手一投足都渗透着公主般的高贵和娴静，让我们这些走遍世界各地的大人都感到非常奇怪。她的风度与她的经历基本没有关系，那么，她的风度就只能来自她的经历之前，或经历之外。

……

这些例证，很可能被人说成是天才。我想换一个字，是天籁。天才是个人奇迹，天籁是天生自然。天才并不常见，天籁则与人人有关。

今天中国文化艺术界失落很多东西，其中最重要的就是天籁。

三

在古代汉语中，籁，最早是指一种竹制的乐器。天籁，则把自然当作乐器了，是指自然之声。其实人也是自然的一部分，在他们还没有被阻塞、被蒙蔽、被扭曲的时候，最能感受自然生态，并且畅快地吐露出来。这样的人，常常被称为未失天籁，未失天真，未失天性。但是，这样的人越来越少了，大多只能从儿童之中、从边远地区的荒漠之间寻找。

这样的人，说得好听一点儿，是未受污染之人，说得难听一点儿，是未受教化之人。但是，他们是那么可爱、那么纯净、那么无拘无束、那么合乎艺术本性，不能不使我们一次次回过头来，对现代文明的所谓"教化"投去怀疑的目光。

现代文明当然也有很多好处，但显然严重地吞噬了人们的自然天性。密集的教学、训导、观摩，大多是在狠命地把自然天性硬套到一个个既成模式中去。

自然天性一旦进入既成模式，很少有活着出来的。只有极少数人在临近窒息之时找到一条小缝逃了出来，成了艺术上的稀世奇侠。

因此，现代文明不能过于自负。在人和自然的天性面前，再成熟的文明也只是匆忙的过场游戏，而且总是包含着大量自欺欺人的成分。例如，大家都以为艺术是现代文明的训练结果，但不妨静夜自问，我们每个人在学前的童年时代，就大致分得清美丑了，那又经受过什么训练？

同样，当我们幼稚的眼睛第一次面对自然美景时发出惊喜，也与后天的教育基本无关。

与什么有关？天性，天籁。

清代学者袁枚在《随园诗话》中说："天籁不来，人力亦无如何。"可惜我们现在看到的，尽是人力，尽是雕琢，尽是理念。

大家还以为，这才是进步，这才是文化。

这真让人着急。

我之所以数度接受中央电视台的邀请，担任全国青年歌手大奖赛的"文化素质总讲评"，就是想把这种着急之心系统地表达一下。因为每次长达四十多天，天天全国直播，收视观众上亿。我已经不能不借助于这么大的高台，来呼唤天籁。

歌手都很年轻，绝大多数受过严格的专业训练，拥有大专学历。但是，一旦让他们谈谈自己、谈谈父母、谈谈家乡、谈谈音乐，立即出现一种惊人的景象。多数人都不假思索，随口吐出，用词华丽，严重雷同。

我不能不对着电视镜头严峻地讲评道："你说了那么多描述妈妈的话，但很抱歉，我觉得你对自己的妈妈还缺少感情。因为你和其他四位歌手描述妈妈的话几乎完全重复，而世界上并不存在完全重复的妈妈。因此，尽管我相信你心中有一个真妈妈，但你口中出现的却是一个假妈妈。"

当然，我没有让他们及格。但我反复说明，这是在为一种越来越得意的伪文化打分，他们只是受害者。

受害者很多，从学校到官场都未能幸免，就像一场大规模的传染病。文化的传染病比医学上的传染病更麻烦，因为它有堂皇的外表、充足的理由、合法的传播，而且又会让每一个得病者都神采飞扬、双眼炯炯。

捷克前总统哈维尔说，只有得过重病的人才知道什么是健康，同样，只有见到过真正健康人的人才知道什么是疾病。真是天助我也，正当我深感吃力的时候，一些来自边远地区的少数民族歌手来到了我的讲台前。他们从服饰、语言到歌声都是原生态，显然没有受过什么训练，但一开口就把所有人的耳朵勾住了。

每支歌唱完，是我与歌手对话的时间。

这位少数民族女青年，二十来岁，汉语还说得相当生硬。我就简单问了她一个小问题："这首歌，是从妈妈那里学来的吗？"

"我妈妈不唱歌。"她迟疑了一下又说，"但她最会唱歌……"

"这是怎么回事？"我好奇地问。

"我爸爸原是村子里最好的歌手，他用歌声引来了另一个村子的最好歌手，那就是我妈妈。但是，在我出生不久，爸爸就去世了，妈妈从此就不再唱歌。"

几句结结巴巴的话，立即使我警觉，此刻正在面对一个重要的人生故事。

她还在说下去："前些天初赛，妈妈在电视中看到了，我刚回家，她就抱住了我。这时，我听到耳边传来低低的歌声。这是爸爸去世那么多年后她第一次开口，真是唱得好。"

仅仅这么几句，就已经让人震撼。两位歌王的天地姻缘，二十年的封喉祭奠，最后终于找到了再次歌唱的理由……。我还没有来得及厘清自己的感受，抬头看见这位歌手正等着我的讲评和打分。

我说："请代我问候你的妈妈——这位高贵的妻子、高贵的母亲！"

现场的掌声如山洪暴发，我看到很多担任评委的著名音乐家都在擦泪。我轻轻地加了两个字："满分。"

本来我还想通过电视问候那个村子里的乡亲。整整二十年，这些乡亲知道他们的女歌王为什么封喉，因此你一句、我一句地教会了她的女儿。但是，我要表达这种问候需要用不少语言，而当时比赛现场的浓郁气氛已容不得语言。后来才知道，当时几乎全国的观众都被这个故事感动了。

我想，这下，那些用空洞重复的套话来叙述自己父母亲的歌手，该知道我为什么不让他们及格了。

此刻，我在呼伦贝尔草原又想起了出过夫妻歌王的那个村庄。两个地方隔得很远，但它们的歌声却能互相听到，因为它们属于同一种美学范畴。

故 乡

一

　　稍识文墨的中国人都会背诵李白"床前明月光，疑是地上霜。举头望明月，低头思故乡"这首诗，一背几十年，大家都成了殷切的思乡者。

　　但是，写下中国第一思乡诗的李白自己，却总也不回乡。是忙吗？不是，他一生都在旅行，并没有承担什么职务，回乡并不太难，但他却老是不回。日本学者松浦友久说，李白一生都使自己处于"置身异乡"的体验之中，我看说得很有道理。

　　　　谁家玉笛暗飞声，

　　　　散入春风满洛城。

　　　　此夜曲中闻折柳，

　　　　何人不起故园情！

　　　　兰陵美酒郁金香，

　　　　玉碗盛来琥珀光。

　　　　但使主人能醉客，

　　　　不知何处是他乡。

诸般人生况味中非常重要的一项，就是异乡体验与故乡意识的深刻交糅，漂泊欲念与回归意识的相辅相成。

在一般意义上，家是一种生活；在深刻意义上，家是一种思念。只有远行者才有对家的殷切思念，因此只有远行者才有深刻意义上的家。

二

我的家乡是浙江省余姚县桥头乡车头村，我在那里出生、长大、读书，直到小学毕业离开。

十几年前，这个乡划给了慈溪县，因此我就不知如何来称呼家乡的地名了。在各种表格上填籍贯的时候总要提笔思忖片刻，十分为难。有时想，应该以我在那儿的时候为准，于是填了余姚；但有时又想，这样填了，有人到现今的余姚地图上去查桥头乡却又查不到，很是麻烦，于是又填了慈溪。当然也可以如实地填上"原属余姚，今属慈溪"之类，但一般表格的籍贯栏挤不下那么多字，即使挤得下，自己写着也气闷：怎么连自己是哪儿人这么一个简单问题，都说得如此支支吾吾、暧昧不清！

我不想过多地责怪改动行政区划的官员，他们一定也有自己的道理，但他们可能不知道，这种改动给四方游子带来的迷惘是难于估计的。就像远飞的燕子，当它们随着季节回来的时候，屋梁上的鸟巢还在，但似乎又有点儿不像，它们只能唧唧啾啾地在四周盘旋，盘旋出一个大问号。

早年离开时的那个清晨，夜色还没有退尽而朝雾已经迷蒙，小男孩瞌睡的双眼使夜色和晨雾更加浓重。这么潦草的告别，总以为会有一次隆重的弥补，事实上世间的一切都无法弥补，我就潦草地踏上了背井离乡的长途。

我家乡虽说属于余姚，实际上离余姚县城还有几十里地。余姚在村民中唯一可说的话题，是那儿有一所高山仰止般的医院叫"养命医院"。常言道，只能医病，不能医命。这家医院居然能够"养命"，这是何等的本事！村民们感叹着，却从来不敢梦想到这样的医院去看病。没有一个乡民是死在医院里的，他们认为宁肯早死多少年，也不能不死在家里。

乡间的出丧比迎娶还要令孩子们高兴，因为出丧的目的地是山间，浩浩荡荡跟了去，就是一次热热闹闹的集体郊游。这一带的丧葬地都在上林湖四周的山坡上，送葬队伍纸幡飘飘、哭声悠扬，一转入山岙全都松懈了，因为山岙里没有人家，纸幡和哭声失去了视听对象。山风一阵使大家变得安静也变得轻松，刚刚还两手直捧的纸幡已随意地斜扛在肩上。满山除了坟茔就是密密层层的杨梅树，村民们很在行，才扫了两眼便讨论起今年杨梅的收成。

杨梅收获的季节很短，超过一两天它就会泛水、软烂，没法吃了。但它的成熟又来势汹汹，在运输极不方便的当时，村民们唯一能做的事情就是放开肚子拼命吃。家家户户屋檐下排列着从附近不同山梁上采来的一筐筐杨梅，任何人都可以蹲在边上慢慢吃上几个时辰，嘟嘟哝哝地评述着今年各座山的脾性。哪座山赌气了，哪座山在装傻，就像评述着自己的孩子。

孩子们到哪里去了？他们都上了山，爬在随便哪一棵杨梅树上边摘边吃。鲜红的果实碰也不会去碰，只挑那些红得发黑但又依然硬扎的果实，往嘴里一放，清甜微酸、挺韧可嚼，打嘴啜足一口浓味，便把梅核用力吐出，手上的一颗随即又按唇而入。

这些日子他们可以成天在山上逗留，傍晚回家时一件白布衫往往是果汁斑斑，暗红浅绛，活像是从浴血拼杀的战场上回来。母亲并不责怪，也不收拾，这些天再洗也洗不掉，只待杨梅季节一过，渍迹自然消退，把衣服往河水里轻轻一搓便什么也看不见了。

孩子们爬在树上摘食杨梅，时间长了，满嘴会由酸甜变成麻涩。他们从树上爬下来，腆着胀胀的肚子，呵着失去感觉的嘴唇，向湖边走去，用湖水漱漱口，再在湖边上玩一玩。

上林湖的水很清，靠岸都是浅滩。梅树收获季节赤脚下水还觉得有点儿凉，但欢叫两声也就下去了。脚下有很多滑滑的硬片，弯腰捞起来一看，是瓷片和陶片，好像这儿打碎过很多很多器皿。一脚一脚蹚过去，全是。那些瓷片和陶片经过湖水多年的荡涤，边角的碎口都不扎手了。细细打量，釉面锃亮，厚薄匀整，弧度精巧，比平日在家用的粗瓷饭碗不知好到哪里去了。

这究竟是怎么回事？难道这里安居过许多钟鸣鼎食的豪富之家？但细看四周并没有任何房宅的遗迹，也没有一条像样的路，豪富人家的日子怎么过？捧着碎片仰头回顾，默默的山，呆呆的云，谁也不会回答孩子们。

孩子们用小手把碎片摩挲一遍，然后侧腰低头，把碎片向水面平甩过去，看它能跳几下。这个游戏叫作"削水片"，几个孩子比赛开了，神秘的碎片在湖面上跳跃奔跑，平静的上林湖犁开了条条波纹。不一会儿，波纹重归平静。

我曾隐隐地感觉到，故乡也许是一个曾经很成器的地方，它的"大器"不知碎于何时。碎得如此透彻，像轰然山崩，也像渐然家倾。为了不使后代看到这种痕迹，所有碎片的残梦都被湖水淹没。

我是一九五七年离开家乡的。吃过了杨梅，拜别上林湖畔的祖坟，便来到了余姚县城。也来不及去瞻仰一下心仪已久的"养命医院"，立即就上了去上海的火车。

那年我才九周岁，怯生生地开始了孤旅。我的小小的行李包中，有一瓶酒浸杨梅、一包霉干菜，活脱脱一个最标准的余姚人。一路上还一直在后悔，没有在上林湖里拣取几块碎瓷片随身带着，作为纪念。

三

我到上海是为了考中学。父亲原本一个人在上海工作，我来了之后不久全家都迁移来了，从此，回故乡的必要性已经不大，故乡的意义也随之越来越淡，有时，淡得几乎看不见了。

摆脱故乡的第一步，是摆脱方言。

余姚虽然离上海不远，但余姚话和上海话差别极大，我相信一个纯粹讲余姚话的人在上海街头一定步履维艰。余姚话与它的西邻绍兴话、东邻宁波话也不一样，记得当时在乡下，从货郎、小贩那里听到几句带有绍兴口音或宁波口音的话，孩子们都笑弯了腰，一遍遍夸张地模仿和嘲笑着，嘲笑天底下怎么还有这样不会讲话的人。村里的老年人端然肃然地纠正着外乡人的发音，过后还边摇头边感叹，说外乡人就是笨。

这种语言观念，自从我踏上火车就渐渐消解。因为我惊讶地发现，那些非常和蔼地与我交谈的大人听我的话都很吃力，有时甚至要我在纸上写下来他们才恍然大悟，哈哈大笑。笑声中，我讲话的声音越来越小，到后来甚至不愿意与他们讲话了。

到了上海，几乎无法用语言与四周沟通，成天郁郁寡欢。有一次大人把我带到一个亲戚家里去，那是一个拥有钢琴的富有家庭，钢琴边坐着一个比我小三岁的男孩儿，照辈分我还该称呼他表舅舅。我想同样是孩子，又是亲戚，该谈得起来了吧，他见到我也很高兴，友好地与我握手。但是才说了几句，我能听懂他的上海话，他却听不懂我的余姚话，彼此扫兴，各玩各的了。

最伤心的是我上中学的第一天，老师不知怎么偏偏要我站起来回答问题。我红着脸憋了好一会儿终于把满口的余姚话倾泻而出，我相信当时一定把老师和全班同学都搞糊涂了，完全不知道我在说什么。

等我说完，憋住的是老师。他不知所措的眼光在厚厚的眼镜片后一闪，终于转化出和善的笑意，说了声"很好，请坐"。这下轮到同学们发傻了，老师说了"很好"？他们以为上了中学都该用这种奇怪的语言回答问题，全都慌了神。

幸亏当时十岁刚出头的孩子都非常老实，同学们一下课就与我玩，从不打听我的语言渊源，我也就在玩耍中快速地学会了他们的口音。仅仅一个月后，当另外一位老师叫我站起来回答问题的时候，我说出来的已经是一口十分纯正的上海话了。短短的语言障碍期跳跃得如此干脆，以至于我的初中同学直到今天还没有一个人知道，我是从余姚赶到上海来与他们坐在一起的。

这件事现在回想起来仍让我感到非常惊讶。我竟然一个月就把上海话学地道了，而上海话又恰恰是特别难学的。

上海话的难学不在于语言的复杂而在于上海人心态的怪异。广东人能容忍外地人讲极不标准的广东话，北京人能容忍羼杂着各地方言的北京话，但上海人就不允许别人讲不伦不类的上海话。有人试着讲了，几乎所有的上海人都会求他"帮帮忙"，别让他们的耳朵受罪。这一帮不要紧，使得大批在上海生活了四十多年的"南下干部"至今不敢讲一句上海话。我之所以能快速学会是因为年纪小，语言敏感强而自羞敏感弱，结果反而无拘无碍，一学就会。

我从上海人自鸣得意的心理防范中一头窜了过去，一下子也成了上海人。有时也想，上海人凭什么在语言上自鸣得意呢？他们的前辈几乎都是从外地闯荡进来的，到了上海才渐渐甩掉四方乡音，归附上海话。而上海话又并不是这块土地原本的语言，原本的语言是松江话、青浦话、浦东话，却为上海人所耻笑。

一个人或一个家庭一旦进入上海就等于进入一个魔圈，要小心翼翼地洗刷掉任何一点儿非上海化的印痕，特别是乡音的遗留。我刚到上海那会儿，街市间还能经常听到一些年纪较大的人口中吐出宁波口音或苏北口音，但这种口音到了他们下一代基本上就不存在了。现在，你已经无法从一个年轻的上海人的谈吐中判断他的原籍所在。

我天天讲上海话，后来又把普通话作为交流的基本语言，余姚话隐退得越来越远，最后已经很难从我口中顺畅吐出了。我终于成为一个基本上不大会说余姚话的人，只有在农历五月杨梅上市季节，上海的水果摊把一切杨梅都标作余姚杨梅在出售的时候，我会稍稍停步，用内行的眼光打量一下杨梅的成色，脑海中浮现出上林湖的水光云影。但一转眼，我又汇入了街市间的脚步。

故乡，就这样被我丢失了。

故乡，就这样把我丢失了。

四

重新捡回故乡是在上大学之后，但捡回来的全是碎片。我与故乡做着一种捉迷藏的游戏：好像是什么也找不到了，突然又猛地一下直竖在眼前，正要伸手去抓却又空空如也，一转身它又在某个角落出现……

进大学后不久就下乡劳动。那乡下当然不是我的故乡，我痴痴地看着与故乡一样的茅舍小河，一样的草树庄稼。正这么看着，一位一起下乡来劳动的书店经理站到了我身边，轻轻问我："你是哪儿人？"

"余姚。浙江余姚。"我答道。

"王阳明的故乡，了不得！"这位书店经理显然读过很多书，好像被什么东西点燃了，突然激动起来，"你知道吗，日本有一位大将军一辈子裤腰带上挂着一块牌，上面写着'一生崇拜王阳明'！连蒋介石都崇拜王阳明，到台湾后把草山改成阳明山！你家乡，现在大概只剩下一所阳明医院了吧？"

我正在吃惊，一听他说阳明医院就更慌张了。"什么？阳明医院？那是纪念王阳明的？"原来我从小不断从村民口中听到的"养命医院"，竟然是这么回事！

我顾不得书店经理了，一个人在田埂上呆立着，为王阳明叹息。

他狠狠地为故乡争了脸，但故乡并不认识他，包括我在内。

从此我就非常留心有关王阳明的各种资料。令人生气的是，当时大陆几乎所有的书籍文章只要一谈及王阳明都采取不友好的态度，理由是他在哲学上是唯心主义，在政治上镇压过农民起义。

我知道这种不友好的态度出自一些低陋的现代理念，便完全不予理会，只是点点滴滴地搜集与他有关的一切，终于越来越明白：即使他不是余姚人，我也会深深地敬佩他；而正因为他是余姚人，我由衷地为故乡骄傲。

中国历史上能文能武的人很多，但在两方面都臻于极致的却寥若晨星。三国时代曹操、诸葛亮都能打仗，文才也好，但在高层哲理的创建上毕竟未能俯视历史；身为文化大师而又善于领兵打仗的有谁呢？宋代的辛弃疾算得上一个，但总还不能说他是杰出的军事家。好像，一切都要等到王阳明的出现。

王阳明是无可置疑的军事天才。他打的仗，都是独具谋略、干脆利落的漂亮动作，也是当时全国最重要的军事行为。明世宗封他为"新建伯"，就是表彰他的军事贡献。

我有幸读到过他在短兵相接的前线写给父亲的一封问安信，这封信，把连续的恶战写得轻松自如，把复杂的军事谋略说得如同游戏，把自己在瘴疠地区得病的事更是一笔带过，满纸都是大将风度。

《明史》说，整个明代，文臣用兵，没有谁能与他比肩。这当然是不错的，但他又不是一般的文臣，而是屈指可数的顶级哲学家。他留下的"心即是理"、"致良知"、"知行合一"，是中国哲学史上极为珍贵的精神财富，我在讲课和著述时总会一再论述。因此，他的特殊性就远不止在明代了。

王阳明也受了不少难。他挨过廷杖，遭过贬谪，受过冷落，但他还要治学讲学，匡时济世，终生是一个奔波九州的旅人，最后病死在江西南安的船上。

在王阳明之后，中国还有几位让我动心的精神大师，其中仍有两位是余姚人，他们就是黄宗羲和朱舜水。

黄宗羲和朱舜水，都可称为满腹经纶的血性汉子。生逢乱世，他们用自己的嶙峋傲骨，支撑起了全社会的人格坐标。因此，乱世也就获得了一种精神引渡。

黄宗羲先生的事迹我在以前的文章中已多次提到，可知佩服之深，本文就不重复了。朱舜水虽然不如黄宗羲出名，却也不应被忘记。他在刀兵行伍间奔走呼唤多年而未果，毅然以高龄亡命海外，把中国文化最深致的部分向日本弘扬，以连续二十余年的努力创造了东方文化互相融合的业绩。白发苍苍的他一次次站在日本的海边向西远望，泣不成声。他至死都在想念着家乡，而虔诚崇拜他的日本民众却把他的遗骨和坟墓，永久性地挽留住了。

梁启超在论及明清学术界王阳明、朱舜水、黄宗羲家族和邵晋涵家族时，不能不对余姚钦佩不已。他说：

余姚以区区一邑，而自明中叶迄清中叶二百年间，硕儒辈出，学风沾被全国以及海东。阳明千古大师，无论矣；朱舜水以孤忠羁客，开日本德川氏三百年太平之局；而黄氏自忠端以风节厉世，梨洲、晦木、主一兄弟父子，为明清学术承先启后之重心；邵氏自鲁公、念鲁公以迄二云，世间崛起，绵绵不绝……生斯邦者，闻其风，汲其流，得其一绪则足以卓然自树立。

梁启超是广东新会人，他从整个中国文化的版图上来如此激情洋溢地褒扬余姚，并没有同乡自夸的嫌疑。我也算是梁启超所说的"生斯邦者"吧，曾经"闻其风，汲其流"，不禁自问，那究竟是一种什么"风"、什么"流"呢？

我想，那是一种神秘的人格传递。而这种传递又融入到了故乡的山水大地、风土人情，无形而悠长。这使我想起范仲淹的名句：

云山苍苍，江水泱泱，先生之风，山高水长。

写下这十六个字后我不禁笑了，因为范仲淹的这几句话是在评述汉代名士严子陵，而严子陵又是余姚人。对不起，让他出场实在不是我故意的安排。

由此，我觉得真正找到了自己的故乡。

五

我发现，故乡也在追踪和包围我。

最简单的例子，是我进上海戏剧学院读书后，发现当时全院学术威望最高的朱端钧教授和顾仲彝教授都是余姚人。这是怎么搞的，我不是告别余姚了吗？好不容易进了大学，又一头撞在余姚人的手下。

近几年怪事更多了。有一次我参加上海市的一个教授评审组，好几个来自各大学的评审委员坐在一起发觉彼此乡音靠近，三言两语便认了同乡。然后，都转过头来询问没带多少乡音的我是哪儿人。我的回答使他们怀疑我是冒充同乡来凑趣，直到我几乎要对天发誓他们才相信。这时正好新任评审委员的复旦大学王水照教授走进来，大家连忙问他，王教授十分文静地回答："余姚人。"

就在这次评审回家，母亲愉快地告诉我，有一个她不认识的乡下朋友来过电话，用地道的余姚话与她交谈了很久。问了半天我才弄明白，那是名扬国际的英语专家陆谷孙教授。

前两年我对旧上海世俗社会的心理结构产生了兴趣，在研究中左挑右筛，选中了"海上闻人"黄金荣和"大世界"的创办者黄楚九作为重点剖析对象，还曾戏称为"二黄之学"。但研究刚开始遇到"二黄"的籍贯，我不禁颓然废笔，傻坐良久。"二黄"并没有给故乡增添多少美誉，这两位同乡在上海一度发挥的奇异威力使我对故乡的内涵有了另一方面的判断。

故乡也有很丢人的时候。在"文化大革命"这场民粹主义浩劫中，严子陵、王阳明、黄宗羲、朱舜水这几位先贤的纪念碑亭全都被砸，这虽然痛心却也可以想象，因为当时中国大陆很多地方是这样。但余姚发生的武斗之惨烈和长久，则超乎想象之外。

长长的铁路线，独独因余姚而瘫痪在那里。上海的街头贴满了武斗双方的宣言书，实在让一切在外的余姚人都抬不起头来。难道黄宗羲、朱舜水的刚烈之风已经演变成这个样子了？王阳明呼唤的良知又去了哪里？

在那些人心惶惶的夜晚，我在上海街头寻找着那些宣言书，既怕看又想看。昏黄的灯光照着那些出自余姚人手笔的词句，就文辞而言，也许是当时同类宣言书中写得最酣畅的，但这使我更加难过。如果前后左右没有人看见，我会从墙上撕下这些宣言书，扯成最细的纸丁，塞进阴沟，然后做贼般逃走。

我怕有人看见，却又希望故乡能在冥冥中看到我的这些举动。我怀疑它看到了，我甚至能感觉到它苍老的颤抖。它多么不愿意掏出最后的老底来为自己正名，苦苦憋了几年，终于忍不住，就在武斗现场附近，一九七三年，袒露出一个震惊世界的河姆渡！袒露在不再有严子陵、王阳明、黄宗羲、朱舜水遗迹的土地上，袒露在一种无以言表的荒凉之中。要不然，有几位先贤在前面光彩着，河姆渡再晚个百把年展示出来也是不慌的。

河姆渡着实又使家乡风光顿生。它以七千年前的稻作文明遗迹证明，这儿不仅是我的故乡，也是中华民族的故乡。从二十世纪七十年代开始，中国的一切历史教科书的前面几页，都有了余姚河姆渡这个名称。

后来，几位先贤逐一恢复名誉，与河姆渡遥相呼应，故乡的文化分量就有点儿超重。记得前年我与画家程十发一起到日本去，在东京新大谷饭店的一个宴会厅里，与一群日本的汉学家坐在一起闲聊。不知怎么说起了我的籍贯，好几个日本朋友夸张地瞪起了眼，嘴里发出"嗬——嗬——"的感叹声，像是在倒吸冷气。他们虽然不太熟悉严子陵和黄宗羲，却大谈王阳明和朱舜水。最后又谈到了河姆渡，倒吸冷气的声音始终不断。他们一再把手按在我的手背上要我确信，我的家乡是神土，是福地。

同桌只有两位陶艺专家平静地安坐着，人们向我解释，他们来参加聚会是因为过几天也要去中国大陆考察古代陶瓷。我想中止一下倒吸冷气的声音，便把脸转向他们，随口问他们将会去中国的什么地方，他们的回答译员翻不出来，只能请他们写，写在纸条上的字居然是"慈溪—上林湖"。

我无法说明慈溪也是我的家乡，因为这会使刚才还在为余姚喝彩的日本朋友疑惑不解。但我实在压抑不住内心的激动，告诉两位陶艺专家："上林湖，是我小时候三天两头去玩水的地方。"两位陶艺专家惊讶地看了我一眼，从口袋里取出一沓照片，上面照的全是陶瓷的碎片。

一点儿不错，这正是我当年与小朋友一起从湖底摸起，让它们在湖面上跳跃奔跑的那些碎片！

两位陶艺专家告诉我，据他们所知，上林湖就是名垂史册的越窑所在地。从东汉直至唐、宋，那里分布过一百多个窑场，既有官窑又有民窑。国际陶瓷学术界已经称上林湖为露天青瓷博物馆。

我专注而又失神地听着，连点头也忘了。竟然是这样！一个从小留在心底的谜，轻轻地解开于异国他乡。谜底的辉煌，超过我做过的最大胆的想象。

想想从东汉到唐、宋这段漫长的风华年月吧，曹操、唐明皇、武则天的盘盏，王羲之、陶渊明、李白的酒杯，都有可能烧成于上林湖边。家乡细洁的泥土，家乡清澈的湖水，家乡热烈的炭火，曾经铸就过无数精美的载体，天天送到那些或是开朗、或是苦涩的嘴边。这，难道就是我从小就想寻找的属于故乡的"大器"吗？

六

从日本回来后，我一直期待着一次故乡之行。对于一个好不容易修补起来了的家乡，我不应该继续躲避。今年秋天终于回去了一次，一直陪着我的乡土学者姚业鑫先生要我先去看看河姆渡博物馆，这又结识了博物馆馆长邵九华先生。两位学者用余姚话给我详细介绍了河姆渡的出土文物，那是足够写几篇大文章的，留待以后吧。我在参观中惊讶地发现，这儿，七千年前，人们已经在摘食杨梅；有的学者根据一个陶碗上所刻的野猪图形，判断当时不仅烧食猪肉，而且极有可能正是由霉干菜烧成。难道故乡的生态模式，早在七千年前就已经大致形成？如此说来，七千年过得何其迅速又何其缓慢。

我在河姆渡遗址上慢慢地徘徊，在这块不大的空间里，漫长的时间压缩在泥土层的尺寸之间。我想，文明的人类总是热衷于考古，就是想把压缩在泥土里的历史扒剔出来。那么，考古也就是回乡，也就是探家。

但是，通过考古探视地面下的家乡，心情也不轻松。两位陪同我的家乡学者告诉我，就在我们脚下，当一批批七千年前的陶器、木器、骨器大量出土的时候，考古学者也发现了"食人"和"猎首"的不少证据，以及野蛮的祭奠遗迹。

于是，远年的荣耀负载出远年的恶浊，精美的陶器贮存着怵目的残忍。我站在这块土地上离祖先如此逼近，似乎伸手便能搀扶他们，但我又立即跳开了，带着恐惧和陌生。

美国人类学家摩尔根指出，"蒙昧——野蛮——文明"这三个段落，是人类文化和社会发展的普遍阶梯。文明是对蒙昧和野蛮的摆脱，但是蒙昧和野蛮并不是一回事。蒙昧往往有朴实的外表，野蛮常常有勇敢的假象。从历史眼光来看，野蛮是人们逃开蒙昧的必由阶段，相对于蒙昧是一种进步；但是，野蛮又绝不愿意就范于文明，它会回过身去与蒙昧结盟，一起来对抗文明。

结果，一切文明都会遇到两种对手的围攻：外表朴实的对手和外表勇敢的对手，前者是无知到无可理喻，后者是强蛮到无可理喻。更麻烦的是，这些对手很可能与已有的文明成果混成一体，甚至还会悄悄地潜入人们的心底。

我们的故乡，不管是空间上的故乡还是时间上的故乡，究竟是属于蒙昧、属于野蛮，还是属于文明？我们究竟是从何处出发，走向何处？

我想，即使是家乡的陶瓷器皿也能证明：文明有可能盛载过野蛮，有可能掩埋于蒙昧。文明易碎，文明的碎片有可能被修补，有可能无法修补。

然而，即便是无法修补的碎片，也会保存着高贵的光彩，永久地让人想象。能这样，也就够了。

告别河姆渡遗址后，几乎没有耽搁，便去余姚市中心的龙泉山拜谒重新修复的四位先贤的碑亭。一路上我在想，区区如我，毕生能做的，至多也是一枚带有某种文明光泽的碎片罢了，在与蒙昧和野蛮的搏斗中碎得于心无愧。

无法躲藏于家乡的湖底，无法奔跑于家乡的湖面，那就陈之于异乡的街市吧，即便被人踢来踢去，也能铿然有声。

偶尔有哪个路人注意到这种声音了，那就顺便让他看看，那一小片洁白和明亮。

七

第二天我就回上海了。

出生的村庄这次没有去，只在余姚城里见了一位远房亲戚：比我小三岁的表舅舅。记得吗，当年我初到上海时在钢琴边与我握手的小男孩，终于由于语言不通而玩不起来；后来阴差阳错，他到余姚来工作了，这次相见我们的语言恰好倒转，我只能说上海话而他则满口乡音。倒转，如此容易。

我就算这样回了一次故乡？不知怎么，疑惑反而加重了。远古沧桑、百世英才，但它属于我吗？我属于它吗？身边多了一部《余姚志》，随手翻开姓氏一栏，发觉我们余姓在余姚人数不多。以前也查过姓氏渊源，知道余姓的一脉，是秦代名臣由余氏的后裔。但我在学术研究中又发现，更有生命力的余姓一脉，是古羌族，世居凉州，即今天甘肃武威。后来有一部分加入了西夏王朝，又有一部分纳入了成吉思汗的队伍，行迹不定。我的祖先，是什么时候漂泊到浙江余姚的呢？我口口声声说故乡、故乡，究竟该从什么时候说起呢？河姆渡、严子陵时代的余姚，越窑鼎盛时期的上林湖，肯定与我无关，我真正的故乡在哪儿呢？

正这么傻想着，列车员站到了我眼前，说我现在坐的是软席，乘坐需要有级别，请我出示级别证明。我没有这种证明，只好出示身份证，列车员说这没用，为了保护软席车厢旅客的安全，请我到硬席车厢去。

车厢里大大小小持有"经理"证明或名片的旅客开始用提防的眼光注视我，我赶紧抱起行李低头逃离。

可是，我车票上的座位号码本来就不在硬席车厢，怎么可能在那里找到座位呢？只好站在两节车厢的接口处，把行李放在脚边。

我突然回想起三十多年前第一次离开余姚到上海去时坐火车的情景，也是这条路，也是这个人，但那时是有座位的，行李里装着酒浸杨梅和霉干菜，嘴上嘟哝着余姚话。今天，座位没有了，身份模糊了，乡音丢失了，行李里也没有土产了，"哐啷哐啷"地又在这条路上走一趟。

从一个没有自己家的家乡，到一个有自己家的异乡。离别家乡，恰恰是为了回家。人生的旅行，怎么会变得如此怪诞？

火车外面，陆游、徐渭的家乡过去了，鲁迅、周作人的家乡过去了，郁达夫、茅盾的家乡过去了，丰子恺、徐志摩的家乡过去了……

他们中有好多人，最终都没有回来。有几个，走得很远，不知所终。

车窗外的云彩暗了，时已薄暮。淅淅沥沥，好像下起雨来了。

我的山河

一

　　我一直想写一篇归结性的文章，来论述自己毕生的文化著述与山河大地的关系。因为题目很大，笔下也会多一些宏观概括，不太像往常的散文。但是，既然《文化苦旅》涉及了那么多地方，也正该把诸多线头梳理一下，打一个结。

　　我生长在一个靠山傍河的小村庄，是地地道道的"山河之子"。不知从哪里来了一群神秘的女教师，和我妈妈一起，把我从家乡的山河拉进了书本。后来，书本又把我推进了城市。在读了很多很多书、经历了很多很多灾难之后，我终于蓦然醒悟，发现一切文化的最后衡定，还是要看山河大地。

　　根据这个认知，我终于出逃，逃回山河大地。从此，我的脚步再也不会蹈空凌云，我的文笔再也不会高谈阔论，我的思绪再也不会离开苍原苍生。

　　让我高兴的是，广大读者接受了我。而且，顺着我，把书斋文化、官场文化、互捧文化、互斥文化，引向了平静而低调的生态文化。

　　生态文化！人们走了多少弯路，终于灰头土脸、青头紫脸地重新抱住了它。我有幸领了个头，常被问到何以有先见之明。也许，真与我这个"山河之子"的生命原点有关。

很多年前我就在一本书中表述过一个观点：真正结束中国"文革"灾难的，是唐山大地震。中国，突然窥得了人类生存的底线。

也就是说，一场天降的自然灾害，从根子上否决了人为的政治灾害。数十万生灵的霎时殒灭，使原先陷于极左痴迷的中国惊呆了。

当时还有少数人想把"天灾"引向"人祸"，继续在血泊废墟上闹点政治话题，但绝大多数中国人已经不理他们，而是补了一门有关"生存底线"的"天地之课"。我一直认为，那次大地震后不久"文革"结束，以及后来的改革开放，都是这门最原始课程的延续。

唐山大地震发生时，我正隐潜在家乡的一座山上研读中国文化经典。因地震，我联想到了祖先遇到天灾时创建的"补天"、"填海"、"追日"、"奔月"等神话，一下子摸到中国文化的"生存底线"。这个过程，我在《中国文脉》一书中曾经写到。

从此，中国文化的"生存底线"，一直盘桓在我心中。

后来，我也曾系统研究了世界上十四个国家在哲学、美学、艺术上的种种成就并写成了好几本书，获得了很高的学术声誉。但很快，又转回到了我的学术原点：只从文化人类学、历史地理学的视角，来探寻中国文化的生存状态。

正是为了这种探寻，我在二十几年前便辞去一切职位，孤身投入旷野。

由于辞得干净，我走得很远很远。

"读万卷书，行万里路，两者关系如何？"这是我碰到最多的提问。

我回答："没有两者。路，就是书。"

这就是从文本文化走向了生态文化。

我的生态文化，也可算之为山河文化。我在山河间找路，用短暂的生命贴一贴这颗星球的嶙峋一角。

二

那么，就让我们简单扫描一下中国文化的生存状态。

地球，这个在银河系中几乎找也找不到的小颗粒，十分之七是海洋，十分之三是陆地。在一块块陆地中，最大的一块是欧亚陆地。在这块陆地东边，有一个山隔海围的所在，那就是中国。

中国这地方，东部是大海，西北部是沙漠，从西到西南，则是高原。光这么说还显得平常，因此，必须立即说明，大海是太平洋，高原是世界屋脊。那就是说，这是一片被严严实实"封"住了的土地。

在古代，那样的大海是无法横渡的，那样的高原是没人攀越的，那样的沙漠是难于穿行的。结果，这地方就产生了一种"隔绝机制"。幸亏，它地盘不小，有很多山岭，很多河流，很多平原，很多沼泽。人们安于一隅，傍水而居，男耕女织，春种秋收，这就是多数中国人的生存状态。

这种生存状态又被说成"靠天吃饭"。一个"天"字，就包括了气温、气候、降水量以及与之相关的种种自然灾害。

"天"怎么样？从中国最近的五千年来说，开头一直温暖，延续到殷商。西周冷了，到春秋、战国回暖，秦汉也比较暖。三国渐冷，西晋、东晋很冷。南北朝又回暖，暖到隋、唐、五代。北宋后期降温，南宋很冷，近元又暖。明、清两代，都比较冷，直到民国，温度上去一点儿，也不多。

气候的温度，或多或少也变成了历史的温度。我在《中国历史地理学》（蓝勇著）上找到一幅气温变化曲线图，据注释，此图采自《中国文化地理》（王会昌著）。这幅曲线图把气温和朝代连在一起，让人联想起一次次无奈迁徙，一次次草衰风狂，一次次荒野开拓，一次次炊烟新起……

我相信，不管说大说小，生态原因都是历史的第一手指。即便从最小的角度看，那些著名战争的胜败，其实都与历史学家所强调的将士多寡、君主贤愚、帷幄谋略关系不大。根据传说资料，黄帝能够战胜蚩尤，主要是气候原因。说近一点儿，诸葛亮的最大亮点，便是"借东风"，由预测气候而决定了赤壁之战。成吉思汗纵横天下，他的谋士耶律楚材也是凭着准确的气候预测而取得了最高信任；他的后代攻日本而未成，完全是因为海上台风。

孟子英明，把成败因素分为"天时"、"地利"、"人和"三项。这就打破了人类封闭的自足系统，重新仰赖于天地的力量。但是，囿于视野极限，他提出了"天时不如地利，地利不如人和"的轻重模式。其实，更宏观的结论应该是："人和不如地利，地利不如天时。"人太渺小，怎么犟得过天地？

是天地，给了我们生存基座，因此也给了我们文化基座。

三

在严严实实的封闭结构中，中国文化拥有三条最大的天地之线，那也可以说是中国文化的基本经纬。按照重要程度排列，第一条线是黄河；第二条线是长江；第三条线比较复杂，在前两条的北方，是四百毫米降雨量的分界线，也就是区分农耕文明和游牧文明的天地之线。

我的文化考察，主要是对这三条天地之线的漫长踩踏。

黄河，我几乎从源头一步步走到了入海口。现在的入海口是山东东营，以前的入海口变化很多，本想一一寻访故河道遗址，未能做到。正是在黄河流域，我找到了黄帝轩辕氏的出生地，并应邀担任了"黄帝国际学术论坛"的主席很多年。我猜测了黄帝、炎帝、蚩尤决战的疆场，然后又在殷墟盘桓了很长时间。当然，花时间最多的是在黄河流域寻找先秦诸子的足迹，并把他们与同龄的印度、希腊、波斯的哲人们进行对比。为了对比，我甚至历险万里去一一考察那些哲人生存过的土地，分析不同或相同的生态原因。黄河使我感受到了中国文化的基本性格，以及其中的精英人物有可能达到的思维高度。

由于气候变化，从那个寒冷的西晋时期开始，中国文化随着仓皇的人群一起向南方迁移，向长江迁移。迁移是被迫的、艰难的，但这是天地的指点，不能违逆。

长江也早有自己的文化。与黄河相比，它似乎对宇宙空间有更多的惊惧，更多的疑问，更多的祭拜。于是，从上游三星堆以神秘魔力所铸就的青铜的诗，到下游良渚以隆重祭祀所刻凿的白玉的诗，最后都集中到三峡险峻处那位叫屈原的男子的一系列"天问"。屈原在问，长江在问，人类在问。大问者，便是大诗人。自宋代之后，中国的文化、经济中心已从黄河流域转到了长江流域。中心难免人多，因此又有不少人南行。到近代，南方气象渐成，一批推进历史的人物便从珠江边站起。

我要特别说说第三条线，四百毫米降雨量分界线。这条线，让"天"和"地"密切呼应起来。高于四百毫米降雨量的，可以种植农作物；低于四百毫米降雨量的，是草原和沙漠，适合游牧。

有趣的是，这条降雨量的界线，与万里长城多方重叠。可见，万里长城的功用是区分两种文明，让农耕文明不受游牧文明的侵犯。因此，这是天地之力借秦始皇之手画下的一条界线。这样一来，中华文明的三条天地之线，也就是黄河、长江、长城。

四

从长城内侧的农耕文明来看，侵犯总是坏事。但是，从长城外侧的游牧文明来看，用马蹄开拓空间，正是自己的文明本性，不应该受到阻拦。于是有战争，有长城内外一系列奇特的历史。

干燥和湿润发生了摩擦，寒冷和温暖拔出了刀戟，马鞭和牛鞭甩在了一起，草场和庄稼展开了拉锯……

冲突是另一种交融。长城内外的冲突和交融正是中国文化的核心主题，其重要性，远远超过看起来很重要的邦国争逐、朝代更替。我平生走得最多、写得最多的，也恰恰是这些地带。

例如，我反复考察了鲜卑族入关后建立的北魏，发现它不仅保护了汉文化，而且让汉文化具有了马背上的雄风，与印度文化、希腊文化、波斯文化结合，气象大振，使中国终于走向了大唐；

我还反复考察了清代康熙皇帝建立的热河行宫，发现它不仅年年让统治集团重温自己的起步生态，而且还让各种生态友善组合、避免冲突；

我又考察了敢于穿越长城北漠、沟通千里商贸的晋商故地，明白了中国本来有可能通过空间突破而获得财富，提升生态……

我的这些考察所写成的文章，都在海内外产生了不小的影响。

基于对长城内外异态文明的兴趣，我渐渐对一切异态文明都产生了向往。只要有机会就会一次次赶去，考察它们的对峙和结亲，并追踪后果。为此，我孤单的足迹，遍布了云南、广西、贵州、辽宁、黑龙江、吉林、内蒙古，以及我非常喜爱的新疆。按照传统汉族学者的说法，那是边缘地带、塞外地带，甚至干脆说是"无文地带"。他们错了，因为最重大的文化现象，都产生于异态对接之中。小文在他们身边，大文在远方旷野。

我的生命起点，出现在长江流域；我的文化基础，倚重于黄河流域。过了很久才发现，我的远年故乡，应该在甘肃武威，也就在四百毫米降雨量分界线外侧。这一来，这三条天地之线，也成了我自己的生命线。

恍然大悟，原来从祖辈开始，就是一队生态流浪者。我怎么会那么决绝地辞职远行到甘肃高原，以"文化苦旅"来延续千百年的生态流浪？似乎是冥冥中的安排。

五

踏遍了中国文化的一条条天地之线，容易对中国文化产生一点儿遗憾，那就是对海洋文明的疏离。黄河、长江是农耕文明的杰出代表，长城代表着农耕文明与游牧文明的"隔墙对话"，而海洋文明，则始终未能成为主角。

这一点，一直是某些中国评论者的批判热点。他们赞颂古希腊、古罗马的海上战迹，羡慕地理大发现之后西班牙、葡萄牙、荷兰、英国、法国的海洋霸权，嘲笑中国对此完全漠然，直至十九世纪在诸多海上侵略者面前屡屡惨败。

这种批判忽视了一个宏观前提：地球不存在一种"全能文化"。中国在封闭环境中埋头耕作，自给自足，既没有必要，也没有可能对外远征掳掠。但是对内，却需要对辽阔的黄河、长江流域进行统一治理，以免不同河段间在灌溉和防灾上的互戕。这种农耕生态沉淀成了一种文化心理，追求稳定、统一、保守、集权，即使拥有了郑和下西洋这样的航海技术，也无心海洋战略。

是的，中国有太多太多的缺点，但是如果从远处看地球，却会发现蝼蚁般的人群在不大的星球上跨海侵害同类，是多么无聊。相比之下，中国从来没有跨海远征。我想，如果天地有眼，最看不下去的也许是欧洲人十六世纪跨海对印第安文明的毁灭，以及十九世纪跨海用毒品和炮火来侵犯安静的中国。

我从来不相信任何霸权言论，只愿意观察山河大地的脸色和眼神。偶然抬头看天，猜测宇宙是否把地球忘了。忘了就好，一旦记得，可不是玩的。

趁还有点儿时间，我觉得比较有趣的事情是多走走，探寻各种历史选择的生态理由。探寻不到便猜测，猜测不到便想象。只有走在路上，才能摆脱局限，摆脱执着，让所有的选择、探寻、猜测、想象都生气勃勃。

只有走在路上，使一切活动起来，我们才会凭借着山河找到大量真实细节，真切感受到在天地间活过一次，也许不错。

走吧。陌生的山河迎面而来，又一一退去。行走中的人有权利把脚下的一切称作"我的山河"。有了"我的山河"，也就大体知道，生存是什么。

再宏大的权力也留不住，只剩下与之相关的无言山河。陆游说："细雨骑驴入剑门。"剑门是权力地图中的千古雄关，这样的雄关在中国成百上千。但消解它们的，只是雨，只是驴，只是征尘，只是酒痕。

英雄史诗也会变成文字存之于世，顾炎武说："常将《汉书》挂牛角。"你看，足以包容千般评述、万般赞美的堂堂汉代，也就这么晃荡在牛角上了。那牛，正走在深秋黄昏的山道间。

山河间的实际步履，使一切伟业变成了寻常风景，因此也使我们变得轻松。人类本应把一切都放下，放下在山河之间。因此我们也就找到了终点，价值的终点和生命的终点。

这终点，曾被陶渊明准确地表述过："托体同山阿。"

漂泊者

　　我的"文化苦旅"，很多步履在国境之外。在那里总会遇到一批批老华侨，其中有很大一部分是我的热心读者。他们对中国文化的感受，甚至超过国内。与他们接触多了，我蓦然发现，他们其实是早于我踏上"文化苦旅"的前辈。我从他们身上，看到了一种文化的"生命化挣扎"，既艰辛又悲壮。

　　在那些无穷无尽的人生故事中，我选了两个人的讲述，他们是最年长的漂泊者。

其一

　　本地报纸陆续刊登了我讲学的一些报道，他看到了，托一位古董店的老板来找我。带来的话是：很早以前，胡愈之先生曾托他在香港印了一批私用稿纸，每页都印有"我的稿子"四字，这种稿纸在他家存了很多，想送几刀给我，顺便见个面。

　　这是好愉快的由头啊，我当然一口答应。

　　他七十多岁，姓沈，半个世纪前的法国博士。在新加坡，许多已经载入史册的大事他都亲身参与，与几代政治家都有密切的过从关系。在中国，他有过两个好友，一个吴晗，一个华罗庚，都已去世，因此他不再北行。

他在此地资历深，声望高。在我见他那天，古董店老板告诉我，陪着我想趁机见他一面的人已不止一个。其中一个是当地戏剧界的前辈，广受人们尊敬，年岁也近花甲，但一见他却恭敬地弯腰道："沈老，四十年前，我已读您的文章；三十年前，我来报考过您主持的报社，没有被您录取……"

沈老从古董店那张清代的红木凳上站起身来，递给我那几刀大号直行稿纸，纸页上已有不少黄棕色的迹斑。稿纸下面，是一本美国杂志 *Newsweek*，他翻到一页，那里介绍着一个著名的法国哲学家 E. M. Cioran，有照片。沈老说，这是他的同学、朋友，今年该是七十八岁了。我一眼看去，哲学家的照片边上印着一段语录，我匆匆溜了一眼，意思好像是：要不是找不到自杀的可能性，我早就杀了自己。有点儿费解，倒像是哲学家说的。

沈老说，这本杂志是最新一期，昨天刚刚送到，不是因为有这篇介绍才特意保存的。"一辈子走的地方太多，活的时间又长，随手翻开报纸杂志都能发现熟人。我的熟人大多都是游荡飘零的人，离开了祖国，熬不过异国他乡的寂寞，在咖啡馆蹲蹲，在河边逛逛，到街心花园发呆，互相见了，眼睛一对就知道是自己的同类，那份神情，怎么也逃不过。不管他是从哪个国家来的，同是天涯沦落人，相逢何必曾相识？一起上酒吧，一起叹气说疯话，最后又彼此留地址，一来二去，成了好友。很快大家又向别的地方游荡去了，很难继续联系，只剩下记忆。但这种记忆怎么也淡忘不了，就像白居易怎么也忘不了那位琵琶女。你看我和这个 Cioran，几十年前的朋友，照片上老得不成样子了，我一眼就认了出来。"

显然，这是确实的。据 *Newsweek* 编辑部说，Cioran 原是罗马尼亚人。现在，七老八十的他，已经成了世界上读者最多的哲学家之一，但一接受采访，开口还是谈他的故乡罗马尼亚。他说，由于历史遭遇，罗马尼亚人是世界上最大的怀疑主义者。可以想象，在巴黎的酒店里，年轻的 Cioran 和年轻的沈博士相遇时，话是不会少的。更何况，那时中国和罗马尼亚，同时陷于东西方法西斯的铁蹄之下。

我们一伙，由古董店老板做东，在一家西菜馆吃了午餐。餐罢，谈兴犹浓，沈博士提议，到一家"最纯正伦敦风味"的咖啡馆继续畅谈。

新加坡拥有世界各地的饮食小吃，要精细地辨别某地风味，只有曾经长居该地的人才有资格。沈博士在这方面享有充分的发言权。他领着我们，一会儿过街，一会儿上楼，一会儿乘电梯，七转八弯，朝他判定的伦敦风味走去。一路上他左指右点，说这家日本餐馆气氛对路，那家意大利点心徒有其名。这么大年纪了，步履依然轻健。上下楼梯时我想扶他一把，他像躲避什么似的让开了。于是，他真的躲开了衰老，在全世界的口味间一路逍遥。

终于到了一个地方，全是欧美人坐着，只有我们几个华人进去，占据一角。

"完全是在伦敦。你们坐着，我来张罗。"沈博士说，"别要中国茶，这儿不会有。这儿讲究的是印度大吉岭茶，一叫大吉岭，侍者就会对你另眼看待。茶点自己去取，随意，做法上也完全是伦敦派头。"

当"大吉岭"、咖啡、茶点摆齐，沈老的精神更旺了。那架势，看来要谈一个下午。

"我在巴黎认识一个同胞，他别的事情都不干，只干一件事，考博士。他没有其他生活来源，只有读博士才能领到奖学金，就一个博士、一个博士地考下去。当我离开巴黎时，他已经拿到八个博士学位，年岁也已不小。后来，他也不是为生计了，这么多学位戴在头上，找个工作是不难的。他已经把这件事情当作一种游戏，憋着一口气让欧洲人瞧瞧，一个中国人究竟能拿到几个博士！见面我只问：这次第几个了？

"他是一个无可救药的酒鬼。只要找到我，总是讨酒喝。喝个烂醉，昏睡几天，醒来揉揉眼，再去攻博士。漂泊，也要在手上抓根缆绳，他把一大串学位当作了缆绳。我离开巴黎后就没听到过他的消息，要是还活着，准保还在考。"

我问沈老，这个酒鬼的八个博士学位，都是一些什么专业。沈老说，专业幅度相差很大，既有文学、哲学、宗教，也有数学、工程、化学，记不太清了。这么说来，他其实是在人类的知能天域中漂泊了，但他哪儿也不想驻足，像穿了那双红鞋子，一路跳下去。他不会不知道，他的父母之邦当时是那样缺少文化，那样缺少专家，但他却赌气似的把一大群专家、一大堆文化集于一身，然后颓然醉倒。他已经变成了一个永不起运的知识酒窖，没准会在最醇浓的时候崩塌。

"还有一位中国留学生更怪诞，"沈老说，"大学毕业后没找到职业，就在巴黎下层社会瞎混，三教九流都认识，连下等妓院的情况也了如指掌。不知怎么一来，他成了妓院区小教堂的牧师，成天拯救着巴黎烟花女的灵魂。我去看过他的布道，那情景十分有趣，从他喉咙里发出的带有明显中国口音的法语，竟显得那样神秘和潦倒。"

"亏他也做了好几年，我们原先都以为他最多做一二年罢了。不做之后，他开始流浪，朝着东方，朝着亚洲，一个国家一个国家逛过来。逼近中国了，却先在外围转悠。那天逛到了越南西贡，在街上被一辆汽车截住，汽车里走出了吴庭艳，他在巴黎时的老熟人。吴庭艳那时正当政，要他帮忙，想来想去，他当过牧师，就在西贡一所大学里当了哲学系主任。据说还当得十分称职，一时有口皆碑，俨然成了东南亚一大硕儒。后来越南政局变化，他不知到哪里去了……"

我想，这个人的精神经历，简直可以和浮士德对话了。他的漂泊深度，也许会超过那位得了很多博士学位的人。如果以这样的人物作为原型写小说，应该会出现特殊的深度。一群中国文人把整个民族几个世纪来受到的屈辱和萎靡，驮着背着，行走在西方闹市间，走出了一条勉强的人生路。现代西方的喧嚣和故家故国的情结，构成相反方向的磁力，从两头拉扯着他们，拉得他们脚步踉跄、心神不定。时间一久，他们也就变得怪异。

这么想着，我也就再一次打量起沈老本人。他还是一径慢悠悠地讲着，也不回避自己。他的经历，比那个博士和那个牧师都更重大，而且也更诡异。我只能不断建议："沈老，写回忆录吧，你不写，实在太浪费了。"

沈老笑着说："为什么我家藏有那么多稿纸？还不是为了写回忆录！但是，我写过的几稿都撕了，剩下的稿纸送人。"

我问他撕掉的原因，他说："我也说不清，好像是找不准方位。写着写着我就疑惑，我究竟以什么样的身份在说话？我是谁？在等谁？……我回答不了，越写越不顺，把已经写了的都撕了，撕了好几次。"

我问沈老，什么时候会回中国大陆看看。他说："心里有点儿怕，倒也不怕别的，是怕自己。就像撕那一沓沓的稿纸一样，见到什么和感到什么，都要找方位，心里毛毛乱乱的。何况老朋友都不在了，许多事情和景物都变了，像我这样年纪，经不大起了。"

我看着他，心想，老人还会不会又一次来了兴致，重新动手写回忆录？我默默祝祈这种可能的出现。但是，他会再一次停笔、再一次撕掉吗？

他毕竟已经把一大沓稿纸送给了我。稿纸上，除了那一点点苍老的迹斑，只是一片空白。

其二

英语里的"billionaire"翻译成华语成了"亿万富翁"，但她是女性。市民小报中有"富婆"的字眼，我当然不会用在她头上，人家是高品位的文化人。华语虽然悠久，却还没有来得及为各种巨富调理好足够的词汇。

她在一家豪华饭店的"李白厅"里请我吃饭。请我，原因很多，其中一条，与上海有关。

在新加坡要找一个上海人，远比在纽约、旧金山、温哥华、东京困难。好像华侨也有个分工，南洋显然是被福建、广东包了，上海人乃至江浙人挤在这里显得无趣，跑到别处去了。结果，一个上海人要在这里听几句道地的上海话成了一种奢侈的愿望。我在这里遇到过几次没有前因后果的聚会，参加者就是几个偶尔相识的上海人。名字还没有一一搞清呢，却来邀请吃饭了，主菜是"腌笃鲜"、"炝蟹"什么的，当然要去。有次我请当地一位著名艺术家驾车载我赴约，为了不使这位艺术家受冷落，预先在电话里讲明"不全讲上海话"。结果是，一进门一屋子的上海人都忘情，弄得这位艺术家在饭桌一隅哈欠连连、昏昏欲睡。

我进李白厅时，她已坐在那里，整个大厅就她一个顾客，一群女招待显然都认识她，极其恭敬地站在一边，注意她有什么最细小的要求，例如要移一下茶杯、挪一挪椅子之类，陪她等。我风风火火闯进去，她的上海话就劈头盖脑地过来了，讲得十分流利和纯正。华语的庞大家族中有一些分支是很难学道地的，上海话就是其中之一。一开口就听得出来，半点马虎不过去。说两三句，就可充分表明你和上海的早期缘分。

话题一展开，她的上海话渐渐有点儿不够用了，她离开上海已经整整半个世纪，而今天的谈话内容，多数词汇都是这半个世纪来新冒出来的，她不知道用上海话该怎么说。她开始动用上海腔很重的"普通话"，还是不解决问题，最后只好在一切名词概念上统统用她最纯熟的语言——英语来表达了。

突然，奇迹一般地，她嘴里又冒出来一大堆湖南话。原来她原籍并非上海，而是湖南，父亲是长沙郊区一个菜农的儿子，靠刻苦读书考上了官费留学，学成回国成了上海一个著名的工程师，但还是满口湖南腔。她在上海出生、长大，读中学时，在鲁迅小说中了解了中国农民，因此有意去模仿父亲的湖南话，希望从中找到一点儿祖父的面影。结果是，二十几年前她第一次到长沙，满口长沙话把湘江宾馆的服务员小姐吓了一跳。

语言实在是一种奇怪的东西，有时简直成了一种符咒，只要轻轻吐出，就能托起一个湮没的天地。我知道，这位多少年来一直沉溺于英语世界中的女士，真正说湖南话和上海话的机会微乎其微，但那些音符、那些节奏，怎么会像隐潜在血管中的密码，始终未曾消失？

"年纪大了就喜欢回首往事，哪怕在梦中。"她说，"做梦是一截一截的，每一截都讲着不同的方言。"

原来，她复习方言的机会很多，因此很纯正。

她年轻时在上海的居住地是斜桥。斜桥地区我很熟悉，根据她的依稀描述，我一条街一条街地在脑子里爬梳过去，想找到一幢带花园的影影绰绰的楼，却怎么也找不到。她不记得路名，不记得门牌，记得也没有用，五十年间，什么没变？她找不回去了，只剩下那一口上海话，留在嘴边。

她说，她明天去泰国，他们家正在那儿筹建一座餐厅。"李白厅"的名字已被这儿用掉了，她打算把泰国的那一家叫作"杜甫厅"。可是，这个名称用湖南话一说就成了"豆腐厅"。

"豆腐虽然我也爱吃，却不能这么去糟蹋中华民族的一个伟大诗人。"因此直到今天，她还在为餐厅的名字苦恼着。

她从泰国回来，又邀我到她家去了一次，一起被邀请的还有哈佛大学的赵如兰教授。印度门卫、马来西亚仆人、菲律宾女佣，忙忙碌碌地围着几个客人转。她故意向我们努努嘴，说今天晚上，我们主客之间只说华语。于是，今天晚上在这个院子里，华语就像在唐代一样神气。

客厅里挤挤地摆设着世界各地的工艺品，而兜门正墙上却悬挂着一幅垂地长轴，上面以楷书抄录着孟郊的《游子吟》：

慈母手中线，游子身上衣。

临行密密缝，意恐迟迟归。

谁言寸草心，报得三春晖。

这些毛笔字写得生硬、稚拙，但又极其认真。这是女主人的女儿写给妈妈的。女儿从小受英语教育，是一位造诣很高、名声很大的英语作家，曾荣获过联合国的英语小说大奖。

这么一位女才子，不知怎么一来，竟捏着一支毛笔练起中国字来。至于孟郊这首诗，要由一位立足英语背景的作家来找到、读通，以至感同身受，更是要花费好些时日。但她毕竟写出来了，亮堂堂地挂在这儿，就像一个浪迹天涯的游子揣摩了好久家乡口音，只为了深情地喊一声"娘！"

这当然是对着她的母亲。但不期然地，也同时喊出了对母语的恭敬，她把这两者混在一起了。即便对精通英语的母亲，她也必须用华语来表示感谢。

我们不妨顺着她的混同，再往前走出一步。如果把华语也一并看作是"慈母"，那么，从她手中拉牵出来的线，真是好长好远，细密地绾接着无数海外游子的心。

这里真安静

一

　　我到过国外一个地方，抽象得像寓言，神秘得像梦境。我要写写这个地方，因为它与中国有关。

　　很多长住新加坡的人都不知道有这么个地方，听我一说，惊讶万分。

　　是韩山元先生带我去的。韩先生是此地一家大报的高级编辑，又是一位满肚子掌故的乡土历史学家。那天早晨，他不知怎么摸开了我住所的大铁门，从花园的小道上绕到我卧室的南窗下，用手指敲了敲窗框。我不由得悚然一惊，因为除了一位轻手轻脚的马来族园丁，还从来没有人在这个窗下出现过。

　　他朝我诡秘地一笑，说要带我去一个很少有人知道的奇怪地方。我相信了他，他一定会发现一点儿什么的，就冲他绕来绕去绕到我这个窗下的劲头。

　　我打开大门，那里还等着两位女记者，韩先生的同事，也算我在这里的学生。她们都还年轻，对探幽索秘之类的事，兴趣很大。于是，一行四人。

　　其实韩先生也不太记得路了。在车上他托着下巴，支支吾吾地回忆着、啜嚅着。

驾车的女记者每到岔道口就把车速放慢，好让他犹豫、判断、骂自己的记性。韩先生寻路的表情越艰难，目的地也就变得越僻远、越离奇。

二

目的地竟是一个坟地。

新加坡的坟地很多，而且都很堂皇。漂泊者们葬身他乡已经够委屈的了，哪能不尽量把坟地弄得气派一点儿？但是，这个坟地好生奇特，门面相当狭小，黑色的旧铁栏萎萎缩缩。进得里面才发现占地不小，却冷冷清清不见一个人影。一看几排墓碑就明白，这是日本人的坟地。

"世界上没有哪一个坟地比它更节俭的了。你看这个碑。"韩先生用手一指。那只是许多墓碑中的一个矮小的方尖碑，上面刻着六个汉字：

纳骨一万余体

碑下埋着的，是一万余个侵略东南亚的"皇军"的骨灰。

"再看那边，"顺着韩先生的指点，我看到一片广阔的草地上，铺展着无数星星点点的小石桩，"一个石桩就是一个日本妓女，看有多少！"

用不着再多说话，我确实被震动了。人的生命，能排列得这样紧缩，挤压得这样局促吗？而且，这又是一些什么样的生命啊。

一个一度把亚洲搅得天怒人怨的民族，将自己的媚艳和残暴挥洒到如此遥远的地方，然后又在这里画下一个悲剧的句号。多少倩笑和呐喊，多少脂粉和鲜血，终于都暗哑了，凝结了，凝结成一个角落，凝结成一种躲避，躲避着人群，躲避着历史，只怀抱着茂草和鸟鸣，怀抱着羞愧和罪名，不声不响，也不愿让人靠近。

是的，竟然没有商人、职员、工人、旅客、水手、医生跻身其间，只有两支最喧闹的队伍，浩浩荡荡，消失在这么一个不大的园子里。我们不能不把脚步放轻，怕踩着了什么。

三

到底是日本人，挤到了这么一个地方，依然等级森严。

一般士兵只立集体墓碑。除了"纳骨一万余体"外，还有一个含糊其词的所谓"作业队殉难者之碑"，也是一个万人碑，为太平洋战争时战死的士兵而立。另一个"陆海军人军属留魂之碑"，则是马来西亚战争中战死日军的集体墓，原在武吉知马山上，后被抗日人士炸毁，日本人在碎墟中打点收拾残骨，移葬这里。

军曹、兵长、伍长，乃至准尉级的士官，皆立个人木碑。一根根细长的木桩紧紧地排着，其中稍稍高出周围的是准尉。

少尉以上均立石碑，到了高级军衔大佐，则立大理石碑。

让开这所有的群体，独个儿远远地坐东面西的，则是赫赫有名的日本陆军元帅、日本南方军总司令寺内寿一的大墓。这座墓，傲气十足，俯瞰着自己的数万属下。

作为一个中国人，我对寺内寿一这个名字十分敏感。一九三七年七月七日卢沟桥事变后，寺内寿一曾被任命为日本华北方面军司令官，在他的指挥下，日军由北平大幅度向西进占。在著名的平型关战役中遭受中国军队惨重打击的板垣师团，也属于他的部下。这么一个试图把古老的黄河流域全都征服的军阀，最终竟然躲到了这个角落！

我呆呆地伫立着，看着这座墓。我深知，几乎未曾有过中国人，会转弯抹角地找到这里，盯着它看。那么，今天也算是你寺内元帅与中国人的久别重逢吧。你躲藏得好偏僻，而我的目光背后，则是华北平原的万里云天。

寺内寿一改任南方派遣军总司令是在一九四一年十月东条英机上台组阁之后，他与山本五十六的海军联合舰队相配合，构成了震动世界的太平洋战争。他把试图征服华北的野心挪移到了南洋，从西贡直捣新加坡。他的死亡是在日本投降之后，死因是脑溢血。

元帅的死亡，震动了当时由英军看守的日军战俘营。正是那些早就被解除武装、正在受到公审、正在受到全世界唾骂的战俘，张罗着要为寺内寿一筑坟。而且，是筑一座符合元帅身份的坟。从我接触到的一些资料看，为了眼前这座坟，当时日军战俘营里所发生的事，今天想来依然触目惊心。

这些战俘白天在英军的监视下做苦工，到了夜晚空下来了，就聚集在宿舍里密谋。他们决定，寺内寿一的墓碑必须采用柔佛（今属马来西亚）南部的一座石山上的石料，因为这座石山上曾发生过日军和英澳联军的激战，好多石块都浸染了日本军人的鲜血。他们决定悄悄派出几个目睹当年激战的人去确定当年日军流血最多的地方，再从那里开采巨石，躲过人们耳目，拼死长途运来。

这些战俘开始行动了。他们正儿八经向看守他们的英国军官提出申请，说想自己动手修建战俘营的宿舍，需要到外面去采伐、搬运一些木料和石料。同时，他们又搜集身边带着的日本小玩意儿来笼络英军及其家属。英军同意了他们的申请，结果他们开始大规模地采运石料，不仅为寺内寿一，而且为其他战死的日军筑坟。

柔佛那方染血的巨石，完全不像是修建宿舍的材料，只能在星夜秘密偷运。运到离现在墓地八公里之外一座荒弃的橡胶园里，搭起一个帐篷，用两天时间刻琢碑文。刻好之后又运到墓地，恭恭敬敬竖好，浇上水泥加固。

我现在盯着看的，就是这个墓碑。

这一切，竟然都是一个战败国的俘虏们偷偷做成的，实在让人吃惊。我想，如果有哪位电影大师拍一部影片，就表现一群战俘在黑夜偷运染血巨石来做元帅墓碑的艰苦行程，一定会紧扣人心。山道上，椰林下，低声的呼号，受过伤的肩膀，勒入肌肉的麻绳，摇晃的脚步，警觉的耳朵，尤其是月光下，那一双双不肯认输服罪的眼睛……

资料告诉我，即使在国际法庭公审和处决战犯之后，那些日军战俘，竟还想尽各种办法，通过各种途径，弄到了每个战犯处决时洒血的泥土，汇集起来，到这个坟地"下葬"，竖起所谓"殉难烈士之碑"。这个碑的含义，就像现在日本国内的"靖国神社"一样。

韩山元先生曾听守墓人说，别看这个坟地冷清，多年来，总有一些上年岁的人专程从日本赶来，跪倒在那几座墓碑前献酒上香，然后饮泣良久。这些年，这样的老人看不到了，或许他们也都有了自己的墓碑。于是，坟地真正冷清了，不要说战争，就是那星夜运石的呼号，也已成了遥远的梦影。但是，只要你不小心走进了这个地方，在这些墓碑间巡睃一遍，你就会领受到人类精神中极其执拗的一个部分，阴气森森。

四

现在该来看看那些可怜的日本妓女了。

论资格，这些妓女要比埋在近旁的军人老得多。大概从二十世纪初年以来，日本妓女蜂拥来南洋有过几次高潮。当时的南洋，由于橡胶和锡矿的开采，经济颇为繁荣。大批在国内不易谋生的日本少女，就不远千里，给南洋带来了屈辱的笑颜。

日本女子的美貌和温柔使她们很快压倒了南洋各地的其他娱乐项目，轰轰烈烈地构成了一种宏大的职业。从雄心勃勃的创业者到含辛茹苦的锡矿工人，都随时随地能找到适合自己的日本娼寮。各国、各族的嫖客，都在日本妓院中进进出出。在这个时候，日本民族在南洋的形象，显得既柔弱又可怜。

既然日妓南下与经济生态密切相关，那么，不妨说，日本妓女的先来和日本军人的后到，确实存在着某种因果关系。

当日本军队占领南洋时，原先在这里的妓女再加上军妓，日妓的数量更是达到空前，连著名的南华女子中学也解散而成了日本艺妓馆。这简直成了一支与"皇军"并驾齐驱的队伍，有人戏称为"大和部队"。据说还有一个日本官员故意向寺内寿一总司令报告："大和部队已经打进来了。"寺内寿一因此而把不少军妓遣送回国。但日本妓女真正在南洋的锐减，则是在日本投降之后。这些已经够屈辱了的女子，无法在更屈辱的大背景下继续谋生了。

事实上，即便是战败的苦难，她们也比军阀们受得更深，尽管她们远不是战争的发动者，也没有因战争而有任何得益。

我在这个日本坟地中看到一个奇特的情景，三百多个妓女的墓碑，全部向着正西，没有一座向着她们自己的故国故乡北方。

也许是不敢，也许是不愿，她们狠狠心拧过头去，朝着另一方向躺下了。

岂止不再眼巴巴地望着故乡，在她们这么多的墓碑上，连一个真名字也没有留下。石碑上刻着的都是"戒名"。这些姑娘，身陷可怕的泥淖之中，为了保持住一点点生命的信念，便都皈依了佛教。她们希望在虔诚的祈求间，留住一些朦胧的微光。

这种情景，与边上那些写满军衔、官职的军人墓碑，有多大的差别啊。我仔细地拨开草丛，读着那一个个姑娘自己杜撰的假名字。她们都有过鲜亮的青春，但很快都羞缩成了一枚枚琐小的石丁，掩埋在异地的荒草中。我认出那些字来了，显然都是死者的小姐妹们凑几个钱托人刻上去的，却又像死者在低声地自报家门。她们没什么文化，好不容易想出几个字来，藏着点儿内心的悲凉："忍芳信女"、"寂伊信女"、"空寂信女"、"幽幻信女"……

我相信，这些墓碑群所埋藏的故事，一定比那边的墓碑群所埋藏的故事更通人性。可惜，这些墓碑群什么资料也没有留下，连让我胡乱猜想的由头也十分依稀。

例如，为什么这座立于昭和初年的墓碑那么精雕细刻呢？这位"信女"一定有过什么动人的事迹，使她死后能招来这么多姐妹的集资。也许，她在当时是一位才貌双全、侠骨慈心的名妓？

又如，为什么这些墓碑上连一个字也没有呢？是因为她们做了什么错事，还是由于遭致什么意外？

还有，这五位"信女"的墓碑为什么要并排在一个墓基上呢？她们是结拜姐妹？显然不仅是这个原因，因为她们必须同时死亡才会有这样的墓，那么，为什么会同时死亡呢？

……

这些，都一定有故事，而且是极其哀怨，甚至极其绚丽的故事。

发生在妓院里的故事，未必都是低下的。作为特殊时代的一个特殊交际场所，那里会包藏着许多政治风波、人生沧桑、民族恩怨乃至国际谍情。也许，日本史和南洋史的某些线头，曾经由这些"信女"的纤纤素手绾接。我在这片草地上走了一圈又一圈，深深可惜多少动人的故事全都化作了泥土。

当地文学界的朋友常常与我一起叹息当今南洋文学界成果寥寥，恕我鲁莽，我建议南洋文化的挖掘者，多找找这些坟地。军人的坟地，女人的坟地，哪怕它们藏得如此隐蔽。

五

"军人，女人，还有文人！"韩山元先生听我在自言自语，插了一句。

是的，这个坟地里，除了大批军人和女人，竟然还孤零零地插进来一个文人。

这位文人的墓，坐落在坟地的最东边。本来，寺内寿一的墓坐东朝西，俯瞰整个墓地，但这座文人墓却躲在寺内寿一墓的后边，把它也当作了俯瞰的对象。

仅仅这一点，就使我们这几个文人特别解气。而且墓主还是一位挺有名的日本文学家：二叶亭四迷。

我记得他的相片，留着胡子，戴着眼镜，头上的帽子很像中国的毡帽。我应该是在阅读鲁迅和周作人的时候顺便了解这位文学家的，他葬在这里，对我也是个意外。

不管怎么说，整个坟地中，真正能使我产生亲切感的，只能是他了。

二叶亭四迷一九〇九年二月在俄国游历时发现患了肺结核，但是这位固执的文学家不相信医生，自己胡乱服药，致使病情严重。后由朋友帮助，转伦敦坐轮船返日本治疗。但是，他并没有能够到达日本，而是死在由科伦坡驶向新加坡的途中。就这样，他永久留在新加坡了。

他进入坟地是在一九〇九年五月，不仅那些军人的坟墓还一座也没有，连妓女的坟墓也不会有几座，因为当时，日本妓女还刚刚向南洋进发。

二叶亭四迷早早地踞守着这个坟地，他万万没有料到，这个坟地以后会有这般怪异的拥挤。

他更无法设想，多少年后，真正的文人仍然只有他一个，他将永久地固守着寂寞和孤单。

我相信，如果二叶亭四迷地下有灵，他执拗的性格会使他深深地恼怒这个环境。作为日本现实主义文学的一员大将，他最为关注的是日本民族的灵魂。他怎么能忍心，日日夜夜逼视着这些来自自己国家的残暴军士和可怜女性。

但是，二叶亭四迷也许并不想因此而离开。他要让南洋人民知道，二十世纪客死外国的日本人，不仅仅只有军人和女人，"还有我，哪怕只有一个：文人！"

不错，文人。并没有什么了不起，但死的时候不用像那些姑娘那样隐姓埋名，葬的时候不用像那些军人那样偷偷摸摸、鬼鬼祟祟。

我相信，每一次妓女下葬，送葬的小姐妹们都会在整个坟地中走走，顺便看看这位文学家的墓碑，尽管她们未必读过他的作品；我相信，那些战俘偷偷地把寺内寿一的坟筑在他的近侧，也都会对他的墓碑端详良久。

总之，二叶亭四迷为这个坟地提供了陌生，提供了间离。军乐和艳曲的涡旋中，突然冒出来一个不和谐的低沉颤音。

不能少了他。少了他，就构不成"军人、女人、文人"的三相结构，就构不成一种寓言式的抽象。现在够了，一半军人，一半女人，边上，又居高临下地端坐着一位最有年岁的文人。这么一座坟地，还不是寓言？

这个三相寓言结构，隐匿于闹市，沉淀成宁静。民族、历史的大课题，既在这里定格，又在这里混沌。甜酸苦辣的滋味，弥漫于树丛，弥漫于草地。铁栅栏围住的，是一个怪异历史的浓缩体。

六

人类是健忘的，因此常常产生历史的反讽。当年侵略者的少数后裔，一直企图改写历史课本。但是，历史并不仅仅印刷在课本上面，而是掩埋在大地深处。

我认为，这个墓地，就是一个无法改写的历史课本。

战后几十年，日本经济又发达起来。你看，就在我们的车窗外，一大串人力三轮车正慢慢前行，不用细看，坐的大多是比较有钱的日本游客。其他国家的游客，一般是坐大客车。

这时我心中忽起一个念头，真想走上前去告诉那些坐在人力车上的日本人：就在这座城市，一个草木掩隐的冷僻所在，有一个坟地。无论如何，你们应该去看看的。

远方的海

一

此刻我正在西太平洋的一条小船上，浑身早已被海浪浇得透湿。一次次让海风吹干了，接着又是劈头盖脑的浪，满嘴咸苦，眼睛渍得生疼。

我一手扳着船帮，一手抓着缆绳，只咬着牙命令自己，万不可哆嗦。只要一哆嗦，绷在身上的最后一道心理防卫就会懈弛，那么，千百顷的海浪海风会从汗毛孔里涌进，整个生命立即散架。

不敢细想现在所处的真实位置，只当作是在自己熟悉的海域。但偶尔心底又会掠过一阵惊悚，却又不愿承认：这是太平洋中最深的马里亚纳海沟西南部，海底深度超过珠穆朗玛峰的高度。按世界地理，它是在"狭义大洋洲"的中部，属密克罗尼西亚（Micronesia）。最近的岛屿，叫雅浦（Yap），那也是我们晚间的栖宿地。

二

最深的海，海面的状况有点儿特别。不像海明威所写的加勒比海，不像海涅所写的北海，也不像塞万提斯所写的地中海。海水的颜色，并非一般想象的深蓝色，而是黑褐色，里边还略泛一点儿紫光。那些海浪不像是液体，而有凝固感。似乎刚刚由固体解冻，或恰恰就要在下一刻凝固。

不远处也有一条小船，看它也就知道了自己。一会儿，那小船似乎是群山顶上的圣物，光衬托着它，云渲染着它，我们须虔诚仰视才能一睹它的崇高。但它突然不见了，不仅是它，连群山也不见了，正吃惊，发现不远处有一个巨大深渊，它正陷落在渊底，那么卑微和渺小，似乎转眼就要被全然吞没。还没有回过神来，一排群山又耸立在半空了，那群山顶上，又有它在天光云影间闪耀。

如此极上极下，极高极低，却完全没有喧嚣，安静得让人窒息，转换得无比玄奥。

很难在小船上坐住，但必须坐住，而且要坐得又挺又直。那就只能用双手的手指，扣住船帮和缆绳，像要扣入它们的深处，把它们扣穿。我在前面刚刚说过，在海船中万不可哆嗦，现在要进一步补充，在最大的浪涛袭来时，连稍稍躲闪一下也不可以。一躲闪，人就成了活体，成了软体，必然会挣扎，会喊叫，而挣扎和喊叫在这里，就等于灭亡。

要做到又挺又直，也不可以有一点儿走神，必须全神贯注地拼将全部肢体，变成千古岩雕。面对四面八方的狂暴，任何别的身段、姿态和计策都毫无用处，只能是千古岩雕。哪怕是裂了、断了，也是千古岩雕。

我是同船几个人中的大哥，用身体死死地压着船尾。他们回头看我一眼都惊叫了：怎么整个儿都成了黑色？

被海水一次次浇泼，会让衣服的颜色变深，这是可以解释的，但整个人怎么会变黑？

我想，那也许是在生命的边涯上，我发出了加重自己身体分量的火急警报，于是，生命底层的玄铁之气、墨玉之气全然调动并霎时释出。古代将士，也有一遇强敌便通体迸发黑气的情景。

不管怎么说，此刻，岩雕已变成铁铸，真的把小船压住在狂涛之间。

三

见到了一群海鸟。

这很荒唐。它们飞到无边沧海的腹地，究竟来干什么？又怎么回去？最近的岛屿也已经很远，它们飞得到那里吗？

据说，它们是要叼食浮游到海面的小鱼。但这种解释非常可疑，因为我看了那么久，没见到一只海鸟叼起过一条小鱼，而它们在狂风中贴浪盘旋的体力消耗，又是那么巨大。即使叼到了，吞噬了，体能又怎么平衡？

它们，到底为了什么？

一种牺牲的祭仪？一种求灭的狂欢？或者，我心底一笑：难道，这是一群远行到边极而自沉的"屈原"？

突然想到儿时读过的散文《海燕》，高尔基写的。文章中的海燕成了一种革命者的替身，居然边飞翔边呼唤，"让暴风雨来得更猛烈些吧！"我海旅既深，早已怀疑，高尔基可能从来没有坐着小船来到深海远处。他的"暴风雨"，只是一个陆地概念和岸边概念。在这里，全部自然力量浑然一体，笼罩四周，哪里分得出是风还是雨，是暴还是不暴，是猛烈还是不猛烈。

在真正的"大现场"，一切形容词、抒情腔都显得微弱可笑。这里的海鸟，不能帮助任何人写散文，不能帮助任何人画画，也不能帮助任何人创作交响乐。我们也许永远也猜不透它们翅膀下所夹带的秘密。人类常常产生"高于自然"的艺术梦想，在这里必须放弃。

四

我们的船夫，是岛上的原住民。他的那个岛，比雅浦岛小得多。

他能讲简单的英语，这与历史有关。近几百年，最先到达这些太平洋小岛的是西班牙人，这是欧洲人在"地理大发现"时代的半道歇脚点。德国是第二拨，想来远远地拣拾殖民主义的后期余晖。再后来是太平洋战争时期的日本和美国了，这儿成了辽阔战场的屯兵处。分出胜负后，美国在这里留下了一些军人，还留下了教会和学校。

"每一拨外来人都给岛屿带来过一点儿新东西。这个走了，那个又来了。最后来的是你们，中国人。"船夫笑着说。

船夫又突然腼腆地说，据岛上老人传言，自己的祖辈，也来自中国。

是吗？我看着他的黑头发、黑眼珠，心想，如果是，也应该早已几度混血。来的时候是什么年代？几千年前？几百年前？

我在研究河姆渡人和良渚人的最终去向时，曾在论文中一再表述，不排斥因巨大海患而远航外海的可能。但那时，用的只能是独木舟。独木舟在大海中找到岛屿的概率极小，但极小的概率也可能遗留一种荒岛血缘，断断续续延绵千年。

这么一想，突然产生关切，便问船夫，平日何以为食，鱼吗。

船夫的回答令人吃惊，岛上居民很少吃鱼。主食是芋头，和一种被称为"面包树"的果实。

为什么不吃鱼？回答是，出海打鱼要有渔船，一般岛民没有。他们还只分散居住在林子中的简陋窝棚里，日子非常原始，非常贫困。

少数岛民，有独木舟。

独木舟？我又想起了不知去向的河姆渡和良渚。

"独木舟能远行吗？"我问。

"我不行。我爸爸也不行。我爷爷也不行。我伯伯也不行。亲族里只有一个叔叔，能凭着头顶的天象，从这里划独木舟到夏威夷。只有他，其他人都不行了。"船夫深深叹了一口气，像是在哀叹沧海豪气的沦落。

"一个人划独木舟，能到夏威夷？"这太让人惊讶了。那是多少日子，多少海路，多少风浪，多少险情啊。

"能。"船夫很有把握。

"那也能到中国吧？"

"能。"他仍然很有把握。

五

那海，还是把我妻子击倒了。

她在狂颠的小船上倒还从容，那天晚上栖宿在岛上，就犯了病。肠胃功能紊乱，狂吐不止，浑身瘫软，动弹不得。

栖宿的房舍，是以前美国海军工程兵建造的，很朴素，还干净。

妻子病倒后，下起了大雨。但听到的不是雨声，而是木质百叶窗在咯吱吱地摇撼，好像整个屋子就要在下一刻粉碎。外面的原始林木又都在一起呼啸，让人浑身发毛。什么"瓢泼大雨"、"倾盆大雨"等说法，在这里都不成立。若说是"瓢"，那"瓢"就是天；若说是"盆"，那"盆"就是地。天和地在雨中融成了一体，恣肆狂放。

一位走遍太平洋南部和西部几乎所有大岛的历险家告诉我，这儿的雨，减去九成，只留一成，倾泻在任何城市，都会是淹腰大灾。他还说，世间台风，都从这儿起源。如此轰隆轰隆的狂暴雨势，正是在合成着席卷几千公里的台风呢！

这一想，思绪也就飞出去了几千公里，中间是无垠的沧海巨涛。家，那个我们常年居住的屋子，多么遥远，遥远到了无法度量。在这个草莽小岛上，似乎一切都随时可以毁灭，毁灭得如蝼蚁，如碎草，如微尘。我的羸弱的妻子，就在我身旁。

她闭着眼，已经很久颗粒未进，没有力气说话，软软地躺着。小岛不会有医生，即使有，也叫不到。彻底无助的两条生命，躲在一个屋顶下，屋顶随时可能被掀掉，屋顶外面的一切，完全不可想象。这，就是古往今来的夫妻。这，就是真实无虚的家。

我和妻子对家的感受，历来与故乡、老树、熟路关系不大。每次历险考察，万里大漠间一夜夜既不同又相同的家。漂移中的家最能展示家的本质，危难中漂移最能让这种本质刻骨铭心。

总是极其僻远，总是非常陌生，总是天气恶劣，总是无法开门，总是寸步难行，总是疲惫万分，总是无医无药，总是求告无门。于是，拥有了一个最纯净的家，纯净得无限衰弱，又无限强大。

六

大自然的咆哮声完全压过了轻轻的敲门声，然而，不知在哪个间隙，还是听到了。而且，还听出了呼叫我们的声音，是汉语。

赶快开门。一惊，原来是那位走遍了太平洋南部和西部几乎所有大岛的海洋历险家。他叫杨纲，很多年前是北京一名年轻的外交官，负责过南太平洋国家的交往。多次往返，就沉浸在那里了，又慢慢扩展到西太平洋。因喜爱而探寻，因探寻而迷恋，他也就辞去公职，成了一名纵横于大洋洲的流动岛民。

不管走得多远，心里却明白，一个中国人在病倒的时候最需要什么。他站在门前，端着一个小小的平底铁锅，已经熬了一锅薄薄的大米粥，还撒了一些切碎的青菜在大米粥里。

我深深谢过，关上门，把小铁锅端到妻子床前。妻子才啜两口，便抬头看我一眼，眼睛已经亮了。过一会儿，同行的林琳小姐又送来几颗自己随身带的"藿香正气丸"。妻子吃了就睡，第二天醒来，居然容光焕发。

青菜大米粥，加上藿香正气丸，入口便回神，这就是中国人。

这就牵涉到了另一种"家"，比在风雨小屋里相依为命的"家"要大得多。但这个"家"更是流荡的，可以流荡到地球上任何地方。中国有一个成语叫"四海为家"，听起来气象万千，可惜这"四海"两字，往往只是虚词。

对我和妻子来说，我们的家，是一个漫无边际的大海，又是一个抗击风浪的小岛。"家"的哲学意义，是对它的寻常意义的突破。因此，这次居然走得那么远。

七

这个岛上，多年来已经住着一个中国人，他叫陈明灿。作为唯一的中国人住在这么一个孤岛上，种种不方便可想而知，但他一直没有要离开的意思。我想只有一个理由，那就是他实在太爱海、太爱岛了。他也是那种在本性上"四海为家"的人，没有海，就没有他的家。

老家，在广东河源。他曾漂流到太平洋上另一个岛屿帕劳生活了十年，后来又来到了这里。他现在无疑是岛上的"要人"了，开了一个小小的农场，陆续雇来了五个中国职工。酋长有事，也要找他商量。

他居住的地方，是一间可以遮蔽风雨的简单铁皮棚屋，养着几只家禽，放着一些中国食物。他装了一根天线，能接收到香港凤凰卫视，因此见到我便一顿，立即认出来了。在太平洋小岛上听一位黑黝黝的陌生男子叫一声"秋雨老师"，我未免一惊，又心里一热。

在岛上还遇到了一对中国的"潜水夫妻"，那就比陈明灿先生更爱海了。全世界不管什么地方只要有良好的潜水点，他们一听到就赶去，像是必须完成的功课，不许缺漏。去年在非洲塞舌尔的海滩，他们一听说这里有上好的珊瑚礁，就急忙赶过来了。丈夫叫李明学，辽宁铁岭人。我一听铁岭，就聊了几句熟人赵本山。妻子是沈阳人，叫张欣。我一听这个名字，又聊了几句熟人潘石屹，他太太也是这个名字。

李明学、张欣夫妇原本都有很好的专业，在上海工作。但是他们在读了不少有关"终极关怀"的古今文本之后，开始怀疑自己上班、下班的日常生态，强烈向往起自由、自在、开阔、无羁的生活，于是走向了大海。在大海间，必须天天挑战自己的生命，于是他们又迷上了潜水。

"我先在海岸边看他潜水，自己不敢潜。后来觉得应该到水下去陪他。从马尔代夫开始学，终于，等到用完了二十个气瓶，我也潜得很自如了。"张欣说。

"这么多年总是一起潜水，必须是夫妻。"张欣突然说得很动情，"潜水总会遇到意外，例如，一个人气瓶的气不够了，潜伴就要立即用自己的气瓶去援助。如果不是夫妇，首先会考虑自身安全。我丈夫喜欢在水下拍摄各种鲨鱼，这也有很大危险，我必须长时间守在他身边，四处张望着。只有夫妻，才耐得下这个心。"

"世上的潜水夫妻，天天生死相依，一般都没有孩子，也没有房子。脑子中只想着远方一个个必须去的潜水处。欧洲有好几个，更美的是南美洲。阿根廷、巴西、玻利维亚、厄瓜多尔、哥伦比亚，都有潜水者心中的圣地。对中国潜水者来说，近一点儿的是东南亚，马来西亚、印尼、菲律宾、泰国，都有。澳大利亚也有很好的潜水处。我们中国海南岛的三亚也能潜，差一点儿。"

她用十分亲切的语调讲述着全世界的潜水地图，就像讲自己的家，讲自己庞大的亲族。

八

两个月前，这个海岛上来了另一对夫妻，住了一个月就走了，与我们失之交臂。他们对海的痴迷，我听起来有点儿惊心动魄。

丈夫是比利时人，叫卢克（Luc），妻子是美籍华人，叫贾凯依（Jackie）。他们居然在不断航行的海船上住了整整二十五年！

靠岸后当然也上岸，做点儿谋生的事，但晚上必定回到船上。从一个海岸到另外一个海岸，每次航行一般不超过半个月，为的是补充淡水和食物。在航行途中，晚上两人必须轮流值班，怕气象突变，怕大船碰撞，怕各种意外。

由于走遍世界，他们船上的设备也在年年更新，卫星导航、电脑、冰箱，都有了。但在茫茫大海中，在难以想象的狂风巨浪间，他们二十五年的航行，与那个凭着天象划独木舟的土著大叔，没有太多区别。

渺小的人，一个男人和一个女人，走了一条坚韧的路，而且是水路、海路、一条永远不可知的路，当然也是一条惊人的生命之路、忠贞的爱情之路、人类的自雄之路。

我们能设想这二十五年间，日日夜夜在狭小的船上发生的一切吗？我觉得，人类学、伦理学、文学、美学，都已经被这样的夫妻在晨曦和黄昏间，轻轻改写。

我看到了贾凯依的照片，果然是一个中国人，相貌比年龄更为苍老。那是狞厉的空间和时间，在一个中国女性身上留下的浓重印痕。

很多航海者告诉我，夫妻航海，年年月月不分离，听起来非常浪漫，其实很难坚持，首先离开的必定是妻子，因为任何女性都受不了这种生活。因此，这对能在大海上坚持二十五年的夫妻，关键性的奇迹，在于这位中国女性。

看着照片，我想起一路上所见的那一批批爱海、爱岛爱到了不可理喻的中国人。因此我必须说，中国文化固然长期观海、疑海、恐海、禁海，而对无数活生生的中国人来说，则未必。他们可以入海、亲海、依海，离不开海。文化和生命，毕竟有很大不同。

其实，从河姆渡、良渚开始，或者更早，已有无数从中国出发的独木舟，在海上痴迷。可惜，刻板的汉字，与大海不亲。伟大的航海家郑和葬身在哪个海域、哪个海岸，居然也没有清晰记载。中国的一半历史，在海浪间沉没了。慵懒的巷陌学者，只知检索着尘土间的书本。那些书本上，从未有过真实的大海，也没有与大海紧紧相融的中国人的生命。

幸好到了一个可以走出文字、走出小家的时代。终于有一批中国人惊动海天，也唤醒了中国文化中长久被埋没的那种生命。

在密克罗尼西亚的日日夜夜，妻子几次看着我说："早该有一条船……"

我知道她这句话后面无穷无尽的含义。

我说："必须是海船。"

她一笑，说："当然。"

三十年纪念版附辑

说明

《文化苦旅》及其后续，在我的其他著作中多有谈及。特选了其中七篇，作为这个"三十年纪念版"的附辑。它们是——

一、《绣花婴儿鞋》。这是我的记忆文学《借我一生》中的一章。这部记忆文学在二十年后再版时，我又给每一章写了一篇"隔代之悟"，这一章的那一篇也一并收录了。

二、《〈千年一叹〉序》。《千年一叹》曾与《文化苦旅》一起，被选入香港教授们编的"古今中外必读名著五十部"。今将这篇短序编入附辑。

三、《鱼尾山屋》。这是我冒着生命危险贴地考察与中华文明同龄的世界古文明遗址后，在尼泊尔博克拉"鱼尾山屋"所做的整体回想，包括了《千年一叹》最后一部分"整理一路感受"的六个段落。现删去每个段落的标题，合为一篇。

四、《上世纪的最后一篇日记》。同样写于"鱼尾山屋"，与上述回想呼应。本文曾收入《暮天归思》一书。

五、《〈行者无疆〉序》。《行者无疆》是继《千年一叹》之后，延续《文化苦旅》的第二行程，主要是考察欧洲九十几个历史名城，在对比中寻找中华文明的缺憾。

六、《北欧寒夜》。这是第二行程的总结性思考，是《行者无疆》一书的最后一篇，书中标题为《总结在寒夜》。

七、《祭笔》。回忆我一生的执笔历程，不少内容与考察国内外文化遗址有关。此文曾收入《门孔》一书。

有了这些文章，"三十年纪念版"也就成了"三十年延续版"。因此，附在书后是恰当的。

多谢广大读者一路相伴。

余秋雨

辛丑年寒冬之夜

绣花婴儿鞋

祖母去世之后，我很少回去看望爸爸、妈妈。

以前是因为繁忙，后来是因为远行。

爸爸、妈妈很想能经常见到我，却完全不想知道我在外面做什么。对于我写了什么书、走了什么路，怎么做了院长，又怎么辞职，他们都不清楚。

为了更深入地了解中华文明，我不仅要走完中国古路，还要摸遍世界废墟。但是，那数万公里，却是古墓荒草、血污凶道。直到今天，国际上没有一个人文教授走通。这个纪录，要由我来打破了。

那一次，我准备出发去考察全世界所有最重要的古文明遗址，目的是与中华文明进行全方位深度对比。因此，决定不乘飞机，只驾吉普车贴地而行。这当然是九死一生的漫漫长路，马兰抿着嘴唇看了半天世界地图，最后一撩长发说："那就必须与爸爸、妈妈做一次隆重告别。"

到了爸爸、妈妈那里，我只是出神地看着他们，什么也不说。谁知，妈妈向马兰招手，把她引进了卧室。

妈妈对马兰说："今天，我要送你一个好东西。"说着，打开了一个绸布包，取出一双精致的绣花婴儿鞋。

"这是秋雨出生下地后，穿的第一双鞋，你收着。"妈妈说。

马兰立即激动起来，说："妈，您知道不知道，就是那双肉团团的小脚，走遍了全中国，还想走遍全世界！"

由于路越走越远，越走越险，也就越来越不能告诉父母亲，我去了哪里，将去哪里。

在中东和南亚的恐怖主义控制地区，每时每刻都有可能失去生命，而这生命是父母亲给的。我心头突然一恸：他们的东西丢失在他们从来没听说过的地方，这对他们很不公平。

马兰瞒着双方老人，也陪着我走了一段。

那些堆积如山的废墟，那些巨石贮留的辉煌，那些不知由来的恐怖，给这位典型的中国艺术家带来了巨大的冲撞。每次，她都会快速攀登上那些发生过重大流血事件的山冈，前前后后看个究竟。更让她震撼的是眼前一系列破碎的艺术遗迹，虽然非常陌生，却立即就能感知非常伟大。她听到雄浑的晚祷声，黯然泪下，一次次披上当地的白色长巾在神秘的碑刻前长久站立，我曾为她拍下几张照片。

记得在耶路撒冷一条小巷道的石窟咖啡馆里，我们坐在一起，看着门外慌乱行走的神秘人群。我移了一下凳子，郑重地告诉她："我对文明和文化的看法，全变了。"

她说："我的看法也变了，先听你说。"

我说："我出发的时候，只想对比中华文明和其他古文明的差异。但一路上看到，不同文明之间的差异并不重要，重要的是，所有的文明都面临着共同的大灾难：恐怖主义、核竞赛、族群仇视、传媒蛊惑、地震海啸、气候暖化、大规模传染病。美国哈佛大学的亨廷顿教授看不到这一切，只看到不同文明之间的冲突。我现在完全明白，他错了。"

马兰对这些问题并不陌生，立即同意我的看法，但她又叹气了："我们中国的多数文化人，连亨廷顿的文明冲突论也不关心，更不要说全人类的大灾难了。他们中不少人，只想给身边的人制造点灾难。"

"恰恰是，中国多数民众喜欢观赏别人的灾难。这一点，连罗素都说过。"我说。

"那我们该怎么办？"她问。

"忍受小灾难，呼唤大善良。唤不出还是唤。一生只做一件事。"我说。

她握住了我的手。

一些埃及民众听说我们这几个中国人将要驾着吉普车继续向东，穿越目前世界上最恐怖、最危险的地区，不禁大吃一惊。他们断定我们此行凶多吉少，便在金字塔前开了一个"送别中国英雄"的音乐会。

马兰未被允许继续前行，她受到埃及朋友的感染，也深深为我担忧起来，却又不便多说什么，便上台唱了一首歌，送给我。

后来我们终于知道，埃及朋友的隆重送别并非夸张。

一九九九年十一月七日，我和几个伙伴要在无法办齐手续的情况下冒险进入伊拉克，此后行程的恐怖层级大大提高。马兰与我，在约旦佩特拉的山口告别。

这很可能是生死诀别，因此不知道说什么话。她上车后，我绕到她坐的窗口。那窗是密封的，她的脸贴着窗，我的手掌从外面拨去窗上的尘沙，画着，按着。

她后来告诉我，车开走后，她看我像一根木头一样插立在中东的旷野里，一动不动。等到看不见了，她的手就从窗里边合着我刚刚留下的手掌印，很久。这儿的天气已冷，车窗很凉，她只想，什么时候，我的手掌印能够重新回暖。

当天，我日记上写的是："妻子，但愿我们此生还能见面。"

但是，当她回到国内家里，打开电视，听到的是我们几个在伊拉克失踪的消息。

其实是伊拉克当局封死了我们所有的通信工具，包括手机，我们像无头苍蝇一样到处乱窜。

她知道中东的局势，判断我凶多吉少，就每天不出门、不吃饭、不睡觉、不梳洗，成天趴在电视机前，面无人色，蓬头散发。直到我们找到大使馆，报告我们还活着，她才大哭一场。

其实，比伊拉克更凶险的，是伊朗、巴基斯坦、阿富汗的边境地区。

在那里工作了十几年的外交官和记者都不敢去，他们都无数次地来劝阻我们，特别是劝阻我。劝阻的理由很充分，因为当地的恐怖主义组织早已习惯通过绑架外国人质来索取赎金，包括一次次绑架中国人质。

但是，古代文明发祥地陷落为当代恐怖主义的泥淖，这个事实太震撼、太艰深了，我必须一一抵达，并向全世界报道。

真正完整地穿越这些泥淖的第一人居然是中国学者，我隐约看到了张骞和司马迁的远天微笑。

　　终于活着回到了国内。

　　好几个国家在第一时间翻译了我每天传回的考察日记，出版后极为轰动。我也想把一路的灾难感受好好地告诉国人，完成一系列宏观的文明比较。然而没想到，国内正用一种浓缩的灾难"欢迎"我，那就是全国大量报刊都登载着诽谤我的文章。

　　明明看到了老家的炊烟，却又遇到了剪径的马帮。

隔代之悟

很多朋友都会高度评价我在不正常的时代偷偷潜入外文书库编写《世界戏剧学》的勇敢，以及后来在仕途亨通之时断然辞职的举动。其实，我认为更重要的行为是在二十世纪最后的年月冒着生命危险考察了人类各个重大文明遗址。为什么更重要？因为——

一、这是在为中华文化寻找国际对比坐标；

二、这么完整的考察，在世界人文学者中是第一人；

三、沿途时时与恐怖主义遭遇，确实非常危险；

四、这个行程受到各国目光的密切关注，彰显了中国文化人有可能达到的行为能力，我也因此被外国媒体评为"跨越世纪十大人物"；

五、这个行程让我对恐怖主义、文明冲突、人类危机等重大课题产生了新的判断，并通过一系列文章和演讲成了国际话题。

正因为这五点，美国哥伦比亚大学夏志清教授赞誉我为"当今世界最重要的文化探险家"。

这是过誉，但事情确实不小。我，这个从灾难中走出的人，终于完成了对灾难的三重体验：体验家庭灾难，体验国家灾难，体验人类灾难。

三重灾难逐次扩大，我也就把自己的人生建筑在"灾难哲学"之上，并把这种哲学伸拓到了人类学的高度。

我在小时候就知道，人生离不开灾难，人品就看怎么面对灾难，首席导师就是我祖母。在青年时期又知道，家庭灾难就是国家灾难、人民灾难，因此应该抗争，首席导师是我叔叔。在成年之后知道，国家灾难和人民灾难虽然庞大，却可以靠我们自己来逐一转化，首席导师是我自己。终于到了世纪末，我更知道，世界的灾难远远超出人们的想象，我们只有在广阔的时空对比中重建理性和慈爱，才有一点希望，首席导师值得期待。

在中东和西亚的恐怖荒原上，我一次次在踽踽独行中打量自己在沙漠残阳中长长的影子，心想，这个在第二次世界大战灾难之后出生的婴儿，一生与灾难耗上了，即使到了如此绝望的远方，也能平静地来审视更大的灾难。

曾经翻译过我不少著作的一个日本教授发表了这样的评论："为什么这条世界灾难的长途首先由一个中国学者走完？因为他生于灾难，立于灾难，又走出了灾难，最懂得灾难哲学。"

这话让我高兴，但也有一点异议。

人类永远不可能全然走出灾难——这是灾难哲学的第一课，也是最后一课。

这一节的实际体量很大，读者有兴趣可参阅《千年一叹》、《行者无疆》、《门孔》等著作。我用"绣花婴儿鞋"作为此章标题，一方面是想把柔软的起点与万里险途构成文学对比，另一方面则是表达一种神秘：我妻子在我出发探险的前一刻从我妈妈手中得到这双绣花婴儿鞋，仿佛是天地暗示。

《千年一叹》序

一

我辞去院长职务之后，便披了一件深褐色的薄棉袄，独自消失在荒野大漠间整整十年，去寻找中华文化的关键性遗址。

当时交通还极其不便，这条路走得非常辛苦。总是一个人背着背包步行，好不容易见到一个乡民就上前问路，却怎么也问不清楚。那年月，中国各地民众刚刚开始要去摆脱数百年贫困，谁也没有心思去想，在数百年贫困背后，是否还蕴藏着数千年魂魄。

终于，我走下来了，还写成了《文化苦旅》和《山居笔记》，与广大读者一起，梳理了中华文化的经络。

接下来的问题无法回避：这样一种悠久的文化，与人类的其他文化相比处于什么地位？长处在哪里？短处又在哪里？

在寻访中华文化遗址的十年间，我也曾反复想过这些问题，还读过不少对比性的文献。但是，我只相信实地考察，只相信文化现场，只相信废墟遗迹，只相信亲自到达。我已经染上了卢梭同样的毛病："我只能行走，不行走时就无法思考。"我知道这种"只能"太狭隘了，但已经无法摆脱。对于一切未经实地考察所得出的文化结论，本不应该全然排斥，但我却很难信任。

因此，我把自己推进到了一个尴尬境地：要么今后只敢小声讲述中国文化，要么为了能够大声，不顾死活走遍全世界一切最重要的废墟。

我知道，后一种可能等于零。即便是人类历史上那几个著名的历险家，每次行走都有具体的专业目的，考察的范围也没有那么完整。怎么能够设想，先由一个中国学者把古文化的荒路全部走遍？

但是，恰恰在最不可能的地方出现了可能。就在二十世纪临近结束的时候，天意垂顾中国，香港凤凰卫视突然立下宏愿，要在全球观众面前行走数万公里，考察全人类最重要的文化遗址，聘请我担任全程主持。

二

整个行程，是一门伟大的课程。

面对稀世的伟大，我只能竭力使自己平静，慢慢品咂。但是，当伟大牵连出越来越多的凶险，平静也就渐渐被惊惧所替代。

吉普车贴着地面一公里、一公里地碾过去，完全不知道下一公里会遇到什么。前方的信息越来越吃紧：这里，恐怖主义分子在几分钟内射杀了几十名外国旅客；那里，近两个月就有三批外国人质被绑架；再往前，三十几名警察刚刚被贩毒集团杀害……

我这个人，越到最艰难的时刻越会迸发出最大的勇气，这大概是儿时在家乡虎狼山岭间独自夜行练下的"幼功"。此刻我面对着路边接连不断的颓壁残堡、幢幢黑影，对伙伴们说："我们不装备武器，就像不戴头盔和手套，直接用自己的手，去抚摸一个个老人身上的累累伤痕。"

如此一路潜行，我来不及细看，更来不及细想，只能每天记一篇日记，通过卫星通信发送到世界各地的华文报纸，让广大读者一起来体会。但在这样的险路之上，连记日记也非常困难。很多地方根本无法写作，我只能趴在车上写，蹲在路边写。渐渐也写了不少，我一张张地放在一个洗衣袋里，积成了厚厚一包。

在穿越伊朗、巴基斯坦、阿富汗边境这一目前世界上最危险地段时，我把这包日记放在离身体最近的背包里，又不时地把背包拉到身前，用双手抱着。晚上做梦，一次次都是抱着这个背包奔逃的情景。而且，每次奔逃的结果都一样：雪花般的纸页在荒山间片片飘落，匪徒们纷纷去抢，抢到了拿起来一看，却完全不认识黑森森的中国字，于是又向我追来……

三

这雪花般的纸页，终于变成了眼前的这本书。

从纽约发生"9·11"事件后的第二天开始，我不断收到海内外很多读者的来信、来电，肯定这本书较早地指出了目前世界上最恐怖地区的所在，并忧心忡忡地发出了警告。韩国和日本快速地翻译了这本显然太厚的书，并把这件事说成是"亚洲人自己的发现"。

不久，联合国举办的"世界文明大会"邀请我，向世界各国代表讲述那再也难以重复的数万公里。但是，我在演讲的开头就声明，我自己最看重的，不是发现了那数万公里，而是从那数万公里中重新发现了中国文化。

熟悉我文风的读者，也许会抱怨这本书的写法过于质朴，完全不讲究文采。那就请原谅了。执笔的当时总是极为紧迫，完全没有可能进行润饰和修改。过后，我又对这种特殊的"写作状态"分外珍惜，舍不得多加改动。我想，匆促本是为文之忌，但是，如果这种匆促出自于一种万里恐怖中的生命重压，那就是另一回事了。

鱼尾山屋

一

从加德满都向西北方向走二百公里山路，就到了一个叫博克拉（Pokhara）的地方。早就听说，很多西方旅行者走到这里就迈不开步了，愿意在这么一个山高路险的小地方长时间住下来。特别是一些老者，住过一阵之后甚至决定在这里了此残生。能做出这样的决定，是一件了不起的事，为此，我不能不停下步来，四处打量。

不错，这个地方虽然紧贴在喜马拉雅山脚下，却没有一般人想象的凛冽。正是那山，稳稳当当地挡住了北方的寒流，留下一个阳光南坡，花树茂盛。但是，毕竟又依傍着雪山，这里不可能炎热。这一来，无尽的冰雪在这里融化，淙淙琤琤，至浩浩荡荡，成了南方一切大河的共同起源。

乘坐一种拉缆浮筏，渡过了一条清澈的雪水河，住进了山脚下一家叫鱼尾山屋（Fish Tail Lodge）的旅馆。

我呆呆地看着周围的风景。雄伟，雄伟到了无法再雄伟；柔和，又柔和到了无法再柔和。它们怎么就这样天然地融合在一起了呢？草草地吃过晚餐，再来看。天色已经重了，先退去的是柔和，只剩下侧光下暗森森的雄伟。很快，雄伟也退去了。立即觉得一股寒气压顶而来，便抱肩回到屋里。

屋里有炉子，我点上火，看着火焰。发现炉边桌上有蜡烛，我也顺手点上。忽然觉得这屋里不必有电灯，便伸手关了。屋子立即回到古代，暗暗地听任炉火和烛光一抖一抖，反而觉得温暖和安全。但是我又拍着自己的头站起身来，心想这间古代的小屋竟然是在喜马拉雅山脚下，我竟然独自躲在里边沉思和写作！此情此景，连屈原、李白、苏东坡知道了都会瞠目结舌，我是多么奢侈。

到窗口看看，什么也看不到。回到桌前坐下，刚想写几句便断然搁笔。我历来相信，身处至美之地很难为文，今夜又是一个证据。既然窗外黑黑，笔下白白，更兼一路劳顿，我很快睡着了。

清晨醒来，立即起身，推门出去，我抬头看到，朝霞下的喜马拉雅山就在眼前。但是，旭日染红峰顶的景象，却被另外一些山峰挡住了。我仔细打量，发觉只要越过前面的那条雪水河到对岸，就能看到。于是，立即赶到河边，那里，已经有早起的拉筏工人在忙碌。

我上了筏子，与工人一起拉绳索，但一拉就缩手了。因为绳索已经在河水里浸泡了一夜，很冷。拉筏工人笑了，说："我一个人拉就可以了。你真幸运，这山峰被云雾罩了五天，今天才露脸。"

看过了晶莹剔透又泛着红光的雪峰，我又乘筏回来，返回旅馆的房间。这时我明白了，这鱼尾山屋，就是我要整理一路感受的地方。

二

我头顶的喜马拉雅山，以极端的地理高度给了我一种思维高度。它让我一再移位，设想着它俯视世界的清冷目光。在它的目光里，人类的出现、文明的构成，都是在最近很短时间里发生的小事。它的记忆，无边无涯，绝大多数与人类无关。

有了它，我们谈论人世间的事，心情就可以放松了。

我这次，把中国之外的人类主要古文明，全都巡拜了一遍。这件事，以前没有人做完过。一路上确实遇到过很多危险，居然全部奇迹般穿越，到今天终于可以说是安全通过了。其原因，是此行合乎"天命"。

回想我所看到的那么多古文明发祥地，没有例外，都已衰落。在它们面前，目前世界上那些特别发达的地区，完全算不上年岁。而它们的年岁，却成了当代文明地图上的褐瘢。年岁越高，褐瘢越深，麻烦越多。

一切生命体都会衰老，尤其是那些曾经有过强劲勃发的生命体，衰老得更加彻底。这正印证了中国古代哲学所揭示的盛极必衰、至强至弱的道理，对我来说，并不觉得难以理解。但是，当我从书本来到实地，看到那些反复出现在历史书上的熟悉地名与现实景象的可怕分裂，看到那些虽然断残却依然雄伟的遗迹与当代荒凉的强烈对照，心中还是惊恐莫名。人类，为什么曾经那么伟大却又会那么无奈？文明，为什么曾经那么辉煌却又会那么脆弱？历史，为什么曾经那么精致却又会那么简单？……面对这样的一系列大问题，我们的生命微若草芥。

我们这次首先抵达的古希腊文明遗址，从一开始就展现了人类古代文明的至全至美，几乎到了无可企及的高度。帕提侬神庙下，我所熟悉的古希腊悲剧、亚里士多德、维纳斯，再加上远处的奥林匹亚，几乎把人类最健全的生命方式铸造完满。能看到这些踪迹已是万幸，谁知，我又拜见了比这一切更早一千多年的克里特岛上的米诺斯王朝和《荷马史诗》中的迈锡尼！如果说，古希腊悲剧与中国的老子、孔子同龄，那么，克里特和迈锡尼就与炎帝、黄帝、尧、舜、禹的传说时代连在一起了。不同的是，他们的传说有了那么完整的实证。

平心而论，像迈锡尼那样的山间城堡，我还能想象，而让我感到匪夷所思的，是克里特岛上的生活。平等、通透、舒适、神奇，处处显得相当现代。其中，排水系统、卫浴系统的先进和时尚，使人觉得时间停滞了，我们可以一步跨入。但是，它们居然已经毁灭了几千年。毁灭的过程姑且不论，它们至少已经表明，它们并不是因为"过时"才毁灭的。既然我们可以一步跨入它们，那么，毁灭也可以一步跨入我们。

克里特岛是古代地中海的贸易中心，它雄辩地证明了人类早期的交流水平。至今国际上还有不少学者否定它跻身人类几个主要古文明的资格，理由就是它沉淀了很多美索不达米亚文明和古埃及文明的元素，算不上一个独立的原创文明。但在我看来，它在本性上与那两大文明有极大的区别，是一种"交流中的原创"。它如果无缘跻身人类主要古文明，只有一个理由，那就是它毁灭得太早又太彻底。等到一千多年后雅典城邦里的那些文化盛事，与它已经没有任何关系。而那些盛事，已进入公元前后，算不得严格意义上的"古文明"了。

克里特岛上的古文明，毁灭原因至今无法定论，而我则偏向于火山爆发一说，我在前面的日记里说过理由。无论如何，这是一种高度成熟文明的突然临危，真不知它的最后状态是庄严、悲壮的，还是慌乱、绝望的。天下任何一种文明都不能幻想自己长生不老，却能在最后的日子里选择格调。也许有人说，都已经要灭亡了，还要什么格调？我说，正因为要灭亡了，只剩下了格调。

古文明最坚挺的物质遗迹，莫过于埃及的金字塔了。金字塔隐藏着千千万万个令人费解的奥秘，却以最通俗、最简明的造型直逼后代的眼睛。这让我们领悟，一切简单都是艰深的。人类古文明，远比人们想象的复杂。埃及文明所依赖的，是那条被沙漠包围的尼罗河。被沙漠包围，看起来像是坏事，却使它有了辽阔的"绝地屏障"，处境相对比较安全，保障了一个个王朝的政治连续性。这与战火频频的美索不达米亚文明相比，就安定得多了。但长久的安定也使它越来越保守，并因保守而维持极权。由于极权，它可以集中惊人的力量营造雄伟的建筑，却似乎没有发生过任何冲突，因此也不必有美索不达米亚文明的那种《汉穆拉比法典》；由于极权，它负责全体臣民的生活，却不必建立与臣民进行理性沟通的机制，因此也使整个文明不具备足够的可理解性。当时就很难理解，更不必说后来了。在雄伟的极权气氛中不求理解地生存，必然会带来一种自足的乐观。因此，当年尼罗河听到的笑声必然要比底格里斯河、幼发拉底河、约旦河多得多。而在那些河畔，连歌声都是忧伤的。

古埃及文明中断了，一种雄伟的中断。中断的原因还有待于探索，在我看来，主要原因可能是：过于极权的王朝必然会积累起世袭的官僚集团，而靠着漫长的尼罗河为生的农业经济又必然使各个地方政权有资本与法老的极权统治对抗；法老"半神半人"的神秘光环又必然使他们缺少处理地方政权对抗的能力。于是，分裂频频发生，外族侵略也有机可乘……我从开罗到卢克索的一路上，沿着尼罗河穿行七个农业省，一直在体会着这种判断。

古埃及文明湮灭的程度相当彻底。不仅卢克索太阳神庙廊柱上那些象形文字早已与世隔绝，人们难于从文本中读解古埃及，而且，更严重的是，由于外族入侵后的长久统治，人们从血缘到信仰都已经很少保留古埃及的脉络。因此，尽管金字塔还会一直矗立下去，但是支撑它的文明基座早就消失在撒哈拉大沙漠的烈日和夜风中，无法寻找。

这种消失，一定是一件坏事吗？倒也未必。因为，时间实在太长了。

三

我们"出埃及"的路线与古代以色列先哲的路线大致相同，那就是穿越不可思议的西奈沙漠。但是，这种神圣情怀很快就被忧虑和惊恐所取代。中东啊中东，从约旦河两岸到底格里斯河、幼发拉底河，再从伊朗高原延伸到南亚的巴基斯坦和阿富汗边界地区，麻烦的事情实在太多了。

但是，正是这个地方，拥挤着人类几个特别辉煌的古文明。巴比伦文明、波斯文明、印度文明、希伯来文明、阿拉伯文明……密密层层的马蹄，敲击着古代空旷的地球。它们都曾经以为，普天下的命运就维系在自己手上的缰绳间。果然，它们都对人类做出了极大的贡献。现在世界上那些后起的文明，不管有多么得意，不管有多少发明，在宏伟的原创意义上，根本无法与它们相提并论。但是，这次我确确实实看到了，这么一片悠久而荣耀的土地，全然被极端主义的冲突闹得筋疲力尽、遍地狼藉。

冲突的任何一方都有痛切而铿锵的理由，极端主义的吸引力就在于痛切和铿锵，这就使任何一方都无法后退。这种群体性的极端情绪再与各自的宗教、历史、文化一拌和，冲突立即变成了不可动摇的信仰。大家都拒绝理性，拒绝反思，有时看起来似乎出现了理性与反思，其实都只是斗争策略。这样，每一方都被自己绑上了"精神盔甲"，表面上强大而勇敢，实质上狭隘而气闷。更麻烦的是，长期处于这种状态之下的人群，是无法照料好生活秩序和社会秩序的，结果都因生态沦落而失去真正的个体尊严。失去个体尊严的人群，对自己和别人的生命价值评判都很低微。恐怖活动、自杀炸弹、绑架威胁，都可以不假思索乃至兴高采烈地进行。

极端主义说到底并没有"主义"，只是一种极端的情绪加上极端的行为。因此，在这片曾经非常神圣的土地上，人们在抬起头来仰望一个个世界级"王者"雄魂的同时，又不得不低下头来俯视一场场不知所云的恶斗，实在不胜唏嘘。

如果要追根溯源，极端主义的产生，也与那些"王者"的跨国远征有关。在古代，不同文明之间的征战，十分残酷。因为彼此都在艳羡、嫉妒和畏怯，一旦征服就必须把对方的文明踪迹全都荡涤干净。例如，曾一再地出现过占领耶路撒冷后纵火毁城，然后再挖地三尺来消除记忆的事；出现过占领巴格达后开闸放水，以底格里斯河的河水来冲洗文明遗迹的事；甚至还出现过在占领的土地上撒盐和荆棘种子，使之千年荒芜的事。正是这种文明之间的远征和互毁、灭绝和复仇，埋下了极端主义的种子。于是，文明最集中的地带，成了仇恨最集中的地带。

难道，这就是"盛极必衰"的契机？

我由此产生的伤感，无与伦比。因为这等于告诉人们，大家为之毕生奋斗的目标，本身极不坚牢，奋斗的结果很可能完全出乎意料。

一路走来，每一块土地都是有表情的。希伯来文明虔诚而充满忧郁，坚韧而缺少空间。它从一开始就受尽苦难，长期被迫流浪在外，处处渗透又处处受掣，永远处于自卫图存的紧张之中。希伯来文明充满智慧，今天的现实生态在中东的各个族群中首屈一指，但这种紧张仍然挥之不去，散落在那么多人的衣冠间、眼神里。在耶路撒冷街边坐下喝咖啡，就能感受到这种紧张弥漫四周。一种文明处于这种状态是非常值得同情的，但它的气象终究不大，或者说，想大也大不了。

按照我的学术标准，阿拉伯文明远远算不上人类的"古文明"。但是，它在公元七世纪之后以一往无前的气魄征服过好几个"古文明"，直到今天还保持着巨大的空间体量和严整的礼拜仪式，成为当代世界文明中特别重要的一员。它与其他文明之间的恩怨情仇，从古代到现代都显得非常严峻。它自身的冲突，也十分激烈。我这一路，从埃及开始，能够完全跳开阿拉伯文明的机会极少，因此对它特别注意。我发觉这是一种沙漠行旅者的强悍生态，与农耕文明、草原文明、海洋文明的本性很不一样，但最终却又融合了其他各种文明。它有能力展开宏伟的场面，投入激烈的战斗，建立辽阔的王国，却一直保持着一种全方位的固守和执着。它与其他文明的长久对峙，一定埋藏着一系列误会，但这些误会似乎已经无法全然解除。这是它的悲剧，也是全人类的悲剧。

伊拉克的巴格达，曾经成为阿拉伯帝国的首都，那是一个极尽奢华的所在，统治着非常庞大的国土。其实谁都知道，在这之前二十多个世纪，这里已经建立过强大的巴比伦帝国。从巴比伦帝国再往前推，早在五六千年之前，这儿的苏美尔人已经创造了楔形文字，发展了天文学和数学。这一切几乎都领先于其他文明，因此后来有不少学者认为这是其他文明的共同起点。这种想法早已被证明是错误的，其他几个文明各有自己的起点，但这块土地仍然是人类文明史上的最初开拓地。遗憾的是，高度早熟引来了远远近近的觊觎，而这个地方又处于四通八达的开阔地带，入侵太容易了。入侵者成了主人，主人也逃不出这个极盛极衰的轮回。例如巴格达成为阿拉伯帝国的首都后终于入不敷出，日渐疲弱，便遭到北部、南部、东部的攻击……总之，最宏大的文明盛宴引来了最密集的征战刀兵，这儿由反复拉锯而成了一个永久性的战场，直到今天。

我想，世上研究人类文明史的学者，如果有一部分也像我一样，不满足于文本钻研而寄情于现场感悟，那么，最好能在安全形势有了改善之后，争取到巴比伦故地走一走。那儿的文物古迹已经没有多少保存，但是，即便在那些丘壑草泽边站一站，看着凄艳的夕阳又一次在自己眼前沉入无言的沙漠，再在底格里斯河边想一想《一千零一夜》的故事，体会文明荣枯的玄机，也就会有极大的收获。

我在那片土地上想得最多的是，反复的征战，不管是打别人，还是自己被别人打，时间一长，必然会给人们带来对残酷的适应，对是非善恶界限的麻木。祖祖辈辈都缺少有关正常生活的记忆，灾难时时有可能在身边发生，自己完全无法掌控命运，根本无从辨别起因，好像一切都是宿命，因此只能投向宗教极端主义。宗教极端主义的参与者其实都放弃了思考，只是用最简单的方式把自己的灾难转嫁并扩大为别人的灾难，并在这个过程中获取灭绝性的盲目快感。在那个伟大的文明故地，几乎上上下下都被这种精神阴霾所笼罩。

在伊朗，古代波斯文明的遗留气韵让我大吃一惊。这又一次证明，文本认知和现场认知有天壤之别，尽管这种现场早就在两千五百年前成为废墟。从公元前六世纪到公元前四世纪，波斯帝国先后在居鲁士、大流士的领导下建立了西起爱琴海、东到印度河的超级庞大政权，还曾经与古希腊展开过好几次大战。它战胜过很多国家，最后又被战争所灭，灭的时间太早，使它无法成为人类重要的几大古文明之一。它告诉我们，文明的重要，不仅仅在于空间，还在于时间。

印度文明无疑是人类几个最重要的古文明之一，但我对它的感受却非常凌乱。幸好我紧紧地抓住了佛教的缆索，没有全然迷失。五千年前印度河流域的摩亨佐-达罗（Mohenjo-daro），地处现在巴基斯坦的信德省境内，我因深夜路过，未及考察，而且我也知道这与我们一般理解的古印度文明关系不大，太早了。一般理解的古印度文明，恰恰是在摩亨佐-达罗消亡之后由雅里安人入侵开始的，离现在也有三千五百多年了。印度的历史是不断受到外族侵略，又不断分裂的历史。在雅里安人之后，波斯人、希腊人、帕提亚人、西徐亚人、贵霜人、阿拉伯人、蒙古人……相继侵入，其间也出现过一些不错的王朝，但总的说来还是分多合少。古印度文明在宗教、天文、数学等方面对全人类做出过巨大贡献，但它的发展历史实在过于变幻莫测，让人难于理出头绪。其实，它自身的传承也正处于这样的状态，似乎隐隐约约都有一些脉络留存，但一次次的阻断、跌碎、混合、异化，使文明散了神。它有过太多的"对手"和"主子",有过太多的信仰和传统,有过太多的尊荣和屈辱,有过太多的折裂和消散,结果,在文明上混沌一片。

在考察波斯文明、印度文明和其他南亚文明的时候,我目睹了目前世界上最集中的恐怖主义所在。中东的极端主义已经让人头痛,再往东走却演变成更大规模的恐怖主义。这种恐怖主义与贩毒集团和地方武装互相融合,显而易见已经成为文明世界的最大威胁。滋生文明和威胁文明,全都起自于同一片土地,这是不是一种历时数千年的报应?如果是,那么,这种报应实在太使人沮丧,沮丧到甚至对人类失去信心。

对此,我们除了发出一些微弱的警告,又能做一些什么呢?

四

我考察了那么多古文明遗址,包括遗址边上的现实生态,心里一直在默默地与中华文明对比。

算起来,中华文明成形的时间,在几大古文明中不算早,应该是在苏美尔文明、埃及文明成形的一千多年之后吧,也不比印度文明和克里特文明早多少。但是,在所有的古文明中,至今唯一没有中断和湮灭的,只有中华文明。

这个历史事实,以前当然也知道,但是这次把别人家的遗址全都看了一遍,才产生全身心震撼。不是为它们震撼,而是为中华文明。

这种震撼中并不包括自豪,更多的只是惊讶。那么漫长的历史,中断和湮灭太正常了,而既不中断也不湮灭,却是异数中的异数,很让人费解。

最直接的感性冲撞，是文字。那些斑斑驳驳地爬在种种遗迹上的古文字，除了极少数的考古学家能猜一猜外，整体上与后代已经没有关系。但是，世上居然有一种文字，本来也该以苍老的年岁而枯萎了，却至今还能让亿万民众轻松诵读。什么"己所不欲勿施于人"，什么"三人行必有我师"，什么"温故而知新"，什么"君子成人之美"……从词语到意涵，都毫无障碍地从两千多年前直接传导到今天的日常生活之中，而且没有地域界限地统一传导，这难道还不奇怪吗？

随着文字，很多典章制度、思维方式、伦理规范，也大多一脉相承，避免了解读中断。这与其他古文明一比，就显得更奇怪了。

为了解释这一系列的奇怪，我一路上都用对比的眼光，寻找着中华文明既不中断又不湮灭的原因。到今天为止，我的粗浅感受大致如下——

首先，在这喜马拉雅山南麓，我不能不想到中华文化在地理环境上的安全性。除了喜马拉雅山，往北，沿着边境，还有昆仑山、天山、阿尔泰山，又连接着难以穿越的沙漠，而东边和南边，则是茫茫大海。这种天然的封闭结构，使中华文明在古代避免了与其他几个大文明的恶战。而那些古代大文明，大多是在彼此互侵中先后败亡的。

我曾在几万里奔驰间反复思忖：你看在中国商代，埃及已经远征了西亚；在孔子时代，波斯远征了巴比伦，又远征了埃及；即使到了屈原的时代，希腊的亚历山大还在远征埃及和巴比伦；而且无论是波斯还是希腊，都已抵达印度……

总之，在我们这次寻访的辽阔土地上，几大文明古国早已打得昏天黑地，来回穿梭，没有遗落。说有遗落，只有中国。

各大文明之间的征战，既是文明的"他杀"，又是文明的"自杀"。这与同一个文明内部的战争就完全不同了。中国历来内战不少，但内战各方都只想争夺文明的主导权，而不会废除汉字、消灭经典，因此中华文明没有遭受到根本性的伤害。中华文明也受到过周边少数民族的入侵，但它们都算不上世界级的大文明，与中华文明构不成文化意义上的等量级对峙，更不能吞噬中华文明。最后，反倒一一融入了中华文明。

这就牵涉到了文明体量的问题。文明的体量，包括地域体量和精神体量两个方面。中华文明的精神体量，未必高于其他古代大文明，但一定比周边少数民族所承载的文明高得多；中华文明的地域体量，如果把黄河流域和长江流域加起来，比其他古文明的地域体量总和还要大很多倍。也正因为这样，它在相对封闭的情况下没有陷于枯窘，还经常在域内进行大迁徙、大移民，躲过了很多毁灭性的灾难。

不同的环境，造成不同的经历；不同的经历，造成不同的性格。多少年的跨国互侵，一次次的集体被逐，无止境的荒漠流浪，必然使相关的人民信奉征服哲学，推崇死士人格，偏向极端主义。相反，中华文明由于没有被其他大文明征服的危险，也缺少跨国远征的可能，久而久之，也就满足于固守脚下热土而不尚远行的农耕生态。国土里边的内战又总是按照"合久必分、分久必合"的循环论指向着王道大一统，时间一长也就铸造了一种集体性格，保守达观、中庸之道、忠孝两全。中国历史上也多次出现过极端主义暴民肆虐的时期，但都不长，更没有形成完整的宗教极端主义，因此没有对中华文明造成严重灼伤。

　　说到宗教极端主义，就遇到了宗教问题。这个问题很大，我以后还要认真地做专题考察，但这次一路对比，已经强烈感受到中国在这方面的特殊性。不错，中华文明缺少一种宏大而强烈、彻底而排他的超验精神。这是一种遗憾，尤其对于哲学和艺术更是如此，但对于整体而言，却未必全是坏事。中华文明从一开始就保持着一种实用理性，平衡、适度、普及，很少被神秘主义所裹卷。中国先哲的理论，哪怕是最艰深的老子，也并不神秘。在中国生根的各大宗教，也大多走向了人间化、生命化。因此，中华文明在多数时间内与平民理性相依相融，很难因神秘而无助，因超验而失控。

　　宗教会让一个文明在较短时间内走向伟大。但是，当宗教走向极端主义，又会让一个文明在较短时间内蒙上杀伐的阴云。中华文明未曾在整体上享用前一种伟大，也未曾在整体上蒙上后一种阴云。它既然失去了连接天国的森严的宗教精神结构，那么，也就建立起了连接朝廷的森严的社会伦理结构。以儒家理性和法家权术为主导的有序管理，两千年来一以贯之。这中间，又奇迹般地找到了一千余年不间断地选拔大量管理人才的有效方法，那就是科举制度。由于科举考试总是以中华文明的精髓为核心，使得文化传承因为有无数书生的生命滋养而生生不息。因此，仅仅一个科举制度，就使社会管理的延续和文化体制的延续齐头并进。

　　至此我们可以做一个概括了。中华文明能成为唯一没有中断和湮灭的古文明，粗粗一想，大概有五个方面的原因：

　　一是赖仗于地理环境的阻隔，避开了古文明之间的互征互毁；

二是赖仗于文明的体量，避免了被小体量文明的吞食，也避免了自身枯窘；

三是赖仗于统一又普及的文字系统，避免了解读的分割、封闭和中断；

四是赖仗于实用理性和中庸之道，避免了宗教极端主义；

五是赖仗于科举制度，既避免了社会失序，又避免了文化失记。

上面这篇归纳性的粗浅感受，是在炉火旁熬夜写成的。今天白天，从清晨到晚上，我完成了一个重要旅程，那就是去蓝毗尼（Lumbini），参拜释迦牟尼的诞生地。

这条路漫长而又艰险，但几步一景，美不可言。

一边是碧绿的峭壁，一边是浩荡的急流，层峦叠嶂全是世界屋脊的余笔，一撇一捺都气势夺人。

可惜蓝毗尼太靠近印度，不让人喜欢的景象又出现了。要进入佛祖诞生的那个园地非常困难，真该好好整治一下。

一百多年前英国考古学家在这里挖掘出一个阿育王柱，上面刻有"释迦牟尼佛诞生于此"的字样。阿育王离释迦牟尼的时代不远，应该可信。现在，园地水池边立有一块牌子，上面用尼泊尔文和英文写着：著名的中国旅行家玄奘到达这里后，曾经记述蓝毗尼所处的位置，以及见到的阿育王柱和一些礼拜台、佛塔。

可见，玄奘又一次成了佛教圣地的主要证明人。

我在相传佛母沐浴过的水池里洗了手，逐一观看了一个个年代古老的石砖礼拜台，又攀上一个高坡拜谒了红砖佛柱。然后，离开这个园子，到不远处新落成的中华寺参观。中华寺还在施工，很有气派。边上，日本人、越南人都在建造寺院。

至此，我对佛教圣地的追溯性朝拜也就比较系统了。

为了拜访蓝毗尼，我们来回行车六百公里。因此在路上思考的时间很充裕。夜间所写的归纳性感受，就是路上思考的结果。

五

今天是二十世纪最后一天，也是我们在国外的最后一天。

车队从加德满都向边境小镇樟木进发。

在车上我想，尼泊尔作为我们国外行程的终点，留给我一个重要话题，一定要在结束前说一说。

那就是：没有多少文化积累的尼泊尔，没有自己独立文明的尼泊尔，为什么能够带给我们这么多的愉快？

我们不是在进行文化考察吗？为什么偏偏钟爱这个文化浓度不高的地方？

设想一下，如果我们的国外行程结束在巴基斯坦的摩亨佐-达罗，或印度的恒河岸边，将会何等沮丧！

这个问题，我前几天已经写过：难道是文明造的孽？实际上，这是对人类文明的整体责问。而且，也可以说是世纪的责问。

世界各国的文明人都喜欢来尼泊尔，不是来寻访古迹，而是来沉浸自然。这里的自然，无论是喜马拉雅山还是原始森林，都比任何一种人类文明要早得多。没想到人类苦苦折腾了几千年，最喜欢的并不是自己的创造物。

外来旅行者也喜欢这里的生活气氛，喜欢淳真、忠厚、慢节奏，喜欢村落稀疏、房舍土朴、环境洁净、空气新鲜、饮水清澈。其实说来说去，这一切也就是更贴近自然，一种未被太多污染的自然。

相比之下，一切古代文明或现代文明的重镇，除了工作需要，人们倒反而不愿去了。那里人潮汹涌、文化密集、生活方便，但是，能逃离就逃离，逃离到尼泊尔或类似的地方。

这里就出现了一个深刻的悖论。本来，人类是为了摆脱粗粝的自然而走向文明的。文明的对立面是荒昧和野蛮，那时的自然似乎与荒昧和野蛮紧紧相连。但是渐渐发现，事情发生了倒转，拥挤的闹市可能更加荒昧，密集的人群可能更加野蛮。

现代派艺术写尽了这种倒转，人们终于承认，宁肯接受荒昧和野蛮的自然，也要逃避荒昧化、野蛮化的所谓文明世界。

如果愿意给文明以新的定位，那么它已经靠向自然一边。人性，也已把自己的目光投向以前的对手——自然。

现在我们已经不可能抹去或改写人类以前的文明史，但有权利总结教训。重要的教训是：人类不可以对同类太嚣张，更不可以对自然太嚣张。

这种嚣张也包括文明的创造在内，如果这种创造没有与自然保持和谐。

文明的非自然化有多种表现。繁衍过度、消费过度、排放过度、竞争过度、占据空间过度、繁文缛节过度、知识炫示过度、雕虫小技过度、心理曲折过度、口舌是非过度、文字垃圾过度、无效构建过度……显而易见，这一切已经构成灾难。对这一切灾难的总结性反抗，就是回归自然。

我们正在庆幸中华文明延绵千年而未曾断绝，但也应看到，正是这个优势带来了更沉重的累赘。好事在这里变成了坏事，荣耀在这里走向了负面。

因此，新世纪中华文明的当务之急，是卸去种种重负，诚恳而轻松地去面对自然，哪怕这些重负中包含着历史的荣誉、文明的光泽。

即使珍珠宝贝压得人透不过气来的时候也应该舍得卸下，因为当人力难以承担的时候，它已经是一种非人性的存在。

与贫困和混乱相比，我们一定会拥有富裕和秩序，但更重要的，是美丽和安适，也就是哲人们向往的"诗意地栖居"。我预计，中华文明与其他文明的比赛，也将在这一点上展开。

我突然设想，如果我们在世纪门槛前稍稍停步，大声询问两千多年前的中国哲人们对这个问题的意见，那么我相信，他们中的绝大多数不会有太大分歧。对于文明堆积过度而伤害自然生态的现象，都会反对。

孔子会说，我历来主张有节制的愉悦，与天和谐；墨子会说，我的主张比你更简单，反对任何无谓的耗费和无用的积累；荀子则说，人的自私会破坏世界的简单，因此一定要用严厉的惩罚把它扭转过来……

微笑不语的是老子和庄子，他们似乎早就预见一切，最后终于开口：把文明和自然一起放在面前，我们只选自然。世人都在熙熙攘攘地比赛什么？要讲文明之道，唯一的道就是自然。

——这就是说，中国文化在最高层面上是一种做减法的文化，是一种向往简单和自然的文化。正是这个本质，使它节省了很多靡费，保存了生命。

六

从尼泊尔通向中国的一条主要口道，是一个峡谷。峡谷林木茂密，崖下河流深深，山壁瀑布湍急。开始坡上还有不少梯田，但越往北走山势越险，后来只剩下一种鬼斧神工般的线条，逗弄着云天间的光色。这一切分明在预示，前面应该有大景象。

果然，远处有天墙一般的山峰把天际堵严了，因此也成了峡谷的终端。由于距离还远，烟岚纱纱，弥漫成一种铅灰色。

今天阳光很好，雪山融水加大，山壁瀑布泻落时无法全部纳入涵洞，潺潺地在路面上流淌。我们几辆车干脆停下，取出洗刷工具，用这冰冷的水把每辆车细细地洗了一遍。这就像快到家了，看到炊烟缭绕，赶快下到河滩洗把脸，用冷水平一平心跳。

我们要回去的地方已经很近，就在前面。我现在想的是，我在离别之后才读懂了它。

离别之后才懂了它——这句话中包含着一份检讨。我们一直偎依它、吮吸它，却又埋怨它、轻视它、责斥它。它花了几千年的目光、脚力走出了一条路，我们却常常嘲笑它为何不走另外一条。它好不容易在沧海横流之中保住了一份家业、一份名誉、一份尊严，我们常常轻率地说保住这些干什么。我们娇宠张狂，一会儿嫌它皱纹太多，一会儿嫌它脸色不好。这次离开它远远近近看了一圈，终于吃惊，终于惭愧，终于懊恼。

峡谷下的水声越来越响，扭头从车窗看下去，已是万丈天险。突然，如奇迹一般，峡谷上面出现了一座横跨的大桥，桥很长，两边的桥头都有建筑。

似有预感，立即停车，引颈看去，对面桥头有一个白石筑成的大门，上面分明用巨大的宋体金字，镌刻着一个国家的名字。

我站住了，我的同伴全都站住了，谁也没有出声，只听峡谷下的水声响如雷鸣。

我们这一代人生得太晚，没有在你最需要的时候为你说话。我们这些人又过于疏懒，没有及早地去拜访你的远亲近邻。我们还常常过于琐碎，不了解粗线条、大轮廓上你的形象。但毕竟还来得及，新世纪刚刚来临，今天，我总算已经及时赶到。

尼泊尔海关正在桥的这端为我们办出境手续。我们踮脚望去，看到桥上还站着不少人，一打听，原来藏族居民在电视上知道了我们的行程主动前来欢迎。由几位中年女性和一位大胡子的老人带领着，似乎已经为我们准备了哈达和青稞酒。

这里的海拔是一千九百米，过关后进樟木镇，是两千六百米。空气已经很凉，我在车上换了羽绒衣。

车队又开动了，越过峡谷，穿过人群，慢慢地驶进那座白石大门。

上世纪的最后一篇日记

（1999 年 12 月 31 日）

今天是二十世纪的最后一天，我在尼泊尔。

我是昨天晚上到达的。天已经很冷，这家旅馆有木炭烧的火炉。我在火炉边又点上了一支蜡烛，一下子回到了没有年代的古老冬天。实在太累，我一口吹熄了蜡烛入睡，也就一口吹熄了一个世纪。

整整十年前，我还是全中国最年轻的高校校长，却在上上下下的一片惊讶中，辞职远行。我辞职的理由，当时谁也听不懂，说是"要去寻找千年前的脚步"，因此辞了二十几次都没有成功。但终于，甘肃高原出现了一个穿着灰色薄棉衣的孤独步行者。

当时交通极其落后，这个孤独步行者浑身泥沙，极度疲惫，方圆百十里见不到第二个人影。

几年后，我的几本书受到海内外华文读者的热烈关注。这几本书告诉大家，千年前的脚步找到了。但是，这脚步不属于哪几个人，而是属于一种文化，因此可以叫"文化苦旅"。

但是，我和我的读者，真的已经理解了这些脚步、这些苦旅吗？疑惑越来越深。我知道，必须进行一场超越时空的大规模对比，才能真正认识中国数千年的文化苦旅。

然而谁都知道，那些足以与中华文化构成对比的伟大路途，现在大半都笼罩在恐怖主义的阴云之下。在我之前，世界上还没有一个人文学者，敢于全部穿越。

我敢吗？如果敢，能活着回来吗？

今天一早醒来，我感到屋子里有一种奇特的光亮。光亮来自一个小小的木窗，我在床上就能看到窗口，一眼就惊呆了。一道从未见过的宏伟山脉，正在窗外。清晨的阳光照着高耸入云的山壁，无比寒冷又无比灿烂。

我赶紧穿衣来到屋外，一点不错，喜马拉雅！

我知道，喜马拉雅背后，就是我的父母之邦。今天，我终于活着回来了。现在只想对喜马拉雅山说一句话：对于你背后的中华文化，我在远离她的地方才读懂了她。

"在远离她的地方才读懂了她"，这句话，包含着深深的自责。就像一个不懂事的儿子有一天看着母亲疲惫的背影，突然产生了巨大的愧疚。

是的，我们一直偎依着她，吮吸着她，却又埋怨着她，轻视着她。她好不容易避过很多岔道走出了一条路，我们却常常指责她，为什么不走别的路。她好不容易在几千年的兵荒马乱中保住了一份家业，我们却在嘟囔，保住这些干什么。我们一会儿嫌她皱纹太多，一会儿嫌她脸色不好，一会儿嫌她缺少风度……

她在我们这些后辈眼中，好像处处不是。但这次，离开她走了几万公里，看遍了那些与她同龄的显赫文明所留下的一个个破败的墓地，以及墓地边的一片片荒丘，一片片战壕，我终于吃惊，终于明白，终于懊恼。

我们生得太晚，没有在她最劳累的时候，为她捶捶背、揉揉腰。但毕竟还来得及，新世纪刚刚来临，今天，我总算及时赶到。

前些日子，在恒河岸边遇到一位国际传媒专家。他建议我，回国稍事休息后就应该立即投入另一项环球行程，那就是巡回演讲。演讲的内容，是长寿的中华文化对于古代世界和今天世界的深深叹息，可以叫"千年一叹"。

但是，我内心的想法与这位国际传媒专家稍有不同。巡回演讲是可以进行的，但千万不要变成对中国文化的炫耀。中华文化确实也存在一大堆根子上的毛病，在近代国际大变革的时代，又没有赶上。因此，自大、保守、专制、吹嘘、恶斗、诬陷、欺诈、优汰劣胜，成了积年沉疴，难以拔除。若想治疗，必须在国际性的对比中做出一系列"医学判断"。否则，寿而不仁，世之祸也。

因此，我决定再度花费漫长的时间，系统地考察欧洲文化。

哪一个国家、哪一座城市都不能放过，轻轻地走，细细地看。仍然是对比，但主要是为了对比出中华文化的严重弊端。这种对比，在目前死灰复燃的民族主义狂热中，必然会承担一定风险。但是，我既然已经开步行走，眼前也就没有任何障碍能够成为我前进的疆界。这就是我自己创造的四字铭言，叫"行者无疆"。

我想，只有把吐露出中华文化光明面的"千年一叹"，和映照出中华文化阴暗面的"行者无疆"加在一起，才是"文化苦旅"的完整版、加深版。

这两件事，都非常紧迫。我要快快回国，又快快离开。永远在陌生的天地中赶路，是我的宿命。

那么，喜马拉雅，谢谢你，请为我让出一条道。

《行者无疆》序

　　这本书，是《千年一叹》的续篇。

　　初一看，前后分明是截然相反的两组人间风景。你看，一边是，又一场沙漠风暴蒙住了壕堑后面的零乱枪口，枪口边上是惶恐而又无望的眼神；另一边是，湿漉漉的精雅街道上飘浮着慵懒的咖啡香味，几辈子的社会理想似乎都已经在这里完满了结。

　　除了这样的强烈对比外，还有更刺激的对比。天眼有记：今日沙漠壕堑处，正是人类文明的奠基之地；而今日湿漉漉的街道，当时还是茫茫荒原。

　　怎么会这样？最不符合逻辑的地方，一定埋藏着最深刻的逻辑。

　　其实我原先并不打算把它们对比在一起的，而是只想以数千年对比数千年，在沙漠壕堑中思考中华文化的生命力。这种对比是一场旷日持久的殊死历险，却使我对中华文化产生了前所未有的好感。我一路逃奔一路推进，一路讲述一路写作，通过凤凰卫视的转播产生了巨大影响。但是我在路上并不知道这种影响，直到二十世纪最后几天，日本京都一位著名教授在行途中见到我，说我已被他们国家的一家著名大报选为"世界十大跨世纪人物"之一，我才大吃一惊。我在弄清十人名单后就问：其他九人都是世界级的政要大亨，为什么放进了我？

他回答道："是你一步一步地告诉了世界，人类最辉煌的文明故地大多已被恐怖主义控制，而你自己又恰恰代表着另一种古文明。"

我带着这种文化自豪感穿过喜马拉雅山回到国内，没想到，每个城市的报刊亭上都悬挂着诽谤我的文章。一开始我以为是一股陡起的逆风，过了很长一段时间才发现，那些谣言只要有人制造出来，就立即变成铜铸铁浇。回想我父亲一代，甚至更早的世世代代，都出现过无数这样的谣言，却总是十几年、几十年都破除不了。这就给我企图重新评价中华文化的热忱，当头浇了一盆冷水。是啊，在浩瀚的中华文化中，怎么总是很难找到一种避免文化伤害的保护机制？

至少从屈原、司马迁、嵇康开始，两千年间所有比较重要的文人，几乎没有一个例外，全都挣扎在诽谤中无法脱身。他们只要走了一条别人没有走过的路，获得了别人没有获得过的成就和名声，立即就成为群起围啄的目标，而且无人救援。

——这，还只是中华文化的弊病之一，其他弊病还有很多。

如此严酷的历史和现实，纠正了我对中华文化过于光明的读解。于是，我决定寻找另一种对比坐标。

可以找美国，但它太年轻，缺少年代上的可比性，更何况它太霸道，缺少平等对话的可能；也可以找日本，但它太小，缺少体量上的可比性，更何况它与中国的历史恩怨太深，缺少平等对话所需的安静。那么，只能是欧洲了。

在欧洲漫游期间，惊讶不多，思考很多。惊讶不多的原因，是我曾经花费多年的时间钻研过欧洲从古希腊开始的历史文化，几乎已经到了沉溺的地步。我在心里早就熟知了那些精神老宅，那些神圣长髯，那些黄铜般的哲言，那些被黑色披风所裹卷的诗情。但是，这一切在以前都是风干了的记忆碎片，现在眼见它们衍生成一种综合生态弥漫在街市间的时候，我不能不深深思考。它们为什么是这样？中国为什么是那样？

从美第奇家族的府邸到巴黎现代的咖啡馆，从一所所有几百年历史的大学到北欧海盗的转型地，我一直在比较着中华文明的缺失。它的公民意识、心灵秩序、法制教育、创造思维，一次次使我陷入一种整体羞惭。但是，走得远了，看得多了，我也发现了欧洲的忧虑。早年过于精致的社会设计成了一种面对现代挑战的体制性负担，以往远航万里的雄心壮志成了一种自以为是的心理狭隘，高福利的公平理想成了制约经济发展的沉重滞力……总之，许多一直令我们仰慕不止的高塔，已经敲起了越来越多的警钟，有时钟声还有点凄厉。

当然，我也要把这种感受表述出来。于是，以中华文化为中介，《千年一叹》和《行者无疆》也就连贯了起来。

北欧寒夜

一

我在《〈行者无疆〉序》里说过，这次考察欧洲，本来是想进一步为中华文明寻找对比坐标的。但是，欧洲果然太厉害了，每次踏入都会让人迷醉。我只知深一步、浅一步地往前走，处处都有感受，每天也写了不少，却忘了出行的目的。

在欧洲旅行，还可以在各地读不少资料。我在佛罗伦萨读美第奇，在布拉格读哈维尔，在冰岛读《萨迦》，都读得非常入迷。这一来，离中华文明就越来越远了。

直到此刻，在北欧的夜行火车上，我才回过神来。这趟火车乘客极少，我一个人占了一间设备齐全的卧室。车窗外是延绵不绝的雪原，而这雪原的名字又没有在地图上找到。路那么长，夜那么长，一种运动之中的巨大陌生，几乎让自己消失。我静下心来，开始整理一路上与中华文明有对比关系的感受。

欧洲图像太多，话题分散，很难简明地归纳出与中华文明的逻辑对比。我只能放弃概括，保留感性，回想一路上哪一些图像具有对比价值。从行李里抽出两张纸来，写了三十多个，觉得太多，删来删去，删成了七个对比性图像，那就是——

一行字母；

一片墓地；

一份图表；

一座城堡；

一群闲人；

一块巨石；

一面蓝旗。

二

先看那一行字母。

那行字母在意大利的佛罗伦萨，M-E-D-I-C-I，在街边、门墙、地上都有。这是美第奇家族的拼写。

按照中国文化的习惯思维，一个有钱有势的贵族门庭，大多是历史前进的障碍，社会革命的对象。但是，美第奇家族让我们吃惊了。

最简单的事实是：如果没有文艺复兴，世界的现代是不可设想的；如果没有佛罗伦萨，文艺复兴是不可设想的；如果没有美第奇家族，佛罗伦萨和文艺复兴都是不可设想的。

美第奇家族在历史的关键时刻营造了一个新文化的中心，把财富和权力作为汇聚人文主义艺术大师的背景，构成了一个既有挑战性质，又有示范性质的强大存在。历史，就在这种情况下大踏步地走出了中世纪。"喔、喔、喔"，脚步很重，脚印很深。但丁的面模供奉在他们家里，米开朗琪罗和达·芬奇的踪迹处处可见，大卫的雕像骄傲地挺立着，人的光辉已开始照亮那一条条坚硬的小方块石子铺成的狭窄巷道。尽管当时的佛罗伦萨还没有产生深刻的近代思想家，但这座城市却为近代欧洲奠定了基石。

在中国的历史转型期，总是很难看到权力资源、财富资源和文化资源的良性集结。中国的社会改革者们更多地想到，为了实现"再分配"而不惜实施剥夺。这种剥夺即便包含正义，也容易使历史转型在摇摆晃荡中降低了等级。

这中间，最关键的是文化资源。美第奇家族在这方面做得特别出色，他们不是把文化创造的权力紧握在自己手上随意布施，而是以最虔诚的态度去寻找真正的创造者。他们对于一代艺术家的发掘、培养、传扬、保护，使新思想变得感性，使新时代变得美丽。

这座城市的市民长期追随美第奇家族，而美第奇家族却在追随艺术大师，这两度追随，就完成了一次关及人类的集体提升。

中国的一次次进步和转型，都容易流于急功近利，忽略了新的精神文化基础的建立，还误以为暂时牺牲文化是必要的代价。其实，社会转型的成功关键，恰恰在于必须集中权力资源、财富资源和文化资源，一起开创一种新文化。

三

再看那一片墓地。

我说的是德国柏林费希特、黑格尔的墓地。其实，欧洲可供游观的学人墓地很多，随之还有大量的故居、雕像，让后人领略一个个智者的灵魂。

同样是知识分子，德国的同行们在整体上要比中国同行更纯粹，并因纯粹而走向宏伟。历代中国文人，哪怕是最优秀的，都与权力构架密切相连，即便是逃遁和叛逆，也是一种密切的反向联结。因此，他们的"入世"言行，解构了独立的文化思维；他们的"出世"言行，则表现出一种故意。直到今天，中国文人仍然在政客式的热闹和书蠹式的寂寥间徘徊，都带有自欺欺人的虚假。

德国学者很少有这种情况，即使像歌德这样在魏玛做大官，也不影响《浮士德》的创作。黑格尔庞大的哲学架构和美学体系，更不可能是应时之作。他担任柏林大学校长，算是一个不小的行政职务了，却也坚守大学创始人威廉·洪堡的宗旨，实行充分学术自由，不许官方行政干涉。

比黑格尔的思维更加开阔的是康德，终生静居乡里，思索着宇宙和人类的奥秘。

但是，即便这样，康德也反对知识分子伪装出拒绝社会、摆脱大众的清高模样。他以法国启蒙主义者为例，提出了知识分子的行为标准："勇于在一切公共领域运用理性。"这恰恰是中国知识分子的致命弱点。即便是我们尊敬的前辈知识分子，他们留给"公共领域"的精神财富也少而又少。

因此，中国知识分子的墓地和故居，也总是比较冷落。

当代欧洲知识分子的杰出典范，我认为是曾经当了十多年捷克总统的哈维尔。我在美丽的布拉格居然好几天都把自己锁在旅馆里，读他近年来的著述。

四

再说那一份图表。

图表在法国里昂的一家博物馆里，列出了这座城市在十九世纪的创造和发明。我细细看了三遍，每一项，都直接推动了全人类的现代化步伐，从纺织机械到电影技术，多达十几项。

这还仅仅是里昂。扩而大之，整个法国会有多少？但我又看到，待到十九世纪结束，无论是法国的各级官员还是知识分子，都沉痛反省：比之于美国和德国的创造发明，法国远远落后了！

正是这份图表提醒我们，中国人再也不要躺在遥远的"四大发明"上沾沾自喜了。

中国由于长期封闭，不仅基本上没有参与人类近代文明的创造，而且对西方世界日新月异的创造态势也知之甚少。结果，直到今天，组成现代生活各个侧面的主要部件，几乎都不是中国人发明的。更让人耽忧的是，我们的下一代并不能感受此间疼痛，仍有不少人在一些"国粹"中深深沉醉。这种情形，使文化保守主义愈演愈烈，严重阻碍了创新的步伐。

西方有一些学者对中国早期发明的高度评价，常常会被我们误读。因此，我在牛津大学时曾借英国李约瑟先生的著述《中国古代科技史》来提醒同胞：

> 但愿中国读者不要抽去他著作产生的环境，只从他那里寻找单向安慰，以为人类的进步全部笼罩在中国古代那几项发明之下。须知就在他写下这部书的同时，英国仍在不断地创造第一。第一瓶

青霉素，第一个电子管，第一台雷达，第一台计算机，第一台电视机……即便在最近，他们还相继公布了第一例克隆羊和第一例试管婴儿的消息。英国人在这样的创造浪潮中居然把中国古代的发明创造整理得比中国人自己还要完整，实在是一种气派。我们如果因此而沾沾自喜，反倒小气。

五

那一座城堡。

我是指英国皇家的温莎堡，以及不远处的伊顿公学。

中华文明本来是信奉中庸之道的，但在中国近代救亡的危机之中，受法国激进主义影响较深。从法国大革命到巴黎公社，激情如火的慷慨陈词和铁血拼杀，感染了很多中国的改革者。相比之下，对英国的温和、渐进的改良道路，反而隔膜。

后来，他们甚至不知道法国社会最终安定在什么样的体制下，关起门来激进得无以复加。甚至在和平年月里仍然崇拜暴力，包括语言暴力。

很容易把这种激进主义当作理想主义加以歌颂。即便是在经历了"文革"这样的极端激进主义灾难之后，还有不少人把"穷批猛打"作为基本的文化行为方式。而事实上，这种激进主义对社会元气的损伤、民间礼义的破坏、人权人道的剥夺，业已酿成巨大的恶果，不仅祸及当代，还会贻害子孙。

对此我早已有切身感受，但等到这次在深秋季节进入温莎堡和伊顿公学，东张西望地漫步长久，才在感性上被充分说服。

我写道：

> 英国也许因为温和渐进，容易被人批评为不深刻。然而细细一想，社会发展该做的事人家都做了，文明进步该跨的坎人家都跨了，现代社会该有的观念人家也都有了，你还能说什么呢？
>
> 较少腥风血雨，较少声色俱厉，也较少德国式的深思高论，只一路随和，一路感觉，顺着经验走，绕过障碍走，怎么消耗少就怎么走，怎么发展快就怎么走——这种社会行为方式，已被历史证明，是一条可圈可点的道路。

六

现在要面对的另一个对比点，是沿途处处可见的一群群闲人。

在欧洲各地，总能看到大量手握一杯啤酒或咖啡，悠闲地坐在路旁一张张小桌子边的闲人。他们吃得不多，却坐得很久，有的聊天，有的看报。偶尔抬头打量街市，目光平静，安然自得，十分体面。

这又与我们中国人的生态构成了明显对比。

记得在意大利时曾与当地的一些朋友讨论过这个问题。现在已经有很多中国移民在欧洲谋生，意大利朋友对他们既钦佩又纳闷。佩服的是，他们通过自己日以继夜的辛劳，不仅在当地站稳了脚跟，而且还积累了可观的财富；纳闷的是，他们几乎没有闲暇，没有休假，让人看不到他们辛劳的目的。说是为了子女，子女一长大又重复这种忙碌。

平心而论，我很能理解同胞的行为方式。以前长期处于贫困，后来即便摆脱了贫困也还是缺少安全感，不能不以埋头苦干来积累财富。

问题在于，当这种无休止的苦干由群体行为演变成心理惯性，就陷入了盲目。而这种盲目的最大危机，是对公共空间、公共生态的隔膜。本来，他们是可以在那里摆脱这种危机的。

在罗马时，看到绝大多数市民在公共假期全部外出休假而几乎空城的景象，联想到了他们与中国人在文明生态上的明显差异。我写道：

> 中国人刻苦耐劳，偶尔也休假，但那只是为了更好地工作；欧洲人反过来，认为平日辛苦工作，大半倒是为了休假。因为只有在休假中，才能使杂务中断，使焦灼凝冻，使肢体回归，使亲伦重现。也就是说，使人暂别异化状态，恢复人性。这种观念融化了西方的个人权利、回归自然等主干性原则，很容易广泛普及，深入人心……

读者一看就知道，我在说休假的时候，着眼点不在休假，而在于"使人暂别异化状态，恢复人性"。这是人生的根本问题，却最容易被盲目的实用主义惯性所遮蔽。因此，悠闲很可能是一种清醒，而忙碌则很可能是一种糊涂。中华文明注重实用理性，绌于终极思考，在经济发展的道路上较少关心人文理想。这一点，欧洲常常使我清醒。例如北欧有些国家，近年来经济发展的速度并不太快，其中大半原因，就是由于实行了比较彻底的社会福利政策，使悠闲成为一种广泛的可能。

为此，我在瑞典的斯德哥尔摩写下了一段话：

试图概括他们这里的一系列逻辑关系——

社会安全靠共同福利来实现；

共同福利靠经济发展来实现；

经济发展靠市场竞争来实现；

市场竞争靠正常秩序来实现；

正常秩序靠社会责任来实现；

社会责任靠公民义务来实现。

因此，财产必须体现为义务，自由必须体现为责任，这就是现代经济的文化伦理。

想到这里，我更明白了，看上去慢悠悠、暖洋洋的瑞典模式，不应该被嘲笑。

七

接下来，是那块巨石。

在冰岛，我去看了辛格韦德利火山岩间的那块巨石，大家叫它"法律石"。

我去的时候那里非常寒冷，却咬牙忍冻站了很久。初一听，那是北欧海盗们自发地接受法律仲裁的地方，去看看只是出于好奇。但是站在那里，我却想到了中华文明的一大隐脉，后来回到冰岛的首都雷克雅未克之后花几天时间一连写了好几篇文章。

中华文明的这一大隐脉，就是武侠精神。武侠小说和武侠电影至今爆红，证明这一隐脉的潜在力量至今犹存。往往是以家族复仇为起点，行为痛快壮烈，表现出"好汉人格"。但是，这一隐脉在本性上是无视法律的，因此也造成了中华文明与近代社会的阻隔。无数事实证明，"好汉人格"很容易转化成"暴民人格"，荼毒社会。

在冰岛辛格韦德利的"法律石"前，我发现了当年北欧好汉们如何花费几百年时间，痛苦地更换荣誉坐标，改写英雄情怀。

更换和改写的结果，是放下长剑和毒誓，去倾听法律的宣判，以及教堂的钟声。这就与中国好汉们遇到的"招安还是不招安"的问题判然有别了。如果也要用"招安"这个词，那他们是被法律和宗教"招安"了。我写道：

> 很多好汉本来是为了求得公正而勃然奋起的，结果却给他人带来更大的不公正。这样的例子比比皆是，所以东西方都会有那么多江湖恩仇故事，既无规则又企盼规则，即便盼来了仍胸臆难平。这是人类很难通过又必须通过的精神险关，只有通过了，才能真正踏上文明之途，走向今天。

我特别注意的，是北欧好汉们通过这个精神险关时的挣扎过程，《萨迦》对于这个挣扎过程有细致的描述。相比之下，中国好汉们心中的"公平"，大多是单向的，常常是与法律对立的。

《萨迦》记载，"好汉中的好汉"尼雅尔和贡纳尔等人既看到了以复仇为基础的老荣誉，又看到了以理性为基础的新荣誉，而且，还看到了当时法律的代表者是一个小人。但他们还是愿意为新荣誉和法律献出生命，并忍受讥笑。

这样的人物形象，在同时代的中国故事中找不到，于是后来也就更难找到了。

由此，我把"法律石"当作了一个重要的对比点。

这里发生的故事，曾使司各特、瓦格纳、海明威、博尔赫斯非常兴奋，但是，由于海险地荒，他们都未能到冰岛来看看。我有幸来了，并在这里想着中华文化。

八

最后一个主要对比点，是一面蓝旗。

这面蓝旗，就是欧盟的旗帜，在欧洲到处都可以看到，却更权威地飘扬在布鲁塞尔的欧盟总部大堂门口。离欧盟总部仅四十公里，便是改写了欧洲近代史的滑铁卢战场。这种近距离的对接，让我不无震撼。

不朽的伟业、成败的英雄，总是维系在滑铁卢和其他许多战场上。永久的目光，总是注视着在炮火硝烟间最后升起的那面胜利者的旗帜。然而，历史终于告诉我们，最后升起的旗帜无关胜负，无关国家，无关民族，而是那面联合的旗，与蓝天同色。

我们中国人已经关注到了这个现实，但对这个现实中所包含着的深意，却还比较漠然。

就民族国家之间的战争而言，欧洲特别有声有色。从古代到近代，世界历史上最传奇、最残酷的篇章，大半发生在欧洲的民族国家之间。对此，欧洲居然有更宏伟的良知，提出了反证。

中华文明在本性上具有一种开阔无垠的天下意识。目前，当中国终于大踏步走向国际社会的时候，既有可能因视野打开而显出气度，又有可能因竞争激烈而倒向狭隘。

于是，我在旅途中写了一段话：

康德相信人类理性，断定人类一定会克服对抗而走向和谐，各个国家也会规范自己的行为，逐步建立良好的国际关系，最终建立世界意义的"普遍立法的公民社会"。正是这种构想，成了后来欧洲统一运动的理论根据。

我一直喜欢康德，喜欢他跨疆越界的大善，喜欢他隐藏在严密思维背后的远见。民族主权有局部的合理性，但欧洲的血火历程早已证明，对此张扬过度必是人类的祸殃。人类共同的文明原则，一定是最终的方向。任何一个高贵的民族，都应该是这些共同原则的制定者、实践者和维护者。

欧洲的文化良知，包括我特别敬仰的歌德和雨果，也持这种立场。

事实早已证明，而且还将不断证明，很多邪恶行为往往躲在"民族"和"国家"的旗幡后面。我们应该撩开这些旗幡，把那些反人类、反社会、反生命、反秩序、反理智的庞大暗流暴露在光天化日之下，并合力予以战胜。否则，人类将面临一系列共同的灾难。大家已经看到，今天的绝大多数灾难，已经没有民族和国家的界限。

这是我在欧洲的"最后一课"。

九

在欧洲考察，当然不会像上次考察北非、中东、南亚那样恐怖，但也不是预想的那样安全。

西班牙北部的分裂主义集团在不断地制造事件，我们在那里时天天受到人们紧张的提醒；德国的"新纳粹"专挑外国人动手，这又要让我们一直处于警觉之中；在意大利南部的那不勒斯一带，我们被告知，即便是在街边停车吃一顿饭，出来时很可能被卸掉了一半车轮；一个当地人说，"我们这个区，至少有一半人进过监狱"，这可能有点夸张，但追捕黑手党的凄厉警笛却确实常在耳畔；欧洲各地都能遇到大量来自世界各地的流浪者，因此偷盗事件的发生如家常便饭……

我们车队的重大失窃发生在巴黎，车上的几个大箱子都没有了。后来经过细致的回忆，发觉由于我们不熟悉市内交通而临时雇来的司机有极大的疑点。他很可能是盗窃集团的成员，停车时故意没有把车门锁住。

在荷兰的阿姆斯特丹，我们停在不同停车场的几辆车，车窗全部被砸得粉碎，几台手提电脑不见了，连我的数码相机也不翼而飞，包括弥足珍贵的考察照片。去警局报案，警察平静地说，那是吸大麻的人没钱了才这么干的，但这样的案子天天发生，从来没有破过。

这一切说明，尽管我一路都在以欧洲文明为坐标来寻找中华文明的短处，但欧洲文明自身遇到的麻烦也很多。人类的很多灾难是互渗的，我在中东和南亚看到的种种危险，也都在欧洲有明显的投射。连在法国图卢兹这样原以为最平静的城市，我们也遇到了大爆炸。今天的欧洲，对于世界其他地区的灾难已经失去敏感和关切，对于已经来到身边的危机也缺少应对能力。我写道：

> 　　上几代东方文化人多数是以歆美和追慕的眼光来看待欧洲文明
> 的，结果便产生了一种以误读为基础的滥情和浅薄。这种倾向在欧
> 洲本身也有滋长。当历史不再留有伤痛，时间不再负担使命，记忆
> 不再承受责任，它或许会进入一种自我失落的精神恍惚。

　　欧洲的旅途，使我对弗朗西斯·福山在《历史的终结》一书中所阐述的法国哲学家柯杰夫（Alexandre Kojeve）的观点产生质疑。这种观点认为，欧洲集中了从基督教文明到法国大革命的多种营养，战胜了诸多对手，在物质的充裕、个体的自由、体制的民主和社会的安定等各个方面已进入了历史的终结状态。今后虽然还会有局部冲突，整体趋向却是在全球一体化背景下的消费和游戏。

　　我觉得，这种观点，是一种躲藏在自我价值系统里的闭目塞听，也是对各地实际存在的危机、积怨、恐怖、暴力的故意省略。欧洲的这种心态也会给自己带来很大的不安全，因为当一种文明不能正视自己的外部世界，也就一定不能正视自己的历史，结果只能削弱自己的体质。

　　我不赞成亨廷顿教授的地方，是他只指出了各个文明之间有可能产生的冲突。这种理论对世界多族群之间的争斗，起到了肯定和诱发作用。事实上，二十一世纪的最根本冲突，必定产生在文明与非文明之间。守护全人类的整体文明，是迫在眉睫的当代大道。

祭笔

作品集二十余卷，在除夕的爆竹声中终于编成了，我轻轻放下手上的笔。

放下又捡起，再端详一番：笔。

人的一生会触碰到很多物件，多得数也数不清。对我来说，最重要的物件，一定是笔。

我至今还没有用电脑，一切文字都用笔写出，被出版界誉为稀世无多的"纯手工写作"。会不会改变？不会。虽然我并不保守，但一个人的生命有限，总需要守住几份忠贞，其中一份，就是对笔。

也许很多人会笑我落伍，但只要读了我下面的片段记忆，一定就会理解了。

一

我人生的第一支笔，是一支竹竿小毛笔。妈妈在帮助村民写信，我用这支小毛笔在边上模仿，那时我才三岁。第二年就被两个新来的小学老师硬生生地从我家桌子底下拖去上学了，妈妈给我换了一支好一点儿的毛笔。我一上课就沾得满脸是墨，惹得每个老师一下课就把我抱到小河边洗，洗完，再奔跑着把我抱回座位。

七岁时，妈妈给了我一支比毛笔还长的蘸水笔，外加一瓶蓝墨水，要我从此代替她为村民写信、记账。把笔头伸到墨水瓶里蘸一次，能写七个字。笔头在纸上的划动，吸引着乡亲们的一双双眼睛。乡亲们几乎不看我，只看笔。

这也就是说，妈妈在我很小的时候就已经有意无意地告诉我，这笔，对乡亲们有一种责任。

九岁小学毕业到上海读中学，爸爸狠狠心为我买了一支"关勒铭"牌的钢笔，但很快就丢了，爸爸很生气。后来知道我得了上海市作文比赛第一名和数学竞赛大奖，爸爸气消了，但再也不给我买好钢笔。我后来用的，一直是别人不可能拿走的那种廉价钢笔。我也乐意，因为轻，而好钢笔总是比较重。

二

我第一次大规模地用笔，是从十九岁到二十一岁，替爸爸写"交代"。那是因为爆发了一场奇怪的政治运动，爸爸被"革命群众"揭发有政治问题和历史问题，立即"打倒"，停发工资，而我们家有八口人要吃饭。爸爸希望用一篇篇文字叙述，来向"革命群众"说明事实真相，因此一边擦眼泪一边写，很快眼睛坏了，就由他口述，由我代笔。一开始他还没有被关押，天天晚上在家里他说我写。后来被"革命群众"进一步上纲上线，不能回家了。他告诉当权者说自己已经不能写字，必须由我代笔。因此，还能几天放回一次，但不能在家里过夜。

我一共为爸爸写了六十多万字的"交代"。我开始时曾劝爸爸，没有必要写，但后来写着写着，知道了从祖父和外公开始的很多真实往事，觉得很有历史价值和文学价值，便写了下去。而且，又主动追问爸爸很多细节，再从祖母、妈妈和几位亲戚那里核实。这一切，就是我后来写作《借我一生》的起点。这书，断断续续写了四十多年。

当时为爸爸写"交代"，用的是圆珠笔。一根塑料直杆，每支三角钱，我写完了很多支。用这种圆珠笔，要比钢笔使力，笔杆又太细，写着很不舒服。但爸爸要求，在写的材料下面必须垫一张蓝紫色的"复写纸"，使材料交上去之外还留个底，因此只能用这种圆珠笔。写一阵，手指发僵，而中指挨着食指的第一节还有深深的笔杆印。再写下去，整个手掌都会抽搐，因为实在写得太急、太多了。

三

正在这时，上面下令，全国城里的学生必须断学废学，上山下乡，不准回城。上海学生，有不少更是被惩罚性地发配到了遥远的边疆。出发前，所有的家长和学生都必须去看一台彻底否定教育的话剧。我看过这台话剧后去农场时，把所有的笔都丢进了垃圾桶，包括为爸爸写"交代"的圆珠笔。

为什么要把笔丢进垃圾桶？首先是一种抗议性决裂。我学习的专业是戏剧，但是，助纣为虐的"革命样板戏"和那台彻底否定教育的话剧，使我对戏剧产生了一种专业性耻辱。其次，是因为发现没有机会写字了。到农场后给谁写信？爸爸那里不准通信，如果给妈妈写信，她又能用什么样的话语回信？而且，我打听到，我们劳动的地方根本没有邮局，寄信要在休息的日子步行很远的路才能找到一个小镇，但实际上并没有休息的日子。出于这两个原因，理所当然，折笔、弃笔、毁笔、葬笔。

实际情况比预料的更糟。我们在农场自搭茅草屋，四根竹子撑一块木板当床，睡着睡着就陷到泥淖里去了。用笔的地方完全没有，用笔的时间也完全没有。永远是天不亮下田，天全黑才回，累得想不起字，想不起笔，想不起自己是一个能写字的人。

四

一九七一年的一个政治事件，使周恩来总理突然成了中国的第二号人物，他着手领导复课，试图局部地纠正已经延续了五年的荒凉。这就使我们有机会回上海参与一点儿教材编写。我被分配到一个"各校联合教材编写组"，这又拿起了笔。记得那笔是从静安寺百乐商场买的，一元钱的吸墨水钢笔。当时的钢笔也已经有了几个"国内名牌"，像"英雄"、"金星"什么的，那就要二三元钱一支了，我买不起。

编教材，我分到的事情很少，几天就写完了。但是，既然已经能够编教材，我就开始另一个勇敢的行动，那就是利用图书馆的一个熟人，偷偷摸进了当时还视为禁地的外文书库，开始了《世界戏剧学》的写作。

我的笔，大量抄写外文原文，再借着各种词典一段段翻译。同时还要通览大量背景材料，最后汇集起全世界十三个国家的全部戏剧学理论。这件事，在工作量上非常大，因为这些内容直到四十几年后的今天还没有被完整翻译过来。我当时居然凭一人之力，在密闭的空间，以笔为杖，步步潜行。

更不容易的是，当时在外面，一窗之隔，只要说一句我笔下所写的话，就会有牢狱之灾。

为此，我不能不对那支一元钱的钢笔表示敬意，对自己的青年时代表示敬意。

五

由于我在那个特殊历史时期的表现，风雨过去之后全院三次民意测验均名列第一，被破格推举为院长。

危难中的形象往往会传播得很广，当时我的社会声望已远远超出学院，被选为整个上海市的中文专业教授评审组组长，兼艺术专业教授评审组组长。每次评审，我们对前些年那批投机取巧、丧失天良的文人都断然予以否定。于是，我又拿起了那支笔，一次次重重地写下了否定结论，又浓浓地签上自己的名。那支笔在当时，几乎成了法官敲下的那个锤子，响亮、果敢、权威、无可争议。

这就是二十世纪八十年代，我那时说得上仕途畅达，官运亨通。已经是全国最年轻的高校校长，却还常有北京和上海的高官竭力要把我拉进更高的权力圈子，这在当时很容易。于是，有了一次次长谈，一次次规劝。这些高官，后来都成了非常显赫的领导人。但是，我太明白我的笔的秉性。它虽然也有能力写出种种"批示"，但它显然并不愿意。

于是，我在上上下下的万分惊愕中辞职了。辞了二十三次，才被勉强批准。然后，穿上一件灰色的薄棉袄，去了甘肃高原，开始踏访公元七世纪的唐朝。

当年寻找古迹，需要长时间步行，而那些路并不好走。在去阳关的半道上，我几度蹲下身去察看坟丘密布的古战场，把我插在裤袋口上的旧钢笔弄丢了。那支旧钢笔不值什么钱，但正是它，我在辞职前反复搓弄，它总是顽强地告诉我，只愿意把我的名字签在文章上，而不是文件上。

既然它对我有点儿重要，我还在沙原上找了一会儿。但那地方太开阔、太芜杂了，当然找不到。转念一想也释然了：这支笔是陪了我很久的老朋友，从现在起，就代表我陪陪一千多年前的远戍将士和边塞诗人吧。

我考察的习惯，不在现场抄录什么，只在当天晚上回到旅舍后才关起门来专心写作。记得在兰州我曾长时间住在一个极简陋的小招待所里，简陋到上厕所要走很远的路。当地一位年长的文人范克峻先生读过我的不少学术著作，又看到我行李简薄，便送来了一支圆珠笔和两沓稿纸。这种圆珠笔的笔杆较粗，比我为爸爸写"交代"的那一种更好用。只不过那稿纸太薄，一写就穿，落笔要小心翼翼。

我把白天的感觉写成一篇篇散文，寄给在《收获》杂志做编辑的老同学李小林。邮局找不到，就塞到路边一个灰绿色的老邮筒里。这时才觉得范克峻先生给我送薄稿纸算是送对了。稿纸薄，几篇文章叠在一起也能塞得进那邮筒。

写了就及时寄走，是怕在路上丢失。有的地方连路边邮筒也找不到，那就只能将写好的文章随身带了。随身带，又要求稿纸越薄越好。由此我养成了习惯，只用薄稿纸。即使后来可以用较好的稿纸了，也选择薄稿纸。这一来，那种容易划破薄稿纸的圆珠笔，就需要更换了。

当然，写起来最舒服的还是吸墨水的钢笔。但这对我这个不断赶路的旅行者来说，就很不方便，因为必须带墨水瓶。墨水瓶都是玻璃做的，夹在行李里既容易洒，又容易碎。

据说过去安徒生旅行时是把墨水瓶拴根绳子挂在脖子上的，那就不会洒，也不会碎了。但我不会模仿他，因为那样不仅难看，而且有显摆自己"很有墨水"的嫌疑。安徒生旅行时还肩扛一大圈粗麻绳，那是准备在旅馆万一失火时可以滑窗而逃。可见，他走得比我还麻烦，但我走得比他远得多，时间也长得多。

后来我还是学了安徒生的一半，随身带墨水瓶，但不挂在脖子上。选那种玻璃特别厚的瓶子，瓶口拧紧处再垫一个橡胶圈。但这样还是不保险，因为几经颠簸后，瓶盖易裂。所以再加一个笨办法，在瓶盖外再包一层塑料纸，用细麻绳绕三圈扎紧。行李本来就很少，把墨水瓶安顿在衣服中间。

我从甘肃路边邮筒寄出的一沓沓薄稿纸，如果有可能发表，似乎应该起个总题目。因此，在寄出第三沓时，我在信封背后加了一句："就叫《文化苦旅》吧。"

后来，路还在一直走，风餐露宿，满身烟尘，却永远带着那支钢笔，那瓶墨水。我想应该对笔表示一点儿什么了，因此为接下来的文集起名时加了一个"笔"字，叫《山居笔记》。

六

笔之大难，莫过于在北非、中东、南亚、中亚的极端恐怖地区了。

我写了那么多中华文明遗迹，为了对比，必须去寻找同样古老或更古老的其他文明。但那路，实在太险峻、太艰难、太无序、太混乱了。我必须贴地而行，不能坐飞机，因此要经过无数关口。查啊查，等啊等，翻啊翻，问啊问。他们在问我，我却永远问不清，前面可以在哪里用餐，今晚可以在哪里栖宿。

由于危机天天不断，生命朝不保夕，因此完全不能靠事后记忆了，必须当天写下日记。但写日记的地方在哪里？在废弃的战壕边，在吉普的车轮上，在岗亭的棚架下。这一来，笔又成了问题。显然不能带墨水瓶，如果带了，那些人很可能会让我当场喝两口看看是不是危险物品。圆珠笔他们也查得仔细，又拧又拆，要判断那是不是特制的微型手枪。

好在，这时世界上已流行一种透明塑料杆的轻型墨水笔，一支可以写好几天，不必吸墨水。沿途见不到超市、文具店，因此我不管入住什么样的小旅馆，只要见到客房里有这种笔，立即收下，以防哪一天写日记时突然接不上。

在行经伊拉克以及伊朗、巴基斯坦、阿富汗、尼泊尔那漫长的边界地区时，一路上黑影憧憧、堡垒隐隐、妖光熠熠、枪口森森，我把已写好的日记手稿包在一个塑料洗衣袋里紧抱在胸前，手上又捏着一支水笔。我想，即使人被俘虏了，行李被抢走了，我的纸笔还在，还能写作。当然，更大的可能是不让写，那我也要尽最大努力，为自己保留一丝最后的机会，为笔保留一丝最后的机会。

这种紧抱稿子紧捏笔的情景，我一直保持到从尼泊尔入境西藏的樟木口岸。

那支水笔，连同我在历险行程中一直藏在行李箱中一支较好的钢笔，很快被一个慈善机构高价拍卖，所得款项全部捐献，以补充北京市残障儿童的乳品供应。

后来我在进一步研究中国文明与世界现代先进文明的差距时，又考察了欧洲九十六座城市。虽然也非常辛苦，但那种悬生命于一线的危险没有了，而且一路上也比较容易得到顺手的笔。

当我考察完世界那么多地方之后，从联合国开始，很多国际机构和著名大学纷纷邀请我做主题演讲。所谓主题，大多是"全球背景下的中国文明"、"一个中国学者眼中的当代世界文化"、"五万公里五千年"、"全球面临的新危机"等等。华盛顿国会图书馆、联合国"世界文明大会"、哈佛大学、耶鲁大学、哥伦比亚大学、纽约大学都去了。每次演讲都大受欢迎，十几位哈佛大学华裔教授还邀我长时间茶叙，称赞我为"中华文化的最佳阐释者"。

但是，万万没有想到，遭遇了意想不到的情况。

七

妻子马兰，在海内外具有那么大影响的中国表演艺术家，不知什么原因被"冷冻"而失去了工作；而我，则又突然成了文化诽谤的第一焦点，在境内外一些特殊政治人物和刊物的策动下，"文革派"、"自由派"和一些媒体紧密合作，联手造谣，我即便无声无息，也永远浊浪滚滚。我们夫妻两人，又不愿向权力求助，因此注定无处可去。

照理应该移民，但我们没有条件，也不愿做那种选择，只能逃到当时还算边缘的一个城市，躲了很多年。国内无人理会，国际上却一直在热心地寻找我们，邀请演讲和演出。这使我产生了一个矛盾：要不要继续系统地来阐释中国文化?

还是以前遇到过的老问题:是折笔、弃笔、毁笔、葬笔,还是再度拾笔、执笔、振笔、纵笔?

妻子一次次无言地看着我,我玩弄着笔杆一次次摇头。还去阐释中国文化?请看报刊上永远在喷泻的千百篇诽谤我的文章,用的全是中国汉字、中国语法、中国恶气、中国心计。而且,所有的诽谤只要稍做调查就能立即识破,但整整二十年,没有任何一个文化机构和文化团体,做过一丝一毫的调查,发过一丝一毫的异议。这些报刊、机构和团体,都不是民间的。

民间,也好不到哪里去。我妻子的观众,我自己的读者,在数量上都曾经长期领先全国,在热度上更是无以复加。但一夜之间,听说被官员冷冻了,被媒体围殴了,大家也就立即转变立场,全都乐滋滋地期待着新的拳脚。

难道,毁损文化,是社会的本性?由此想起,历来很多杰出的文化人半途失踪,正是受不了这种整体气氛。显然,这次轮到我了。我思虑再三,决定咬咬牙,反着来,不失踪。

一切文化孽力都会以文化的方式断灭文化。简单说来,也就是"以笔夺笔"。因此,我应该担负一点儿守护文化的责任,不让他们把笔夺去。

因此,我又郑重地执笔了。

在诽谤声依然如狂风暴雨的一个个夜晚,在远离无数"文化盛典"的僻静小屋,由失业很久的妻子陪伴着,我一笔笔地写出了一批书籍。

它们是：《中国文脉》、《君子之道》、《修行三阶》、《极品美学》、《北大授课》、《境外演讲》、《台湾论学》、《借我一生》、《暮天归思》、《门孔》、《冰河》、《空岛》、《余之诗》……此外，我还精选了老子、庄子、屈原、司马迁、陶渊明、韩愈、柳宗元、苏轼、欧阳修等人的代表作，以及《周易》和佛教经典，全都用当代散文进行了大规模的译释。以前的那些"文化大散文"文集如《文化苦旅》、《千年一叹》、《行者无疆》和多部学术著作如《世界戏剧学》、《中国戏剧史》、《艺术创造学》、《观众心理学》等等，也都认真地整理了出来。

有两位海外的华文学者说："仅从数量上说，余秋雨先生的著作也超过了很多研究所、研究院的总和。这种高产高质，令人惊讶。"

我回答说："我从事的，全是文化的基础建设。基础建设一开工，总是规模不小。而且，那些成天指手画脚的文痞，很难对基础建设下手。"

至此，我不敢说对得起中国文化，却敢说我对得起自己的笔了。当然，笔也对得起我。

我还可以像老朋友一样对笔开一句玩笑：你耗尽了我的一生，我却没有浪费你太多的墨水。

不仅没有浪费太多的墨水，也没有浪费什么社会资源。这几十卷书，每一卷都没有申请过一元钱的资助。据说现在国家有钱，这样的资助名目非常之多，诸如研究基金、创作补助、项目经费、学术津贴、考察专款、资料费用……每项都数字惊人。我始终没有沾染分毫，只靠一支笔。

有了笔，一切都够了。

八

在行将结束此文的时候，突然冒出来一个回忆，觉得有意思，再说几句。

记得那一次考察欧洲，坐船过英吉利海峡，正遇风急浪高，全船乘客颠得东倒西歪、左仰右合。只有我，生来就不晕船，居然还在船舱的一个咖啡厅里写作。有两位英国老太太也不晕船，发现我与她们同道，高兴地扶着栏杆走到了我身后。我与她们打过招呼之后继续埋头书写，随即传来这两位老太太的惊叹声："看！多么漂亮的中国字！那么大的风浪他还握得住笔！"

这两位老太太完全不懂中文，因此她们说漂亮不漂亮，只是在指一种陌生的文字记号的整齐排列，不足为凭。但是，我却非常喜欢她们的惊叹。不错，漂亮的中国字，那么大的风浪还在写。这两句话，不正是有一点儿象征意义吗？

我是一个握笔之人，握在风浪中，竟然还能写那么多，写得那么整齐。

写的目的，不完全是为了读者。写到后来，很大一部分是为了那风浪，为了那条船，为了那支笔。甚至，为了那些愿意赞赏汉字外形美的外国老太太，或者老大爷。

其实，更主要是为了自己。看看过了那么多年，这个七岁就为乡亲们代写书信的小男孩，还能为乡亲们代写点儿什么；这个二十岁左右就为父亲代写"交代"的青年人，还能为中国文化向国际社会"交代"点儿什么。

于是，谨此祭笔。

且拜且祭，且忆且思，且喜且泣。

名家论余秋雨

余秋雨先生把唐宋八大家所建立的散文尊严又一次唤醒了。或者说，他重铸了唐宋八大家诗化地思索天下的灵魂。

——白先勇

余秋雨的有关文化研究蹈大方，出新裁。他无疑拓展了当今文学的天空，贡献巨大。这样的人才百年难得，历史将会敬重。

——贾平凹

北京有年轻人为了调侃我，说浙江人不会写文章。就算我不会，但浙江人里还有鲁迅和余秋雨。

——金庸

中国散文，在朱自清和钱锺书之后，出了余秋雨。

——余光中

余秋雨先生每次到台湾演讲，都在社会上激发起新一波的人文省思。海内外的中国人，都变成了余先生诠释中华文化的读者与听众。

——美国威斯康星大学荣誉教授　高希均

余秋雨先生对中国文化的贡献功不可没。他三次来美国演讲，无论是在联合国的国际舞台，还是在华美人文学会、哥伦比亚大学、哈佛大学、纽约大学或国会图书馆的学术舞台，都为中国了解世界，世界了解中国搭建了新的桥梁。他当之无愧是引领读者泛舟世界文明长河的引路人。

——联合国中文教学组前组长　何勇

余秋雨文化大事记

· 1946 年 8 月 23 日出生于浙江省余姚县桥头镇（今属慈溪），在家乡读完小学。

· 1957 年至 1963 年，先后就读于上海新会中学、晋元中学、培进中学至高中毕业。其间，曾获上海市作文比赛首奖、上海市数学竞赛大奖。

· 1963 年考入上海戏剧学院戏剧文学系，但入学后以下乡参加农业劳动为主。

· 1966 年夏天遇到了一场极端主义的政治运动，家破人亡。父亲余学文先生因被检举有"错误言论"而被关押十年，全家八口人经济来源断绝；唯一能接济的叔叔余志士先生又被造反派迫害致死。1968 年被发配到军垦农场服劳役，每天从天不亮劳动到天全黑，极端艰苦。

· 1971 年"九一三事件"后，周恩来总理为抢救教育而布置复课、编教材。从农场回上海后被分配到"各校联合教材编写组"，但自己择定的主要任务是冒险潜入外文书库独自编写《世界戏剧学》，对抗当时以"八个革命样板戏"为代表的文化极端主义。

· 1976 年 1 月，编写教材被批判为"右倾翻案"，又因违反禁令主持周恩来的追悼会而被查缉，便逃到浙江省奉化县大桥镇半山一座封闭的老藏书楼研读中国古代文献，直至此年 10 月那场政治运动结束，下山返回上海。

· 1977 年至 1985 年，投入重建当代文化的学术大潮，陆续出版了《世界戏剧学》、《中国戏剧史》、《观众心理学》、《艺术创造学》、

Some Observations on the Aesthetics of Primitive Chinese Theatre 等一系列学术著作，先后获全国优秀教材一等奖、上海哲学社会科学著作奖、全国戏剧理论著作奖。

· 1985 年 2 月，由上海各大学的学术前辈联名推荐，在没有担任过副教授的情况下直接晋升为正教授。

· 1986 年 3 月，因国家文化部在上海戏剧学院举行的三次民意测验中均名列第一，被任命为上海戏剧学院副院长、院长。主持工作一年后，即被文化部教育司表彰为"全国最有现代管理能力的院长"之一。与此同时，又出任上海市咨询策划顾问、上海市写作学会会长、上海市中文专业教授评审组组长兼艺术专业教授评审组组长。被授予"国家级突出贡献专家"、"上海十大高教精英"等荣誉称号。

· 1989 年至 1991 年，几度婉拒了升任更高职位的征询，并开始向国家文化部递交辞去院长职务的报告。辞职报告先后共递交了 23 次，终于在 1991 年 7 月获准辞去一切行政职务，包括多种荣誉职务和挂名职务。辞职后，孤身一人从西北高原开始，系统考察中国文化的重要遗址。当时确定的考察主题是"穿越百年血泪，寻找千年辉煌"。在考察沿途所写的"文化大散文"《文化苦旅》《山居笔记》等，快速风靡全球华文读书界，由此成为最具影响力的华文作家之一。

· 1991 年 5 月，发表《风雨天一阁》，在全国开启对历代图书收藏壮举的广泛关注。

· 1992 年 2 月开始，先后被多所著名大学聘为荣誉教授或兼职教授，例如复旦大学、上海交通大学、同济大学、上海大学、中国科技大学、西安交通大学等。

· 1993 年 1 月，发表《一个王朝的背影》，首次充分肯定少数民族王朝入主中原的特殊生命力，重新评价康熙皇帝，开启此后多年"清宫戏"的拍摄热潮。

·1993 年 3 月，发表《流放者的土地》，首次系统揭示清朝统治集团迫害和流放知识分子的凶残面目，并展现筚路蓝缕的"流放文化"。

·1993 年 7 月，发表《苏东坡突围》，刻画了中国文化史上最有吸引力的人格典范，借以表现优秀知识分子所必然面临的一层层来自朝廷和同行的酷烈包围圈，以及"突围"的艰难。此文被海峡两岸暨香港、澳门的报刊广为转载。

·1993 年 9 月，发表《千年庭院》，颂扬了中国古代最优秀的教学方式——书院文化，发表后在全国教育界产生不小影响。

·1993 年 11 月，发表《抱愧山西》，首次系统描述并论证了中国古代最成功的商业奇迹——晋商文化，为当时正在崛起的经济热潮寻得了一个古代范本。此文发表后读者无数，传播广远。

·1994 年 3 月，发表《天涯故事》，首次梳理了沉埋已久的海南岛文化简史，并把海南岛文化归纳为"生态文明"和"家园文明"，主张以吸引旅游为其发展前景。

·1994 年 5 月至 7 月，发表长篇作品《十万进士》（上、下），首次完整地清理了千年科举制度对中国文化的正面意义和负面意义。

·1994 年 9 月，发表《遥远的绝响》，描述魏晋名士对中国文化的震撼性记忆。由于文章格调高尚凄美，一时轰动文坛。

·1994 年 11 月，发表《历史的暗角》，系统列述了首次"小人"在中国文化中的隐形破坏作用，以及古今君子对这个庞大群体的无奈。发表后在海峡两岸暨香港、澳门引起巨大反响，被公认为"研究中国负面人格的开山之作"。

·1995 年 4 月，应邀为四川都江堰题写自拟的对联"拜水都江堰，问道青城山"，镌刻于该地两处。

·1996 年 7 月，多家媒体经调查共同确认余秋雨为"全国被盗版最严重的写作人"，由此被邀请成为"北京反盗版联盟"的唯一个人会员，并被聘为"全国扫黄打非督导员（督察证为 B027 号）"。

·1998 年 6 月，新加坡召集规模盛大的"跨世纪文化对话"而震动全球华文世界。对话主角是四个华人学者，除首席余秋雨教授外，还有哈佛大学的杜维明教授、威斯康星大学的高希均教授和新加坡艺术家陈瑞献先生。余秋雨的演讲题目是《第四座桥》。

·1999 年 2 月，为妻子马兰创作的剧本《秋千架》隆重上演，极为轰动，打破了北京长安大戏院的票房纪录。在台湾地区演出更是风靡一时，场场爆满。

·1999 年开始，引领和主持香港凤凰卫视对人类各大文明遗址的历史性考察，成为目前世界上唯一贴地穿越数万公里危险地区的人文教授，也是"9·11"事件之前最早向文明世界报告恐怖主义控制地区实际状况的学者。由此被日本《朝日新闻》选为"跨世纪十大国际人物"。

·2002 年 4 月，应邀为李白逝世地撰写《采石矶碑》（含书法），镌刻于安徽马鞍山三台阁。

·从 2000 年开始，由于环球考察在海内外所造成的巨大影响，国内一些媒体为了追求"逆反刺激"的市场效应而发起诽谤。先由北京大学一个学生误信了一个上海极左派文人的传言进行颠倒批判，即把当年冒险潜入外文书库独自编写《世界戏剧学》的勇敢行动诬陷为"文革写作"，并误植了笔名"石一歌"。由此，形成十余年的诽谤大潮，并随之出现了一批"啃余族"。余秋雨先生对所有的诽谤没有做任何反驳和回击，他说："马行千里，不洗尘沙。"

·2003 年 7 月，由于多年来在中央电视台的文化栏目中主持"综合文史素质测试"而成为全国观众的关注热点，上海一个当年的造反派代表人物就趁势做逆反文章，声称《文化苦旅》中有很多"文史差错"，全国上百家报刊转载。10 月 19 日，我国当代著名文史权威章培恒教授发文指出，经他审读，那个人的文章完全是"攻击"和"诬陷"，而那个人自己的"文史知识"连一个高中生也不如。

·2004年2月，由于有关"石一歌"的诽谤浪潮已经延续四年仍未有消停迹象，余秋雨就采取了"悬赏"的办法。宣布"只要证明本人曾用这个笔名写过一篇、一段、一节、一行、一句这种文章，立即支付自己的全年薪金"，还公布了执行律师的姓名。十二年后，余秋雨宣布悬赏期结束，以一篇《"石一歌"事件》做出总结。

·2004年3月，参加联合国开发计划署《人类发展报告》的设计、研讨和审核。

·2004年年底，被联合国教科文组织、北京大学、《中华英才》杂志社等单位选为"中国十大文化精英"、"中国文化传播坐标人物"。

·2005年4月，应邀赴美国巡回演讲：

1）4月9日讲《中国文化的困境和出路》（在纽约市立大学亨特学院）；

2）4月10日讲《中国知识分子的问题所在》（在北美华文作家协会）；

3）4月12日上午讲《空间意义上的中华文化》（在马里兰大学）；

4）4月12日下午讲《君子的脚步》（在华盛顿国会图书馆）；

5）4月13日讲《时间意义上的中华文化》（在耶鲁大学）；

6）4月15日讲《中国文化所追求的集体人格》（在哈佛大学）；

7）4月17日讲《中华文化的三大优势和四大泥潭》（在休斯敦美南华文写作协会）。

·2005年7月20日，在联合国"世界文明大会"上发表主旨演讲《利玛窦的结论》，论述中国文明自古以来的非侵略本性，引起极大轰动。演说的论据，后来一再被各国政界、学界引用。收入书籍时，标题改为《中华文化的非侵略本性》。

· 2005 年 11 月，应邀撰写《法门寺碑》（含书法），镌刻于陕西法门寺大雄宝殿前的影壁。

· 2006 年 4 月，应邀撰写《炎帝之碑》（含书法），镌刻于湖南株洲炎帝陵纪念塔。

· 2005 年至 2008 年，被香港浸会大学聘请为"健全人格教育奠基教授"，每年在香港工作时间不少于半年。

· 2006 年，在香港凤凰卫视开办日播栏目《秋雨时分》，以一整年时间畅谈中华文化的优势和弱势，播出后在海内外产生广泛影响。

· 2007 年 1 月，发表《问卜中华》，详尽叙述了甲骨文的出土在中国文明濒临湮灭的二十世纪初年所带来的神奇力量，同时论述了商代的历史面貌。

· 2007 年 3 月，发表《古道西风》，系统叙述了中华文化的两大始祖老子和孔子的精神风采。

· 2007 年 5 月，发表《稷下学宫》，对比古希腊的雅典学院，将两千年前东西方两大学术中心进行平行比照。

· 2007 年 7 月，发表《黑色的光亮》，以充满感情的笔触表现了平民思想家墨子的人格光辉。

· 2007 年 8 月，应邀为七十年前解救大批犹太难民的中国外交官何凤山博士撰写碑文（含书法），镌刻于湖南益阳何凤山纪念墓地。

· 2007 年 9 月，发表《诗人是什么》，论述"中国第一诗人"屈原为华夏文明注入的诗化魂魄，分析了他获得全民每年纪念的原因，并解释了一些历史误会。

· 2007 年 11 月，发表《历史的母本》，以最高坐标评价了司马迁为整个中华民族带来的历史理性和历史品格。

·2008 年 5 月 12 日，中国发生"汶川大地震"，第一时间赶到灾区参加救援。见到遇难学生留在废墟间的破残课本，决定以夫妻两人三年薪水的总和默默捐建三个学生图书馆，却被人在网络上炒作成"诈捐"，在全国范围喧闹了两个月之久。后由灾区教育局一再说明捐建实情，又由王蒙、冯骥才、张贤亮、贾平凹、刘诗昆、白先勇、余光中等名家纷纷为三个学生图书馆题词，风波才得以平息。

·2008 年 9 月，上海市教育委员会颁授成立"余秋雨大师工作室"。上海市静安区政府决定为"余秋雨大师工作室"赠建办公小楼。

·2008 年 12 月，为妻子马兰创作的中国音乐剧《长河》在上海大剧院隆重上演，受到海内外艺术精英的极高评价。

·2009 年 5 月，应邀为山西大同云冈石窟题词"中国由此迈向大唐"，镌刻于石窟西端。

·2010 年 1 月，《扬子晚报》在全国青少年读者中做问卷调查"你最喜爱的中国当代作家"，余秋雨名列第一。"冠军奖座"是钱为教授雕塑的余秋雨铜像。

·2010 年 3 月 27 日，获澳门科技大学所颁"荣誉文学博士"称号。同时获颁荣誉博士称号的有袁隆平、钟南山、欧阳自远、孙家栋等著名专家。

·2010 年 4 月 30 日，接受澳门科技大学任命，出任该校人文艺术学院院长。宣布在任期间每年年薪五十万港元全数捐献，作为设计专业和传播专业研究生的奖学金。

·2010 年 5 月 21 日，联合国发布自成立以来第一份以文化为主题的"世界报告"，发布仪式的主要环节，是联合国教科文组织总干事博科娃女士与余秋雨先生进行一场对话。余秋雨发言的标题为《驳"文明冲突论"》。

·2012 年 1 月至 9 月，最终完成以莱辛式的"极品解析"方法来论述中国美学的著作《极品美学》。

· 2012 年 10 月 12 日，中国艺术研究院成立"秋雨书院"。北京众多著名学者、企业家出席成立大会，并热情致辞。该书院是一个培养博士生的高层教学机构，现培养两个专业的博士研究生：一、中国文化史专业；二、中国艺术史专业。

· 2013 年 10 月 18 日下午，再度应邀赴美国纽约联合国总部大厦演讲《中华文化为何长寿》。当天联合国网站将此演讲列为国际第一要闻。

· 2013 年 10 月 20 日，在纽约大学演讲《中国文脉简述》。

· 2013 年 12 月，完成庄子《逍遥游》的巨幅行草书写，并将《逍遥游》译成可诵可吟的现代散文。

· 2014 年 1 月，完成屈原《离骚》的巨幅行书书写，并将《离骚》译成可诵可吟的现代散文。

· 2014 年 1 月 31 日，完成《祭笔》。此文概括了作者自己握笔写作的艰辛历程。

· 2014 年 3 月，发表以现代思维解析《般若波罗蜜多心经》的文章《解经修行》，并由此开始写作《修行三阶》、《〈金刚经〉简释》、《〈坛经〉简释》。

· 2014 年 4 月，《余秋雨学术六卷》出版发行。

· 2014 年 5 月，古典象征主义小说《冰河》（含剧本）出版发行。

· 2014 年 8 月，系统论述中华文化人格范型的《君子之道》出版发行，立即受到海峡两岸读书界的热烈欢迎。

· 2014 年 10 月，《秋雨合集》二十二卷出版发行。

· 2014 年 10 月 28 日，出任上海图书馆理事长。

·2015年3月，再度应邀在海峡对岸各大城市进行"环岛巡回演讲"，自台北市、新北市、台中市到高雄市。双目失明的星云大师闻讯后从澳大利亚赶回，亲率僧侣团队到高雄车站长时间等待和迎接。这是余秋雨自1991年后第四次大规模的环岛演讲。本次演讲的主题是"中华文化和君子之道"。

·2015年4月，悬疑推理小说《空岛》和人生哲理小说《信客》出版。

·2015年9月，应邀为佛教胜地普陀山书写《心经》，镌刻于该岛回澜亭。

·2016年3月，应邀为佛教胜地宝华山书写《心经》，镌刻于该山平台。

·2016年7月，中华书局出版《中华文化读本》七卷，均选自余秋雨著作。

·2016年11月，被选为世界余氏宗亲会名誉会长。

·2017年5月25日至6月5日，中国美术馆举办"余秋雨翰墨展"（中国艺术研究院主办），参观者人山人海，成为中国美术馆建馆半个多世纪以来最为轰动的展出之一。中国文联主席兼中国作协主席铁凝说："这个展览气势恢宏，彰显了秋雨先生令人慨叹的文化成就，使我对先生的为人和为文有了新的感受。"中国书法家协会原主席张海说："即使秋雨先生没有写过那么多著作，光看书法，也是真正专业的大书法家。"国务院参事室主任王仲伟说："余先生的书法作品，应该纳入国家收藏。"据统计，世界各地通过网络共享这次翰墨展的华侨人数，超过千万。

·2017年9月，记忆文学集《门孔》出版发行。此书被评为《中国文脉》的当代续篇，其中有的文章已成为近年来网上最轰动的篇目。作者以自己的亲身交往描写了巴金、黄佐临、谢晋、章培恒、陆谷孙、星云大师、饶宗颐、金庸、林怀民、白先勇、余光中等一代文化巨匠，同时也写了自己与妻子马兰的情感历程。作者对《门孔》这一书名的阐释是："守护门庭，窥探神圣。"

·2017 年 12 月，《境外演讲》出版发行。此书收集了作者在联合国的三次演讲，又汇集了在美国各地和我国港澳地区巡回演讲和电视讲座的部分记录，被专家学者评为"打开中华文化之门的钥匙"。

·2018 年全年，应喜马拉雅网上授课平台之邀，把中国艺术研究院"秋雨书院"的博士课程向全社会开放，播出《中国文化必修课》。截至 2019 年 10 月，收听人次已经超过六千万。

（周行、刘超英整理，经余秋雨大师工作室校核）

图书在版编目（CIP）数据

文化苦旅 / 余秋雨著 . — 北京：北京联合出版公司 , 2022.2

ISBN 978-7-5596-5825-8

Ⅰ . ①文… Ⅱ . ①余… Ⅲ . ①散文集 – 中国 – 当代 Ⅳ . ① I267

中国版本图书馆 CIP 数据核字（2021）第 279612 号

文化苦旅

作　　者：余秋雨
出 品 人：赵红仕
责任编辑：龚　将

北京联合出版公司出版
（北京市西城区德外大街 83 号楼 9 层　　100088）
北京盛通印刷股份有限公司印刷　新华书店经销
字数 284 千字　700 毫米 × 980 毫米　1/16　印张 25.75
2022 年 2 月第 1 版　　2022 年 2 月第 1 次印刷
ISBN 978-7-5596-5825-8
定价：98.00 元

总 策 划：金克林
封面设计：石　磊

责任编辑：龚　将
监　　制：魏　玲
特约策划：何　寅
产品经理：沈晔英
特约编辑：夏　冰
营销统筹：金　颖

排版制作：壹原视觉

上架建议：经典散文

ISBN 978-7-5596-5825-8

9 787559 658258 >

定价：98.00元